Diogenes Taschenbuch 23777

AF792718

Doris Dörrie

Und was wird aus mir?

Roman

Diogenes

Die Erstausgabe
erschien 2007 im Diogenes Verlag
Das Motto wurde zitiert nach:
Novalis. Werke 1. Heinrich von Ofterdingen
und andere dichterische Schriften,
Könemann Verlag, 2001
Umschlagillustration:
Pablo Picasso, ›Portrait of Dora Maar‹,
31. 10. 1937
Copyright © 2008 ProLitteris, Zürich,
Private Collection
Foto: Copyright © Christie's Images/
The Bridgeman Art Liberary

Für meine Eltern
Die besten Eltern der Welt

Veröffentlicht als Diogenes Taschenbuch, 2009
Alle Rechte vorbehalten
Copyright © 2007
Diogenes Verlag AG Zürich
www.diogenes.ch
200/09/8/1
ISBN 978 3 257 23777 1

I

Ich habe den verdammten Sack vergessen. Das war's. Ende. Aus. Am nächsten Tag hatte ich schon die Kündigung, sagt Johanna zu ihrer dicken Nachbarin auf dem Gangplatz.

Dürfen die das denn? fragt die Frau abwesend, während sie die Stewardess um ein weiteres Päckchen Erdnüsse anbettelt. Fette Kuh, denkt Johanna. Sie lacht auf, um nicht weinerlich zu klingen: Na ja, ohne den Sack ergibt die Oper nicht mehr viel Sinn. Kennen Sie *Rigoletto*?

Die dicke Frau schüttelt den Kopf und deutet auf Johannas ungeöffnete Packung Erdnüsse. Wollen Sie die nicht?

Johanna gibt ihr ihre Erdnüsse und summt die Melodie von *La donna è mobile* vor sich hin. Das kennen Sie doch bestimmt.

Das ist die Werbung von der Steinofenpizza, nickt die Frau.

Ursprünglich ist es aber aus *Rigoletto*. Die Arie vom Duca.

Aha, sagt die Nachbarin beleidigt und wendet sich ab.

Johanna kann es nicht lassen. Sie fährt fort: Es ist seine Erkennungsmelodie. Ganz am Ende, als Rigoletto glaubt, er habe den Duca erfolgreich umbringen lassen, weil der seine geliebte Tochter Gilda verführt hat …

Bißchen übertrieben, oder?

Opern sind immer übertrieben, sagt Johanna. Rigoletto denkt also, er bekommt den toten Duca ausgeliefert, in einem Sack …

Da ist er also, Ihr Sack, sagt die Frau und stopft sich mit ihren kleinen Fingern die Erdnüsse behende in den Mund wie ein Eichhörnchen.

Es ist eine tolle Stelle, fährt Johanna ungeduldig fort. Rigoletto singt: Was für ein Triumph, welche Rache, endlich ist der Duca tot – da hört man ganz leise aus der Ferne: *La donna è mobile.*

Auweia, sagt die Frau.

Da weiß Rigoletto: Der Duca ist nicht in dem Sack.

Der Sack ist also ziemlich wichtig, stellt die Frau fest. Und wer ist jetzt drin im Sack? Oder in dem Sack, der nicht auf der Bühne war?

Raten Sie mal, sagt Johanna.

Keine Ahnung.

Seine sterbende Tochter Gilda, sagt Johanna müde.

Oje, sagt die Frau und wirft sich die letzte Erdnuß in den Mund. Das ist tragisch. Trotzdem ein bißchen übertrieben, wenn Sie mich fragen.

Ich frage Sie aber nicht, möchte Johanna schreien. Die Gleichgültigkeit der Frau macht sie so wütend, daß sie sie am liebsten in ihren fetten Bauch boxen würde.

Entschuldigung, könnten Sie mich kurz mal rauslassen?

Auf dem Klo stiehlt sich Johanna einen Augenblick des Alleinseins. Sie setzt sich auf den Klodeckel, untersucht die kleine Flasche Mundwasser, die Pappbecher, die Papierhandtücher. Sie liebt Gegenstände und deren Platz in der Welt. Sie hat sich immer mehr auf sie verlassen als auf Menschen.

Und jetzt hat ein blauer Müllsack sie im Stich gelassen. Wieso hat sie nicht noch einmal überprüft, ob der Sack auch wirklich an seinem Platz war? Wieso war sie so unprofessionell? Und wieso um Himmels willen ist sie dann auch noch zur Kaufhausdiebin geworden und hat in ihrer Verwirrung und Schmach einen Lippenstift mitgehen lassen?

Das war ich nicht, denkt Johanna zum tausendsten Mal. Aber wer war es dann?

Die Geschichte vom vergessenen Müllsack hat die Nachbarin bestimmt schon vergessen. Für niemanden außer für Johanna hat diese Geschichte irgendeine Bedeutung. Aber ihr hat sie das Leben zerstört. Von einem Moment auf den anderen ist sie ein Niemand geworden. Nicht vermittelbar. Selbst meine Geschichte ist nicht vermittelbar, denkt sie.

Nichts ahnend kam sie am Premierenabend zurück auf die Bühne, nachdem sie nur ein bißchen Luft hatte schnappen wollen, kurz raus aus der schwarzen Theaterhöhle, die ihr fremd war nach fast zwanzig Jahren beim Film, für den sie sich aber langsam zu alt fühlte. Die Opernwelt kam ihr geschützter vor, wenigstens mußte man dort im Winter nicht frieren. Sie war als Requisiteurin angestellt worden, es war ihre erste Produktion, sie war noch in der Probezeit. *Rigoletto,* die Lieblingsoper ihres Vaters, sie hat das als gutes Omen betrachtet. Wieso eigentlich?

Bei den Proben sind alle hochzufrieden mit ihr. Nie muß man auf sie warten, sie ist blitzschnell und wundert sich über die Langsamkeit dcs Theaterbetriebs. Wochenlang schleppt sie Rigoletto seinen Buckel hinterher, obwohl das strenggenommen der Job der Kostümassistentin ist, unermüdlich hält sie dem Duca pünktlich zu jedem Auftritt seinen Degen hin, weil er ihn sonst vergißt. Ein Tenor, lernt sie vom Regieassistenten Ferdinand, hat wegen der hohen Töne, die ihm bis ins Gehirn steigen, dort für sonst nicht viel mehr Platz. Aber auch Sopranistinnen sind sehr vergeßlich. Kein einziges Mal schafft die korpulente Gilda es, sich den blauen Müllsack so hinzulegen, daß sie leicht hineinsteigen kann. Jedesmal wieder muß Johanna ihn säuberlich aufgerollt wie ein Kondom bereithalten, so daß Gilda ihn sich nur noch überzuziehen braucht. Das hat immer geklappt, bei der Generalprobe lief alles noch wie am Schnürchen.

Um genau 9.45 Uhr kommt Johanna von ihrem kleinen Ausflug zurück auf die Bühne, pünktlich zum berühmten musikalischen Gewitter mit siebenundzwanzig komponierten Blitzen, ihrer Lieblingsstelle, wenn das Gewitter in einen leichten Regen übergeht und Rigoletto zurückkommt, um von dem Auftragskiller Sparafucile den toten Duca im Sack entgegenzunehmen.

Warum schlenkert Sparafucile denn so komisch mit seinen langen Armen, denkt sie noch, warum trägt er den Sack nicht? Da hört sie Uli, den Inspizienten schreien: Bring sie ohne raus! *Get her out! Fuera! Dawai! Dawai!*

Sparafucile, der Russe ist, wendet langsam den Kopf zur Seitengasse. *Gavno,* sagt er laut, Scheiße. Er weiß, daß das Orchester ihn übertönt.

Was hat er denn nur? denkt Johanna und möchte schon grinsen, da sieht sie Ejla, die finnische Hospitantin, verzweifelt von der Seitenbühne gegenüber mit dem blauen Müllsack wedeln, und plötzlich durchfährt es Johanna wie eine Stichflamme: Der Sack! Ich hab den Sack vergessen!

Cut! möchte sie schreien. *Cut!* – so wie der Regisseur beim Film *cut* schreit, wenn etwas schiefgeht. Die Schauspieler maulen dann, die Regisseure brüllen, und die Tonleute verdrehen die Augen, aber dann kommt schon Johanna angelaufen und bringt die vergessene Handtasche, Handy, Revolver, Blumen, Kuchen, Autoschlüssel, Brief – und es geht wieder weiter, und alles ist wieder gut.

Aber hier wird nichts wieder gut. Hier muß sie, wie an einen Marterpfahl gefesselt, mit ansehen, wie das Schicksal seinen Lauf nimmt. Beim Film gibt es kein Schicksal.

Rigoletto wirft verzweifelte Blicke in die Seitenbühne, aber er kann den Sack jetzt nicht mehr holen, dafür ist es zu spät. Gilda, die bereits ihre Blutpatrone unterm weißen Kleid gedrückt hat und blutüberströmt daliegt, zuckt nervös. Schließlich rollt Rigoletto sie ohne Sack mühsam quer über die Bühne wie eine große Seegurke. Im Publikum regt sich hörbar Unmut. Was soll man jetzt schon wieder enträtseln, abstrahieren, lernen, querdenken? Wieso gibt es keinen Sack? Wieso zertrümmert hier schon wieder ein Wichtigtuer von Regisseur Kulturgut? Wieso darf der das? Und ausgerechnet Gildas Schlußarie, wo man sich der Tragödie hingeben und zu Tränen rühren lassen will!

Das Geraune schwillt bedrohlich an. Hinter der Bühne wird es dafür um so stiller. Keiner scheint Johanna wahrzunehmen, obwohl sie mitten unter ihnen steht. Sie fühlt sich wie ein Gespenst. Als träume sie nur.

Sparafucile geht ab. *Me not bad. Bag not there,* sagt er.

Ferdinand, der heute die Abendspielleitung hat, dreht sich wie ein aufgezogenes Spielzeug hilflos im Kreis. Mike, der kleine cholerische Regisseur, taucht auf. Er hat sich in der Kantine höchstzufrieden betrunken, alles lief wie am Schnürchen. Er hat erst gar nicht glauben wollen, was er dort auf dem Kantinenmonitor gesehen hat. Mike kommt auf Johanna zugewankt, die Augen schmal vor Wut, da singt Gilda, *Lassù in ciel per voi preghe,* und haucht ihr Leben aus.

Jetzt dauert es nur noch eine knappe Minute, und das Stück ist aus, das wissen alle, sie wenden sich von Johanna ab und nehmen Haltung an.

Ah! La maledizione! Der Fluch! singt Rigoletto und bricht vorschriftsmäßig zusammen. Kaum ist der letzte Ton verhallt, bricht Buhgeschrei aus. Schützend geht der Vorhang vor den Sängern zu, aber gleich müssen alle raus, Ferdinand brüllt schon die Applausordnung. Wie im Zirkus müssen sie durch den brennenden Reifen des Publikumhasses springen.

Rigoletto schüttelt nur den Kopf, schnallt seinen Buckel ab und feuert ihn wütend in die Ecke. Die tote Gilda rappelt sich auf, kommt auf Mike zugerannt, ohrfeigt ihn und schreit: *I hate your ideas!*

Mike hält sich die Backe, zeigt auf Johanna und kreischt: *It wasn't me! She forgot! She fucked up! Johanna fucked up!*

Aber da geht schon der Vorhang auf, raus, raus, raus, brüllt Ferdinand, und das Publikum behandelt die Sänger und den Dirigenten noch einigermaßen glimpflich, die Armen können ja nichts dafür!, aber als dann die ›Schwarzen‹ sich zeigen, Bühnenbild, Kostüm und Regie, heult das Publikum bei Mikes Anblick vor Wut auf, als wollten sie am liebsten ihn in den nicht vorhandenen Sack stecken und in den Fluß werfen.

Verblüfft sieht Johanna von der Seite mit an, wie vornehm gekleidete Menschen jegliche Fasson verlieren, die Fäuste schütteln und mit hochroten Gesichtern ihren Haß herausbrüllen. Als sich der Vorhang endlich wieder gnädig schließt, wankt Mike zitternd auf die zur Salzsäule erstarrte Johanna zu und spuckt ihr ins Gesicht: *You are dead.*

2

Eine spiegelblank polierte Kugel aus Granit hat sich Misako als Grabstein gewünscht, damit ihr Vater jedesmal, wenn er an ihr Grab kommt, sich selbst ins Gesicht sehen und sich fragen muß, warum er ihr nicht geholfen hat.

Warum er so hart war, so böse, so unerbittlich.

Chi-Chi, Papa, würde sie ihm zuwispern, ich war doch erst sechzehn Jahre alt. Ich wußte doch nicht, wie mir geschah. Ich hatte doch keine Ahnung! Du hast immer so getan, als wäre ich noch ein Kind. Jetzt weinst du, aber jetzt ist es zu spät.

Die Kugel aus Granit hat sie nicht bekommen. Nur die schmalen Holztafeln wie alle anderen auch, die aneinanderschlagen, wenn im Herbst die Taifune über Tokio toben und der ganze Friedhof von Nezu so klingt, als klapperten die Toten laut mit den Zähnen. Jajaja, kreischen die Krähen, die in den Bäumen über den Gräbern übernachten. Morgens fliegen sie in riesigen Schwärmen aus, drehen ihre Runden über den Hochhäusern, durchwühlen die Abfalleimer der Stadt, bis sie abends wieder pünktlich eine nach der anderen in den Platanen landen wie in ihrem Heimatflughafen.

Ihr Vater hat ihr Grab nie mehr besucht. Dort ist sie zwar sowieso nicht anzutreffen, aber es wäre trotzdem nett, wenn mal jemand vorbeikäme. Woran soll man denn sonst merken, daß noch an einen gedacht wird?

Wenn ihr Vater nicht zu ihr kommt, dann kommt Misako eben zu ihm.

Sie setzt sich auf ihren alten Platz in der winzigen Küche, sie sieht ihm zu, wie er sich jeden Abend seine Sobanudeln kocht, sie kalt abschreckt und noch aus dem Sieb in wenigen Minuten hinunterschlingt, wie er gläsern vor sich hin starrt, nach dem Essen ein Bier öffnet, es in kleinen Schlukken leert wie ein Roboter.

Chi-Chi, sagt sie laut zu ihm, aber natürlich hört er sie nicht.

Wenn sie dann ein Stäbchen an den Tischrand schiebt und es hinunterfallen läßt, schaut er nur kurz verwundert auf. Wenn sie seine Bierflasche schüttelt, daß ihm das Bier ins Gesicht spritzt, wenn er sie öffnet, nimmt er nur ein Küchentuch und wischt sich langsam das Gesicht ab. Er wundert sich über gar nichts. Einmal hat sie ihm sogar den Stuhl unter dem Hintern weggezogen, da hat er sich nur geschüttelt wie ein Hund, hat sich aufgerappelt, sich wieder hingesetzt, sein Bier weiter getrunken, die Wand angestarrt.

Sie fragt sich, wer hier eigentlich tot ist.

Manchmal schaut er sich ein altes Video an. Die Fotos hat ihre Mutter Keiko fast alle mitgenommen. Dieses verblichene, flackernde Video ist das einzige, was er noch hat von ihrer gemeinsamen Vergangenheit als Familie, und dabei ist es noch nicht einmal ein klassisches Familienvideo – er wollte ja partout nichts festhalten! –, sondern nur eine Szene aus einem deutschen Kinofilm, in dem seine Frau, die kleine Misako und er exakt eine Minute und achtundvierzig Sekunden lang als Statisten zu sehen sind.

Damals hatten sie in der Schweiz gelebt. Misakos Vater

arbeitete bei Minamoto Pearls, Misako ist sogar in Zürich zur Welt gekommen, das steht in ihrem Paß.

Stand, muß Misako sich dann selbst korrigieren, das stand in meinem Paß.

Sie kann sich einfach nicht daran gewöhnen, von sich selbst in der Vergangenheit zu sprechen: *Ich wurde in Zürich geboren und habe vier Jahre in der Schweiz gelebt, bevor wir zurück nach Tokio zogen. Meine Mutter verließ uns, als ich zehn war. Mit sechzehn brachte ich mich um.*

Lange Zeit hieß es, Keiko sei nur verreist, dann sagte der Vater, sie brauche Ruhe, sehr viel Ruhe. Nach sechs Monaten holte er eine Karte von Japan hervor und zeigte auf den Ball, den der Seehund hoch oben auf seiner Schnauze balanciert. Das ist Hokkaido. Dort lebt jetzt deine Mutter, sagte er, und danach sprach er nie wieder von ihr.

Eines Tages kam ein Brief von ihr ohne Absender, in dem stand: Meine arme kleine Misako. Verzeih mir. Ich konnte nicht anders. Ich dachte, ich müßte an der Seite deines Vaters ersticken. Er hat nicht gesprochen, nicht gelacht, er war stumm wie ein Fisch, starr wie eine Mauer, hart wie ein Stein.

Auf dem Bücherregal im Wohnzimmer liegt nach all den Jahren als Andenken an die Schweiz immer noch eine lange dreieckige Toblerone-Schokolade. Als Kind war Misako immer wieder versucht, sie anzubrechen und einfach aufzuessen. Niemand hätte je bemerkt, ob noch Schokolade in der gelben Papphülle mit dem hübschen geschwungenen roten Schriftzug steckte. Das Problem war nur ein verblichenes Polaroid, das mit Tesafilm fest an der Packung befestigt war und das sie hätte abreißen müssen, um an die Schokolade zu kommen. Auf dem Foto war nicht mehr viel zu erkennen außer den Umrissen von drei Frauen mit verwaschenen leeren Gesichtern. Die mit den akkurat geschnittenen schwarzen Haaren muß Keiko gewesen sein. Auf dem Rand des Fotos steht: *For Keiko from Heidi and Johanna with love.*

Ihre Mutter hat Misako nie wiedergesehen, auch jetzt findet sie sie nicht, weil sie anscheinend nicht intensiv genug an ihre Tochter denkt. Dafür hat sie Heidi gefunden, die ein Sprachrohr ist für die Toten, ein Medium, wie sie sich nennt, sie läßt die Toten, die zu ihr finden, herein und gibt ihnen eine Stimme. Heidi kann sich nicht an Misako erinnern, aber das ist egal, sie soll nur den Mund aufmachen und Misako reden lassen. Das tut sie zwar nur zu ganz bestimmten Zeiten, aber dann bekommt Misakos Stimme den Körper einer dicken, blonden Frau, die auch noch Heidi heißt wie in der japanischen Fernsehserie, die sie als kleines Kind geliebt hat. Zum Totlachen. Sie erinnert Misako an ein Cello. Jeder Stein, jeder Fluß, jeder Bambushain, jedes Tier ist in ihrer Heimat von Geistern bewohnt, aber sie findet anscheinend nur in dieser Heidi in Los Angeles den geeigneten Klangkörper. Und wer hört ihr zu? Bisher hat sie nur einen einzigen Zuhörer gefunden, einen gutaussehenden jungen Mann, der sie zu Lebzeiten niemals angesehen hätte, denn hübsch war Misako nicht.

Angesehen hat sie nur Nobu, der Fotograf. Bevor er sie angesehen hat, hat sie niemand jemals wirklich angesehen. Auch ihr Vater nicht. Wenn er von der Arbeit kam, warf er wortlos sein Sakko und sein verschwitztes Oberhemd ab, stieg aus seiner Hose und zog einen von Misako frischgebügelten Yukata an. Ebenso wortlos hängte Misako seinen Anzug auf, ließ ihm sein Bad ein, machte das Abendessen. Er sprach kaum mit ihr. Nur als dann alles rauskam, da fing er an zu schreien: Was hast du dir denn dabei gedacht? brüllte er aufgebracht, was hast du dir denn bloß dabei gedacht?

Nichts, *Chi-Chi,* ich habe nichts gedacht. Gar nichts. Ich habe im Handumdrehen meine Gestalt verändert wie eine Wolke am Himmel, eben noch war ich ein kleines, ängstliches Mädchen und dann mit einemmal eine Frau, die erstaunliche Dinge tat. Ich ließ mir einen Gecko auf die nackte Brust setzen, mich in Seile binden und von der Decke hängen, mit Kaviar einreiben und die Unterhose in Fetzen reißen. Nobu sah mich durch seine Kamera an, und ich fühlte mich so aufgehoben und gleichzeitig frei. An nichts anderes konnte ich mehr denken.

Misako, was hast du dir denn bloß dabei gedacht?

Im dunklen Zimmer schrie der Vater sie an, nur der Fernseher leuchtete wie ein Auge und sah ihnen ungerührt dabei zu, wie sie gemeinsam in den Abgrund stürzten.

Später, als sie dann wirklich gesprungen ist, hat sich der Sturz lang nicht so schlimm angefühlt wie der Sturz an diesem Abend.

Chi-Chi, bitte! Es ist doch nicht so schlimm. Es war doch nur ein Spiel. Lach doch einfach drüber! Bitte!

Natürlich konnte er nicht darüber lachen. Er lacht sowieso nur höchst selten, und wenn, dann stockend und holprig, als sei er ganz aus der Übung.

Wenn Misako ihn im Go-Spiel besiegte, hat er gelacht. Wenn sie ihn dazu brachte, mit ihr ein Videospiel zu spielen, das er nicht beherrschte, und er dann doch ein Monster erlegte, hat er gelacht. Oder wenn sie Schlagersängerin spielte und in einen Quirl als Mikrophon sang, auf der Sofakante mit einem Regenschirm in der Hand balancierte, Konfettibomben vom winzigen Balkon aus dem zwölften Stock ihm auf den Kopf warf, wenn er von der Arbeit kam.

Sie wußte genau, wie ihr Aufprall aussehen würde.

Es war kein ›ungehörter Hilfeschrei‹, wie es immer heißt. Nein, es war der einzige Weg, dem Vater ein Weiterleben zu ermöglichen. Ohne Schande. Ohne Blamage. Er war eben altmodisch. Das hat ihre Mutter nie verstanden. Sie hatte geglaubt, sie hätte sich in einen modernen Mann verliebt, der sich sogar zutraute, im Ausland zu arbeiten, um dort zarte Perlen an ungeschlachte *Gai-jin* zu verkaufen.

Sie hatte sich vorgestellt, mit ihm im fernen Europa ein freieres, aufregenderes Leben als ihre Altersgenossinnen zu führen, die mit ihren langweiligen Bürohengsten in winzigen Wohnungen in den Vorstädten Tokios saßen und sich anschwiegen.

Sie hatte sich vorgestellt, daß sie an seiner Hand im Sommer im Dirndl durch blühende Wiesen vor schneebedeckten Bergen streifen, im Winter in St. Moritz in teuren Hotels wohnen würde, einen Cocktail in der Hand, ihren gutaussehenden Mann am Arm, eine verläßliche Schweizer Babysitterin auf dem Zimmer bei ihrem kleinen Kind.

Aber nach einem kurzen, irreführend freien Augenblick der Verliebtheit verschloß ihr Mann sich wie eine Auster.

Es gab kein Chalet inmitten blühender Wiesen, sondern nur eine dunkle, kalte Zweizimmerwohnung in Zürich, in der Keiko den ganzen Tag allein mit ihrem Baby saß.

Nur ein einziges Mal im Jahr fuhren sie weg, immer über Silvester, und immer in ein düsteres mittelalterliches Dorf in eine kleine Pension mit unfreundlichen Gästen, wo sie abends ein festgeschriebenes Menü vorgesetzt bekamen, was Keiko mit ihrem empfindlichen japanischen Magen nicht vertrug; wo tagelang heftige Schneestürme sie in ihrem kleinen Zimmer gefangenhielten, ihr Mann sich stumm hinter seinen Zeitschriften verschanzte und ihr kleines Kind vor Langeweile heulte.

Nur ein einziges Mal gab es ein wenig Unterhaltung, als ein deutsches Filmteam aus lauter jungen Leuten anrückte. Es verwandelte die Pension kurzerhand in ein großes Filmset und fragte die anderen Gäste, ob sie nicht als Statisten mitspielen wollten. Und ob Keiko wollte!

Der Regisseur, ein für Keiko erschreckend langhaariger, aber dann ganz netter Typ, plazierte die ganze Familie in einer Szene sogar gleich zwischen die beiden Hauptdarstellerinnen, einer blonden, drallen namens Heidi und einer dunklen, kühlen, die Johanna hieß. Keiko wurde in der Szene von Johanna gefragt, ob sie auch Ski laufe, worauf sie lächeln und nicken sollte, Heidi den Wein reichen und dann mit allen anderen anstoßen sollte. Voller Herzklopfen absolvierte sie ihre Szene mit Bravour und hoffte von da an inständig, der Regisseur möge sie für eine weitere Szene einsetzen, aber das geschah nicht.

Sie feierten zusammen mit dem Filmteam Silvester, und um Mitternacht küßte der Regisseur Keiko. Die beiden Frauen, Johanna und Heidi, nahmen sie in den Arm, wünschten ihr ein schönes neues Jahr und machten ein Polaroid, auf das sie schrieben: *For Keiko from Heidi and Johanna with love.*

Bei der Premiere des Films in einem Zürcher Kunstkino

sah Keiko sich in Großaufnahme und schämte sich wegen ihrer leicht schiefen Zähne, aber wenn sie den Mund geschlossen hielt, war sie wirklich hübsch und wirkte so offen und empfänglich für alles, was die Zukunft noch für sie bereithalten würde.

Damals hatte sie keine Ahnung, wie wenig das am Ende sein würde, noch schien alles möglich und voller Versprechungen.

Zu schnell gingen diese Bilder im Kino vorbei. Später drängte sie ihren Mann, den Film auf Video zu kaufen. Immer wieder sah sie ihn an und versuchte herauszufinden, was die Keiko im Film von der realen unterschied, bis ihr irgendwann dämmerte: Die Frau im Film schien noch Möglichkeiten zu haben.

For Keiko from Heidi and Johanna with love.

Jetzt sieht Misakos Vater sich diese eine Minute und achtundvierzig Sekunden immer wieder an, um herauszufinden, wo die Zeit geblieben ist, und ob es überhaupt noch eine Verbindung gibt zwischen diesen drei japanischen Menschen dort in der Schweiz und ihm. Zwei von ihnen sind bereits fort, als hätte es sie nie gegeben. Woran kann er ihre Existenz noch festmachen? An der verstaubten dreieckigen Schokoladenschachtel da oben auf dem Bücherregal? Dem verblichenen Polaroid? Diesem Filmschnipsel? Den Kleidern seiner Tochter, die immer noch im Kleiderschrank hängen, ihren Steifftieren auf dem Bett, ihrem Bademantel im Badezimmer? Oder soll er sich vielleicht die Fotos anschauen, die dieses Schwein von seiner Tochter gemacht hat, und die als kranke Phantasien durchs Internet geistern?

Natürlich hat er es getan. Aber das ist nicht seine Tochter, diese junge Frau, die dort auf einem Teppich liegt, die zerrissene Unterhose halb heruntergezogen, ihre Finger zwischen den Schenkeln. Das soll sein Kind sein? Er erkennt es nicht wieder.

Er kniet im dunklen Zimmer vor dem Fernseher, und Misako weiß, was jetzt kommt, und jedesmal wieder fürchtet sie sich und möchte ihn bitten, ihr das nicht immer wieder anzutun. Wenn er wüßte, wie sehr die Toten leiden! Wenn jetzt gleich die Kamera vom kalten blauen Bergpanorama in den warm erleuchteten Frühstücksraum schwenkt und ein japanisches Ehepaar ins Bild kommt, das höflich lächelnd am Tisch sitzt, und das Kleinkind auf dem Schoß der Frau sich die Faust in den Mund stopft und neugierig in die Kamera schaut, fängt der Vater an zu schreien, als würde ihm ein Messer in den Leib gerammt. Eine Minute und achtundvierzig Sekunden lang brüllt er vor Schmerz. Der letzte Schnitt zeigt das Baby, dessen Bubikopf, schwarze Augenbrauen und Augen aussehen wie mit einem schwarzen Filzer gemalt. Es macht den zahnlosen Mund auf und kichert. Zitternd macht der Vater den Fernseher aus, sein Kind wird in einen dunklen Schlund gesaugt und versinkt in ihm. Aus. Vorbei. Er hat kein Kind mehr.

3

Ob Johanna überhaupt so schlau ist, sich bei ihrer Ankunft ans *Information-Desk* zu wenden? Eigentlich kann ich mich gar nicht mehr richtig an sie erinnern, stellt Rainer fest, obwohl ich sie mal geliebt habe. Habe ich doch. Oder nicht? Er hatte sich damals Hals über Kopf bei einer Portion Stracciatella in sie verknallt. Sie hat ihm das Eis verkauft, das hat er damals immer wieder in Interviews erzählt. Die Anekdote kam bei Journalisten immer gut an: Eine Eisverkäuferin wird Filmstar.

Sonderlich begabt war sie als Filmschauspielerin nicht, sie hatte nur zu einer bestimmten Zeit in ihrem Leben das gewisse Etwas, auf das es beim Film ankommt: den gewissen Schmelz, den die Kamera liebt. Und sie war anders: aufgeräumt, praktisch und ordentlich zu einer Zeit, als Ordnungsliebe als spießig verschrien war. Alles mußte sie immer ordnen, sortieren, aufräumen, wegräumen. Später, als sie in Los Angeles im Hotel wohnten, hatte sie ein bestimmtes Tuch dabei, rot mit gelben Blumen drauf. Dieses Tuch hat Rainer mit einemmal genau vor Augen. Johanna legte es, bevor sie miteinander schliefen, aufs Bettlaken, weil sie sich sonst vor den Zimmermädchen geschämt hätte. Und danach wurde das Tuch ordentlich gewaschen und getrocknet.

Warum grinst du denn so blöd? fragt Allegra ihren Vater. Sie hat ihre Füße in den grünen, straßbesetzten Dior-Moonboots aufs Armaturenbrett gelegt und die Air-condition so weit heruntergedreht, daß die Moonboots zumindest im Auto Sinn ergeben. Dieses Auto ist der Hammer, findet sie. Ein goldfarbenes Jaguar-Cabrio, *so totally* LA. Aber bitte mach das Dach zu, ich habe keinen Sonnenschutz drauf, und ich möchte nicht mit dreißig aussehen wie 'ne Krokotasche.

Rainer hat gehorcht, wie er ihr immer gehorcht. Seine Tochter ist da, er darf wieder Vater sein, Mensch! Er ist wieder in der Welt vorhanden.

Beeil dich, sagt Allegra streng, vielleicht machen die schon um sechs Uhr den Laden dicht.

Wie ein goldenes Geschoß fliegt der Wagen über den Highway Richtung Norden. Je weiter sie aus Los Angeles hinausfahren, um so klarer wird die Luft. Die Berge vor ihnen sind jetzt im Frühjahr mit einem zartgrünen Flaum überzogen, überall wachsen weiße und rosa Blümchen, deren Namen Rainer in all der Zeit hier nicht gelernt hat und wahrscheinlich auch nicht mehr lernen wird.

Ich lache über meine Idiotie, dich in der Gegend herumzukutschieren, statt eine sehr alte Freundin vom Flughafen abzuholen, sagt er.

Wie alt ist denn diese Freundin?

Ungefähr so alt wie ich.

Also hundert.

Danke.

Bitte.

Du kennst sie. Sie war die Hauptdarstellerin in *Wann sind wir da?*

Allegra stöhnt. Gleichzeitig krault sie ihrem Vater kurz den Nacken, um ihn gefügig zu halten. Prompt schnurrt er zufrieden wie ein Kater.

So eine Dunkelhaarige, Hübsche. Ein bißchen wie Sandra Bullock sah sie aus. Wir haben den Film doch früher, als du klein warst, oft zusammen angesehen. Weißt du das denn nicht mehr?

Allegra zuckt die Achseln und sieht mürrisch aus dem Fenster. Schneller als das Wetter in den Bergen wechselt ihre Laune, ohne jede Vorankündigung. Rainer weiß nicht, was er jetzt schon wieder falsch gemacht hat. Immerhin liegt ihre Hand noch in seinem Nacken, inständig hofft er, sie möge sie nicht wegnehmen.

Ist immer noch ein ziemlich guter Film, sagt er.

Allegra schnaubt und nimmt ihre Hand von seinem Nakken. Das war doch im letzten Jahrhundert.

Bitte, kraul mich weiter, bettelt er. War gerade so schön.

Allegra denkt nicht dran.

Immer noch ein guter Film, wiederholt er trotzig. Wir waren jung und sahen alle super aus.

Ist ja gut, Paps. Beruhige dich.

Kannst du dir nicht vorstellen, daß ich auch mal jung war?

Lieber nicht.

Ich war sogar mal so alt wie du.

Hilfe …

Mit fünfzehn hatte ich jede Menge Pickel und war kreuzunglücklich.

Du hast immer noch Pickel und bist unglücklich.

Ich habe keine Pickel, das ist eine Lüge.

Allegra lächelt süffisant, holt ihr Handy aus ihrer Kaschmirjoggingjacke und tippt mit einem für Rainer unnatürlich gelenkigen Daumen darauf herum.

Kannst du das nicht mal lassen?

Was?

Dieses ständige Rumgetippe. Es macht mich wahnsinnig.

Du hast mir doch verboten zu telefonieren.

Weil es mit einem deutschen Handy ein Vermögen kostet!

Allegra wirft ihm einen langen Blick zu. Stell dich nicht so an, sagt dieser Blick. Du kaufst dir mal eben so ein goldenes Jaguar-Cabrio, du bist gerade erst in eine funkelnagelneue Villa nach Beverly Hills gezogen, was willst du Geizkragen von mir?

Selbst für mich wächst das Geld nicht auf Bäumen, sagt Rainer mit fester Stimme. Stell dir vor.

Genau so stelle ich mir das aber vor, sagt Allegra. Kannst du dich an die Geschichte vom kleinen Schorschi erinnern, die du mir immer vorgelesen hast, wo auf einem Baum plötzlich Geldscheine wachsen, und er findet sie und erzählt es seinem Vater, und der Vater sagt: Das Geld wächst nicht auf Bäumen?

Allegra macht Rainers Tonfall nach und kichert.

Rainer saugt ihr Kichern ein wie Manna. Es ist so selten geworden, daß sie mit ihm lacht. Am Telefon mit ihren Freundinnen in Deutschland kichert und quiekt sie stundenlang, mit ihm fast nie mehr.

Es ist, als sei er als Person für seine Tochter plötzlich unsichtbar geworden. Weihnachten, vor noch nicht einmal einem halben Jahr, war er noch der Größte für sie, da durfte er noch abends im Bett neben ihr liegen, mit ihr kuscheln, sogar ab und zu noch vorlesen, und jetzt gibt es ihn für sie plötzlich nicht mehr.

Er buhlt um sie wie um eine verlorene Liebschaft. Versucht, der netteste, zärtlichste, verständnisvollste Vater der Welt zu sein, und erntet dafür nur mitleidige, genervte Blicke. Wie Luft behandelt sie ihn, und ohne ihre Aufmerksamkeit fühlt er sich wie ein Gespenst.

Unmißverständlich macht sie ihm immer wieder klar, daß es augenblicklich nur einen einzigen Weg zu ihrem Herzen gibt: seine Kreditkarte.

Heute mittag hat sie ihm erklärt, daß sie jetzt sofort in einen Designer-Outletstore fahren muß, kurz vor Palm Springs. Unbedingt heute noch, vor achtzehn Uhr, denn dort ist nur heute Schlußverkauf.

Sie hat sich am Pool im Bikini auf seinen Schoß gesetzt, und Rainer war heilfroh, daß sie niemand sehen konnte. Aus Angst, eine Anklage wegen Kindesmißbrauchs angehängt zu bekommen, nimmt in den USA kein Vater mehr sein Kind auf den Schoß. Besonders nicht, wenn es fünfzehn Jahre alt ist.

Allegra weiß das nicht, Allegra kommt aus Deutschland. Sie ist trotz aller kalifornischer Attitüde, die sie an den Tag legt, sein deutsches Kind geblieben, sein einziges Stück Heimat. Sie lehnt sich an seine Brust. Wie er das genießt. Ihre Haut auf seiner Haut. Sein Kind, sein Baby. Ihr Rükken mit den dünnen Flügelchen ihrer Schulterblätter ist noch so schmal wie immer.

Von hinten ist sie sein kleines Mädchen geblieben, von

vorn erkennt er sie kaum noch wieder. Im letzten halben Jahr, in dem er sie nicht gesehen hat, hat sie einen richtigen Busen bekommen. Das paßt nicht zu ihr, zu seiner kleinen Allegra. Das mag er gar nicht sehen. Zieh dir was an, will er ihr sagen, dabei hat er sich extra für sie um ein Haus mit Pool gekümmert. Sie liebt doch Swimmingpools so sehr. Das hat er auch mal getan, ganz am Anfang. Inzwischen geht er fast nie mehr schwimmen. Das tun nur die Neuen, die LA-Anfänger, die Deutschen.

Ach Blümchen. Ich muß um zwanzig nach vier am Flughafen sein. Ich hab's Johanna doch versprochen.

Augenblicklich zieht Allegra eine Schnute, und ihr Gesicht verfinstert sich. Du hast mir doch versprochen, daß wir was Schönes zusammen machen.

Danach.

Wann danach?

Morgen. Übermorgen.

Aber da ist schon alles weg! Den Schlußverkauf gibt es nur einen einzigen Tag lang! Und wenn du mit mir schon nicht auf den Rodeo Drive gehst …

Ich sehe einfach nicht ein, warum eine Fünfzehnjährige sündhaft teure Klamotten am Leib tragen muß! Oder überhaupt irgend jemand. Das ist obszön, echauffiert er sich. Dabei mag er selbst teure Kleider.

Sie durchschaut ihn mit ihren eisblauen Augen. Beruhige dich.

Es regt ihn nur noch mehr auf, daß sie dauernd ›Beruhige dich‹ sagt. Ich hab es satt, diese ständigen Diskussionen über Geld, sagt er.

Sie schaltet im Tonfall um wie ein Radio, das man auf

einen anderen Kanal stellt. Sie flüstert: Ich wünsche es mir so sehr. Mehr als alles in der Welt.

Jetzt übertreib mal nicht, sagt er fest und fürchtet sich vor dem, was jetzt kommen wird.

Sie läßt ihre langen blonden Haare vors Gesicht fallen wie einen Teppich, und fängt an zu schluchzen. Wenn er jetzt nicht nachgibt, wird sie gleich in ihr Zimmer rauschen, die Tür zuknallen und ihn tagelang mit Mißachtung strafen. Das erträgt er nicht.

Du wünschst dir diese Klamotten mehr als alles in der Welt? fragt er nach, um Zeit zu schinden.

Ich weiß, schluchzt sie. Es ist blöd, so was zu sagen, wo so viele Kinder auf der Welt hungern. Ich hasse mich dafür. Wirklich.

Du mußt dich deswegen nicht gleich hassen, sagt Rainer hilflos. Du raffiniertes Biest, denkt er. Aber er ist sich nicht ganz sicher, ob sie nicht doch ehrlich weint. Als sie noch klein war, konnte er das unterscheiden: ihre Krokodilstränen, ihr wütendes Geheul und ihren wirklichen Schmerz.

Und wer lügt denn hier wirklich? Seit ihrer Ankunft vor zwei Wochen führt *er* sie doch hinters Licht, belügt sie nach Strich und Faden.

Was bin ich nur für ein Scheißkerl, denkt er.

Heulend schlägt Allegra die Hände vors Gesicht. Ihre Schultern zucken. Rainer wischt ihr die nassen Haare aus dem verweinten Gesicht. Tränen hängen in ihren langen Wimpern. Sie zieht die Nase hoch und verzieht den Mund zu einem weiteren Heulkrampf. Ich kann nur an diesen Schlußverkauf denken, jammert sie. Ich kann nicht anders! Wie ich mich dafür hasse, wiederholt sie nachdrücklich.

Nicht, sagt Rainer hilflos, streicht ihr über das babyweiche Haar und zieht sie vorsichtig wieder zu sich heran.

Sie läßt es geschehen, ihr Kopf fällt gegen seine Brust, er klopft ihr beruhigend auf den Rücken, wie er es immer bei ihr gemacht hat, als sie noch klein war. Jetzt hat er es wieder, sein Baby. Alles ist gut, gurrt er, ist doch alles gut, jetzt wein doch nicht, es ist doch alles gut.

Sie hebt den Kopf und sieht ihn an.

Wir fahren?

Und Johanna?

Ach, diese alte Johanna, sagt Allegra und lächelt glücklich unter Tränen.

4

Johanna hat während des ganzen Fluges kein Auge zugetan. Zerschlagen und mit Knien wie aus Gelee bewegt sie sich langsam in der Schlange vor dem Schalter der Einreisebehörde weiter. Früher, erinnert sie sich, gab es hier keine Aircondition, keinen Teppich, dafür gab es einen Steward, der jeden einzeln willkommen hieß und sagte: *Welcome to America.*

Das hat Johanna nie vergessen. Das hat sie damals umgehauen. Damals. Da war sie noch jung und hübsch. Hübsch, nicht schön. *Pretty.* Jung und hübsch und ziemlich cool, obwohl es das Wort dafür noch gar nicht gab. Jetzt fragt sie sich, ob sie überhaupt noch etwas mit der Frau von damals gemein hat.

Als Triumvirat sind sie damals nach Hollywood gekommen: Rainer, deutscher Jungregisseur in schwarzer Fassbinderlederjacke, und seine beiden Hauptdarstellerinnen, die dunkle schmale Johanna und die blonde pralle Heidi. Einen besseren Namen als Heidi hätte sie sich für Amerika nicht ausdenken können. Zuerst begrüßten alle Männer immer sie, obwohl sie im Film eine deutlich kleinere Rolle spielte als Johanna. Sie starrten auf ihr Décolleté und sagten: *I loved your film.*

Nach einer Woche hatte Heidi bereits beschlossen, Amerika nie wieder zu verlassen. Sie ist wohl immer noch hier.

Johanna hat nie wieder von ihr gehört. Von Rainer dagegen kamen regelmäßig Weihnachtspostkarten und ziemlich vage gehaltene Einladungen, sie solle doch einfach mal wieder vorbeikommen. Jetzt kommt sie einfach mal vorbei. Sie wird so tun, als ginge es ihr prima.

Rainer hat in Hollywood weiter Filme gedreht, die sie nicht gesehen hat, anscheinend ist er reich und berühmt geworden. Pflichtbewußt hat sie vor ihrer Abreise noch seine Website gelesen: *The prolific and amazingly talented director* wird er dort genannt. Er hat es geschafft.

Wie wahrscheinlich auch Heidi es geschafft hat.

Nur Johanna hat es nicht geschafft.

Wütend stößt sie ihren Koffer über den klebrigen blauen Teppichboden. Sie ist müde und wach gleichzeitig, noch nicht wirklich hier und nicht mehr drüben in Deutschland. Sie ist nicht mehr die, die sie einmal war, aber auch nicht die, die sie jetzt wohl ist: eine Verliererin, die aus dem System gefallen ist wie eine schußlige, altersschwache Amsel aus dem Nest.

Dabei hatte sie es damals doch auch geschafft: Sie erinnert sich an all den Applaus, die Komplimente, Schmeicheleien, an Stretchlimos, Männer, die unbedingt und sofort mit ihr ins Bett wollten, an Kritiker, die von ihr geschwärmt und sie die ›deutsche Antwort auf Hollywood‹ genannt haben.

Sie war ein Star, ein neuer Stern am Himmel, der zu ihrem eigenen Erstaunen plötzlich hell aufstrahlte. Und dann sank ihr Stern genauso unverhofft, wie er aufgestiegen war.

Habt ihr irgendwas von Johanna gehört? Die Arme hat es ja nicht geschafft.

Was zum Teufel soll man denn schaffen? Das Leben? Jeder schafft irgendwie sein Leben. Es wird einfach geschafft, bis es irgendwann zu Ende ist. Nur hier, in diesem Land, glaubt jeder, ganz gleich, woher er kommt, daß er es schaffen kann, wenn er wirklich will. *To make it.*

Die Beamten an den Schaltern sind durchweg Einwanderer. Chinesen, Latinos, Vietnamesen. Sie erlauben oder verwehren die Einreise in das gelobte Land, das schon lange nicht mehr gelobt wird.

Damals aber kam Johanna in ein Land, das ihr so unendlich viel besser und freier erschien als Deutschland und das letzten Endes zu frei war für sie, als daß sie dort hätte Fuß fassen können. Sie hat es nicht geschafft. *Didn't make it.* Sie ist zurück nach Deutschland geflohen, weil es kleiner war, überschaubarer, mit festen Regeln, die ihr wenigstens klar waren, und weil sie dort nicht das Gefühl hatte, einfach untergehen zu können wie in Treibsand.

Jetzt flieht sie in die andere Richtung, und dieses Mal kommt sie mit gemischten Gefühlen. Ich weiß nicht, ob ich dieses Land noch ertrage, hat sie Rainer geschrieben. Komm doch einfach nur her, um deine Vorurteile zu bestätigen, schrieb Rainer zurück. Ihr Deutschen seid doch inzwischen alle entweder offen oder latent antiamerikanisch. Das stimmt. Selbst Johanna, die auch nach ihrer Rückkehr immer von den USA geschwärmt hat, hat sich seit Beginn des zweiten Irakkriegs schockiert von diesem Land abgewandt wie von einem Adoptivvater, der sich mit einemmal als Bösewicht herausgestellt hat. Sie kann es immer noch nicht fassen. Er war doch immer der Liebling, viel netter als der eigene Vater. Und jetzt das!

Was hat denn die Politik eines Landes mit seinen Bewohnern zu tun? hat Rainer geschrieben. Was würdest du sagen, wenn man dich nach deiner Regierung beurteilen würde?

Johanna tritt an die gelbe Linie, eine asiatische Beamtin mustert sie streng. Johanna bekommt Herzklopfen. Vielleicht wird sie abgelehnt, zurückgeschickt, vielleicht steht alles über ihren Diebstahl im Computer. Unsinn, denkt sie, ich bin ja noch nicht mal vorbestraft. Aber es stand immerhin in der Zeitung. *Ehemaliges Filmsternchen beim Klauen erwischt.*

Sie darf vortreten. Wortlos nimmt die Beamtin ihren roten deutschen Paß entgegen und blättert in ihm.

Business or pleasure?

Johanna denkt eilig: Ein *business* habe ich nicht, noch nicht einmal Arbeit, dann also *pleasure*? Aber viel Vergnügen erwarte ich mir nicht von dieser Reise, ich will mich einfach nur vor meinen Niederlagen verstecken. Ferien nehmen von meiner traurigen Lage.

Vacation, stottert sie.

Die Beamtin sieht auf. *Pleasure,* konstatiert sie.

I hope so, murmelt Johanna leise.

Die Beamtin richtet ein Kameraauge auf Johanna und macht ein Foto. Sie verlangt ihren linken Zeigefinger und drückt ihn mit Nachdruck auf ein digitales Stempelkissen. Amerika ist schon lange kein Land mehr, in dem man einfach so verschwinden kann.

Der rechte Zeigefinger, dann endlich knallt die Beamtin den Stempel in Johannas Paß und gibt ihn ihr zurück. *Have fun,* sagt sie mit unbewegter Miene. Diese grundamerikanische Aufforderung, ausgesprochen von einer schlechtgelaunten Chinesin, bringt Johanna dazu, zu denken: Ja! Ich werde *fun* haben, jede Menge *fun.* Ich werde von jetzt an lustig und aufgeräumt sein, offen, neugierig, frisch. Ich werde alles, was an mir negativ, meckrig, depressiv und deutsch ist, zurücklassen wie eine alte Haut. Ich werde keine arbeitslose, alte, abgetakelte Verliererin mehr sein, sondern schön, lustig, schlank und erfolgreich.

America, here I come.

Sie muß grinsen, was sich in ihrem Gesicht ganz ungewohnt anfühlt nach den letzten Wochen, als mache sie mit schwachen Muskeln plötzlich einen Klimmzug.

Vor den Gepäckbändern sucht sie die Toilette auf. Rührung überkommt sie, weil sie dort ihr altes Amerika wiederfindet. Die Halbwände als Abgrenzungen zwischen den Kabinen, die Türen, die nie richtig schließen und so hoch angesetzt sind, daß man im Notfall unter ihnen hindurchkriechen kann, der spezielle Geruch nach Desinfektionsmittel, nach dem ganz Amerika riecht, die vorn unterbrochene Klobrille, der geräuschvolle Tornado der anders konstruierten Wasserspülung, die altmodischen Armaturen an den Waschbecken. Alles ist hier noch genauso wie früher. Nur sie nicht. Ob Rainer sie überhaupt wiedererkennen wird?

Sie hätten ausmachen sollen, daß sie eine Rose in der Hand hält oder das Sonnenblumenbrot in ihrem Gepäck. Bring mir eine ganze Sonne mit, hat er sich gewünscht. Eine ganze, halbe oder viertel Sonne, so heißt das immer noch in seiner Münchner Lieblingsbäckerei.

Brav hat Johanna sogar zwei ganze Sonnen eingepackt, und jetzt fürchtet sie, daß sie ihr vom Zoll abgenommen werden.

Nervös steht sie am Gepäckband und sieht die Polizisten

mit ihren gutmütig wirkenden Drogenhunden auf und ab gehen. Wieso schüchtern sie amerikanische Polizisten gleich so ein? Ihr Koffer kommt und kommt nicht, jetzt bangt sie, daß er überhaupt nicht ausgeliefert werden könnte. Ein junger Sikh steht neben ihr, auch er hat sein Gepäck noch nicht. Er beobachtet sie, wie sie unruhig von einem Fuß auf den anderen tritt.

Never give up hope, sagt er lächelnd zu Johanna. Der zweite Satz des amerikanischen Katechismus innerhalb von einer halben Stunde: *Have fun and never give up hope.*

Der Sikh hebt die Hand, als wolle er sie grüßen, sie hebt sie zögernd ebenfalls, aber er hat nur auf seinen Koffer gezeigt, der jetzt auf das Band gespuckt worden ist. Johanna dreht sich um, und da ist tatsächlich auch ihr Koffer.

See, sagt der junge Inder. Aber sie reagiert nicht. Typisch ruppig europäisch, denkt er sicher.

Mit erneutem Herzklopfen zerrt Johanna ihren Koffer zum Zoll, aber auch hier wird sie durchgewinkt, jetzt ist sie wirklich angekommen. Sie ist wieder in Amerika.

Verwirrt blickt sie in eine wogende, winkende Menschenmenge, viele halten Namensschilder in die Höhe, es wird gerufen und geschrien, alles ist in Bewegung, wie soll sie hier Rainer finden?

Unsicher bleibt sie stehen, lächelt idiotisch, fühlt sich, als sei sie auf einer Bühne aufgetreten, aber ungeduldig sehen die Wartenden an ihr vorbei. Verschüchtert verzieht sie sich in eine Ecke und beobachtet, wie die Ankommenden einer nach dem anderen empfangen werden. Selbst die fette Flugzeugnachbarin wird von ebenso fetten Verwandten umarmt und gedrückt.

Wie wird Rainer sie empfangen? Wird er so strahlend, positiv und erfolgreich aussehen, daß sie sich noch grauer, kleiner und mieser fühlen wird? Vielleicht hat Rainer bereits im Internet von ihrem Ladendiebstahl erfahren. Augenblicklich legt sich der glutheiße Mantel der Scham um sie.

Ihre Schwester Marie, die sich sonst nie für sie interessiert, hat gleich am nächsten Tag angerufen: Warst du das mit dem Lippenstift? Ehemaliger Filmstar J.K.?

Johanna ist Marie dankbar, daß sie nicht Filmsternchen gesagt hat.

Nein, war ich nicht, lügt sie schnell und dumm wie ein Kind.

Aber J.K.? Wer soll das sonst sein? Komm, mir kannst du es doch sagen!

Wieso soll ich denn einen Lippenstift klauen?

Wieso nicht? Du hast früher auch manchmal geklaut.

Du spinnst.

Und was war mit den Mickymaus-Heften, die du beim Kiosk an der Ecke aus dem Zeitungsständer geklaut hast?

Das war ein Mal.

Marie schnauft befriedigt. Marie hat immer recht. Marie macht alles richtig. Marie hat nie geklaut. Marie, die Gute, die Goldmarie. Marie, die dem Vater die Treue hält.

Wann kommst du endlich, ihn besuchen?

Ich komme nicht, das habe ich schon hundertmal gesagt.

Sein Zustand ist nicht stabil, sagen die Ärzte.

Ich will ihn trotzdem nicht sehen.

Meine Güte, Johanna. Meinst du nicht, daß man sich irgendwann im Leben versöhnen sollte?

Nein.

Er ist immerhin dein Vater.

Maries Tonfall bringt Johanna auf die Palme.

Das war er eben nicht, schreit sie.

Er ist es trotzdem, da kannst du wüten und schreien, er bleibt es trotzdem.

Nicht für mich.

Wenn du es nicht für ihn tust, tu es für dich. Sieh ihn dir noch einmal an.

Nein.

Er pinkelt und scheißt sich in die Hose, kann kaum noch sprechen, er ist nicht mehr gefährlich.

Nein.

Das wirst du bereuen, ich weiß es.

Nein, sagt Johanna und hört das Zittern in ihrer Stimme, du weißt auch nicht immer alles.

Ich weiß, daß du das warst mit dem Lippenstift, sagt Marie nach einer Pause.

Hier in Amerika kennt sie wenigstens niemand, hier liest niemand deutsche Zeitungen, hier weiß niemand vom vergessenen blauen Sack, hier begegnet ihr kein mitleidiges Filmteammitglied auf der Straße, hier kann Marie sie nicht erreichen. Hier wird sie endlich durchatmen können, ihre Vergangenheit für ein paar Wochen ablegen wie einen alten mottenzerfressenen Wintermantel.

Immer noch kein Rainer. Er war doch ziemlich groß, er müßte aus der Menge herausragen. Ob er immer noch seine Lederjacke trägt? Sie kann sich an ihr Knarzen erinnern. Seine Ledermontur war seine Rüstung, die er auch bei dreißig Grad im Schatten nicht auszog. Darunter steckte ein eher schüchterner junger Mann, der den Eindruck erweckte, man müsse sich um ihn kümmern.

Johanna hat sich fast vier Jahre um ihn ›gekümmert‹. Wer sich wohl jetzt um ihn kümmert? Johanna tippt auf eine durch Yoga und Pilates gestählte, mindestens zwanzig Jahre jüngere Hollywoodschönheit.

Nach Johanna war Rainer eine Zeitlang mit einem deutschen Model verheiratet, bekam mit ihr sofort ein Kind, eine Tochter. Zu Johanna hatte er immer gesagt: Wer ein Kind in diese Welt setzt, ist ein gewissenloses Arschloch.

Als Geburtsanzeige schickte er ihr damals ein Foto von sich und seiner bildhübschen Frau mit Baby auf dem Arm vor dem bekannten Hollywoodschild. *A star is born*, stand darunter. Reichlich belastend hat Johanna das gefunden für den kleinen Wurm, der auf den Namen Allegra getauft wurde. Johanna wußte sofort, woher Rainer den Namen hatte. Das hätte mein Leben sein können, hat sie damals eifersüchtig gedacht: Das Baby Allegra, Rainer und ich.

5

Allegra winkt Rainer noch einmal zu, dann verschwindet sie in einem Dickicht von Kleidern wie in einem tiefen Wald. Verloren steht Rainer im größten Outletstore, den er je gesehen hat. Junge Frauen, alte Frauen, Teenager rennen aufgeregt gackernd und schnatternd durch die Regalreihen, während die wenigen Männer auf Kleinkinder in Kinderwagen aufpassen, ihre Blackberries studieren oder am Handy telefonieren.

Die Luft ist stickig, parfüm- und frauenschweißgeschwängert, nach wenigen Minuten schon ist Rainer schwindlig.

Er würde sich gern setzen, aber nirgendwo ist ein Stuhl. Wie ein Aufseher verschränkt er die Hände hinter dem Rükken und wippt auf den Zehenspitzen.

Strahlend taucht Allegra wieder auf, mit Klamotten beladen wie ein Packesel, ihre Augen leuchten. Da ist sie endlich wieder, ihre wilde Begeisterung, wie er sie von ihr als Kind kennt, auf dem Karussell, beim Schwimmen, Skifahren, wenn sie zusammen zelten waren, dieses plötzliche Aufleuchten, das ihn alles vergessen läßt und ihm gleichzeitig all die Jahre immer wieder die Gewißheit verschafft hat, daß er am Ende doch etwas richtig macht. Wenn Allegra leuchtet, leuchtet auch er.

Paps, kannst du eine Umkleidekabine belegen? Schnell!

Sie schüttet ihm die Klamotten in die Arme.

Alles *Juicy Couture,* flüstert sie, als sei das ein Codewort. Verzückt kichernd läuft sie schon wieder weg und streicht wie eine Katze auf Beutezug an den Kaschmirpullovern vorbei, den Designerwintermänteln aus Europa, die hier doch eigentlich niemand tragen kann, den Prada-Kostümchen für weibliche Studiobosse, Agentinnen und Produzentinnen. Rainer kennt diese Frauen, früher hat er ihre Louis-Vuitton-Handtaschen halten dürfen, ist von ihnen zum Essen eingeladen worden, auch ins Bett, manchmal sogar auch in die Ferien. Früher. Das ist gar nicht so lange her.

Er stellt sich an den Umkleidekabinen an, aus denen die Frauen mit puterroten Köpfen und schweißnassen Haaren nur kurz heraustreten, um sich vor ihren Freundinnen oder Ehemännern zu drehen, ungeduldig an den Kleidern herumzuzupfen und, auch wenn die anderen begeistert sind, kritisch das Gesicht zu verziehen. Mit zusammengekniffenen Augen starren sie sich im Spiegel an, um dann wieder in den Kabinen zu verschwinden.

Erstaunlich oft tauchen sie in Kleidern auf, die sie fett oder alt oder beides aussehen lassen. Die mögen sie oft am liebsten, da lächeln sie, wiegen sich selbstgefällig vorm Spiegel, während ihre Berater, deren Meinung ja doch nicht gefragt ist, gottergeben nicken.

Eine mollige Frau um die vierzig in einem viel zu engen grasgrünen Hosenanzug kommt aus einer Kabine. Zweifelnd betrachtet sie sich und wendet sich schließlich an Rainer.

Was meinen Sie? Bitte die Wahrheit und nichts als die Wahrheit. *The truth.* Rainer mag dieses Wort, obwohl er es als Dauerlügner eigentlich fürchten müßte. Es klingt tiefer als das deutsche Wort, erschreckender.

No way, sagt er und schüttelt entschieden den Kopf. Sie sehen darin aus wie eine genmutierte Pflanze.

Die Frau starrt ihn an, dann bricht sie in schallendes Gelächter aus. Sie haben recht, kreischt sie. Wie eine Pflanze! Mein Gott, Sie haben wirklich recht. Und um ein Haar hätte ich das blöde Ding gekauft! Sie sind mein Retter! Gott schütze Sie! *Thank you! Thank you! Thank you so much!*

You're welcome, sagt Rainer. Er liebt Amerika immer noch, allein schon wegen dieser unverhofften Begeisterungsstürme von völlig Fremden. Die Frau zieht den grünen Anzug aus und überläßt Rainer, immer noch dankbar, ihre Kabine.

Rainer zieht den Vorhang zu, setzt sich auf den Hocker in der Ecke wie ein Beichtender in den Beichtstuhl.

Vater, ich habe gesündigt. Ich belüge meine Tochter, meine Exfrau, mich selbst, die ganze Welt. Ich bin falsch, alles an mir ist falsch, verkommen und verlogen. Ich führe ein falsches Leben. Nichts ist mehr richtig an mir. Ich bin verloren.

Nebenan sagt eine Mädchenstimme: Du schluckst echt runter?

Na ja, sagt eine andere, nicht jedesmal.

Du weißt schon, daß du davon Aids kriegen kannst?

Ich kenne die doch alle, sagt die zweite.

Als ob das was nützt. Machst du das denn gerne?

Ich hasse es, sagt die zweite und lacht.

So richtig gern macht es, glaube ich, niemand.

Ne. Es stinkt.

So wie das Innerste vom Bauchnabel, sagt die erste und kichert.

Hör auf. Mach mir mal den Reißverschluß zu.

O Gott, ist das eng. Halt die Luft an.

Ich bin fett geworden wie ein Schwein. Aber irgendwie stehen da alle drauf. Manche legen ihn mir zwischen meine Titten.

Tut mir leid, ich krieg's echt nicht zu.

Streng dich an. Ich will dieses Kleid haben. Wofür habe ich es gestern zehnmal gemacht?

Zehnmal? In der großen Pause? Das macht zwei Minuten pro Mann. Das glaube ich dir nie.

Dann laß es.

Du Sau. War auch ein Lehrer mit dabei?

Du spinnst ja wohl. Würde ich nie machen. Nicht für tausend Dollar.

Ich schon.

Ich auch.

Gekicher.

Nüchtern konstatiert Rainer, daß ihn die Unterhaltung der zwei Schulmädchen, wahrscheinlich kaum älter als seine Tochter, früher bestimmt erregt hätte. Ohne seine Tabletten wäre er ein Schwein wie alle anderen, aber die Stimmungsaufheller haben anscheinend seine Libido komplett lahmgelegt.

Für seine Tochter wollte er wieder fröhlich werden, heiter, einfach gut drauf. Und ganz schnell, denn Su gab ihm nicht viel Zeit. Vor ein paar Wochen erst rief sie ihn mitten in der Nacht an. Wie jedesmal blieb ihm fast das Herz stehen, weil er dachte, Allegra sei etwas passiert, und jedesmal seit fast zehn Jahren fragte Su ihn, ob er schlafe. Sie wartete die Antwort nicht ab, sondern eröffnete ihm, sie schicke ihm Allegra ausnahmsweise schon in den Oster-, und nicht erst in den Sommerferien.

Aber ich ... ich drehe aber vielleicht, stotterte er panisch. Wie sollte er sich in nur drei Wochen in den Vater zurückverwandeln, den Allegra gewöhnt war und den sie liebte?

Was heißt, du drehst vielleicht? Das mußt du doch wissen.

Ich drehe sehr wahrscheinlich.

Dann nimmst du sie halt mit zum Drehort. Das kennt sie und das mag sie.

Das könnte dieses Mal schwierig werden.

Wieso ist dein Leben plötzlich schwierig? Du hast doch bestimmt irgendeine Assistentin, die sich um Allegra kümmern kann. Du hast doch immer Sklaven, die dein Leben für dich organisieren. Hallo? Rainer? Bist du noch da?

Ja.

Warum sagst du nichts?

Weil du redest, deshalb sage ich nichts.

Ist alles okay? Du klingst komisch.

Wie denn?

Traurig. Deprimiert. Und irgendwie alt.

Für seine Tochter will Rainer der strahlende Held von einst sein, deshalb hat er angefangen, diese Pillen zu nehmen, die sie hier alle nehmen, wenn nur ein Hauch von Traurigkeit sie anweht. In diesem Punkt ist er erstaunlich lang Europäer geblieben, er hat auf seinen Stimmungen bestanden, seine Gefühle im Original behalten wollen, ohne Mutation, ohne Zusatz, ohne Veredelung. Aber für Allegra muß er doch sein, wie er immer war, das erwartet sie doch! Wer will denn schon einen depressiven *loser* zum Vater? Das große L, das sich hier schon die Kinder gegenseitig mit einem durch Daumen und Zeigefinger angedeuteten L vorhalten. Also wenigstens so tun, als wäre alles super.

Wirklich fröhlich machen ihn die Tabletten nicht, aber schon nach einer halben Packung fühlt er sich wie ein Mann ohne Unterleib. Wenn er es jedoch bedenkt, hat seine Libido ihm in letzter Zeit nur enttäuschende Episoden bereitet, so wie die letzte Staffel einer einst erfolgreichen Fernsehserie. Die Frauen scheinen seine Misere zu wittern, er muß sich deutlich mehr bemühen, um sie zu gewinnen, und wenn er sie dann hat, sind sie seltsam anstrengend. Nichts entwickelt sich mehr von selbst. Alles muß ewig verhandelt werden. Darauf kann er verzichten.

Allegra reißt den Vorhang auf und wirft weitere Klamotten wie eine Beute in die Ecke.

Und jetzt raus, sagt sie grinsend und knöpft sich die Jacke auf. Er kann sich nicht satt sehen an ihr.

Gib mir einen Augenblick, sagt er, mir ist von der Luft hier ganz schwindlig.

Ist dir schlecht? Mußt du dich übergeben? Vorsorglich rafft sie die Sachen wieder zusammen und preßt sie an sich.

Rainer schüttelt den Kopf. Allegra lehnt sich gegen die Wand und beobachtet ihn ungeduldig. Frauen fluchen, keuchen und seufzen rechts und links in den Kabinen.

Was guckst du mich so komisch an?

Tue ich doch gar nicht.

Komm jetzt. Sie gibt ihm die Hand und zieht ihn hoch. Es bleibt ihm keine Wahl. Schnell zieht er den Vorhang hinter ihr zu, er will nicht, daß irgendein Spanner einen Blick auf sie erhascht.

Draußen befingert er gelangweilt ein paar rosa Kaschmirpullover für zweihundert Dollar. Er seufzt. Zwei junge Frauen mit nackten, braungebrannten Bäuchen mustern ihn mißtrauisch von der anderen Seite der Kleiderstange. Die Kabinennachbarinnen? Blöd grinst er sie an.

Paps, schau mal.

Allegra tippt ihm von hinten auf die Schulter. Sie trägt ein tailliertes schwarzes Organzakostüm mit bodenlangem Rock, darunter eine schneeweiße Bluse mit Jabot. Sie sieht aus wie versehentlich hierhergeraten, eine unschuldige Blüte aus vergangenen sittenstrengen Zeiten.

Wow, stammelt Rainer.

Der Hammer, oder? sagt sie und dreht sich stolz.

Wieviel?

Mörderisch, lächelt sie.

Sag schon, seufzt Rainer.

Sie spitzt ihre weichen rosa Babylippen, unterbricht sich. Ich kann's nicht sagen, kichert sie.

Rainer starrt sie an. Sie sieht so hübsch aus, so perfekt, so vollkommen eins mit sich. So hat er sie noch nie gesehen. Eine fremde junge Frau, nicht mehr seine Tochter. Er ahnt, daß dies ein historischer Augenblick ist. Trotz Pillen droht er in schwarzer, klebriger Melancholie zu versinken.

Was guckst du denn so tragisch? Du kennst den Preis doch noch gar nicht.

Allegra flüstert leise die Zahl. Rainer bemüht sich, von ihren Lippen zu lesen.

Eintausendeinhundert?

Allegra schüttelt den Kopf.

Eintausendsechshundert?

Sie nickt und sieht kokett zu Boden.

Eintausendsechshundert Dollar?

Sie hebt die Hände. Sag nichts, sag nichts, meint sie. Das ist heute der Preis. Aber morgen, morgen früh um acht! fängt sie an zu singen und dreht sich im Kreis vor dem Spiegel. Sie erinnert Rainer an die klitzekleine Figur der Tänzerin, die er als Kind hatte, und die man mit einem ebenso kleinen gelben Magnetspiegel dazu bringen konnte, sich endlos im Kreis zu drehen.

Was? Was ist morgen früh um acht?

Allegra fliegt auf ihn zu und prallt gegen seine Brust wie ein Vogel gegen eine Fensterscheibe.

Morgen ab acht gibt es siebzig Prozent! trompetet sie in sein Ohr. Siebzig Prozent Rabatt! Schlußverkauf!

Fest schlingt sie die Arme um ihn. Das erste Mal, seit sie angekommen ist, umarmt sie ihn freiwillig. Diesen Augenblick will er auskosten, solange es nur geht.

Und wieviel macht das dann?

Ach, Paps. Jetzt quäl mich doch nicht, jammert sie.

Das mußt du mir schon ausrechnen. Er hält sie fest. Also?

Wie pingelig du immer bist!

Sie löst sich von ihm. Vorbei der süße Moment. Er erträgt es nicht. Nimmt sie erneut in den Arm, was sie jetzt nur noch widerstrebend zuläßt. Angestrengt denkt sie nach. Weniger als siebenhundert, das ist schon mal sicher.

Also wieviel?

Du bist gemein.

Er lockert seinen Griff nicht. Ich soll es doch schließlich bezahlen.

Du könntest auch leicht den vollen Preis bezahlen, sagt sie kühl und macht sich steif in seinen Armen. Das ist alles nur Schikane, die du als Erziehung betrachtest, dabei lebst du selbst wie der König von Hollywood.

Sie schiebt ihn von sich weg und betrachtet ihn kritisch. Vierhundertachtzig, wenn du es genau wissen willst.

Okay, sagt Rainer erleichtert. Sie scheint keine Ahnung zu haben. Alles ist in bester Ordnung, alles ist wie früher, und alles wird gut. Vierhundertachtzig, sagt er bemüht ruhig, das geht in Ordnung. Wie soll ich das nur bezahlen, denkt er verzweifelt.

Ja? Du bist der Beste, schreit Allegra und busselt ihn ab. Gerührt betrachten ihn ein paar Frauen, und Rainer lächelt stolz in die Runde. Ja, schaut her, ich kann nicht anders, ich bin auch nur ein erpreßbarer Vater, butterweich in der Hand meiner Tochter.

Dann müssen wir morgen punkt acht Uhr hier auf der Matte stehen, sagt Allegra aufgeregt. Am besten schon um sieben vor der Tür. Das wird schlimmer als die Schlacht um ... um Stalingrad. O Paps, du bist einfach superlieb.

Abermals überschüttet sie ihn mit Küssen. Ich bin korrupter als ein Politiker im Kongo, denkt Rainer glücklich lächelnd. Arme Johanna.

6

Plötzlich hört Johanna ihren Namen im Raum, amerikanisch ausgesprochen, *Joanna.* Sie soll zum Informationsschalter kommen. Der Computer druckt eine Nachricht von Rainer für sie aus. Er könne sie leider nicht abholen, es sei etwas Wichtiges dazwischengekommen, sie solle zu ihm nach Hause, nach Beverly Hills, fahren und sich beim Nachbarn melden. Der hätte den Hausschlüssel. Und keine Angst vor dem Hund. Er heiße Jägermeister, und ob sie ihn bitte Gassi führen könne. Paß gut auf ihn auf. Wichtig! *See u soon. Love – Rainer.*

Are you okay? fragt die Frau am Schalter Johanna fürsorglich.

Ja, ja, sagt Johanna auf deutsch und wendet sich verwirrt ab. Angsterfüllt denkt sie: Jetzt bin ich ganz allein in dieser Stadt.

Deutlich kann sie sich an ein Gefühl von alles verschluckender Einsamkeit erinnern. Immer wieder hat Rainer sie damals allein gelassen, eingesperrt in ein Hotel, ohne Auto, ohne Möglichkeit, unter Leute zu kommen. *See you soon.* Was soll das heißen? Wann wird Rainer nach Hause kommen? In einigen Stunden oder Tagen oder gar nicht?

Vor Wut, Angst und Übermüdung schießen ihr Tränen in die Augen.

Sie zerrt ihren Koffer aus dem Flughafengebäude und

tritt aus der eisigen Air-condition-Atmosphäre hinaus in überraschend warme, weiche Luft. Überwältigt blinzelt sie in einen stahlblauen Himmel und sacht schwankende Palmen. Sie erinnert sich. Ihr Herz macht einen kleinen Hüpfer über alle Vergangenheit hinweg, und alles fängt von vorne an.

Der Taxifahrer ist anscheinend Mexikaner. Blecherne Mariachi-Musik quäkt aus dem Autoradio und macht Johanna erst kicherig fröhlich und dann mit einem Schlag so traurig, daß ihr schon wieder die Tränen kommen.

All die schon gelebte Zeit hängt wie eine große Kugel an ihrem Bein wie bei einem Sträfling. Wortlos reicht ihr der Taxifahrer ein rosa, süßlich riechendes Kleenex.

Gracias, bedankt sich Johanna.

No problem, erwidert er auf englisch.

Endlose niedrige Betonklötzchen, die übergroße Reklameschilder auf ihren Dächern tragen wie langweilige Frauen überdimensionale bunte Hüte, ziehen minutenlang an ihr vorüber. Heruntergekommene Viertel, dann plötzlich schmucke rosa Häuschen mit gepflegten Vorgärten, die Häuser und Gärten werden immer größer, die Palmen gerader, die Straßen leerer, und dann steht sie – das zerknüllte rosa Kleenex noch in der Hand – vor einer strahlend weißen Villa in Beverly Hills.

Kein Mensch weit und breit. Sie hebt den Arm und winkt hilflos den Rücklichtern des Taxis nach wie einer Rakete, die sie auf dem Mond abgesetzt hat.

Sie hatte ja keine Ahnung, wie reich Rainer in der Zwischenzeit geworden ist. Die Postleitzahl hätte ihr zu denken geben sollen. Das ist keine Villa, sondern ein Palast. Klassizistische Säulen tragen ein Vordach samt Fries mit griechischen Musen – oder sind das alles Hollywoodschauspielerinnen, die sie nicht erkennt? Üppige Rhododendronbüsche rahmen die Vorfahrt ein, ein makellos gepflegter Rasen breitet sich zu ihren Füßen aus wie ein exquisiter grüner Teppich, sanft bewässert von Sprinklern, deren Tropfen in der jetzt schon tiefstehenden Sonne glitzern wie Diamanten. Dagegen wirkt der langgestreckte hellblaue Bungalow des Nachbarn mit Springbrunnen vor der Tür fast bescheiden.

Eine junge Frau in einem schneeweißen Jogginganzug öffnet. Offensichtlich weiß sie Bescheid, sie mustert Johanna nur kurz und holt dann einen an Johanna adressierten Brief mit dem Hausschlüssel, den sie allerdings noch so lange in der Hand behält, bis Johanna sich ausgewiesen hat.

Man kann schließlich nie wissen, sagt die Frau schulterzuckend.

Johanna nickt wie ein Schaf. Aufmerksam durchblättert die Frau ihren Paß, sie nimmt sich Zeit, es ist ihr nicht die Spur unangenehm. Johanna läßt das zerknüllte rosa Kleenex aus Versehen auf den leuchtendgrünen Rasen fallen, schnell bückt sie sich und hebt es wieder auf.

Wann Rainer denn wohl nach Hause komme, stottert sie und muß die Frage wiederholen, anscheinend wegen ihres schweren Akzents.

I have no idea, sagt die junge Frau und händigt Johanna Paß und Brief aus, gibt der Tür einen kleinen Tritt und läßt sie vor Johanna ins Schloß fallen.

Johanna hätte sie gern noch gefragt, ob dieser Hund, der

auf den blöden Namen Jägermeister hört, ein netter Hund ist, denn eigentlich hat Johanna Angst vor Hunden, aber deshalb abermals zu klingeln traut sie sich nicht.

In dem Brief befindet sich der Schlüssel und der Code für die Alarmanlage, keine einzige Zeile von Rainer. Ängstlich schließt Johanna auf, darauf gefaßt, jederzeit von dem Hund angefallen zu werden – aber nichts geschieht.

Mit zitternden Fingern tippt sie den Code in die Alarmanlage ein, aber es blinkt nur immer wieder ein kleines rotes Licht.

Hilflos wendet sie sich ab, da sieht sie den Schäferhund, der sie aufmerksam mit schiefgelegtem mächtigen Kopf betrachtet. Natürlich hat Rainer einen deutschen Schäferhund, was sonst? Jägermeister? sagt sie leise. Der Hund legt den Kopf auf die andere Seite, trottet langsam auf sie zu, schnuppert an ihr, und stößt ihr dann seine Schnauze in den Schritt.

Wie sie das haßt, dieses unverblümte sexuelle Verhalten von Hunden, das dann regelmäßig von allen geleugnet wird: Es ist doch nur ein harmloses Hundchen!

Weg, sitz, kusch! befiehlt sie, aber Jägermeister läßt sich nicht von ihrem Schritt abbringen. Sie greift ihm ins dichte Fell und schiebt ihn vorsichtig fort, wahrscheinlich wird er sie gleich anfallen. Sie wird hier im Flur verbluten, wieder wird sie in der Zeitung stehen: *Deutsches ehemaliges Filmsternchen und Ladendiebin in Hollywood von Schäferhund totgebissen.*

Hektisch tippt sie mit der freien Hand immer wieder die Zahlenreihe ein, endlich erkennt die Alarmanlage den Code und gibt grünes Licht. Sie läßt Jägermeister los, der ihr sofort hinterhertrottet, holt den Koffer ins Haus und schließt die schwere Tür hinter sich. Augenblicklich verstummt das Grillenzirpen, tiefe Stille umgibt sie. Ein dicker weißer Teppichboden schluckt ihre Schritte, Jägermeister weicht nicht von ihrer Seite. Das Haus riecht nach Weichspüler und Raumaromaspray. Die Einrichtung ist stillos und pompös wie die Ausstattung eines Hollywoodfilms. Weißer Marmor, Gold, silberne schwere Samtstores vor den Fenstern, riesige nichtssagende Bilder an den Wänden.

In einem blutrot tapezierten Raum steht eine übergewichtige Couchgarnitur aus weißem Leder vor einer Kinoleinwand, es gibt ein Eßzimmer ganz in Sonnengelb, ein komplett in Tigermuster dekoriertes Zimmer, dessen Zweck sich Johanna nicht erschließt, vier Schlafzimmer mit eigenen Bädern, eine gigantische Küche mit einem wuchtigen Holzblock in der Mitte und einem Kühlschrank so groß wie ein ganzes Zimmer. Jägermeister stellt seine Pfoten auf den unteren Rand und zusammen starren sie in die blendendhelle Kälte des Kühlschranks. Er ist leer bis auf eine Dose Hundefutter und einen Kanister Milch.

Hast du Hunger? Sprichst du deutsch oder englisch?

Mit glänzenden braunen Augen schaut er sie erwartungsvoll an.

Johanna löffelt Hundefutter in einen Napf aus echtem Silber mit Jägermeisters eingravierten Namen. Rainer, du bist bekloppt, sagt sie laut.

Jägermeister stürzt sich dankbar auf das Futter. Johanna setzt sich neben ihn auf den hölzernen Küchenboden. Sie ist so müde, am liebsten würde sie sich hier hinlegen. Ihr schaudert. Die Air-condition arbeitet auf vollen Touren.

Der Hund schmatzt gierig. Sie darf jetzt noch nicht schlafen. Sie zieht sich am Kühlschrank hoch, sieht aus dem Küchenfenster in einen smaragdgrünen Garten mit leuchtendroten Hibiskushecken und einem türkisblauen Pool. Die Sonne ist hier heller als anderswo. Strahlender, unerbittlicher. Ein vorwurfsvoll gutes Wetter, das einen ständig aufzufordern scheint, sich zu freuen, das Leben zu genießen, gefälligst in Ferienlaune zu sein, und drinnen arktische Kälte, einsame, von Erfolg und Mißerfolg gepeitschte Menschen.

Freut euch an eurem Erfolg, freut euch, freut euch, solange er andauert! riefen ihnen hier damals alle zu, und Rainer, Heidi und Johanna staunten über die so wenig neidischen Menschen, die einem Erfolg nicht übelnahmen wie daheim, sondern nur auch erfolgreich sein wollten.

Also strengten sie sich an, sich zu freuen und ihren Erfolg zu genießen. Sie freuten sich und freuten sich, bis ihnen die Gesichtszüge fast einfroren vor lauter Freude, und sie sich nach wenigstens einem übelgelaunten, mißgünstigen, neidischen Deutschen sehnten, der ihnen die Last des Freuens im Handumdrehen wieder genommen hätte.

Heidi kam am besten mit dem ständigen Freuen zurecht. Sie färbte ihre blonden Haare noch einen Ton heller, flocht es in einen Gretchenzopf, trug nur noch Dirndl und machte damit Furore. Sie fühle sich total ›energisiert‹. Hier ist soviel Sonnenenergie, schwärmte sie, fühlt ihr die nicht?

Johanna dachte, sie rede von alternativ erzeugtem Strom, aber Heidi war mit einemmal esoterisch orientiert. Sie erzählte, ihr Vater sei bayrischer Hellseher gewesen und sie spüre, daß sie hier sein Erbe antreten werde. Johanna glaubte ihr kein Wort, aber bald hatte Heidi schon ihre eigene Klientel und tauchte nur noch zusammen mit einem ›Kollegen‹, einem kleinwüchsigen, guatemaltekischen Heiler auf, mit dem sie in den Bergen magische Pilze aß.

Ich verlasse meinen Körper und mache die wahnsinnigsten Erfahrungen. Willste nicht doch mal was probieren? fragte sie Johanna. Würde dir guttun. Du bist immer so negativ drauf, so schwermütig, so deutsch. Du denkst einfach zuviel. Nur so ein kleines Krümelchen, und du läßt alles hinter dir.

Heidi beschloß, das enge Deutschland ganz hinter sich zu lassen – vielleicht weil sie dort kein Peyote bekam? –, und dann entschied auch Rainer, erst einmal in Los Angeles zu bleiben, obwohl er allen Freunden zu Hause und in Interviews mit deutschen Zeitungen immer wieder geschworen hatte, er werde sich auf gar keinen Fall von Hollywood einkaufen lassen, weil er seine ureigenen Filme machen wolle und nicht irgendeinen Kommerzscheiß. Schon beim zweiten halbwegs akzeptablen Angebot wurde er schwach.

Und was wird aus mir? rief Johanna angsterfüllt.

Mensch, Jo, versteh mich doch! So ein Angebot kann man nicht ablehnen. Niemand könnte das. Die zahlen mir hier mehr für die Regie, als unser ganzer Film zu Hause gekostet hat. Und wenn ich hier erst mal einen Film gemacht habe, kann ich beim nächsten schon mehr bestimmen, was ich will. Und beim übernächsten mache ich wieder nur noch, was ich will. Und dann spielst du auch wieder mit. Ganz bestimmt.

Er vergrub sein Gesicht zwischen ihren Brüsten. Sie sah auf den hölzernen Rücken des Marlboro-Manns vor ihrem

Fenster, auf den hellblauen Himmel hinter seinem abgewinkelten Arm, auf dieses ewig wunderbare Wetter da draußen, das nie Rücksicht nahm auf die Gefühle der Menschen.

Verlaß mich nicht, hörst du? murmelte Rainer, und sie spürte, wie sich seine Lippen auf ihrer Haut bewegten. Was soll ich denn hier ohne dich?

Bis sie sich endlich dazu durchringen konnte, Rainer zu verlassen, lag sie noch monatelang untätig am Hotelpool herum, sah den Schauspielern, Agenten und Regisseuren zu, wie sie dicke Drehbücher wälzten und ab und zu ans Pooltelefon gerufen wurden. Manche bekreuzigten sich, bevor sie den weißen Hörer abnahmen, und holten tief Luft, was man ihren nackten Brustkörben gut ansehen konnte. Bei jedem Anruf beteten sie, es möge endlich derjenige sein, der ihnen *ihren* Film ermöglichen würde. Bitte, bitte, lieber Gott, laß mich diesen einen Film machen! Nur diesen!

Warum wollten sie alle unbedingt Filme machen? Meine Güte, was war schon ein Film? Aus Johannas Sicht nichts weiter als neunzig Minuten Unterhaltung, die man meist schon wieder vergessen hatte, während man sich aus dem Kino herausschob und das letzte harte Gummibärchen in der Manteltasche fand. Es konnte lustig, traurig, spannend, sogar bewegend gewesen sein, aber es war doch nur eine Geschichte. Nichts weiter.

Rainer, reg dich doch nicht so auf, es ist nur ein Film!

Wie kannst du so was sagen? Es ist *nur* ein Film? schrie Rainer dann außer sich vor Wut. Es ist schließlich mein Leben!

Wie kann denn ein Film dein Leben sein? Wie kannst du

dich so abhängig machen von der Beurteilung durch andere Leute? Völlig Fremde, die Lust haben in deinen Film zu gehen oder nicht, und du wirst nie erfahren, wieso ja, oder wieso nein, und das bestimmt dann dein Leben?

Wenn man das nicht verträgt, darf man keine Filme machen! Man muß die Hosen runterlassen, sich nackt zeigen. Wieder und wieder! Das ist das Minimum! Wer das nicht packt, soll draußen bleiben! schrie er, schüttete Alkohol in sich hinein, um dann seinen Kopf an die Wände zu schlagen, etwas zu schnappen und zu zertrümmern, einen Aschenbecher, einen abgegessenen Teller, ein Glas. In seiner schwarzen Lederjacke torkelte er durchs Zimmer und markierte den wilden Mann. Johanna fürchtete sich vor ihm, wenn er so war, gleichzeitig fand sie ihn lächerlich. Fassbinder hat das alles sehr viel besser gekonnt, dachte sie, während sie die Scherben aufhob, inklusive der Filme.

Du packst es doch gar nicht, sagte sie kühl. Vor jedem Drehtag bekommst du Durchfall vor Angst. Während des Schnitts leidest du an Depressionen. Vor jeder Premiere kotzt du deine Innereien aus. Bei jeder schlechten Kritik drohst du regelmäßig erst mit Mord und dann mit Selbstmord. Jedes Wochenende kaust du dir die Nägel blutig, bis du die Zuschauerzahlen erfährst. Und jetzt stirbst du fast vor Angst, wenn dein Produzent dich anruft.

Sie sah ihn schnippisch an. Drohend kam er auf sie zu. Seine Lederjacke knarzte bedrohlich. Er packte sie fest an den Unterarmen. Du hast doch überhaupt keine Ahnung, wovon du redest. Ich habe dich zufällig in einer Eisdiele am Rotkreuzplatz entdeckt, du hattest zufällig Lust und Zeit, und jetzt bist du zufällig in Hollywood.

Ich dachte, ich bin hier, weil ich gut war, sagte Johanna. Das hast immerhin du gesagt.

Du warst nicht schlecht für eine Laiin, sagte er schulterzuckend. Aber du bist nicht besessen vom Filmemachen. Du mußt das nicht unbedingt machen. Und darum beneide ich dich, weißt du das? Du hast ein einfacheres Leben. Du mußt eigentlich gar nichts unbedingt machen.

Diesen Satz hat Johanna nie vergessen. Lange hat sie daraufhin versucht sich einzureden, sie müsse unbedingt das eine oder andere tun. Schauspielern beispielsweise, sie nahm Schauspielunterricht, dann Drehbücher schreiben, sie besuchte Drehbuchseminare, dann wieder wollte sie etwas mit den Händen schaffen, sie lernte ein bißchen schreinern. Dann wieder kam es ihr so vor, als müsse sie unbedingt Landwirtschaftspflege studieren, und als es in ihrem Alter kein Bafög mehr gab, jobbte sie beim Film, immer noch das einzige Arbeitsfeld außer der Eisdiele, das sie ein wenig kannte. Sie landete in der Requisite, der Welt der Gegenstände, und fühlte sich dort wohler, als sie gedacht hätte. Sie wies den Dingen einen Platz an in der Welt. Sie schaffte eine kleine Ordnung in dem großen Chaos.

Irgendwann lernte sie, sich Requisiteurin zu nennen, ohne immer gleich entschuldigend dazu zu sagen, das sei nur eine Phase, eigentlich habe sie etwas ganz anderes vor in ihrem Leben.

Es gibt kaum private Gegenstände in diesem Haus, das sieht ihr professioneller Blick sofort. Anscheinend lebt Rainer immer noch vorwiegend am Drehort. Italienische Keramik in der Küche, mexikanische auf dem Kaminsims, Porzellantiger im Eßzimmer und afrikanische Masken im Leopardenzimmer. Alles, wie von einem einfallslosen Requisiteur zusammengesucht. Aber nichts, was über den Bewohner dieses Palasts wirklich Auskunft geben würde.

In einem der vier Schlafzimmer lebt anscheinend Rainers Tochter. Dort erfährt Johanna im Handumdrehen alles. Eine Vorliebe für modische Klamotten, meist Designer-Imitate von H&M, die überall herumfliegen, Größe 34. Ein paar Tangas, aber auch kreuzbrave Baumwollunterhosen, ein verschlissener Prada-BH, kaputte Converse-Turnschuhe, ein iPod-Ladegerät mit deutschem Stecker, deutsche Teenager-*Vogue*-Ausgaben vom letzten Monat, das Mädchen kann also noch nicht lange hier sein. Johanna liest die Requisiten wie ein Detektiv einen Tatort. Das Mädchen hat offensichtlich kein Heimweh, sonst stünde auf dem Nachttisch das gerahmte Foto eines Hundes, einer Katze oder eines Pferdes von daheim. Kein Bild der Mutter natürlich, das ist klar. Johanna hätte zu gern die Su von heute gesehen. Immer noch das glatte Model von einst, oder inzwischen verwittert und zerfurcht von zu vielen Sonnen- und Fitnessstudiobesuchen?

In dem einzigen weiteren bewohnten Schlafzimmer, das somit Rainers Zimmer sein muß, erkennt sie schon von weitem die weiß eingebundenen Drehbücher, die stapelweise auf dem Boden liegen. In der Nachttischschublade findet sie ein paar zerfledderte Mappen, eine Lesebrille (so jung geblieben ist er also doch auch nicht mehr!), die neuste *Spiegel*-Ausgabe von dieser Woche. Nach fast zwanzig Jahren liest er ihn also immer noch. Früher sind sie immer extra zu dem internationalen Zeitungsstand am Hollywood Boulevard gefahren, und wenn er schon ausverkauft war, hatte er stundenlang schlechte Laune. Ein paar verschiedenfarbige Pillen rollen in der Schublade herum, ein stachliger rosa Ball zum Trainieren der Handmuskeln – oder benutzt er ihn für sexuelle Spielchen? –, keine Kondome. Dann hat er wohl eine feste Freundin. Erwähnt hat er sie nicht. Von ihr findet Johanna auch keinerlei Requisiten. Keine zweite Zahnbürste in seinem Bad, keine Frauenkleider in seinem Kleiderschrank, nur sündhaft teure Anzüge und stapelweise Oberhemden und Krawatten in allen Farben.

Auf den Manschetten entdeckt sie ein fein eingesticktes Monogramm: MK. Wer soll das sein? Wohnt hier noch ein weiterer Mann? Ist Rainer inzwischen schwul? Hat er sich einen anderen Namen zugelegt?

Was interessiert es mich, denkt Johanna. Erschöpft legt sie sich auf die weiße mexikanische Tagesdecke auf Rainers Bett. Nirgendwo ein Zettel, der ihr sagt, welches Zimmer für sie vorgesehen ist, eine Telefonnummer, wo sie Rainer erreichen könnte, gar nichts. Gelangweilt blättert sie in seinen Mappen. Die eine enthält Kinderzeichnungen, wahrscheinlich von seiner Tochter, rührende Briefchen und Zettel: Liber Papi. Ich hap dich lib. Die andere Zeitungsausschnitte mit Kritiken seiner Filme, ein altes *Spiegel*-Interview von vor zwanzig Jahren mit einem Foto von Rainer, auf dem er sehr jung und sehr verwirrt aussieht. Wie rührend und gleichzeitig peinlich, daß er das immer noch mit sich herumschleppt wie eine Schnecke ihr altes Haus.

SPIEGEL: *Wenn Sie jetzt diese großen Angebote von Hollywood bekommen und die großen Etats, können Sie sich ja in Zukunft wie der Napoleon von Hollywood fühlen und nicht mehr wie Hänschen Klein des deutschen Films.*

RAINER FIELING: *Ich will und ich kann mich nicht als Regisseur wie Napoleon aufführen. Ich kann nur mit Freunden in einer familiären Atmosphäre drehen. Wir haben nie Krach am Drehort gehabt, nie. Kein lautes Wort. Darauf bin ich stolz.*

SPIEGEL: *Sie wollen also weitermachen wie bisher? Geht denn das nach dem Riesenerfolg von* Wann kommen wir an? *überhaupt noch? Kann man so tun, als sei man noch der im Familienkreis improvisierende Jungfilmer? Man kann ja auch nicht ewig Kind spielen.*

FIELING: *Natürlich gibt es Entwicklungen. Ich habe jetzt eine Agentin in Los Angeles, anders kann ich mir das gar nicht vom Hals halten, was da in den* USA *an Drehbüchern auf mich niederprasselt. Ich würde gern drüben so wie hier arbeiten. Mit meinen Leuten, meiner Familie.*

SPIEGEL: *Das heißt also nicht Kino à la Hollywood.*

FIELING: *Ich bin ja zum ersten Mal hier in Hollywood und empfinde das alles als sehr, sehr komisch. Johanna und ich (Johanna Krutschnitt, Hauptdarstellerin aus* Wann kommen wir an?*) wohnen im Château Marmont, davor steht ein riesiger Marlboro-Mann. Jeden Abend finden wir um die fünfzig rosa Zettel mit Telefonnachrichten, langsam können wir ein ganzes Zimmer damit pflastern. Alles Produzenten, Agenten, Executives, die ich unbedingt zurückrufen soll, aber ich weiß gar nicht, wer die sind, und ich hab auch gar keinen Nerv* *dazu. Ich fahre lieber mit Johanna den Sunset Boulevard rauf und runter und lache mich tot.*

Bullshit, denkt Johanna. Jeden hast du zurückgerufen, jeden! Bei jedem hast du dich eingeschleimt. Stundenlang habe ich neben dir im Bett gelegen und ferngesehen, während du telefoniert hast. Deine panische Angst, ein Angebot zu verpassen.

Angst, mich zu verpassen, hattest du nie.

Vom Bett aus sah ich direkt in die Küche unseres Hotelzimmers, die wir nie benutzten, aber in der ich gerne herumstand, weil ich mir dort einbilden konnte, ich lebte ein echtes amerikanisches Leben. Den furchterregend kreischenden Müllschredder im Abfluß nannten wir unser kleines Haustier und fütterten es mit Abfällen, all den fetttriefenden *Tunamelt-* und *Ruben-Sandwiches.* Aus der Küche sah ich auf den Sunset Boulevard, die Palmen und den Marlboro-Mann und fühlte mich anfangs so neu und voller Möglichkeiten, bis ich begriff, daß nur du Möglichkeiten hattest, nicht ich. Ich hatte nichts zu tun, ich war einsam, eingesperrt im Hotelzimmer, wenn du zu deinen Meetings gingst, wichtig, wichtig, *the prolific and amazingly talented german director* traf Hollywood.

Prolific habe ich irgendwann im Lexikon nachgeschlagen, es heißt nichts weiter als fleißig, dabei klingt es so imposant, irgendwie nach einem großartigen Profil.

Du warst in ihren Augen ein fleißiger und vielleicht ganz talentierter Deutscher, nichts weiter. Du hast immer nur das *amazing, brilliant, wonderful* gehört.

Ich bin allein den Sunset Boulevard runtergelaufen, nicht gefahren, du Blödmann! Wir hatten doch anfangs überhaupt kein Auto. Gelaufen bin ich, bis die Polizei mich angehalten und gefragt hat, was ich da mache.

Ich gehe spazieren, habe ich gesagt.

In Los Angeles gehen nur Verrückte und Nutten spazieren, habe ich damals gelernt.

Johanna ist schwindlig vor Müdigkeit, aber es ist erst sechs Uhr abends, sie darf noch nicht schlafen, sonst wacht sie mitten in der Nacht auf.

Sie fürchtet sich vor diesen rabenschwarzen, durchwachten Nächten.

Mit dem Probenbeginn zu *Rigoletto* befiel sie eine bisher unbekannte Schlaflosigkeit. Sie wurde die Musik nicht mehr los. Tief grub sie sich in ihr Gehirn ein und lebte dort unter allen Gedanken einfach weiter, untermalte sie, und wenn sie die Augen schloß und es schaffte, die Gedanken einen Moment lang beiseite zu wischen, war da immer noch die Musik, die nicht aufhörte und die sie nicht schlafen ließ, obwohl sie vollkommen übermüdet war.

Todmüde schleppte sie sich jeden Morgen in die Proben, wo die Musik der Nacht nahtlos weiterging. Mit bleischweren Bewegungen schnallte sie Rigoletto seinen Buckel um und hörte ihm zum hundertsten Mal dabei zu, wie er herzzerreißend von seiner geliebten Tochter sang. *Gilda, mia Gilda.*

Ihr Innerstes war durch diese Musik völlig durcheinandergeraten, als wäre jemand in ihre Wohnung eingebrochen und habe das Unterste zuoberst gekehrt. Ein Vater und seine Tochter.

Ihr Vater hatte nicht die geringste Ähnlichkeit mit dem

zynischen Narr Rigoletto. Und sie nicht mit Gilda, diesem dummen Opferlamm. Wieso wurde sie diese Musik nicht los? Nachts döste sie nur, und wenn sie aufschreckte, hatte sie das Gefühl, jemand halte ihr eine Taschenlampe ins Gesicht und wolle sie aus ihrer inneren Sicherheit zerren wie aus einer Höhle. *Gilda, mia Gilda.* Da ist es wieder.

Auch mit ihrem Rausschmiß aus der Oper ist sie diese verfluchte Musik nicht losgeworden.

Sie steht auf und wandert ziellos durchs Haus. Jeden Lichtschalter, der hier anders ist, betastet sie, jeden Türknopf. Sie liebt Beschläge. Sammelt sie. Hat alte indische Glastürknöpfe, Türgriffe aus Emaille, aus Holz und Messing, alte chinesische Scharniere. Es fasziniert sie, daß überall auf der Welt die Menschen andere Lösungen für einen Türgriff, ein Schloß, einen Fenstergriff gefunden haben. Hier dreht man den Türknopf, um die Tür zu öffnen, das bedeutet, daß man keine Klinke mit dem Ellbogen herunterdrücken und die Tür aufstoßen kann. Eine Zeitlang hatte sie eine Katze, die auf die Klinke sprang, um die Tür zu öffnen. Wie öffnen Katzen in Amerika die Türen?

Sie macht systematisch alle Türen im Haus auf und alle Lichter an. Die kleinen Drehschalter unter den Lampen, die man erst mühsam suchen muß, die Swimmingpoolbeleuchtung, die unvermutet ein wasserblaues Auge im Garten aufleuchten läßt, die Kaminbeleuchtung, die den Kamin feuerrot erstrahlen läßt, die kleinen Punktstrahler in allen vier Ecken jeden Zimmers. Jedes Licht macht sie an, und nach und nach verwandelt sich das Haus in einen bunt funkelnden Disneylandpalast. Dann macht sie alle Lichter wieder aus und alle Türen wieder zu.

Vielleicht werde ich ein bißchen seltsam, denkt sie. Seltsam und vergeßlich. Sie hat den blauen Sack vergessen, wie sie jetzt oft vergißt, was sie gerade eben noch im Kopf hatte. Wörter. Namen sowieso. Aber Wörter! Das macht ihr angst. Sie weiß manchmal nicht mehr, wie die Dinge heißen. Das Dingsda.

Vielleicht sollte sie ihr Gedächtnis testen lassen.

Aber was würde sie tun, wenn bei ihr tatsächlich Alzheimer im Frühstadium diagnostiziert würde? Dann hätte sie nur noch Angst.

Sie würde vor ihrem eigenen Gehirn auf der Lauer liegen wie eine Katze vor der Maus. Sie würde sich die beste Selbstmordmethode zurechtlegen und sie im entscheidenden Augenblick vergessen haben. Wenn sie einen Liebsten hätte, eine wirklich gute Freundin, eine wirklich nahe Schwester, würde sie sie bitten, sie umzubringen, und immer daran zweifeln, ob sie auch wirklich den Mumm dazu hätten, bis sie sie nicht mehr erkennen würde.

Sie steht im dunklen Zimmer. Im Dunkeln zerfließt die Erinnerung wie ausgelaufene Tinte. Draußen ist es noch hell.

Sie braucht mehrere Minuten, bis sie herausgefunden hat, wie man die Glastür zum Garten öffnet. Draußen riecht es nach Chlor und süßlichen Blumen.

Über den Bergen hinter dem Haus ist die Sonne bereits untergegangen, dort ist alles schwarz, während über den glitzernden Lichtern von Santa Monica der untere Himmel noch pfirsichfarben ist, der obere babyblau. Eine feine weiße Mondsichel ist an ihm aufgehängt wie an der Wand eines Kinderzimmers. Johanna legt den Kopf zurück, blauer und blauer wird der Himmel in der Wölbung, so tiefblau, wie sie ihn von zu Hause nicht kennt. Flugzeuge ziehen über sie hinweg wie silbrig funkelnde Insekten.

Oben links am Himmel taucht der Abendstern auf. Er bewegt sich nicht, er ist wirklich der Abendstern und kein Flugzeug. Aber jetzt fliegt ein Flugzeug direkt auf ihn zu wie in einem Actionfilm, als wolle es den Abendstern sprengen. Alles ist immer gleich Kino in dieser Stadt.

Nervös flackernd liegt sie da wie ein riesiger Organismus, in dessen Adern statt Blut Hoffnungen und Versprechungen fließen, angetrieben wird er von Angst und Erfolg. Tausende von bunten Lichtern zeigen die Aktivitäten seines wild zukkenden Herzens, wie auf einem Monitor der Intensivstation.

Jägermeister stupst Johanna in die Kniekehlen und fordert sie auf, zurück ins Haus zu kommen.

Sie hat Hunger und durchstöbert abermals die Küche, findet aber nichts Eßbares. Ihr Magen beginnt zu knurren, schließlich zerrt sie die beiden mitgebrachten Brotlaibe aus ihrem Koffer und schneidet sie an. Jeder Deutsche in Amerika vermißt deutsches Brot. Rainer nach zwanzig Jahren immer noch. Hat er jemals sie vermißt? So sehr wie deutsches Brot?

Johanna lacht im leeren Haus. Sie fühlt sich plötzlich sehr einsam und flüchtet ins Fernsehzimmer.

Auf der riesigen Leinwand wird ihr bei fast der Hälfte der Kanäle gemeldet, sie seien gesperrt, da sie unter sechzehn sei. Jägermeister legt sich vor ihre Füße und läßt sie nicht aus den Augen. Sie bleibt bei den Simpsons hängen, die sie seit fünfzehn Jahren immer wieder sieht. Die bekannten kleinen weißen Wolken ziehen über den ausgebleichten blauen Himmel, die Titelmusik erklingt, und da sind sie alle, verläßlich, treu, immer dieselben, niemals auch nur einen Tag älter: Homer, der ein Stückchen grünstrahlendes Uran aus dem Atomkraftwerk noch im Hemd findet und aus dem Fenster wirft; Lisa, die in der Schule Saxophon spielt; Marge mit der kleinen Maggie im Auto; Bart auf seinem Skateboard. Im Haus der Simpsons lebt Johanna seit Jahren wie eine europäische Untermieterin, bei ihrer amerikanischen, fetten, faulen, ungebildeten, dem Konsum verfallenen, wunderbaren Ersatzfamilie. Am liebsten würde sie jetzt mit Marge hier im Wohnzimmer auf der Couch sitzen, Marshmallows essen und ihr von ihrem Debakel erzählen. Marge würde sich ins blaue Haar fassen und sagen: *Darling, get over it.* Komm drüber weg. Ich liebe dich trotzdem. Es war doch nur eine Oper, Eurotrash. Und jetzt mach Platz – mein Homie kommt nach Hause.

Wie oft hat Johanna in Deutschland allein vorm Fernseher gesessen, den Simpsons zugeschaut, sich mit allen Fasern nach Familie gesehnt und sich gleichzeitig vor ihr gefürchtet.

Wenn ihr Vater abends nach Hause kam, und sie den Schlüssel im Schloß hörte, bekam sie Herzklopfen. Wenn er ausnahmsweise zu Hause war und nicht als Ingenieur von Pipelines im Ausland unterwegs, wurde mit dem Abendessen auf ihn gewartet. Er war der Star, gutaussehend, hager, groß, die blauschwarzen Haare zurückgegelt wie ein italienischer Filmstar.

Für ihn zog sich die Mutter hübsche Kleider an und frisierte sich. Sie kochte komplizierte Gerichte und stand stundenlang nur für ihn in der Küche. Und abends mußten sie dann endlos auf ihn warten, bis das schöne Essen unansehnlich in sich zusammenfiel. Wenn er nicht da war, aßen sie, wann immer sie hungrig waren und worauf sie Lust hatten: Brot mit Schokoladenaufstrich, Buchstabensuppe oder Risi-Pisi. Die Kinder durften im Pyjama essen oder in der Unterwäsche, vorm Fernseher auf dem Teppich, in ihrem Zimmer, wo immer sie wollten. Aber wenn er da war, mußten sie sich abends extra umziehen, die Haare kämmen und die Fingernägel säubern. Sie mußten zur Tür laufen und seine stachlige Abendwange küssen, wie sie morgens seine frischrasierte weiche Morgenwange küssen mußten.

Jetzt verabschiedet euch von eurem Vater. Jetzt sagt eurem Vater guten Tag, jetzt sagt eurem Vater gute Nacht! Jetzt gebt ihm doch einen Kuß!

Wenn er zu Hause war, war die Mutter aufgekratzt und lustig, sie machte Witze und sang laut zur Radiomusik in der Küche. Mißtrauisch beäugten sie die Kinder. Sie war eine andere Frau, die sie nicht recht wiedererkannten. Alles nur für ihn.

Die Kinder fürchteten sich vor ihm. Er war ungeduldig, ein Ordnungsfanatiker, der zu plötzlichen Wutanfällen neigte. Manchmal fing er beim Essen unvermittelt an zu schreien, warf seinen Teller quer durch den Raum. Mehrmals schon hatten sie die Wand neu streichen müssen, weil ein Braten an die Wand geflogen war, oder Gemüse, einmal ein ganzer gegrillter Fisch.

Ich komme nicht nach Hause, um hier schlimmer zu leben als bei den Hottentotten! brüllte er. Und die Mutter lachte dann seltsam künstlich und versuchte, ihn zu küssen, zu umarmen, zu beschwichtigen.

Er brachte einem unvermutet das Herz zum Zappeln vor Angst.

Johanna, ich frage dich, wie willst du einmal leben, wenn du noch nicht mal anständig essen kannst? Wie stellst du dir das vor? Wie stellst du dir denn dein Leben vor? Na? Antworte mir!

Was zum Teufel war die richtige Antwort? Ich weiß nicht, stotterte sie.

Sieh mich an, wenn du mit mir sprichst!

Georg, bitte, Schätzchen, gurrte die Mutter, jetzt laß sie doch!

Meine Kinder beherrschen noch nicht einmal die geringsten Tischmanieren, und ich soll sie einfach lassen?

Wir verschlampen eben alle ein bißchen, wenn du nicht da bist. Wir brauchen dich, verstehst du? Komm, sei nicht böse. Wir brauchen dich doch so.

Ich brauche dich nicht! dachte Johanna, heiß vor Wut.

Die Mutter schlang die Arme von hinten um ihn, streichelte über seine weiße Hemdbrust. Mit angehaltenem Atem beobachteten die Kinder den Effekt.

Jetzt habe ich extra etwas so Schönes gekocht, flötete sie, und du hast noch nicht mal probiert. Sie fütterte ihn. Er kaute, schwieg.

Die Kinder atmeten vorsichtig auf. Hunger hatten sie jetzt beide nicht mehr, aber sie wußten, wenn sie nicht aufaßen, drohte die nächste Explosion.

Das Fleisch war fasrig und trocken und breitete sich immer mehr im Mund aus, keine Spucke half, den Bissen hinunterzuschlucken.

Die Mutter zwinkerte ihnen verschwörerisch zu. Sie hatte

das wilde Tier besänftigt, sie hatte es geschafft. Sie lächelte, wie sie nie lächelte, wenn er nicht da war, und wie sie überhaupt nie mehr lächeln würde, als klar wurde, daß er nicht mehr zurückkäme von den anderen: seiner besseren Tochter, seiner besseren Frau.

7

Laß mich, sagt Allegra und wälzt sich auf die andere Seite des Betts, so daß die billige Matratze wackelt.

Oh, Entschuldigung, Prinzessin. Rainer versucht zu lachen. Ich habe nur versucht, mich mit dir zu unterhalten.

Ich will mich aber nicht unterhalten.

Ich werde es nie wieder tun.

Was?

Dich ansprechen.

Laß den Scheiß.

Was habe ich dir denn getan?

Allegra schweigt.

Rainer greift zur Fernbedienung des wackligen kleinen Fernsehers, der weit oben an der gegenüberliegenden Wand befestigt ist und nur fünf verrauschte Kanäle ausspuckt. Wenigstens muß er so keine Angst haben, daß Allegra die Pay-TV-Kanäle erwischt und ihren Vater aus Versehen dort entdeckt. Zu Hause hat er kurzerhand die Kanäle gesperrt. Zu Hause, jetzt nennt er es schon zu Hause!

Dort müßte jetzt, wenn alles gutgegangen ist, Johanna angekommen sein. In diesem billigen Loch gibt es noch nicht einmal ein Telefon, und er traut sich nicht, Allegras Handy auszuleihen, dann käme vielleicht raus, daß er selbst gar keins mehr hat.

Hoffentlich paßt Johanna gut auf Jägermeister auf. Nicht

auszudenken, wenn Jägermeister etwas zustößt. Er wäre erledigt, er könnte sich gleich hier in diesem beschissenen Motel aufhängen. Eine gute *location* für einen Selbstmord, würde er als Regisseur sagen, das zersplitterte, billige Holzfurnier, der verdreckte Teppichboden, die rosa Plastikbettdecken mit den Brandlöchern. Perfekt. Das ganze Zimmer riecht nach Verzweiflung und Angst.

Sein Herz beginnt unregelmäßig zu schlagen, er hat seine Tabletten nicht dabei, er war doch nicht darauf vorbereitet, hier zu übernachten! Du stürzt jetzt nicht ab, ermahnt er sich.

Er schaltet um auf den Disneykanal. Die quäkenden Stimmen der Zeichentrickfiguren nehmen das Zimmer in Beschlag, sofort fühlt er sich wohler. Es erinnert ihn an früher, wenn er mit der kleinen Allegra in den Sommerferien in Zelten und Hotelzimmern in Italien, in Frankreich und in Spanien übernachtet hat. Wir beide zusammen unterwegs. Mein Kind neben mir im Bett. Seinen Schlaf habe ich bewacht, nächtelang habe ich es angestarrt, dieses Wunder an Zartheit, das zur Hälfte zwar aus meinen Genen besteht, aber von Geburt an schon besser, klüger und schöner war. Wenn sie schlief, bin ich mit dem Finger vorsichtig über ihre glatte Kinderstirn gefahren, ihre seidigen Haare, die dünnen Arme, die Schultern, die Rippen, die Linie der Beine entlang und wieder zurück, ich habe versucht, mir mit allen Sinnen ihr Bild einzuprägen, um es dann für die nächsten Monate nach Los Angeles mitzunehmen und nichts davon zu vergessen.

Aber jedesmal verschwand die genaue Erinnerung von Tag zu Tag, und mit jedem Tag vergrößerte sich das Leiden.

Das Leben ohne Allegra war nur ein halbes Leben. Dieses Kind ist das einzige, das ihn wirklich mit der Welt verbindet, alles andere war Kino, war so tun als ob. Ja, ja, er weiß natürlich, daß das eine zu große Bürde ist für ein Kind, aber er hat sie doch nur für acht Wochen im Jahr.

Fotos von Allegra sieht er sich kaum an. Er vertraut auf sein inneres Bild von seinem Kind, und wenn er dann nach Monaten wieder zu ihr vorgelassen wird – wie erbarmungslos und hart Su mit ihm umspringt, immer nur, wenn er zahlt, darf er sie auch sehen, sonst werden die Ferien kurzerhand gestrichen –, erleidet er jedesmal wieder einen Schock, wie sehr sich Allegra verändert hat. Er fragt sich, ob das überhaupt noch sein Kind ist, ob er sich vielleicht in all den Monaten ein falsches Kind zurechtgeträumt hat, und dann taucht es regelmäßig doch wieder auf. In den überraschendsten Momenten ist es dann plötzlich wieder ganz und gar seine Allegra.

Auf diesen Moment wartet er jetzt seit fast zwei Wochen vergeblich. Vielleicht liegt es daran, daß sie ganz außerplanmäßig zu ihm kommen durfte, daß weder er noch sie darauf eingestellt war.

Er streckt den Arm aus und tätschelt vorsichtig ihren Rücken.

Als Antwort rückt sie noch ein wenig weiter an den äußeren Bettrand, sieht noch nicht einmal zum Fernseher. Cartoons vermögen sie anscheinend nicht mehr zu locken. Früher waren sie das Allheilmittel. Er hat sie damit geweckt, wenn sie nicht aufstehen wollte, ihr die Nachmittage im Hotel versüßt, wenn das Wetter schlecht war oder eine Feriengrippe sie erwischt hatte.

Rainer hat sich oft gefragt, warum er es darauf angelegt hatte, sein Familienleben zu zerstören. Sie hatten es doch eigentlich ganz nett zusammen in Los Angeles, eine kleine Familie in einem kleinen Holzhaus in West Hollywood, mit allem, was für ein amerikanisches Leben dazugehörte. Aber er war jedesmal froh, wenn er nicht zu Hause sein mußte, zu Dreharbeiten verschwinden durfte, nicht jeden Abend zurückkehren mußte in diese gemütliche kleine Höhle, wo von ihm erwartet wurde, daß er zuverlässig immer derselbe war. Su gab ihm das Gefühl, alles falsch zu machen, nichts genügte, er genügte nicht.

Nur in den Augen dieses kleinen Mädchens konnte er nichts falsch machen. Für Allegra war er der Größte, und als Su sie nach Deutschland verschleppte, wurde er zu ihrem Gott.

Wenn nach all den Monaten Allegra ihn schon von weitem erblickte, sich von der Hand der Mutter losriß und mit fliegenden Haaren und hüpfendem Rucksack lachend auf ihn zurannte und schrie: Paps, Paps!, da wußte er jedesmal wieder, daß es für ihn kein größeres Glück auf der Welt geben konnte. Dieses Gefühl, wenn sie sich ihm blindlings in die Arme warf, er sie hochhob und sich mit ihr im Kreis drehte, bis ihm schwindlig wurde. Dieses unendliche Vertrauen, das sie zu ihm hatte, diese Zuversicht, daß er die Welt schon richtig herumdrehen würde.

Mißtrauisch sah Su ihm dabei zu, er spürte ihren abschätzigen Blick. Nichts traute sie ihm zu, gar nichts. Stolz spürte er, wie Allegras schwitzige kleine Patschhand sich in seine schob, und ihm damit sagte: Bei dir will ich sein, nur bei dir.

Artig begrüßte er die Mutter seiner Tochter. Hallo, Su.

Hallo, Rainer.

Wie geht es dir?

Danke.

Und dir?

Wunderbar. (Er konnte es nicht lassen.)

Freut mich.

Du siehst gut aus.

Su verzog den Mund zu einem schmalen Lächeln, immer noch verletzt nach all den Jahren.

Hat Allegra ihren Paß?

Hast du deinen? fragte Su zurück, und da war dann gleich wieder dieser höhnische Ton, dieses permanente Mißtrauen, die ständige Annahme, daß er nichts auf die Reihe bekam, daß er im Grunde genommen ein Versager war. Sie hatte es immer gewußt. Wie würde Su sich jetzt freuen, wie würde sie triumphieren.

Ich darf keinen Fehler machen, denkt Rainer angestrengt.

Kannst du nicht mal die Glotze ausmachen? Das nervt, murmelt Allegra ins Kissen.

Früher hast du Cartoons doch so gemocht.

So ein Scheiß.

Rainer macht den Fernseher aus. Jetzt hört man den Fernseher von nebenan, Sportprogramm, Football, grölende Männerstimmen. Über den Flur, der an ihrem Fenster vorbeiführt, werden schwere Gepäckstücke gezerrt, die an die dünnen Wände schlagen. O Gott, stöhnt Allegra, wie soll ich denn hier schlafen?

Wer schön sein will, muß leiden, sagt Rainer.

Was redest du für einen Schrott. Wütend pellt sich Allegra aus dem Bettlaken wie aus einem Kokon. Jedesmal wieder ist Rainer erschüttert über ihre plötzlich so erwachsen wirkende Schönheit. Wann ist das geschehen?

Die Bettwäsche stinkt, beschwert sie sich.

Was kann man erwarten für neunundvierzig Dollar die Nacht? Meine Idee war es nicht, fügt er hinzu, um die Unterhaltung in Gang zu halten. Nichts macht ihn so unsicher, als wenn Allegra schweigt.

Ich werde hier keine Sekunde schlafen können. Keine Sekunde! Wütend schlägt sie mit der Faust an die Wand. Prompt donnert es von der anderen Seite zurück.

Fuck you! schreit Allegra.

Hey, sagt Rainer zögernd. Allegra grinst.

Einen Moment lang tut sich gar nichts, dann hört man die Tür vom Nachbarzimmer schlagen, als nächstes klopft jemand vehement an ihre Tür.

Open up, bitch! ruft ein Mann. Ein zweiter lacht.

Rainer fummelt mit nervösen Fingern an der Nachttischlampe, macht das Licht aus. Durch den Plastikvorhang fällt rosa Neonlicht vom Flur ins Zimmer.

Open up! brüllt der Mann abermals.

Der Mann rüttelt am Türknopf, den Rainer in weiser Voraussicht verriegelt hat. Abermals bollert er an die Tür. Allegra kriecht eng an ihren Vater heran und klammert sich an ihn. Wie sehr er das genießt!

Es wird gegen die dünne Tür getreten, daß sie ächzt.

Little bitch in boots like on the fucking moon! brüllt der zweite Mann, beide grölen.

Allegra krallt ihre Hände in Rainers Arm. Sie haben mich gesehen, flüstert sie.

Der Mann tritt vor den schmalen Spalt im Vorhang. Das rosa Licht im Zimmer verdunkelt sich.

We can see you! brüllt er.

Is that old man fucking you? schreit der andere.

Rainer bekommt einen trockenen Mund.

Open up, grandpa!

Rainer und Allegra rühren sich nicht. Noch einmal treten sie gegen die Tür, dann gehen die beiden Männer zurück in ihr Zimmer, schlagen die Tür hinter sich zu, drehen den Fernseher nebenan noch lauter auf.

Arschlöcher, murmelt Allegra zitternd.

Rainer will sie weiter festhalten, aber sie löst sich von ihm und rutscht wieder auf ihre Bettseite. Wahrscheinlich rieche ich schon wie ein alter Mann, denkt er.

Ich hasse es hier, sagt sie unglücklich.

Dann fahren wir nach Hause.

Sei nicht so blöd, schnauzt sie.

Paß auf deinen Ton auf, Fräulein.

Paß du doch auf deinen auf.

Sag mal, spinnst du jetzt?

Ist doch wahr. ›Paß auf deinen Ton auf, Fräulein‹, macht sie ihn nach.

Möglichst ruhig wiederholt er: Dann fahren wir jetzt einfach nach Hause.

Schweigen. Dann leise: Das Kostüm sah toll aus, oder?

Ja.

Wie toll?

Sehr toll, seufzt er.

Im Ernst?

Ja.

Wenn du es einfach bezahlt hättest, müßten wir uns hier nicht mit irgendwelchen Arschlöchern rumschlagen.

Das Geld wächst nicht auf Bäumen, sagt Rainer und hofft, daß sie lacht.

Allegra hat sich das Bettuch umgewickelt und steht jetzt mitten im Zimmer, vom rosa Neonlicht vom Flur beleuchtet wie eine Statue.

Aphrodite, denkt Rainer. Traurig spürt er, wie auch dieses Bild, fast während er es noch betrachtet, bereits Erinnerung wird.

Ich vermisse Erich, sagt er plötzlich.

Was? Die rosa Statue wendet sich ihm zu.

Erich. Unseren Erich.

Allegra lacht. Du spinnst.

Erich, das Schlafschaf. Ich vermisse ihn. Er war früher immer dabei. Letztes Mal hattest du ihn noch.

Letztes Mal, wiederholt sie abfällig.

Wo ist er geblieben?

Keine Ahnung.

Komm her, leg dich neben mich und red mit mir über Erich.

Rainer erwartet so wenig, daß sie kommt, wie eine Katze käme, der man gut zuredet, aber überraschenderweise kriecht sie tatsächlich zurück ins Bett und schmiegt sich mit ihrem Rücken an ihn. Vorsichtig legt er den Arm um sie.

Diese kostbaren Augenblicke, die sie ihm unverhofft gewährt, um sie ihm dann brutal wieder zu entreißen.

Was willst du denn über Erich reden? fragt sie ihn nachsichtig, als sei sie die Erwachsene und er das Kind.

Du hast ihn bekommen, als du ungefähr ein Jahr alt warst.

Da haben wir noch zusammengewohnt.

Er hört den Vorwurf in ihrer Stimme. Su hat ihr beigebracht, ihm die Schuld zu geben.

Ja, sagt Rainer so nüchtern wie möglich. Du hast ihn Erich genannt, was kein Amerikaner aussprechen konnte, und wenn sie Eric gesagt haben, hast du sie korrigiert: Nein, mein Schaf heißt Erichchchch.

Wir haben ihn überall verloren, sagt Allegra plötzlich mit Kinderstimme.

Rainer lächelt in der Dunkelheit. Er hat es geschafft, er hat sie in die Erinnerung gelockt wie in einen Wald in der Dämmerung. Jetzt muß er nur schauen, daß sie ihm nicht wieder hinausläuft. Fest nimmt er ihre Hand.

Überall auf der Welt haben wir ihn verloren, wiederholt er. Und wiedergefunden.

Er sah aus wie ein alter Putzlappen, kichert Allegra.

Rainer drückt sich enger an ihren warmen schmalen Rücken.

Einmal haben wir ihn in Guarda im Schnee verloren, weil du ihn unbedingt mit zum Skilaufen nehmen wolltest.

Bei Frau Piri.

Frau Piri, genau, so hieß unsere Wirtin. Alles hat sie abgesucht. Kein Erich. Du hast kein Auge mehr zugetan, nur noch gebrüllt wie am Spieß. Keiner in der Pension konnte deinetwegen schlafen.

Paps, du übertreibst.

Nicht die Bohne.

Und dann war er plötzlich wieder da.

Aber er war nicht mehr derselbe, flüstert Rainer hinter ihrem Rücken.

Was?

Er war nicht mehr derselbe Erich, wiederholt Rainer und pustet ihr ins Haar.

Allegra will sich zu ihm umdrehen, aber er hält sie fest im Arm.

Ich verrate dir jetzt ein Geheimnis, sagt Rainer. Jetzt, wo Erich anscheinend nicht mehr bei uns ist.

Allegra pufft ihn mit dem Ellbogen in den Bauch. Mach's nicht so spannend.

Ich hab damals mit Rose in LA telefoniert, sie ist in unser Haus gefahren und hat den Ersatz-Erich geholt ...

Du hattest einen Ersatz-Erich?

Das hat mir die weise Verkäuferin geraten, als ich Erich gekauft habe. Nehmen sie zwei identische, hat sie gesagt, nichts geht leichter verloren als ein heißgeliebtes Schmusetier. Rose hat den Ersatz-Erich nach St. Moritz gefedext, und vierundzwanzig Stunden später hattest du ihn wieder. Ich habe ihn vorher noch mit Milch beträufelt, ihm ein bißchen Dreck ins Fell gerieben, ich hab sogar an seinen Ohren gekaut, damit du bloß nichts merkst. Und du hast auch nichts gemerkt.

Du hast mich betrogen, sagt Allegra leise.

Ja, lacht Rainer, aber nur ein ganz kleines bißchen.

Allegra schiebt ihn zur Seite, er will sie festhalten, energisch schüttelt sie ihn ab.

Nur ein ganz kleines bißchen, wiederholt er, weil du so unglücklich warst.

Du hast mich belogen, sagt Allegra und steht auf, einen

zweiten Erich hätte ich nie akzeptiert. Nie! Du hast mich ganz gemein belogen. Das verzeih ich dir nie!

Sie geht ins Bad und wirft die Tür hinter sich zu.

Rainer versucht zu lachen. Jetzt vermißt er Erich tatsächlich.

8

Als Johanna um vier Uhr früh die Augen aufschlägt, weiß sie erst nicht, ob sie nur im Traum aufwacht oder wirklich. Automatisch nimmt sie an, daß die Zimmertür zu ihrer Rechten ist. Als sie sie dort nicht sieht, dreht sich ihr Bewußtsein wie eine wild ausschlagende Kompaßnadel.

Im Fernsehen flackern Bilder, die keinen Sinn ergeben. Ein dunkler Schatten bewegt sich durch den Raum. Ihr Herz setzt einen Schlag lang aus, dann erinnert sie sich an den Hund, das Haus und langsam auch an sich selbst.

Sie hat das Gefühl, ein wenig auf der Reise verschüttgegangen zu sein, als habe sich ihr Körper nur unvollständig und in verschiedenen Lebensaltern materialisiert, ein zwölf Jahre altes Bein, ein dreißig Jahre altes Herz, eine neunundvierzig Jahre alte Hand, ein zwischen den Zeiten hin- und herhüpfendes Gehirn.

So, genau so, wird es sich anfühlen, denkt sie voller Schrecken, wenn ich alt bin und allein. Alles gerät ins Schwimmen, nirgendwo gibt es mehr Halt.

Rainer? ruft sie laut. Keine Antwort.

Das Haus und der Garten sind in tiefer Dunkelheit versunken, nur der Fernseher und der Pool blinzeln wie zwei unterschiedlich große Augen.

Panik überfällt Johanna. Sie meint sich in der Dunkelheit aufzulösen. Sie hält ganz still, macht kein Licht, ich muß nur einen Moment warten, sagt sie sich, nur einen kurzen Augenblick, dann finde ich meine Umrisse wieder wie eine alte Backform.

Aber was an mir, fragt sie sich, macht eigentlich diese Johanna aus? Welcher Teil von mir bin wirklich ich? Und wenn ich immer vergeßlicher werde und am Ende mich selbst vergesse, wer bin ich dann? Vergangenheit, Gegenwart und Zukunft rasen aufeinander zu und treffen sich in einem einzigen Punkt, der sich in Lichtgeschwindigkeit von ihr entfernt.

Das Telefonklingeln zerreißt die Stille wie ein Pistolenschuß.

Johanna springt auf, tastet sich zum Telefon. Ein Telefon, das mitten in der Nacht klingelt, verheißt selten etwas Gutes. Hoffentlich ist es Rainer, hoffentlich kommt er bald zurück, hoffentlich erkennt sie seine Stimme nach all den Jahren.

Du mußt nach Hause kommen, sagt ihre Schwester Marie.

Johanna setzt sich auf den Teppichboden, lehnt sich an die kühle Wand. Jetzt ist es soweit. Der Moment, vor dem sie sich so gefürchtet hat, ist da. Sie fühlt nichts Besonderes. Sie ist zu müde, um etwas zu fühlen, sagt sie sich.

Er ist …

Nein, noch nicht. Er gibt dir noch Zeit. Aber niemand weiß, wie lange er noch lebt. Komm her. Mach deinen Frieden mit ihm.

Nein.

Jojo, ich sitze an seinem Bett. Er will dich sprechen.

Es knirscht und knistert im Hörer, Schallwellen werden

in elektrische Impulse umgewandelt und wieder zurück in Schallwellen. Eine alte brüchige Stimme reist quer über den Atlantik und über den ganzen Kontinent Amerikas, bis sie Los Angeles erreicht, Beverly Hills, ihr Ohr.

Johanna? Ihr Vater sagt ihren Namen.

Der Boden unter Johanna gibt nach. Vor zwanzig Jahren hat sie ihn zum letzten Mal gesehen. Zufällig, auf der Straße. Sein Rücken war gebeugt, der Kopf gesenkt. Vor zwanzig Jahren war er schon ein alter Mann. Trotzdem hat sie ihn sofort erkannt, und prompt begann sie zu zittern, mußte sich an eine Hauswand lehnen, um nicht umzufallen. Sie war fast dreißig Jahre alt und mit einem Schlag wieder dreizehn. Wie schafft er das nur? Immer wieder wird sie dreizehn Jahre alt sein, wenn sie ihn sieht oder nur hört. Ein einziges Wort reicht.

Johanna?

Sie knallt den Hörer auf, rennt ins Bad. Das Blut rauscht in ihren Ohren wie ein gewaltiger Wasserfall. Um das Geräusch zu übertönen, dreht sie die Dusche auf, zieht sich mit zitternden Händen aus, steigt in die Duschkabine, freut sich über den verläßlich starken amerikanischen Wasserstrahl, der mit seiner Wucht alle ihre Gedanken auslöscht. Der Vater ist dort, und sie ist hier. Er kann ihr nichts mehr anhaben. Sie wird einfach nicht mehr an ihn denken, dann gibt es ihn nicht mehr.

Sie streicht sich die nassen Haare zurück. Resigniert stellt sie fest, daß sie ihr weiterhin ausgehen.

Das ist Psychostress, hat ihre langjährige Friseurin Amelie diagnostiziert. Befinden Sie sich momentan in einer schwierigen Situation?

Nö, eigentlich nicht, log Johanna.

Ich sehe auch gar kein neues Wachstum, sagte Amelie und beugte sich dicht über Johannas Kopfhaut.

Über alte Damen mit Glatze hatte Johanna früher mitleidig gelächelt, über ihre verzweifelten Versuche, die spärlichen Haare zu färben und möglichst gleichmäßig über der nackt glänzenden Kopfhaut zu verteilen.

Einer anderen Kundin sind innerhalb von nur zwei Monaten alle Haare ausgefallen, buchstäblich alle, sagte Amelie. Tabletten helfen gar nicht, das kann ich Ihnen gleich sagen. Aber eine Kundin hat gute Erfahrungen mit Eigenurin gemacht.

Eigenurin?

Ja, kennen Sie doch, ist gut für die Haut und anscheinend auch für die Haare.

Ich soll mir auf den Kopf pinkeln?

Amelie lachte nicht. Tja, sagte sie, wenn gar nichts mehr hilft …

Also hat Johanna jeden Morgen in eine Tasse gepinkelt und sich den Inhalt über den Kopf geschüttet. Pillen und Tabletten hat sie natürlich auch gekauft. Alle, die es auf dem Markt gibt. Sie hat Kieselsäure gegessen und täglich einen Kopfstand gemacht. Sie hat Koffeinshampoo für Männer mit erblich bedingtem Haarausfall gekauft, sie hat sich Birkenwasser in die Kopfhaut massiert, sie hat alles versucht, alles. Ohne Erfolg.

Wenn ich jetzt heule, ist das nur der Jetlag, denkt sie und starrt verbittert ihr Spiegelbild an, was hier gar nicht so deprimierend ausfällt, weil die Spiegel in dem ballsaalgroßen Badezimmer wie Maskenspiegel beim Film gleißendhell beleuchtet sind, damit jeder noch so zickige Star am frühen Morgen gute Laune bekommt.

Alles blöde Tricks. Aber sie funktionieren. Johanna bricht nicht in Tränen aus. Sie wagt es sogar, ihren nackten Körper im Spiegel zu betrachten. Der Busen ist eigentlich noch recht ansehnlich, auch wenn er ein wenig hängt, den Bleistifttest hat sie schon vor Jahren nicht mehr bestanden. Der Bauch ist weich geworden, schwabbelig, ebenso die Taille. Sport hilft nicht mehr äußerlich, nur noch innerlich. Ganz plötzlich kam der Schock der allgemeinen Erschlaffung. Als sei der Körper mit einem Mal, von einem Tag auf den anderen, müde geworden und habe aufgegeben. Einfach so.

Frisch gewaschen und gefönt mitten in der Nacht, weiß sie nicht mehr, wohin mit sich. Der Tag müßte jetzt doch bald kommen, aber draußen ist es rabenschwarz, kein Anzeichen von Morgenröte.

Warum hat sie Rainer nicht nach seiner Handynummer gefragt? Er hat doch mit Sicherheit ein Handy. Und warum zum Teufel ruft er sie nicht an?

Jägermeister streicht erwartungsvoll um Johannas Beine, geht zur Haustür, stellt sich schwanzwedelnd davor und sieht sie bettelnd an.

Johanna öffnet ihm die Gartentür, soll er doch in den Swimmingpool pinkeln und in den Garten scheißen. Aber er will nicht in den Garten, er will aus dem Haus. Schließlich läßt sie sich erweichen, zieht sich eine Jacke an, nimmt seine Leine vom Hals eines Porzellanleoparden neben der Garderobe, legt den Haustürschlüssel griffbereit auf die Konsole gleich neben der Tür, aktiviert sogar noch die Alarmanlage, steckt den Zettel mit dem Code in die Hosentasche. Gerade als sie die schwere Tür hinter sich ins Schloß gezogen hat, fällt ihr der Hausschlüssel ein.

Nein, stöhnt sie. Doch. Ohne Schlüssel, ohne Geld, mitten in der Nacht auf den Straßen von Beverly Hills. Bravo, Johanna. Bravo.

Verdattert steht sie vor der verschlossenen Tür und kann nicht fassen, daß ihr Gehirn sie schon wieder im Stich gelassen hat.

Jägermeister nutzt die Gelegenheit und setzt mit zitterndem Hinterteil einen riesigen Haufen auf den Rasen des Nachbarn. Schwanzwedelnd kommt er von seiner Tat zurück, setzt sich zu Johannas Füßen und sieht sie erwartungsvoll an. Johanna dämmert, daß allein seine Anwesenheit sie davor bewahren kann, von der nächsten Polizeistreife als Eindringling in Beverly Hills verhaftet zu werden. Und ihre Hautfarbe.

Sie geht von einem Fenster zum anderen, aber das Haus ist zur Straße hin verbarrikadiert wie eine Burg, jedes Fenster vergittert.

Totenstille um sie herum, die nur von einem exotisch klingenden Vogelschrei ab und an unterbrochen wird. Johanna macht die Leine an Jägermeisters Halsband fest. Prompt zerrt er sie mit sich die Straße hinunter, als habe er ein bestimmtes Ziel. Hilflos folgt sie ihm. Die Rasenflächen vor den pompösen Villen schimmern bläulich in der Dunkelheit. Sie muß sich die Adresse merken, unbedingt die Adresse merken. Jägermeister wird schon wieder nach Hause finden. Aber vielleicht ist er ein dummer Hund, ein Hund, dem sämtliche Instinkte bereits verlorengegangen sind. Vielleicht steht die Adresse auf Jägermeisters Hundemarke. Aber so etwas scheint hier nicht zu existieren. Oder Rainer hat vergessen, Jägermeister eine umzuhängen, das sähe ihm ähnlich.

Vielleicht bräuchte eher ich eine Marke mit meiner Adresse und Telefonnummer, denkt Johanna. Ich werde nicht mehr nach Hause finden, und man wird mich erst in ein paar Jahren aufgreifen, verwahrlost und verrückt geworden.

Zielstrebig zieht Jägermeister Johanna vorbei an Häusern im spanischen Stil, im Toskana-Stil, einer Replik eines französischen Loire-Schlößchens, eines Schweizer Chalets oder Neuschwansteins, modern im Stil von Frank Lloyd Wright oder Gehry, oder modernistisch – mehr oder weniger peinliche steingewordene Phantasien ihrer Besitzer.

Unser Haus soll sein wie wir, und wir wollen sein wie unser Haus. Die Vorstellung, man könne irgendwann eine definierte Person in einem maßgeschneiderten Haus werden, hat Johanna nie verstanden.

Sie ist nie jemand geworden, hat sich nie entscheiden können, wie sie denn nun eigentlich leben wollte, hat das aber immer als Vorteil gesehen. Daß ihr deshalb um so leichter der Teppich unter den Füßen weggezogen werden könnte, hat sie dabei nicht bedacht.

Sie hat sich sicher gefühlt im Unsicheren, in ihrem Nomadendasein. Bloß kein Haus, um daß sie sich hätte kümmern müssen, eine Familie, die ihr Verpflichtung gewesen wäre, bloß keine in Beton gegossene Daseinsform.

Ist irgend jemand hier glücklich hinter diesen Mauern?

Aber vielleicht sind sie am Ende alle glücklicher als ich, denkt sie im nächsten Augenblick. Zwei joggende Frauen kommen ihr entgegen. Dabei kann es erst kurz nach fünf sein. Sie wirken durchtrainiert und alterslos, sie tragen Gürtel mit Wasserflasche, Handy und iPod, grüßend heben sie die Hand.

Ich muß mir die Adresse merken, denkt Johanna immer noch, ich muß mir die Adresse merken, sie liest die Straßenschilder Benedict Canon und Summit Drive, da hat sie die eigene bereits vergessen. Auch irgendwas mit Drive.

Verdammt, schreit sie laut, was ist denn bloß mit mir los?

Erschrocken bleibt Jägermeister stehen und wendet ihr seinen Wolfskopf zu.

Jägermeister, flüstert sie. Weißt du den Weg zurück? Unverwandt sieht er sie an.

Jetzt geh hübsch nach Hause, hörst du? Nach Hause. Komm, wir gehen nach Hause. Jetzt komm schon.

Er bewegt sich nicht von der Stelle. Johanna läßt sich auf den bepflanzten Mittelstreifen sinken und legt den Kopf in die Hände. Das harte Gras sticht ihr in den Po. Über ihr bewegen sich ganz leicht die Palmen wie mit angehaltenem Atem. Mit einemmal wird ihr ganz leicht zumute. Als hätte sie Gas eingeatmet, das sie jetzt wie ein Ballon langsam davonträgt.

Alles wurscht, denkt sie grinsend, ich sitze mit einem deutschen Schäferhund in Beverly Hills auf dem Rasen und habe keine Ahnung, wie mein Leben weitergeht. Egal! Jedes Leben geht weiter, bis es nicht mehr weitergeht. Sie legt sich auf den Rücken und starrt so lange in den schwarzen Nachthimmel, bis er wie an einem Reißverschluß endlich aufgezogen wird und in einem feinen sanftblauen Streifen den Anfang eines ganz neuen Tages hervorquellen läßt.

9

Als im Morgengrauen die Polizei kommt, ist Rainer gar nicht da. Er ist ganz weit weg. Zusammengekrümmt wie ein Kind liegt Allegra in der Kuhle seiner Arme, sorgfältig achtet er darauf, sie nicht zu berühren. Tief atmet er den Geruch ihres Nackens ein, dort riecht sie noch wie früher, wie sein Baby, seine Kleine, sein Mädchen. Er hört sie jauchzen, wenn er durch den Tiefschnee fährt, in einer Kraxe schleppt er sie auf dem Rücken über die Pisten, Schlafschaf Erich in der Hosentasche, Schneekristalle schimmern in der Luft, die hier so blau ist wie sonst nirgendwo auf der Welt.

Su konnte nicht skilaufen und wollte es auch nicht lernen, sie verbrachte die Tage in der Pension und fühlte sich betrogen, weil es hier offensichtlich eine alte Geschichte gab, die sie nicht kannte und in der sie keine Rolle spielte. Sie hatte auch gar nicht gewußt, daß man hier zur Begrüßung *Allegra* sagte, mit zwei l. So hieß doch ihr Kind, und sie hatte den Namen immer vage für eine italienische Bezeichnung aus der Musik gehalten.

Nichts hatte Rainer ihr erklärt. Und erst kurz bevor sie sich durch den Schnee in das trostlose alte Dorf hinaufquälten, gestand er ihr, daß er genau hier vor Jahren ein paar Szenen seines Films gedreht und deshalb ein paar Leute seines ehemaligen Teams über Silvester eingeladen hatte.

Ich dachte, wir sind hier allein! Nur wir drei!

Wird bestimmt lustig. Du wirst sie mögen. Es sind meine besten Freunde.

Sei nett zu ihnen.

Rainer nahm ihre Hand und küßte sie. Su zog ihre erst kürzlich operierte Nase kraus. Allegra heulte in ihrem Kindersitz. Kurz bevor sie Guarda erreichten, blieben sie im Schnee stecken, weil sie keine Schneeketten besaßen. Sie waren eben Kalifornier.

Rainers Film hatte Su nur einmal gesehen und nicht verstanden, was die Amerikaner so toll an ihm gefunden hatten, daß sie Rainer nach Hollywood einluden: Eine fette Blonde und eine hagere Dunkelhaarige reisten quer durch Europa, lernten unterwegs diverse Männer kennen und zogen sich in regelmäßigen Abständen aus. Na und?

Su fror und langweilte sich. Einen Fernseher gab es nicht, im Speisesaal hockte den ganzen Tag Rainers ehemalige Crew und trank schon am Morgen Sekt und Bier. Und wann immer Su auftauchte, wurde sie mißtrauisch beäugt, dieses schwäbische Model, das Rainer drüben aufgegabelt hatte und das deutsch nur noch mit amerikanischem Akzent sprach.

Sie war das I-Tüpfelchen von allem, was man Rainer übelnahm: seinen übermäßigen Erfolg, seinen Weggang aus Deutschland, sein Leben in Los Angeles und jetzt auch noch seine unvermutete Rückkehr und seine gnädige Art, sein altes Filmteam über Silvester ins Engadin einzuladen.

Das hatte Rainer sich so nett ausgedacht, eine Geste der Dankbarkeit hatte es sein sollen. Aber nichts konnte er mehr recht machen.

Wo bleibt dein Oscar? fragten sie ihn feixend. Und wenn

er dann über seine Kämpfe mit Produzenten und Story Executives und ihren Hang, sich in jedes Detail einzumischen, klagte, verfielen sie in feindseliges Schweigen. Sie mampften wortlos ihre Pizzocheri, ihr Raclette oder Käsefondue und gossen sich ein weiteres Glas Rotwein hinter die Binde. Alles natürlich auf Rainers Kosten.

Johanna hatte ohne Angabe von Gründen abgesagt, zu Heidi hatte er jeden Kontakt verloren, also kamen am Ende beide nicht, worüber Rainer ganz froh war, denn ein Zusammentreffen mit Su hatte er sich lieber gar nicht erst vorgestellt.

Am ersten Abend begrüßte man sich noch recht enthusiastisch, um dann beim ersten gemeinsamen Frühstück bereits stumm und seltsam erschöpft zusammenzusitzen, als ginge es gleich zum Drehort. Sofort hatten die alten Gruppierungen von Kamera, Licht, Ton und Regie an den kleinen Tischen zusammengefunden. Otto, sein ehemaliger Regieassistent, saß wie früher an Rainers Tisch, wagte aber nicht, ihn anzusprechen. Wenn Rainer versuchte, Konversation zu machen, antwortete Otto nur knapp, aus Angst, ihm auf die Nerven zu gehen.

Und, Otto, was machst du so?

Hab im Februar 'n *Tatort*.

Mit wem?

Kennste bestimmt nicht.

Nicht mehr Götz George?

Schon lange nicht mehr.

Aha. Und wer macht Regie?

Den Namen kennste wahrscheinlich nicht. Aus Köln.

Sag schon.

Heiner Trostberg.

Kenne ich nicht.

Siehste.

Tja.

Es gab so erstaunlich wenig zu reden, und dabei war man doch damals ein Traumteam gewesen! Jeden Abend nach Drehschluß trinken bis zum Morgengrauen, unzertrennlich auch noch Wochen, nachdem der Film abgedreht war. Das war außergewöhnlich, das gab es sonst nie, das hatte man auch ihrem Film angespürt, diese besondere Atmosphäre. Sie waren doch wie eine Familie gewesen!

Hier in Guarda, in dieser Pension, hatten sie sich nach anstrengenden, aber seltsam beglückenden Drehtagen an Silvester ewige Treue geschworen. Niemand sollte sie korrumpieren, verdrehen, brechen oder auseinanderbringen.

Eine wildfremde Japanerin, die hier mit Ehemann und Kind ihre Ferien verbrachte, saß irgendwann kichernd auf Rainers Schoß, den Ehemann hatte sie ins Bett geschickt, ihr Baby ritt auf Johannas Knien. Rainer sieht noch genau vor sich, wie Johanna ihre Nase in den schwarzen Bubikopf des Babys grub und ihm vielsagende Blicke zuwarf, während er in den schneeweißen Nacken der Japanerin pustete und dachte: Ne, Johanna, das schlag dir mal hübsch aus dem Kopf. Der Beleuchter Sparki spielte Gitarre, später tanzten Heidi und Johanna mit brennenden Kerzenleuchtern auf dem Kopf, und die Japanerin saugte an seinem Ohrläppchen. Uwe, der Kameramann, machte einen Striptease, und Gerda, die Aufnahmeleiterin, ging um vier Uhr früh nackt auf den Händen durch den Schnee. Alle waren sturzbetrunken, nur Rainer war allein von dem Gefühl besoffen, seine Passion gefunden zu haben, die wie eine weiße klare Flamme in ihm brannte und alle anderen dazu brachte, für ihn zu schuften und ihn dafür auch noch zu lieben. Er war Regisseur. Ein anderes Leben ohne diese Menschen konnte er sich überhaupt nicht mehr vorstellen.

In Erinnerung daran nannte er seine Tochter Allegra. Kind und Frau wollte er den Freunden nun stolz vorstellen, mit ihnen feiern und ihnen zeigen, daß er doch noch der alte Rainer war. Aber es kam keine rechte Stimmung auf. Traurig sahen die anderen plötzlich aus, enttäuscht, soviel älter und auch irgendwie kleiner, als Rainer sie in Erinnerung hatte. Vielleicht hatte er sich auch schon zu sehr an den amerikanischen Positivismus gewöhnt, der ja von den Deutschen meist als Oberflächlichkeit empfunden wurde.

So gut es ging, versuchte er, nicht den strahlenden Amerikaner abzugeben. Er beschrieb sein Haus kleiner und schäbiger, als es war, ließ den Swimmingpool weg, machte aus seinem Jaguar-Cabrio einen Mazda. Immer wieder beteuerte er, wie sehr ihm das ständig gute Wetter im Grunde auf die Nerven gehe, und überhaupt Amerika und Hollywood, der ganze Kommerz und die ewige Jagd nach Erfolg.

Schweigen.

Ach, komm, sagte Otto dann. Und dann schwiegen alle wieder und stierten verlegen vor sich hin, und Frau Piri kassierte Geld sogar fürs Leitungswasser, das sie Hahnenwasser nannte.

Schließlich flüchtete Rainer vor seinem alten Team und ging mit Allegra in der Kraxe auf die Pisten, saß mit ihr in Skihütten und fütterte sie mit knuspriger, goldgelber Rösti.

Hier endlich bekam er von den Bedienungen die ersehnte Aufmerksamkeit und Bewunderung, weil er so kalifornisch gut aussah und sein Kind so süß war und Allegra hieß. Ja, wirklich, so wie man sich hier begrüßt, Allegra mit zwei l.

Er erinnert sich an den Weg hinauf zum Piz Buin, der genauso aussah wie auf der braunen Sonnencremetube, ein weißer Berg mit zwei Gipfelzacken vor tiefblauem Himmel wie eine Erscheinung. Von einem fast religiösen Gefühl übermannt, setzte er Allegra ab, warf sich bäuchlings in den Schnee und dankte Gott für dieses Kind, für diesen Berg und für die Tatsache, daß er es geschafft hatte, daß er erfolgreich war in Hollywood.

Sie klopfen nicht an, stehen plötzlich mitten im Zimmer und rufen laut. Rainer hievt sich aus dem Schnee, er hat Erich verloren, er muß ihn suchen, ohne Erich kann Allegra doch nicht schlafen. Mit einer Taschenlampe leuchten sie ihm ins Gesicht. Rainer hat Mühe, Vergangenheit und Gegenwart in die richtige Abfolge zu bringen: Die Sequenzen springen hin und her, Piz Buin und sein Baby, das Motel und die große Allegra, der glitzernde Schnee und die rosa Plastikdecke, zwei amerikanische Bullen in ihrer schwarzen Ledermontur und Frau Piri in ihrer blütenweißen Schürze. *Yes, Sir,* murmelt er schließlich. Die Polizei in Amerika immer mit Sir anreden, das weiß er selbst noch im Tiefschlaf.

Wie mit Schnee in den Ohren hört er, es habe einen Hinweis auf Unzucht mit Minderjährigen gegeben.

Paps? sagt Allegra mit verschlafener Piepsstimme neben ihm und hält sich schützend die Hände vor die Augen.

My daughter, stammelt Rainer.

Your ID, *Sir.*

Rainer stolpert durch den Raum und zieht das Bettuch hinter sich her, dabei entblößt er Allegra, die hinter ihm aufschreit. Zum Glück trägt sie ihre Unterwäsche.

Er bittet um Licht. Die schwache gelbe Deckenbeleuchtung wird eingeschaltet, Allegra kniet im Bett, ihre Haare leuchten wie Gold, neugierig mustert sie die beiden gutaussehenden Polizisten, die höchstens Mitte zwanzig sind und unruhig von einem Fuß auf den anderen treten. Der eine blond, weiß, der andere dunkel. Wahrscheinlich Mexikaner.

Mit zitternden Händen wühlt Rainer in seiner Jacke. Er ärgert sich, daß seine Hände zittern. Das waren bestimmt die beiden Arschlöcher von nebenan, die die Polizei verständigt haben. Wo sind denn nur ihre Pässe? Er nimmt doch immer beide Pässe mit, seit Su vor Jahren versucht hat, ihm eine Kindesentführung anzuhängen.

He is my Dad, sagt Allegra.

Sure, sagt der mexikanische Polizist.

Don't you believe me?

We don't believe anything, stellt der blonde Polizist fest. *How old are you?*

Fifteen, haucht Allegra lächelnd.

Warum grinst sie denn so blöd? denkt Rainer. Sie macht ja alles nur noch schlimmer. Jetzt endlich hat er die beiden Pässe gefunden. Unterwürfig präsentiert er sie den beiden Polizisten. Doof steht er da, ins Bettlaken gewickelt wie ein Faschingscäsar. Immer noch lächelt Allegra die beiden an, ohrfeigen möchte Rainer sie. Die Polizisten bemühen sich sichtlich, nicht zurückzulächeln. Verständnislos durchblättern sie die deutschen Pässe, befragen Rainer nach seinem Visum, während sie den Blick nicht von Allegra wenden, die inzwischen mit dem Finger verschlungene Zeichen auf das Bettlaken malt und zuläßt, daß ihr der BH-Träger von der Schulter rutscht und der Ansatz ihrer Brüste sichtbar wird.

Nervös erzählt Rainer von seiner Tätigkeit als Regisseur. Der schwarzhaarige Polizist unterbricht ihn, ob denn irgendwelche Filme dabei seien, die er kennen müßte. Gehorsam rattert Rainer eine Serie von Filmtiteln herunter.

Doesn't ring a bell, stellt der Dunkle stoisch fest.

Are they any good? fragt der Blonde Allegra.

Allegra lächelt genüßlich und langsam wie in Zeitlupe. *No,* sagt sie schließlich.

Jetzt grinsen beide wie die Honigkuchenpferde. Sie geben Rainer die Pässe zurück, immer noch, ohne ihn anzusehen. *Good night, Sir,* sagen sie wie abwesend, und dann in einem ganz anderen Ton: *Good night, Miss.*

Good night, flötet Allegra ihnen hinterher wie ihren besten Freunden.

Sie gehen, ohne die Tür hinter sich zu schließen.

Über dem Parkplatz ist die Sonne aufgegangen. Zwei junge Männer in Jeans und engen T-Shirts hieven einen großen Koffer in den Kofferraum eines Jeeps. Daneben steht das Polizeiauto, nebendran Rainers goldfarbener Jaguar.

Die Polizisten poltern in ihren schweren Stiefeln die Treppe hinunter, sprechen kurz mit den beiden Männern. Der Blonde zuckt die Achseln, sie steigen in ihr Auto und fahren davon. Die Männer am Jeep sehen auf und erblicken Rainer in der Tür. Das sind die Männer von nebenan, das müssen sie sein. Der eine formt langsam mit Daumen und

Zeigefinger einen Kreis, und der andere sticht seinen Finger durch den Kreis, vor und zurück, vor und zurück.

Rainer schlägt die Tür von innen zu und lehnt sich keuchend dagegen.

Allegra betrachtet ihn kühl.

Warum hast du das gesagt? fragt er.

Was?

Daß meine Filme nicht gut sind.

Ach, Paps, sagt sie mitleidig, so toll sind sie doch wirklich nicht. Jetzt beruhige dich mal.

10

Von ihrem Rasenstück aus beobachtet Johanna, wie eine Prozession teurer, meist europäischer Autos an ihr vorbei hinunter in die Stadt rauscht, in denen aufgekratzte, frischrasierte Männer mit noch nassen Haaren sitzen, manchmal ebenso aufgekratzte, perfekt gekleidete und frisierte Frauen. Hellwach und energisch strömen sie aus ihren Villen in die Büros, Filmstudios und Screening Rooms, um die Welt mit Märchen von Helden zu beglücken, die diese Welt zu einer besseren machen, notfalls mit Gewalt.

Sie tragen bereits ihre Headsets und schwärmen von großartigen Drehbüchern und unglaublich talentierten Regisseuren, von unvorstellbaren Einspielergebnissen und Auslandsverkäufen. Jetzt schwimmen sie noch friedlich nebeneinander die Straße hinunter, bis sie in etwa einer halben Stunde in ihrem Haifischbecken angekommen sind, wo sie dann blutrünstig und gefräßig übereinander herfallen.

So, wie die Karawane der teuren Wagen und ihrer mächtigen Lenker ins Tal zieht, kommt gleichzeitig eine ganz andere Karawane den Berg heraufgekrochen: alte Toyotas, Mazdas und Hondas, manche reichlich zerbeult, Lieferwagen mit Aufschriften wie *The Pool Boys* oder *Plumbing Service, Green Thumb.* Am Steuer fast ausschließlich Mexikaner, die Männer in blauen Arbeitshemden, die Frauen in T-Shirts und ausgebeulten Trainingshosen. Sie rücken in

Heerscharen an, um die Villen aufzuräumen, Pool und Rasen zu pflegen, Kinder und Hunde zu füttern und auszuführen.

Vielleicht, schießt es Johanna durch den Kopf, schließt gerade jetzt eine mexikanische Putzfrau Rainers Haus auf. Sie rappelt sich auf und zerrt Jägermeister eilig den Berg hinauf, ganz sicher ist sie sich, daß sie hier rechts gegangen ist, und da links. Aber schon sieht nichts mehr bekannt aus. Da war doch das seltsame Schlößchen, gleich hier, hinter der Kurve, und wo ist der rosa Bungalow geblieben?

Jägermeister wirkt verwirrt und ist keinerlei Hilfe.

Die ersten Sonnenstrahlen schießen wie Pfeile durch die Palmwedel, von Minute zu Minute wird es wärmer. Schweiß rinnt Johanna in kleinen Rinnsalen den Körper entlang, ihre Füße fangen an zu brennen, sie hat Durst.

Es hat keinen Sinn, sie findet das Haus nicht wieder. Erschöpft lehnt sie sich an einen Palmenstamm und läßt sich an ihm hinabrutschen. Mißtrauisch betrachtet sie aus geringer Entfernung ein mexikanischer Gartenarbeiter, der mit einer Art Staubsauger Blätter von einem Baum saugt, bevor der Baum auf die Idee kommen könnte, sie abzuwerfen.

Johanna schließt die Augen, die warme Sonne dringt orangerot durch ihre Lider. Sie ist wieder im Flugzeug, und da ist auch wieder die dicke Nachbarin, ihr Speck glänzt in der Sonne, sie trägt jetzt einen Bikini und sieht zu, wie Johanna ein blauer Müllsack über den Kopf gezogen und oben zugeschnürt wird. Johanna wehrt sich, schlägt gegen das blaue stinkende Plastik. Alles wird blau, die Landschaft, eine deutsche Winterlandschaft, über die sie fliegt, blauer Schnee, Menschen kommen auf sie zu, auch sie blau, blau im

Gesicht. Ihr Vater, ihn hat sie ewig nicht mehr gesehen, gibt es ihn überhaupt noch? Aber er ist es, er ist so blau, weil er keine Luft mehr bekommt! Er stirbt! Er streckt die Arme nach ihr aus. Geh weg! schreit sie, sie schlägt um sich, er hält sie fest. Geh weg! schreit sie, und als sie die Augen aufschlägt, beugt sich der Gartenarbeiter über sie.

Ma'am? Are you okay?

Jägermeister sieht gleichgültig zur Seite, als habe er nichts mit ihr zu tun.

Danke. Alles in Ordnung, danke, stammelt sie auf deutsch, und der Mann nickt, als habe er verstanden.

I am sorry, sagt sie, ihre Zunge klebt ihr am Gaumen wie ein Stück Pappe. Sie steht auf, klopft sich das Gras von der Hose.

Jetlag. Airplane. I arrived yesterday. Germany. Airplane.

Sie macht mit der Hand ein landendes Flugzeug nach, der Mann nickt abermals.

Jägermeister stößt seine Schnauze in ihren Schoß. Der verdammte Hund. Wie peinlich ihr das ist.

Hör auf, zischt sie ihn an, Platz.

Aber er läßt sich nicht davon abbringen, wieder und wieder versucht er seine Nase direkt zwischen ihre Beine zu schieben. Sie lacht künstlich, hält seine Schnauze fest, beugt sich nach vorn. Es nützt alles nichts, er ist wie besessen. Hechelnd giert er nach ihrem Schoß. Der Mann grinst.

Johanna zerrt Jägermeister an seinem Halsband über die Straße, der Mann folgt ihr, sie winkt ihm zum Abschied, aber er bleibt nicht stehen, sondern kommt langsam und neugierig hinter ihr her. *Thank you,* sagt sie wieder und wieder, *thank you very much!*

Sie geht schneller, fängt an zu laufen, Jägermeister trottet neben ihr her, keuchend rennt sie die Straße entlang, durch den angenehm kühlen Sprühregen von Sprinkleranlagen, die jetzt in den Vorgärten in Betrieb gesetzt werden, und in deren Wassertröpfchen sich schillernd Regenbogen brechen. In der Sonne wirkt alles wie frisch lackiert, ausgeschnitten und aufgeklebt, wie eine Kindergartenbastelarbeit.

Es riecht nach nichts, fällt Johanna auf. Alles ist vollkommen geruchlos, aseptisch. Sie dagegen fängt an, unangenehm nach Schweiß zu riechen. Sie haßt diesen Geruch. Sie erträgt Menschen nicht, die nach Schweiß riechen. Hat sie vergessen, ihr Deodorant zu benützen?

Neulich hat sie in der Früh das Deodorantspray mit ihrem Haarspray verwechselt. Übermüdet hat sie sich einmal morgens vor der Probe Zahncreme ins Gesicht gerieben. Oft kann sie sich nicht erinnern, ob sie ihre Vitamintablette gerade eben genommen hat oder nicht.

Ich war auch mal jung und attraktiv und erfolgreich! ruft sie den blitzblank polierten Autos hinterher, die an ihr vorbeirollen.

Alle fahren zur Arbeit, denkt sie neidisch. Ohne Arbeit ist man wie vollkommen aus der Welt gefallen. Sinnlos, nutzlos, überflüssig.

Immer noch läuft sie, läuft über den Sunset Boulevard. Hallo, Sunset, lange nicht gesehen. Ich bin's, deine alte Streetwalkerin, ich bin wieder da!

Sie läuft weiter und weiter, keine Streife hält sie an, obwohl zwei an ihr vorbeifahren. Aber sie joggt, sie ist weiß, sie hat einen teuren Hund dabei, damit ist sie eine legitime Bewohnerin von Beverly Hills.

Die zweite Streife grüßt sie bereits übermütig, und tatsächlich grüßt der Polizist am Steuer lässig zurück. Sie überquert Lomitas, Elevado und Carmelita Avenue, bis sie schließlich keuchend den mehrspurigen Santa Monica Boulevard erreicht und an der Ampel stehenbleibt.

Hier tobt der Verkehr, hier ist endlich Schluß mit dem feinen Getue von Beverly Hills, hier stinkt es nach Benzin, Hundescheiße und verfaultem Obst. Eine junge schwarze Frau mit Rastalocken hält ihr ein Pappschild entgegen: *Help. I have 4 kids. We R hungry.*

Johanna hebt entschuldigend die Hände. *Sorry,* keucht sie mit vor Durst geschwollener Zunge, *no money.* Ich habe kein Geld bei mir, will sie eigentlich sagen, aber ihr fällt es nicht ein, wie sie das sagen soll.

No problem, sagt die Frau lächelnd. *Have a nice day.*

Niemals würde Johanna in Deutschland einen Fuß in einen Starbucks-Laden setzen, brav unterstützt sie die kleinen unabhängigen Cafés, aber hier signalisiert ihr die grünweiße kleine Meerjungfrau einen Zufluchtsort. Zielstrebig steuert sie quer über den Parkplatz drauf zu und öffnet die Tür. Ein Glöckchen klingelt, eine Wolke von Kaffee, Kuchengeruch und fast deutscher Gemütlichkeit quillt ihr entgegen.

Gutgekleidete junge Menschen mit ihren geschulterten Laptops stehen geduldig Schlange, die Espressomaschine zischt und gurgelt, immer noch ist es früh am Morgen, ein Gefühl von Arbeitsbeginn, Sinn und Zukunft liegt in der Luft, das aus Johanna im Handumdrehen ein Gespenst macht. Sie sieht in die frisch geschminkten und entschlossenen Gesichter der jungen Frauen in ihren gutsitzenden

Businesskostümen und fühlt sich, als sei sie schon längst tot und glaube nur immer noch daran, irgendwann wieder dazugehören zu dürfen, so wie Gespenster sich ja auch manchmal nicht daran gewöhnen können, tot zu sein.

Sie ist unsichtbar in ihrem Gespensterkostüm, niemand streift sie auch nur mit einem einzigen, neugierigen Blick, weder die Männer mit ihren kleinen Pferdchen auf den perfekt gebügelten Hemden noch die Frauen mit ihren pastellfarbenen Kaschmirpullovern, die sie locker über den Schultern tragen, um sich vor der Air-condition in ihren Büros zu schützen. Johanna ist einfach nicht vorhanden, sosehr sie auch ihre Gespensterhände ausstrecken mag nach dem, was sie anscheinend nicht mehr bekommt: Jugend, Erfolg, Sicherheit, eine Position, Anerkennung.

Ein Leben wie die wolltest du doch nie führen, ruft sie sich zur Ordnung, du sentimentale Kuh. Nie wolltest du dich morgens in eine Uniform schmeißen müssen, den ganzen Tag buckeln, immer vorgeben, jemand zu sein, der man nicht ist, um dann eines fernen Tages endlich jemand zu sein, der man nie sein wollte.

Will ich nicht, denkt Johanna trotzig, will ich alles nicht.

Schüchtern tritt sie an die Theke, fragt nach Wasser und ist fast erstaunt, daß die bildhübsche junge schwarze Barista sie wahrnimmt und freundlich auf eine Theke gegenüber deutet, wo Thermoskannen aufgereiht sind, Zucker und ein Wasserspender mit kleinen Pappbechern.

Gleich vier Becher eiskaltes Wasser stürzt Johanna hinunter, dann schenkt sie sich Milch aus den Thermoskannen ein und hofft, daß ihr Rücken verbirgt, was sie da treibt. Sie trinkt sich durch die *No Fat, Low Fat, Whole* und *Half&*

Half, oh, die ganz fette, cremige, das muß Sahne sein, die tut gut, gierig füllt sie nach, reißt ein Zuckerbeutelchen auf und schüttet es in die Sahne, wobei sie auch hier die Auswahl hat zwischen Sacharin, Aspartam, braunem und weißem Zucker im gelobten Land der vielen Möglichkeiten.

Eine Frau Anfang dreißig in einem eleganten dunkelblauen Kostüm tritt auf Stöckelschuhen entschieden heran und scheucht mit einem pikierten *excuse me* das Gespenst von seiner Tafel. Eine kleine Wolke ihres exquisiten Parfüms schwebt zu Johanna herüber, lächelnd schüttet sich die Frau ein wenig *No-Fat*-Milch in ihren Kaffee, ihre Nasenflügel flattern, sie hat bereits Witterung aufgenommen. Wer ist diese verschwitzte, ungepflegte Person dort, die keine Aufenthaltsberechtigung in Form eines dampfenden Bechers Kaffee in der Hand hält? Immer noch lächelt sie freundlich, aber instinktiv tritt Johanna einen Schritt zurück. Wie leicht sie einzuschüchtern ist, als wäre sie immer noch acht Jahre alt und Doris Schöpf würde immer noch der ganzen Klasse demonstrieren, wie dumm, ungelenk und doof Johanna Krutschnitt ist. Die weiß noch nicht mal, wie man richtig Gummitwist spielt. Wie man sich richtig anzieht. Wie man sich die Haare flicht. Wie man falschspielt und die Jungs einen um so mehr lieben. Alle anderen schienen es zu wissen, als hätten sie einen geheimen Kurs besucht, nur Johanna nicht. Sie hatte keine Ahnung, das wußten alle. Später war sie dann die arme Johanna, die ja keine Ahnung gehabt hatte. Sie hatten alle keine Ahnung gehabt, weder ihre Mutter noch ihre Schwester, niemand. Die Ahnungslosen sind auch immer die Unattraktiven.

Versunken betrachtet Johanna die Frau in dem teuren Kostüm, die sich inzwischen mit der *Los Angeles Times* in einen der dunkelroten Sessel gesetzt und elegant ihre seidenbestrumpften Beine übereinandergeschlagen hat.

Könnte es sein, daß auch die anderen ständig von ihren Erinnerungen unterwandert werden, sich nur zu einem Bruchteil in der gegenwärtigen Welt aufhalten und gleichzeitig in den virtuellen Räumen ihrer Vergangenheit? Sitzt diese Frau in ihrem Sessel gleichzeitig am Frühstückstisch ihrer Kindheit und hält mit ihrer Teenagerhand ihre Kaffeetasse, während sie mit den Augen einer Fünfundzwanzigjährigen ihre Zeitung liest?

Johanna muß aufs Klo. Nur die körperlichen Bedürfnisse scheinen wirklich in der Gegenwart stattzufinden, ohne sie würde sie sich komplett im Labyrinth des eigenen Gehirns verirren. Ein Schild weist darauf hin, daß das Klo nur Kunden vorbehalten ist. Vorsichtig schleicht Johanna sich in den hinteren Bereich des Cafés und stellt sich dort vor der Klotür an. Jägermeister zerrt draußen an seiner Leine, preßt seine Schnauze gegen das Glas und beschmiert es mit seinem Speichel. Johanna winkt ihm zu, er solle sich noch ein wenig gedulden, statt dessen fängt er an zu kläffen und an der Scheibe hochzuspringen.

Your dog? fragt sie ein junger, frisch geduschter Mann mit nassen Haaren.

No, no, wehrt sie erschrocken ab.

Beautiful animal, sagt er und dann: *Do you need a key?*

Wie eine Idiotin hat sie vor dem Klo gewartet, obwohl niemand drin ist. Stotternd bedankt sie sich, geht zurück zur Theke, reiht sich abermals in die Phalanx der Arbeitenden und deshalb aus ihrer Sicht bereits Erfolgreichen ein, lauscht der Litanei ihrer komplizierten Bestellungen, die wie ein geheimer Code klingt, schließlich ist sie an der Reihe und bietet gleich drei Wörter für Klo an, um nicht mißverstanden zu werden: *rest room, bath room, powder room?* Sie kann sich nicht erinnern, welches das richtige ist, sie weiß nur noch, daß man niemals *toilet* sagt, wie man hier überhaupt gern die Dinge nicht beim Namen nennt.

Ein blonder Mann hinter der Theke, der aussieht, als sei er hauptberuflich Model, blickt sie gelangweilt an und fragt sie mit leiser Stimme, ob sie Kundin sei. Johanna wird zu ihrem eigenen Ärger rot, aber bevor sie etwas erwidern kann, reicht ihr die hübsche Schwarze von zuvor wortlos ein Autonummernschild mit einem Schlüssel daran über die Theke. Warum das riesige Nummernschild? Damit man den Kloschlüssel von Starbucks nicht klaut? Oder weil dieses Klo tatsächlich ein *rest room* ist, ein riesiges Zimmer zum Ausruhen? Man könnte hier ein Bett aufstellen, einen Schrank, einen Tisch, nie mehr vor die Tür gehen, außer, um sich Milch und Zucker zu holen. *Deutsches ehemaliges Filmsternchen lebte fünf Jahre in Starbucks-Toilette.*

Sie zieht sich T-Shirt und BH aus und wäscht sich den Schweiß ab. Sie vermeidet den Blick in den Spiegel, um das Gespenst nicht zu sehen.

Ihr Blick fällt auf ein silbernes kleines Kästchen direkt neben dem Klo. Ungläubig hebt sie es auf. Ein iPod! Jeder hat einen iPod – außer ihr. Sie weiß noch nicht einmal, wie man ihn anmacht. Hilflos tippt sie auf ihm herum, bis sich tatsächlich das kleine LCD-Feld erhellt und aus den weißen Kopfhörern Musik erklingt, die sie sofort erkennt: Patti Smith singt *Jesus died for somebody's sins, but not mine,* und ihr Körper erinnert sich blitzschnell, wie er sich vor dreißig Jahren zu dieser Musik bewegt hat, und schon tanzt Johanna im Münchner Schwabinger Bräu, fasziniert von dieser schmalen androgynen Frau, die Mullbinden um die Handgelenke trug, als habe sie gerade einen Selbstmordversuch hinter sich, und die so wütend klang wie Johanna sich die meiste Zeit fühlte, ohne genau zu wissen, worauf eigentlich.

Heftig atmend bleibt sie stehen.

Wer immer diesen iPod hier verloren hat, muß ein Altersgenosse sein, denn als sie durch die Musikfavoriten klickt, sieht sie dort Jefferson Airplane, Grateful Dead, Bob Dylan, Pink Floyd mit *Atom Heart Mother.* Das war die erste Platte, die sie jemals besessen hat, sie erinnert sich an das Cover mit einer schwarzweißen Kuh auf grüner Wiese. An der Tür wird geklopft und *hello* gerufen. *Just a moment,* ruft Johanna zurück, steckt den iPod in die Hosentasche, streicht sich die Haare zurück, setzt ein Lächeln auf, von dem sie glaubt, es sei amerikanisch, und öffnet die Tür. Diebin. Kleptomanin. Erst ein Lippenstift, jetzt schon ein iPod. Sie geht an der Theke vorbei, nickt freundlich den beiden hinter der Theke zu, es wird zurückgenickt, jetzt ist sie Kundin, mit dem iPod in der Hosentasche gehört sie dazu. Ein klitzekleiner Erfolg, wenn ihr sonst schon nichts mehr gelingt.

Auf dem Parkplatz vor Starbucks geht ein Mann mit einem leeren Starbucks-Pappbecher von Auto zu Auto. Jedesmal, wenn einer der schicken Menschen mit einem Kaffee in der Hand heraustritt und in seinen BMW, Mercedes oder SUV einsteigen will, hält der Mann ihm den Pappbecher unter die Nase und sagt immer wieder drei Wörter: *Cash, Sir, please.* Zu Johanna sagt er: *Cash, Madam, please.*

Er sieht nicht sonderlich abgerissen aus, sondern eher, als käme er von einer langen Reise zurück, mit leicht verdreckten Jeans, einem ausgebleichten buntkarierten Hemd, langen grauen Haaren und Vollbart im tiefverbrannten Gesicht. Alter Hippie, denkt Johanna, und dann erschrocken: Wahrscheinlich so alt wie ich.

Er hält ihr den Becher hin, zum zweiten Mal heute hebt sie die Hände und sagt: *Sorry, no money,* was er ihr bestimmt nicht glauben wird, aber er reagiert gar nicht, sondern zeigt an ihr vorbei auf ein strahlend weißes Gebäude auf der anderen Straßenseite und schreit: Ich war einer von euch! Ich weiß Bescheid! Ich weiß alles über euch! Schweinepack! *Motherfuckers! You damn fuckers!* Dann wendet er sich wieder an Johanna, der er den Weg versperrt, und sagt ganz freundlich, als sage er es zum ersten Mal: *Cash, Madam, please.*

Johanna versucht, sich an ihm vorbeizudrücken, um Jägermeister loszubinden, aber er kommt ganz nah an sie heran und sieht sie direkt an.

Der ist ja jünger als ich, denkt Johanna, höchstens Mitte vierzig!

Was macht ein nettes Mädchen wie du mit einem Nazi-Hund? zischt er. *A fucking Nazi dog!*

Johanna bindet Jägermeister los, der ihr dankbar die Hand schleckt. Sie spürt den Mann in ihrem Rücken, als sie sich aufrichtet, grinst er ihr ins Gesicht, seine Zähne sind weiß und lückenlos, er lebt anscheinend noch nicht lange auf der Straße, nur Immigranten und Penner haben in diesem Land schlechte Zähne.

A fucking Nazi dog, lacht er und krault Jägermeister den Nacken, der es gleichgültig hinnimmt, dann brüllt er unvermittelt los, daß Jägermeister zusammenzuckt und den Schwanz einklemmt.

Ich komme mit 'nem Nazi-Hund rüber zu euch, schreit er. Ich mache euch fertig! Ich habe euch erfunden, ihr Arschlöcher! Und in vertraulichem Tonfall sagt er zu Johanna: Ich hatte Mel, ich hatte Julia, ich hatte George, ich hatte sie alle! Ohne mich lief gar nichts! Hörst du? Ohne mich ging nichts!

Johanna nickt gehorsam und zerrt an Jägermeisters Leine, aber Jägermeister starrt den Mann fasziniert an und rührt sich nicht vom Fleck. Wieder fängt der Mann an zu schreien und seine Beschimpfungen über die Straße zu schleudern, sein Gesicht läuft rot an, seine Wut bringt seinen ganzen Körper zum Beben, bis sie sich bis zum nächsten Anfall erschöpft.

Entsetzt sieht ihm Johanna dabei zu. Wie leicht ihre eigene innere Tirade überhandnehmen könnte, sie überwältigen und an die Oberfläche dringen könnte. Sie murmelt ja jetzt schon ständig vor sich hin: Der blaue Sack, der verdammte blaue Sack. Die wollten mich doch nie, die haben mich sabotiert. Absichtlich haben sie den Sack nicht auf die Bühne gebracht, loswerden wollten die mich, weil ich alt bin, nicht mehr reinpasse, nicht mehr cool bin. Die wollten mich fertigmachen, *motherfuckers, damn fuckers.*

Seite an Seite mit diesem Verrückten sieht sie sich auf dem Parkplatz stehen und den Pappbecher schwenken, ihre

Haare zu einem Teppich verfilzt und deshalb nicht länger von Haarausfall bedroht, die Füße in versifften Flipflops, an denen tonnenweise Kaugummi klebt, die gelblichen Fußnägel aufgebogen, stinkend nach Schweiß und Staub und immer wieder dieselben Sätze ausspuckend: Der blaue Sack, der verdammte blaue Sack!

Komm schon, Jägermeister, sagt sie auf deutsch, jetzt komm!

Jägermeister, lacht der Mann laut auf, seine Mundhöhle sieht bedrohlich violett aus. *I love Jägermeister on ice!*

Johanna lächelt höflich und zerrt den widerstrebenden Hund vom Parkplatz, aber der Mann läßt sich nicht so leicht abschütteln. Er folgt ihr auf den schicken Wilshire Boulevard, wo überschlanke Menschen mit Chanel-Sonnenbrillen, Gucci-Schlüsselanhängern und den neusten Blackberries um sich wedeln. Johanna notiert die immer gleichen Kostüme und Requisiten, als hätten die *Product-placement*-Berater von höchstens zehn Firmen ihre Produkte über die Leute in dieser Straßenszene gehängt wie über willige Komparsen.

Der zottelige Mann trottet neben ihr her wie ein Außerirdischer, wie der Hauptdarsteller, nur, weil er so anders ist. Wacker hält er den Komparsen seinen Pappbecher entgegen, aber offensichtlich haben sie strengste Anweisung, nicht zu reagieren.

Hinter Buchsbaumhecken versteckt sich ein italienisch dekoriertes Restaurant, *The Farm.* Magersüchtige Frauen und schmalbrüstige Männer stochern in ihren Salaten und versuchen, den stinkenden Mann, der sich über die Hecke wirft und ihnen seinen Becher entgegenhält, zu ignorieren.

Ihr Arschlöcher, schreit er, ihr gierigen Arschlöcher! Agenten, Produzenten, Rechtsanwälte! Ich kenne euch doch alle! Ihr freßt Menschenfleisch, ihr wollt ständig frisches Fleisch, frisches, junges Menschenfleisch. Ihr freßt es, und dann scheißt ihr es aus!

Er wendet sich an ein höchstens zwanzig Jahre altes Mädchen in einem hauchdünnen Chiffonkleid, deren schmales Gesicht von einer riesigen Sonnenbrille wie von schwarzen Insektenaugen fast vollkommen verdeckt wird. Sie sitzt mit einem älteren Mann im gestreiften Polohemd an einem Tisch. Wer ist das Arschloch? brüllt der Penner. Dein Agent, ja? Er wird sich dein kleines Herz zum Frühstück braten!

Johanna zupft an seinem Hemd, aber er läßt sich nicht abhalten.

Er wird es fressen, und du wirst es gar nicht merken! Er wird dir Geldscheine ins Maul schieben und gleichzeitig dein Herz fressen, und dann wird er rülpsen und furzen und sich die nächste kleine Maus mit einem frischen kleinen roten Herz suchen!

Johanna erwartet jeden Augenblick Bodyguards, die den Mann überwältigen und zu Boden werfen, aber nichts geschieht. Stoisch essen die Beschimpften weiter ihren Salat. Johanna greift nach seiner Hand, die kalt und schweißnaß ist. Sie hält sie fest und zieht an ihr, da dreht er sich zu ihr um, starrt sie an, als sehe er sie zum ersten Mal. Er taumelt auf sie zu, breitet die Arme aus. Angstvoll geht Johanna ein paar Schritte rückwärts, aber er wirft seine Arme um sie und zieht sie in einer bärenartigen Umklammerung an sich.

Ihr Kopf liegt an seiner Brust, er riecht nach Schweiß und Alkohol, sie spürt das Zittern in seinem Körper wie Strom.

Er läßt sie nicht aus seinem festen Griff. Sie versucht ihm ins Gesicht zu sehen, das gelingt ihr nicht, statt dessen erblickt sie jetzt ein verwaschenes Pferdchen auf seiner Hemdbrust. Vielleicht stimmt seine Geschichte, vielleicht hat er wirklich noch vor nicht allzu langer Zeit auf der anderen Seite der Buchsbaumhecke gesessen und junge Schauspielerinnen mit Körpern, die hohe Rendite versprachen, unter Vertrag genommen.

Da saß sie doch selbst, noch nicht einmal dreißig Jahre alt, in einem weißen Dinnerjacket und Pluderhosen, in denen sie sich avantgardistisch fühlte, nicht zu vereinnahmen von der Maschine Hollywood, mit attraktiven, oft älteren Männern, die sie mit teurem Essen fütterten und ihr erzählten, was sie ab jetzt unbedingt in ihrem Leben bräuchte: einen Agenten.

Aber ich bin doch gar keine Schauspielerin, ich hab doch nur diese eine Rolle gespielt, sagte sie dann. Ich weiß doch gar nicht, ob ich das weitermachen will!

Das verstand hier niemand, und sie verstand diese Männer nicht, die so energisch und gut gelaunt auf sie einquasselten, dazu war ihr Englisch zu schlecht. Stumm lächelnd nahm sie all die Komplimente, Angebote und Versprechungen entgegen, und das einzige, was sie zurückgeben konnte, war eine gewisse europäische Freizügigkeit, mit der die Agenten gar nicht gerechnet hatten. Mit einigen ging sie ins Bett, um sich an Rainer zu rächen, der sie nicht genug liebte. Es war interessant, diese mächtigen und glamourösen Männer nackt und privat zu erleben: Sie waren plötzlich so verletzlich und schüchtern mit ihren diversen Schönheitsfehlern, kleinen Schwänzen, breiten Hüften, behaarten Rücken und Erektionsstörungen. Vertrauensvoll wie Pudel begaben sie sich in Johannas Hand, die sich ihrerseits mächtig fühlte in diesen Momenten, weil sie so gar nichts von ihnen wollte. Das erstaunte alle immer wieder, damit kamen sie nicht zurecht. Hier war jemand, der keinen *deal* wollte! Das war beunruhigend und fast obszön. Galt hier nicht mehr die Regel: Du gehst mit mir ins Bett, und ich schlage dich dem nächsten Regisseur als Besetzungsidee vor?

Diese junge Deutsche wollte partout keine Karriere machen, sosehr sie sich auch Mühe gaben. Sie trug eine seltsame Mischung aus selbstzufriedener Trägheit und Verachtung vor sich her – oder war sie einfach nur deutsch?

Ich wollte einfach nicht mitspielen, denkt Johanna. Weder hier noch woanders. Ich habe in meinem eigenen Leben nicht mitgespielt.

Etwas in ihrem Inneren gerät ins Rutschen und bringt sie aus dem Gleichgewicht, sie versucht nicht mehr, sich aus der Umklammerung des fremden Mannes zu befreien, sondern gibt ein wenig nach, lehnt sich gegen seine breite Brust, hört sein Herz stampfen wie einen gewaltigen Kolben. Das ist angenehm und fühlt sich sicher an. Immer der gleiche Rhythmus, auf den Verlaß zu sein scheint.

Im Takt dazu beginnt Jägermeister zu kläffen. Es hupt, Stimmen kommen näher, Jägermeister zerrt an seiner Leine, die Johanna immer noch in der Hand hält, aber sie denkt nicht daran, diese dunkle stinkende Höhle an der Brust des Fremden zu verlassen, bis dicht neben ihrem Ohr jemand auf deutsch ruft: Ja, Jägermeister, ja, mein Hundchen! Ja, da ist er ja, was machst du denn hier?

Sie erkennt die Stimme sofort. Es ist immer noch dieselbe

Stimme, aber als Johanna sich aus der Umarmung löst und in gleißendes Licht auftaucht wie aus einem Tunnel, erkennt sie den Mann nicht, der neben dem Penner steht und sie fassungslos anstarrt. Aufgeregt und hysterisch kläffend, springt Jägermeister an dem Mann hoch und schleckt ihm die Hände. Der Penner weicht zurück, er verblaßt einfach, verschwindet aus Johannas Blickwinkel. Erst Minuten später fragt sie sich, wo er eigentlich geblieben ist.

Der Mann, der Johanna immer noch mit unnatürlich blauen Augen anstarrt, trägt militärisch kurzgeschnittenes, weizenblond gefärbtes Haar. Er ist alterslos, perfekt gebräunt und sportlich trainiert, in Jeans, Turnschuhen und rosa Poloshirt mit Pferdchen.

Eine ganze Herde galoppiert durch diese Stadt, denkt Johanna.

Hinter ihm funkelt ein goldenes Jaguar-Cabrio in der Sonne, ein junges, ebenfalls blondes Mädchen sitzt auf dem Beifahrersitz, auf der Rückbank türmen sich Einkaufstüten. Jägermeister, ruft jetzt auch das Mädchen. Verwirrt rennt Jägermeister zwischen dem Mann, Johanna und dem Auto hin und her, bis er Johanna schließlich die Leine entreißt, in einem eleganten Satz in den Jaguar springt und sich wie ein überdimensioniertes Baby dem Mädchen auf den Schoß setzt.

Oh, my god, sagt der Mann, und dann noch einmal auf deutsch: O mein Gott.

Er dreht sich um und ruft dem Mädchen im Auto zu: Rate mal, wer das ist! Das Mädchen verdreht die Augen und krault gelangweilt den Hund.

Der Mann kommt auf Johanna zu und umarmt sie. Der

zweite Mann an diesem Tag, aber dieser riecht nach Aftershave, Weichspüler, Deodorant und Pfefferminzkaugummi. Rainer, stammelt sie, ach du Scheiße, Rainer!

Was machst du hier mit einem Penner mitten auf dem Rodeo Drive? fragt er.

Wieso bist du blond, fragt sie zurück, und wieso hast du plötzlich blaue Augen?

Beide Fragen bleiben unbeantwortet, denn er zieht sie bereits zu dem Jaguar, stolz weist er auf das Mädchen: Meine Tochter Allegra. – Allegra, das ist meine alte Freundin Johanna.

Allegra nickt Johanna kurz zu, mustert sie abschätzig von oben bis unten.

Wir passen doch gar nicht alle ins Auto, sagt sie dann.

11

Die Eiswürfel klingeln im Glas, der Überlauffilter des Pools blubbert in regelmäßigen Abständen vor sich hin, Insekten schwirren durch die stahlblaue Luft, der Springbrunnen plätschert, es könnte so friedlich sein. Johanna schließt die Augen, und der Liegestuhl unter ihr hebt ab, sie fliegt über die Hügel von Beverly Hills und Hollywood, über das legendäre weiße Zeichen in den Hügeln, die neun verheißungsvollen Buchstaben, die ihr nie etwas anderes verheißen haben, als daß sie hier nicht hingehört. Dort drüben sieht sie die in quittegelben Smog gehüllten Hochhäuser von Downtown, auf der anderen Seite den glitzernden Pazifik, immer weiter entfernt sie sich vom unablässig quatschenden Rainer, der ihr jetzt auf den Unterarm haut und sie zwingt, die Augen zu öffnen.

Das mußt du dir vorstellen! ruft er begeistert. Dreitausend Komparsen an fünfundvierzig Drehtagen und vier Kameras! Mir, ausgerechnet mir, haben die Amerikaner ihren Bürgerkrieg anvertraut!

Super, murmelt Johanna schwach, habe ich leider nicht gesehen.

Macht nichts, macht doch gar nichts, sagt Rainer eilig und tätschelt sich den nackten, muskulösen Bauch. Lief allerdings auch bei euch auf RTL.

Da habe ich wahrscheinlich gearbeitet.

Schade, ist doch klar. Aber man kann nicht alles sehen. In vierundsechzig Länder haben sie den Film verkauft.

Wow, sagt Johanna gehorsam, aber dann rächt sie sich für seinen unermüdlichen Redefluß mit einer Frage, die Rainer damals bis ins Mark getroffen hätte. Mal sehen, ob sie noch funktioniert: War das eigentlich ein Kino- oder ein Fernsehfilm?

Rainer zögert nur eine Nanosekunde lang, und doch hat Johanna sie befriedigt registriert. Fernsehen, sagt er dann leichthin. Die haben ja hier Riesenbudgets, und das Fernsehen ist ja längst viel wichtiger als Kino. Es sehen ja viel mehr Menschen fern, als ins Kino zu gehen. Das Kino ist in der Krise, das Fernsehen nicht.

Johanna grinst in sich hinein. Die Wunde, die sich damals erst auftat, ist anscheinend nur größer geworden. Nie wieder hat Rainer einen Kinofilm gedreht. Seine großen Hoffnungen haben sich nicht erfüllt, Hollywood hat ihn am Ende nicht rangelassen.

Ich habe gar keinen Fernseher mehr, lügt sie.

Rainer lacht. Du warst schon immer grüner als Spinat.

Die Grünen sehen inzwischen auch fern, sagt Johanna. Wir hatten sogar mal eine Weile einen grünen Außenminister, der einem Krieg zugestimmt hat.

Rainer gähnt. Fischer, weiß ich doch. Denkst du, ich bin blöd?

Ja, denkt Johanna.

Ich habe den Kontakt zu Deutschland verloren. Ich verstehe das Land nicht mehr. Es wirkt auf mich wie ein teures Auto in einer Garage. Ich könnte nie mehr in Deutschland leben.

Mußt du ja auch nicht, sagt Johanna lächelnd. Du hast es ja hier viel besser.

Absolut, nickt Rainer, absolut.

Er nimmt die Sonnencreme, steht auf und sprüht sich einen feinen Nebel auf den Körper. Interessiert betrachtet Johanna ihn. Im Liegen sah er so straff und perfekt aus, jetzt im Stehen sieht sie Altmännerfalten unter den Rippenbögen, schlaffes Fleisch an den Knien, und als er sich umdreht, runzlige Haut unter den Arschbacken.

Auch du, denkt sie zufrieden. Also auch du. Obwohl du von oben bis unten voller Botox steckst, dir die Augen hast liften lassen, daß ich dich kaum erkannt habe, dir aus unerfindlichen Gründen die Haare blond färbst und farbige Kontaktlinsen trägt. Auch du kommst nicht drum rum!

Aber die Amis machen es dir auch nicht leicht, seufzt er theatralisch, während er sich die Sonnenmilch in die Haut klopft wie eine erfahrene Kosmetikerin. Hier mußt du leisten, leisten, leisten. Hier würde niemand drauf kommen, nur achtunddreißig Stunden arbeiten zu wollen, niemand! Völlig absurd! Aber dafür weiß man am Ende auch, wofür man arbeitet. In Deutschland wird Erfolg ja bestraft. Nichts wird einem bei euch so wenig verziehen wie Erfolg.

Ja, ja, sagt Johanna, wir sind engherzig, neidisch, negativ.

Ist doch wahr.

Ja, sagt Johanna schlicht.

Ich verstehe echt nicht, wie du das in Deutschland aushältst. Echt nicht.

Kannst du auch normal reden? fragt Johanna.

Was? Verständnislos sieht Rainer sie an.

Kurz verspürt sie den dringenden Wunsch, sich ihm zu

offenbaren, ihrem alten Freund alles zu erzählen, all ihre Niederlagen, Enttäuschungen, Verletzungen wie Müll auf den grünen Rasen zu kippen und mit ihm Stück für Stück durchzugehen, aber sie erkennt ihn nicht wieder, ihren alten Freund. Er ist fremd und fern, wie in einer Klarsichthülle luftdicht verpackt.

Und wie geht's dir so? fragt er pflichtschuldig.

Och, sagt sie. Mir geht es eigentlich gut.

Ah ja?

Ja.

Du siehst nicht so aus.

Was soll das denn heißen? Sie lacht und lehnt sich auf den Ellbogen.

Rainer kneift die Augen zusammen und betrachtet sie eindringlich.

Vielleicht ist es nur ...

Was?

Na ja ... man sieht, wie alt du bist. Entschuldige, daß ich das so sage ...

Natürlich sieht man, wie alt ich bin! ruft Johanna empört.

Müßte ja nicht sein.

Warum denn nicht?

Wer will das schon?

Ich vielleicht?

Quatsch. Das will niemand.

Niemand in Hollywood.

Niemand auf der ganzen weiten Welt, glaub's mir.

Genau deshalb kann niemand die Amis leiden, sagt Johanna scharf, weil ihr immer glaubt, daß die ganze Welt gleich tickt und sich jeder nichts sehnlicher wünscht als Botox in die Stirn!

Ihr! Wir! Die Amis, seufzt Rainer, nimmt Johannas Glas, füllt es mit Eiswürfeln aus einer Eisbox, Wodka und einem Spritzer Cranberry-Saft. Schon sind wir bei ›den Amis‹. Er sieht auf seine Armbanduhr. Noch nicht einmal eine Stunde haben wir dafür gebraucht. Das wiederum ist sehr, sehr deutsch, meine Liebe.

Hier. Er gibt ihr das Glas. *Relax. Enjoy.*

Relax. Enjoy. Have fun. Never give up hope, sagt Johanna. Du hast doch gleich damit angefangen, auf Deutschland herumzuhacken! Das ist deutsch!

Schweigend schwenken beide ihre Gläser und lassen die Eiswürfel im Duett klingen. Beide fragen sich, wie sie die nächsten Tage miteinander ertragen sollen. So verklemmt und so anstrengend, denkt Rainer. Wie werde ich sie bloß wieder los?

So oberflächlich und anstrengend, denkt Johanna. Wie komme ich hier wieder weg?

Allegra, brüllt Rainer unvermittelt, du gehst in den Schatten oder cremst dich ein!

Allegra steht im Bikini am Pool, ihr rosa Handy in der Hand, ein Handtuch und Zeitschriften unter dem Arm. Sie fühlt sich einsam und unwohl in ihrer Haut, als habe sie die falsche Größe, die falsche Farbe, als wäre alles nur falsch an ihr. Es macht sie nervös wie ein nicht zu stillender Juckreiz. Sie hätte Lust, aus der Haut zu fahren, andere zu schlagen, etwas kaputtzumachen, aber was? Jägermeister schleckt ihr die nackten Füße. Sie tritt nach ihm. Er geht ihr auf die Nerven, wie ihr alles auf die Nerven geht.

Ihr Vater in seiner viel zu engen Badehose. Peinlich, diese fette Johanna, die sich zum Glück nicht ausgezogen hat. Die Hitze, jeden Tag wieder dieselbe Hitze, die lähmende Langeweile ohne Computer und mit Telefonierverbot.

Ihr bleibt nur übrig, mit ihrem Handy zu texten, aber sie bekommt keine Antwort, weil ihre beste Freundin in Flensburg noch schläft. Ebenso wie ihre Mutter, die liegt wahrscheinlich mit diesem Johann mit den ekligen Pferdezähnen im Bett. Daran mag sie gar nicht denken, glatt kotzen könnte sie. Ihre verliebte Mutter, die stundenlang am Telefon kichert und plötzlich tief ausgeschnittene Kleider trägt, sich die Schamhaare zu einer schmalen Landebahn rasiert hat. Das hat Allegra genau gesehen. Da wußte sie, was Sache ist. Widerlich.

Was hältst du davon, wenn wir ausnahmsweise die Ferien ein bißchen verlängern und du die ganze Zeit zu Rainer nach LA darfst? hat Su gesäuselt. Dabei hatte sie den Flug schon längst gebucht. Sie konnte Allegra gar nicht schnell genug loswerden, um die Bude frei zu haben. Niemand hat Allegra um ihre Meinung gefragt. Heulen könnte sie, weil sie zum ersten Mal nicht weiß, was sie in Los Angeles überhaupt soll. Sonst hat sie sich doch immer so darauf gefreut, aber ihr Vater ist so seltsam, so anders als noch im letzten Sommer. Er hat sich die Haare abgeschnitten und blond gefärbt. Lächerlich sieht das aus und stockschwul, weiß er das nicht? Und er ist schon wieder umgezogen. Dieses neue Haus ist noch großkotziger als das letzte, noch größer, noch einsamer.

Seine Freunde, die ihn früher manchmal besucht haben, kommen nicht mehr vorbei. Manche hatten auch Kinder in

Allegras Alter. Und wo ist eigentlich Rose, seine Agentin? Die hing doch früher von morgens bis abends mit Rainer rum und brachte jeden Tag neuen Hollywoodklatsch mit wie andere Leute Kuchen.

Den ganzen Vormittag über hat Allegra sich ihr neuergattertes Outfit an- und wieder ausgezogen und vor dem Spiegel diese erwachsene, selbstsichere, ganz andere Person mit dem Handy fotografiert und bewundert. Hier kann man das Kostüm nur leider gar nicht tragen, weil es viel zu warm ist, und in Flensburg in der Schule wird man sie auslachen, sie Nicole Pitschie nennen oder Flensburg Hilton. Wie letztes Jahr, als sie mit einem todschicken burgunderroten Samtanzug nach den Sommerferien aus Los Angeles zurückkam. Langsam schwant ihr, daß das Kostüm ein Fehlkauf war und daß es nirgendwo einen Ort für diese andere Person geben wird.

Später wird sie Fotos von sich sehen in dem schwarzen, tragischen Kostüm vor dem grünblauen Himmel von Los Angeles, und sie wird sich genau an dieses Gefühl erinnern, keinen Ort gehabt zu haben, nirgends. Und sie wird sich fragen, ob das der Grund gewesen ist für alles, was sie dann getan hat.

Rainer wirft ihr die Sprühdose mit der Sonnenmilch entgegen, schafft die Distanz nicht. Noch nicht einmal das kann er. Sie klatscht kurz vor ihr ins Wasser, daß es spritzt.

Hey, schreit sie wütend. Spinnst du?

Sie holt die Sonnenmilch nicht aus dem Pool, läßt sie einfach dort schwimmen. In der hintersten Ecke des Gartens legt sie sich bäuchlings aufs Handtuch. Sie will diese beiden Idioten nicht sehen.

Dieses Kind! stöhnt Rainer. Dieses Kind macht mich fertig. Nur Klamotten im Kopf, und zum Geburtstag wünscht sie sich Implantate in den Po. Ist das zu fassen? Sie ist plötzlich gar nicht mehr mein Kind. Sie riecht nicht mehr wie mein Kind, ich erkenne sie nicht wieder, ich habe keine Ahnung, wer sie ist. Das bringt mich schier um.

Und? sagt Johanna träge und zieht ihre Hosenbeine ein wenig hoch, um ihre Waden zu bräunen, schenkst du ihr einen neuen Hintern oder nicht?

Das ist der neuste Trend hier, stöhnt Rainer, wegen dieser knallengen, tiefsitzenden Jeans, wo jeder deine Arschritze sehen kann.

Das war früher mal verpönt, sagt Johanna und erinnert sich an Bilder von übergewichtigen Männern auf Barhockern mit deutlich sichtbaren Arschritzen. Lieber hätte man sich erschossen, als so rumzulaufen.

Das war früher, lacht Rainer. Jetzt ist die Arschritze wichtiger als das Décolleté. Sie spritzen dir Eigenfett in den Hintern, aber wenn du so dünn bist wie Allegra, mußt du erst fünf Kilo zunehmen, damit du genug Fett hast, das sie dir absaugen können.

Sie kann meins haben, sagt Johanna.

Rainer widerspricht nicht, was sie ärgert.

Du verstehst das wahrscheinlich nicht, sagt er plötzlich mit leiser Stimme. Es ist einfach furchtbar, wenn man mit ansehen muß, wie das eigene Kind nicht mehr das eigene Kind ist. Es nimmt die Zeit, die man mit ihm verbracht hat einfach mit, verschwindet und dreht sich noch nicht mal um.

Erstaunt sieht Johanna Tränen in seinen Augen glitzern, die er versucht wegzuzwinkern.

Im Grunde genommen ist sie der einzige Mensch, den ich habe, sagt Rainer. Alles andere hat nicht funktioniert. Ich komme mit Frauen auf längere Zeit einfach nicht klar.

Nein, sagt Johanna.

Ach, Mensch, Johanna, wieso sagst du das? protestiert Rainer weinerlich. Du kennst mich doch gar nicht mehr.

Aber genau an diesem Tonfall erkennt Johanna ihn. Da ist er plötzlich wieder, der alte Rainer, empfindlich, launisch, zu Tode betrübt. Sie sieht ihn am Drehort herumstehen, die Hände in den Hosentaschen seiner stets zu engen Jeans vergraben. Deutlich konnte man immer die Position seines Schwanzes in seinen Hosen sehen, sie hat sich immer gefragt, ob das Absicht war, er tat doch immer so schüchtern. Die langen schwarzen Haare wirr abstehend, von Alkohol und Müdigkeit geschwollene Augen, eine Rothändle in der Hand. Jetzt kommt, Kinder, rief er oft kläglich. Wieso tut ihr mir das an? Wir müssen! Das Licht geht weg! Johanna, du bist ja noch nicht mal geschminkt! Warum laßt ihr mich alle so hängen?

Kichernd und mit gespielt schlechtem Gewissen gingen dann alle wieder an die Arbeit, die Maskenbildnerin zerrte Johanna vor einen Spiegel in einem leeren, kalten Raum, in dem nur ein paar Gartenstühle herumstanden, ein Schlafsack, ein paar Kisten Bier und volle Aschenbecher. Aber nach Drehschluß fand hier die Hauptsache statt. Hier tranken, kifften, lachten sie und loteten dabei die unterschiedlichen Grade von Sex und Zuneigung in ihren Beziehungen zueinander aus bis hin zu der eher unwahrscheinlichen Variante von Liebe. Die erwartete eigentlich niemand, das war ein Konzept aus einem anderen Jahrhundert, und das einzige wirkliche Liebespaar im Team, ein moppeliger, kleiner Aufnahmeleiter und eine große, schlaksige Praktikantin, die in jeder freien Minute aneinanderklebten, wurde fast mitleidig belächelt. Das konnte nicht gutgehen, das wußte jeder. Da war zuviel Gefühl im Spiel, und auf Gefühle war kein Verlaß. Auf Sex schon eher. Der war mal besser oder schlechter, aber er konnte einem nicht das Herz brechen.

Johanna streckt die Hand aus und fährt Rainer über die kurzen blonden Haare. Klebriges Gel bleibt in ihrer Handfläche zurück.

Bei dir hat doch alles funktioniert, sagt sie kühl, nur nicht die Liebe. Meine Güte!

Und bei dir? Was hat da funktioniert? fragt er.

Johanna lacht. Oh, einfach alles, sagt sie, bei mir hat in jeder Beziehung einfach alles blendend funktioniert.

Nichts wird sie ihm von sich erzählen, nichts. Alte Rachegefühle erwachen in ihr wie aus einem langen Winterschlaf, sie räkeln sich und kriechen langsam ans Licht. Ihr fällt wieder ein, wie sie ihn angefleht hat, sie zu lieben und zu schwängern. Nackt stand sie im sonnendurchfluteten Hotelzimmer des Château Marmont, einen grünen Teppichboden unter den Füßen, er lag im Bett und fotografierte sie, alles fotografierte er damals, und immer fühlte sie sich, als spiele sie nur eine Rolle.

Warum um Himmels willen sollte ich dich plötzlich schwängern? fragte er.

Warum nicht? fragte sie. Ich bin schon über dreißig.

Ist das ein Argument? fragte er.

Ja, sagte sie.

Nein, sagte er, wer heutzutage ein Kind in die Welt setzt, ist ein unmoralisches Schwein.

Willst du damit sagen, daß ich ein Schwein bin?

Nein, du bist eine Heilige. Du hältst es immer noch mit mir aus. Mach mal einen Schritt nach rechts.

Gehorsam machte sie einen Schritt nach rechts, ins Licht, er hatte ihr beigebracht, sich das Licht zu suchen, es in ihren Augen reflektieren zu lassen, sich zu inszenieren. Das Foto hat sie immer noch. Das Sonnenlicht leuchtet über ihrem Kopf wie ein Heiligenschein. Es war eins der letzten Fotos, das er von ihr gemacht hat.

Ein Leben ohne mein Kind, kann ich mir gar nicht vorstellen, sagt Rainer und wischt sich über die Augen.

Kennst du die Oper *Rigoletto*? fragt Johanna.

Ne. Mit Opern habe ich gar nichts am Hut. Wieso?

Es geht da um einen Vater und seine Tochter.

Und weiter?

Der Vater liebt seine Tochter abgöttisch.

Okay. Und wo ist das Problem? Jede Story braucht ein Problem.

Die Tochter verliebt sich in den Falschen.

Nicht besonders originell.

Der Vater ist behindert. Er hat einen Buckel.

Das ist blöd. Zu dick aufgetragen. Das streichen wir. In wen verliebt sich die Tochter?

In Rigolettos Arbeitgeber, einen reichen jungen Wüstling.

Das ist alles? Er ist weder schwarz noch kriminell noch drogenabhängig?

Du Blödmann, die Oper spielt in Italien, als es noch keine afrikanischen Handtaschenverkäufer gab.

Und was macht der Wüstling?

Er treibt es mit allen. Verführt minderjährige Töchter. Hättest du das als Vater vielleicht gern?

Ach, seufzt Rainer und dreht sich Johanna zu, was soll man machen? Liebt sie den Wüstling?

Ja. Aber der Vater will den Wüstling umbringen lassen.

Und? Schafft er es?

Nein, sagt Johanna, am Ende ist seine Tochter tot.

Und? Die Moral von der Geschichte?

Ich weiß nicht so genau, sagt Johanna. In der Geschichte gibt es nur Schweine. Außer der Tochter. Die ist furchtbar schön. Furchtbar gut. Und furchtbar dumm.

Rainer lacht. Klingt wie der klassische Teenager, sagt er.

Johanna schaut in Rainers eisblaue Augen, die sie nicht wiedererkennt. Was hast du nur mit deinen Augen gemacht? Die waren nie so komisch blau! Und warum färbst du dir die Haare blond?

Rainer legt den Finger auf den Mund. Pscht.

Wahrscheinlich sind seine Haare inzwischen grau.

Wie konnten wir so schnell so alt werden? flüstert Johanna.

Findest du, ich sehe alt aus? Rainer lacht auf und bleckt seine schneeweiß gebleichten Zähne.

Es nützt dir alles nichts, sagt Johanna. Die Jungen können riechen, wer alt ist und wer nicht.

Wie hart du immer bist. Er schüttelt den Kopf. Langsam erkenne ich dich wieder.

Das Telefon klingelt im Gras. Rainer geht ächzend dran, sein deutscher Akzent ist immer noch derselbe. Der war Johanna damals schon peinlich. Wie die Karikatur eines

Deutschen klingt er, und mit seinen blonden, kurzgeschnittenen Haaren und wasserblauen Augen sieht er jetzt auch noch so aus. Weiß er das nicht?

Rainer wandert aufgeregt mit dem Telefon in der Hand um den Pool herum. Wütend brüllt er, das könne man mit ihm nicht machen, einfach den Drehplan ändern, und man habe ihm doch versprochen, es werde nicht in den nächsten Wochen gedreht. Was man denn überhaupt glaube, wer er sei, und wie solle er das, bitte schön, seiner Tochter erklären?

I am a dad first, schreit er. *You promised!*

Allegra sieht nicht auf, obwohl von ihr die Rede ist. Ungerührt blättert sie in ihren Zeitschriften und sucht nach Rettung. Eine Handtasche, ›*R u ready 4 luxury?*‹, ein Parfüm, ›*Euphoria – Live the dream*‹, ein neues Handy, ›*Be revolutionary*‹, ein Klamottenlabel: ›*2 be free*‹.

Neidisch betrachtet Johanna sie aus der Entfernung: ihre noch kindlich schmale Figur, ihre pralle Babyhaut mit dem unvergleichlichen Pfirsichschimmer, ihre dichten, glänzenden Haare, ihre Sehschärfe, ihre Muskelstärke, ihre blitzblanken Arterien, ihr übermütiges Herz.

Natürlich kann Allegra sich über all das nicht im mindesten freuen, weil sie wie alle Jungen glaubt, daß sie niemals alt werden wird.

Sie hat keine Ahnung, denkt Johanna, daß man irgendwann erbarmungslos gezwungen wird, jede Eitelkeit aufzugeben, sie zu opfern für ein winziges Zipfelchen Glück, bevor man in den Sarg fällt.

Wenn Johanna überhaupt noch was abbekommt. Gibt es für sie noch einen üppigen Nachtisch, oder nur ein hartes Bonbon, ein Fortune Cookie und die Rechnung? Ist das

Festmahl schon vorbei? Nur Johanna sitzt noch rum und kapiert es nicht?

Eben gerade lag sie doch selbst noch im Garten ihrer Eltern auf einem grünen Handtuch mit rotgelben Streifen, immer auf dem Bauch, weil sie sich fett vorkam. Verbrannte Kniekehlen trug sie einmal davon. Keiner sollte ihren Bauch sehen, die Schwester nicht, die Mutter nicht und auf gar keinen Fall der Vater.

Der durfte gar nichts mehr sehen, der hatte sein Recht ein für allemal verwirkt.

Unsichtbar wollte sie sein, das verheulte Gesicht der Mutter nicht mehr sehen. Der Vater versteckte sich hinter einer schwarzen Sonnenbrille, was ihn noch cooler und attraktiver aussehen ließ, als er ohnehin schon war.

Dein Vater sieht aus wie ein Filmstar, sagten sie zu ihr in der Schule. Und dachten: Kein Wunder, daß ...

Kein Wunder. Man nahm es ihm nicht wirklich übel, daß er sie alle betrogen hatte. Man bemitleidete die Mutter, die arme Frau, natürlich, aber sie hatte sich auch gehen lassen, wie das damals hieß. Zumindest, wenn ihr Mann im ›Ausland‹ war. Jetzt wußten ja alle, wo das Ausland meistens gewesen war, nur zwanzig Kilometer Luftlinie entfernt. Aber wenn sie ihn im Ausland wähnte, kam Frau Krutschnitt überhaupt nicht mehr raus aus ihrem Trainingsanzug, ging so auf die Straße, zum Einkaufen, frisierte sich nicht, schminkte sich nicht. Kein Wunder, also.

Inbrünstig wünschte sich Johanna damals, diese Familie ein für allemal loszuwerden, die heulende Mutter nicht mehr hören, den schweigenden Vater nicht mehr sehen zu müssen, weit weg zu gehen und eine andere zu werden. Das

Handtuch roch muffig nach Sonnenöl, das frischgemähte Gras blieb ihr am Körper kleben und kitzelte. Sie versteckte den Kopf in ihrer dunklen, nach Deodorant riechenden Achselhöhle. Einen ganzen Sommer lang lag sie im Garten auf dem Bauch und wünschte sich weg.

Wohin wünscht sich wohl Allegra?

Hey, ruft Johanna ihr zu, magst du was trinken? Ich gehe sowieso gerade in die Küche und mache mir ein Gurkenbrot.

Ein Gurkenbrot, schnaubt Allegra und hebt nicht mal den Kopf.

A cucumber sandwich, wiederholt Johanna lächelnd. So einfach wird sie sich von diesem schlechtgelaunten Teenager nicht abweisen lassen.

Allegra zuckt mit den Achseln.

Also ja?

Scheiße, Scheiße, Scheiße, brüllt Rainer und rennt ins Haus, wo er weiterbrüllt.

Was hat er denn?

Jetzt hebt Allegra endlich den Kopf und sieht Johanna mißtrauisch an. Ich denke, du kennst ihn, sagt sie schnippisch und vertieft sich dann wieder in ihre Zeitschrift.

Hast du denn keinen Hunger? Du mußt doch langsam Hunger haben.

Achselzucken.

Ißt denn hier niemand jemals was?

Rainer ernährt sich eher flüssig. Allegra blättert die Seiten um, daß es knallt wie Peitschenhiebe.

Ach ja?

Du kennst ihn überhaupt nicht, stellt Allegra fest.

Kann schon sein, sagt Johanna. Ich gehe jetzt in die Küche und mache ein paar Gurkenbrote, und wer welche haben will, kann sie sich ja holen, kündigt sie an. Sie wird auf diese diffuse Teenagerwut nicht hereinfallen, die alle und jeden meint und am meisten sich selbst.

In der Küche summt beruhigend der Kühlschrank, und die Eiswürfelmaschine arbeitet unablässig und sinnlos an Eiswürfeln für Legionen von Durstigen.

Rainer schreit in seinem Zimmer ins Telefon, er wisse nicht, was er jetzt tun solle, man könne ihn nicht so verarschen!

Johanna schneidet das Pfisterbrot in dünne Scheiben. Dünn schmeckt es am allerbesten. Noch tagelang. Freudentränen hat es bei Rainer ausgelöst. Ein bißchen übertrieben, findet Johanna, es ist doch nur ein Brot. Sie haben Mayonnaise gekauft auf dem Rückweg, Gurken, Spaghetti und Tomaten fürs Abendessen, im Supermarkt hat sofort Johanna übernommen und die Speisenfolge bestimmt. Allegra war mit dem Hund im Auto geblieben.

Rainer wirkte abwesend und unfähig, brachte nur zwei Wodkaflaschen zur Kasse, am Ende mußte sie die Hälfte der Lebensmittel wieder zurücktragen – nur die Wodkaflaschen nicht, darauf bestand er –, weil er zuwenig Geld dabeihatte und sie ja überhaupt keines.

Wieso nimmst du nicht deine Kreditkarte? fragte sie ihn in einem Ton, als sei sie seit zwanzig Jahren mit ihm verheiratet.

Vergessen. Wie du den Schlüssel vergessen hast. Und dein Geld.

Ich war ein bißchen verwirrt. Jetlag.

Aber ein bißchen Geld hast du schon dabei, oder? Er sah sie nicht an, als er diese Frage stellte, aber sie spürte, wie wichtig sie ihm war.

Natürlich. Ich will mich nicht bei dir durchfressen, keine Angst. Ich gebe dir nachher gleich was.

Nein, nein, wiegelte er ab, das meine ich nicht.

Wahrscheinlich riecht er bereits, wie abgebrannt sie ist, wie verzweifelt. Wahrscheinlich hat er Angst, sie könnte sich beim ihm einnisten wie ein klassischer Hollywood-Parasit.

Konzentriert schneidet sie die Gurke in Scheiben und legt sie sorgfältig auf die Brote. Sie will hier so bald wie möglich wieder weg, das ist ihr jetzt schon klar. Aber sie hat wirklich nicht genug Geld, um die ganze Zeit über im Hotel zu wohnen. Vielleicht in irgendwelchen schäbigen Motels im Hinterland, aber bestimmt nicht an der Küste. Sie sieht sich bereits allein im Auto durch die Wüste fahren und weiß nicht, ob sie dieses Bild aufregend oder eher bedrohlich findet. Allein hat sie immer Angst gehabt in diesem Land. Es ist so groß, überall sind Menschen unterwegs auf der Jagd nach ihrem Glück, und man weiß nie, wann man ihnen aus Versehen in die Quere kommt.

Sie beschließt, Allegra ein bißchen zu ärgern, und verziert die Gurkenscheiben mit kleinen Smiley-Gesichtern. Das können Teenager überhaupt nicht vertragen, wenn man versucht, sie aufzuheitern. Mit Mayonnaise malt sie lächelnde, zornige, traurige und schmollende Münder, jedes Brot eine Botschaft, *have fun.*

Summend arrangiert sie die Brote auf einem Tablett und trägt sie wie die perfekte amerikanische Hausfrau in den

Garten, nur ein gepunkteter Glockenrock mit einem weiten Petticoat fehlt noch.

Sie setzt das Tablett am Pool in der Nähe von Allegra ab, setzt sich an den Beckenrand und läßt die Beine im Wasser baumeln. Sonnenreflexe tanzen über die Wasseroberfläche, geblendet muß sie die Augen zusammenkneifen. Wie eine Katze schleicht sich Allegra von hinten an, streckt die Hand vorsichtig nach einem Gurkenbrot aus, starrt es kurz an.

Sehr witzig, grunzt sie und stopft es gierig in sich hinein. Im Handumdrehen sind alle Brote verschlungen.

Johanna schweigt befriedigt. Danke, murmelt Allegra.

Auf der anderen Seite des Pools holt sich Rainer Wodkaflasche und Glas von seinem Liegestuhl und geht zurück ins Haus, immer noch am Telefon.

Manchmal leere ich heimlich die Wodkaflaschen halb aus und fülle sie mit Wasser auf, sagt Allegra. Merkt er gar nicht mehr, wenn er richtig voll ist.

Er säuft?

Letztes Jahr war es noch nicht so schlimm. Letztes Jahr war irgendwie alles besser. Da hatte er auch ein viel schöneres Haus als das hier. Es war kleiner und mexikanisch eingerichtet. Und das davor habe ich auch lieber gemocht. Das war in Malibu, direkt am Meer, da sind jeden Tag die Delphine vorbeigeschwommen, ganz nah.

Ihre Stimme klingt kindlich, als sie von den Delphinen spricht.

Er zieht jedes Jahr um?

Ja. Er sagt, er braucht öfter mal was Neues. Was willst du eigentlich hier?

Sie sieht Johanna mit einem Blick an so klar wie Wasser.

Jedes feine Augenbrauenhaar ist in der Sonne zu sehen, ihre porenreine Haut, der feine blonde Flaum auf ihren Wangen, ihre rosa Babylippen.

Ich weiß es nicht, sagt Johanna ehrlich, ich bin auf der Flucht.

Wovor?

Ich habe geklaut, sagt Johanna und sieht ins Wasser.

Allegra beugt sich vor. Was? fragt sie plötzlich interessiert.

Perfect Rouge. Einen Lippenstift von Kanebo.

Die sind sauteuer, sagt Allegra verständnisvoll. Und sie haben dich erwischt?

Johanna nickt. Aber ich habe ihn nur geklaut, weil ich meinen Job verloren habe, keine Arbeit mehr finde, pleite bin, Angst habe vorm Älterwerden, mein Vater im Krankenhaus liegt und wahrscheinlich sterben wird, und alle wollen, daß ich ihn besuche, ich will ihn aber nicht sehen. Ich weiß gar nicht mehr, was am Anfang kam, aber am Ende war der Lippenstift.

Verstehe, sagt Allegra. Und tatsächlich kommt es Johanna so vor, als könne allein diese Fünfzehnjährige verstehen, warum sie stundenlang orientierungslos und verloren durch ein Kaufhaus geirrt war und schließlich einen Lippenstift eingesteckt hat. Der kurze Orgasmus des Shopping, der beim Klauen noch ein wenig intensiver ausfällt.

Warum willst du deinen Vater nicht sehen?

Weil er ein Arschloch ist, sagt Johanna und klatscht mit den Fußsohlen aufs Wasser. Und weil ich ihn deshalb dreißig Jahre lang nicht gesehen habe.

Wow, sagt Allegra, dreißig Jahre. Ihr Verständnis ist erschöpft. Dreißig Jahre sind unvorstellbar lang. Doppelt so lang, wie sie alt ist. Wie kann überhaupt irgend etwas dreißig Jahre her sein? Und wieso kann man sich an etwas erinnern, das so lange her ist?

Was hat er denn getan?

Ach, sagt Johanna, er hat mich belogen. Betrogen. Das ist alles. Nicht so schlimm. Sie lacht. Es ist schon gar nicht mehr so richtig wahr.

Dann kannst du ihn ja auch besuchen, sagt Allegra.

Tja, seufzt Johanna, aber so laufen die Dinge manchmal nicht.

Beide schweigen und betrachten ihre Füße unter Wasser. Allegra trägt rosa glitzernden Nagellack auf den Zehennägeln, der perfekt zum türkisfarbenen Wasser paßt.

Mein Vater belügt und betrügt mich auch, sagt sie lässig.

Aber nur so ein bißchen, oder? Das tun alle Eltern.

Allegra zuckt die Schultern, zieht ihre langen braunen Beine aus dem Wasser zu sich heran und hält sich an ihnen fest. Sie legt den Kopf auf ihre Knie und versteckt sich hinter ihren Haaren.

Johanna zieht vorsichtig Allegras Haare wie einen Vorhang zur Seite.

Laß mich! faucht Allegra und läßt sich vornüber ins Wasser fallen.

Ein Wasserschwall klatscht Johanna ins Gesicht. Empört springt sie auf. Sie bereut bereits, dieser dummen Göre irgend etwas von sich erzählt zu haben.

Allegra taucht durch den Pool, ihre blonden Haare wehen wie eine Schleppe hinter ihr her, am anderen Ende kommt sie prustend hoch und hält sich am Beckenrand fest. Von hinten sieht sie aus wie eine erwachsene Frau, wie eine überirdische Meerjungfrau.

Die sollte man am besten wegsperren, bis sie achtzehn ist, denkt Johanna, den Anblick erträgt ja kein Mann.

Rainer kommt mit unsicheren Schritten aus seinem Schlafzimmer zurück in den Garten. *Fuck you!* schreit er ins Telefon und wirft es ins Gras. Krachend läßt er sich auf die Liege fallen. Allegra wendet sich von ihm ab und schwimmt durch die Länge des Pools zurück, bis sie vor Johanna wieder auftaucht. Ihre nassen Haare kleben ihr glatt am Kopf wie das Fell eines Seehundes, ihr Gesicht sieht kindlich aus, in den langen Wimpern hängen Wassertropfen. Sie blinzelt.

Kannst du mir noch ein paar Brote machen? fragt sie im Ton einer Chefin, die die Sekretärin bittet, Kaffee zu kochen. Diesmal mit ein bißchen weniger Mayonnaise.

Johanna nimmt den leeren Teller und geht wortlos zurück in die Küche. Gehorsam belegt sie drei weitere Brote mit Gurkenscheiben. Sie richtet sich auf, sieht aus dem Küchenfenster Rainer auf seiner Liege und Allegra im Gras liegen, und in einer Zehntelsekunde ist ihr Entschluß gefaßt. Sie schreibt einen Zettel und legt ihn unter die Gurkenbrote: Nichts gegen euch, aber ich muß weiter. Danke für alles.

In weniger als fünf Minuten ist ihr Koffer gepackt. Sie zerrt ihn zur Haustür, Jägermeister ist der einzige, der Notiz davon nimmt. Aufgeregt kommt er angelaufen und wedelt mit dem Schwanz.

Du bleibst hier, sagt Johanna fest und öffnet die Tür nur einen schmalen Spalt, damit er nicht hinausläuft. Sie zwängt sich hindurch, zieht die Tür hinter sich zu.

Sie ist frei. Sie hat neunhundert Dollar und ihr Rückflugticket. Irgend etwas wird ihr einfallen. Sie fühlt sich mit einemmal sehr amerikanisch und abenteuerlustig. Zum zweiten Mal an diesem Tag geht sie die Straße hinunter. Ihr Koffer rumpelt hinter ihr her. Es ist brütend heiß. Nach wenigen Schritten ist sie schweißüberströmt. Sie hätte sich wenigstens ein Taxi rufen sollen. Wie blöd, einfach so aus dem Haus zu gehen! Sie weiß doch, wie weit es bis zum Santa Monica Boulevard ist. Ohne Hund und mit Koffer sieht sie jetzt wirklich aus wie auf der Flucht. Ihr Name wird gerufen.

Als sie sich umdreht, kommt Jägermeister auf sie zugaloppiert, hinter ihm Allegra im Bikini, tropfnaß und barfuß. Sie hinterläßt dunkle Fußspuren auf dem Asphalt und rennt auf Johanna zu. Nein, denkt Johanna, ich werde nicht eure Haushälterin sein, nein! Da kommt Allegra mit angstvoll aufgerissenen Augen keuchend vor ihr zum Stehen.

Rainer, schluchzt sie, Rainer ist tot!

Er liegt mit dem Gesicht im Gras und rührt sich nicht. Jägermeister knabbert an seinem Ohr. Heulend wirft sich Allegra über ihn.

Rainer! schreit Johanna. Sie hebt seinen Kopf an und dreht ihn zur Seite. Hinter seinen Ohren sieht sie deutlich feine weiße Narben. Er ist geliftet.

Seine Haut fühlt sich kalt und schweißig an. Sie dreht ihn auf den Rücken.

Rainer! Sie ohrfeigt ihn, boxt ihm in die Rippen, kneift in seinen großen Zeh.

Er zuckt. Allegra schreit, Johanna richtet sich auf und wischt sich die Haare aus der Stirn.

Besoffen, sagt sie. Nur besoffen.

Rainers Augenlider flattern. Er grinst.

Du Blödmann! schreit Allegra, holt aus und schallert ihm eine. Von dem Rückstoß fällt sie fast hintenüber. Ich hasse es, wenn er besoffen ist, sagt sie kläglich.

Wir können ihn nicht hier liegenlassen, er verbrennt sonst.

Er liegt doch gern in der Sonne, sagt Allegra wütend, steht auf und stapft davon.

Hey, ruft Johanna ihr hinterher, du kannst mich doch nicht einfach mit ihm allein lassen! Eine Tür knallt. Stille.

Johanna legt sich auf den Bauch, streckt die Beine aus und stützt die Ellbogen im Gras auf. Ein Unbeteiligter könnte meinen, es handle sich um eine moderne Version von *Le déjeuner sur l'herbe.* Ein halbnackter schlafender Mann, eine Frau in sommerlicher Kleidung, ein Teller mit Gurkenbroten, im Hintergrund Hibiskusblüten und ein blauer Swimmingpool. Frieden.

Rainer, sagt Johanna. Ich halte das für einen ganz blöden Trick von dir, damit du es nur weißt.

Interessiert schaut sie ein paar verwegenen Ameisen zu, die sich an die Besteigung des Mount Rainer wagen, sich durch das Gestrüpp seiner Beinhaare kämpfen, über die glatten Hügel der Badehose hinaufeilen. Johanna erinnert sich, wie er von ihr vergöttert werden wollte. Ganz schön groß, was? Wie ein kleines Kind. Sie sagte brav ja, und dachte: Na ja. Sie hat ihm einmal eine Unterhose geschenkt mit den aufgedruckten mickrigen Genitalien von Michelangelos David. Sie fand es witzig, er nicht.

Die Ameisen haben seinen Bauch erreicht, der schon

deutlich rot verbrannt ist. Vielleicht sollte sie ihm einfach ein Handtuch überwerfen. Aber dann sähe er aus wie eine Leiche. Eine Leiche im Garten Hollywoods.

Johanna faßt Rainer unter den Achseln und versucht ihn zu bewegen. Er ist tonnenschwer.

Allegra! schreit Johanna wütend, aber nichts rührt sich.

Fluchend und schwitzend zerrt sie Rainer, der selig vor sich hin grinst, Richtung Schlafzimmer. Von weitem könnte man sie für seine Mörderin halten. Extra aus Deutschland gekommen, um eine alte Rechnung zu begleichen. Eine arbeitslose Requisiteurin, die zwanzig Jahre lang nichts weiter zustande gebracht hat, als Gegenstände herumzurücken, bringt den Mann um, der schuld an ihrem verpfuschten Leben ist.

Ihre Vergangenheit wird zu einem fortlaufenden Text, einer Geschichte. Ja, genau so war es: Er hat sie entdeckt, nach Hollywood geschleppt, ihr vorgegaukelt, es wäre Liebe, hat sie dann fallenlassen wie eine heiße Kartoffel. Fünf Jahre und drei verschiedene Beziehungen hat sie gebraucht, bis ein Kind mit einem anderen möglich schien, aber da war sie schon fünfunddreißig, und es passierte nicht mehr von selbst. Drei Jahre lang hat sie gebraucht, um einzusehen, daß sie medizinische Hilfe brauchte, zwei weitere Jahre, um ihren damaligen Freund dazu zu bringen, diese Hilfe anzunehmen und eine künstliche Befruchtung mit ihr durchzustehen. Als das nicht funktionierte, war dann auch die Liebe vorbei, und als der nächste Mann auftauchte, war sie bereits zweiundvierzig. Das Kinderthema wurde zwischen ihnen nicht mehr diskutiert, und vielleicht wurde sie deshalb mit fünfundvierzig überraschend schwanger. Der

Mann reagierte gleichgültig. Er hatte nichts dagegen. Sie rang mit sich, unablässig rechnete sie sich aus, wie alt sie sein würde, wenn das Kind zehn, fünfzehn, zwanzig wäre, eine Sechzigjährige mit einem Teenager! Schließlich, als sie endlich entschieden hatte, das Kind zu bekommen, und mit einemmal glücklich war wie noch nie, erlöst, als könne sie den Text ihre Biographie noch einmal gründlich umschreiben, hatte sie eine Fehlgeburt. Sie trennte sich von dem Mann, seither lebt sie allein.

Alles Rainers Schuld. Unsanft zerrt sie ihn über die sündhaft teuren italienischen Terrakottafliesen, die ihm die Haut aufschürfen, bis auf den weichen Teppichboden seines Schlafzimmers, wo sie ihn keuchend ablegt.

Er grinst weiter vor sich hin. Sie bringt ihn in stabile Seitenlage, er soll schließlich nicht ersticken. Das denn doch nicht. Erschöpft kriecht sie in sein Bett. Er hat es geschafft. Sie ist geblieben. Sie hat sich um ihn gekümmert. Mit wütenden Fußtritten strampelt sie das festgesteckte Laken frei, zieht es sich über die Schultern und stürzt in den Schlaf, als springe sie von einer Klippe ins Meer.

12

Am Frankfurter Check-in-Schalter der Lufthansa, *First Class,* steht Marko Körner. Oder Marko Korner, wie er sich in Los Angeles nennt, beides bitte mit K. Darauf besteht er, sonst klingt es wie *corner,* Ecke. Wie in der Ecke stehen, und das hat nun wirklich nichts mit ihm zu tun, denn er steht mitten auf der Hauptstraße, an ihm kommt niemand vorbei im Filmgeschäft. Grinsend vergleicht er sich mit einem Triumphbogen. Wie ein europäisches Siegestor steht er da, mitten in Hollywood.

Die Stewardessen des Bodenpersonals verdrehen die Köpfe nach ihm. Er ist das gewöhnt. Er sieht eben gut aus, dafür kann er nichts. Seinen Charme dagegen hat er trainiert wie einen Muskel, er ist seine größte Waffe, nicht sein Aussehen. Er hat ein jungenhaftes Lächeln, ein offenes Lachen, ein freches Grinsen, ein leicht anzügliches Halblächeln, für jede Situation das richtige, das macht ihm keiner so schnell nach. Besonders nicht in seinem Alter. Mit nicht einmal dreißig hat er bereits über hundertsiebzig Millionen Euro von Deutschland nach Hollywood umverteilt. Dummes Geld, *stupid money,* so nennen es die Hollywoodianer, von dummen Anlegern, die auf fette Rendite im Filmgeschäft hoffen. Ich verteile nur um, das ist alles, sagt er immer und lacht dann sein kleines bescheidenes Lächeln, ich schaffe Geld von Deutschland nach Hollywood, ich bin nur ein Postbote. Und inzwischen Produzent. Postbote und Produzent. Klingt doch gut. Und immer der Jüngste von allen.

In siebzehn Stunden wird damit Schluß sein, dann wird er dreißig. Und wenn er daran denkt, springt ihn Panik an wie eine hungrige Ratte. Er muß unbedingt mit Misako sprechen, sonst dreht er durch. Sie ist die einzige, die ihn beruhigen kann.

Es tut mir wahnsinnig leid, Herr Körner, sagt die Stewardess am Check-in, die anscheinend neu ist. Sie stehen, wie ich sehe, auf der Warteliste für Los Angeles.

Marko wählt sein Wolfslachen, die Neue zuckt prompt zusammen, er zückt seine schwarze Karte. Irgendeinen anderen Trottel werden sie jetzt von seinem Platz verjagen müssen, *sorry.* Marko ist ein *Honorary Member* der Lufthansa, dafür hat er sich schließlich in den letzten fünf Jahren den Hintern in Flugzeugen platt gesessen.

Die Neue läuft rot an, hektisch tippt sie auf ihrem Computer herum, gibt Marko schließlich eine Bordkarte, gnädig nickt er. Mein Paß, sagt er und lächelt jetzt milde.

Sie gibt ihm seinen Paß zurück. Dann wünsche ich Ihnen einen schönen Geburtstag in Los Angeles, stottert sie. Ist ja auch ein runder, gell?

Marko sieht sie eisig an. Dreißig werden kann ganz schön hart sein, plappert sie verwirrt weiter. Also, ich wollte mich damals umbringen.

Und wie? Wie wollten Sie sich umbringen? Marko beugt sich über die Theke. Es interessiert ihn wirklich.

Sie kichert. Och, weiß nicht. Irgendwas, wo man danach noch gut aussieht. Also nicht vom Hochhaus springen oder so was …

Ich überlege mir, an den Strand zu fahren und meinen Kopf in den Sand zu buddeln. Man erstickt relativ schnell, heißt es. Auch wenn man die Pulsadern richtig aufschneidet, stirbt man relativ hübsch. Wissen Sie, wie man das richtig macht?

Die Frau starrt ihn mit aufgerissenen Augen an. Ihre persönliche Begleiterin ist da, sagt sie dann mechanisch, sie wird Sie durch die Security begleiten und im Auto zum Flugzeug bringen.

Marko wendet sich von ihr ab. Normalerweise machen das adrette Mädchen mit Perlenohrringen, aber heute haben die ihm einen seltsamen Vogel geschickt. Sie sieht aus wie kaum achtzehn, hat wild abstehendes weißblond und schwarz gefärbtes Haar, eine gepiercte Lippe und trägt ihre blaue Uniform mit ironischer Verachtung. Die Hosen hat sie zu Hüfthosen umfunktioniert, das Halstuch zu einer Bandana verdreht, Marko sieht an ihr herunter und erwartet Pumas an ihren Füßen, aber nein, vorschriftsmäßig trägt sie dunkelblaue Pumps.

Herr Körner? fragt sie und mustert ihn genauso frech wie er sie.

Sie wartet seine Antwort nicht ab, dreht sich auf dem Absatz um und stöckelt schnell vor ihm her, Marko hat Mühe, hinterherzukommen.

Die Paßbeamten feixen, als sie sie sehen, die Sicherheitskräfte winken ihr zu, hey, Lisa, rufen sie. Lisa winkt lässig zurück und schleust ihren ›Hon‹ durch bis vor das Flughafengebäude, wo sie einen schwarzen Mercedes aufschließt.

Sie hält ihm nicht etwa die Tür auf, wie er es von den anderen gewohnt ist, sondern schmeißt sich auf den Fahrersitz und wartet, bis er eingestiegen ist. Gepäck hat er keins, Gepäck haben nur Touristen.

Kaum hat Marko die Tür geschlossen, knallt sie den Rückwärtsgang rein und schießt zurück, läßt das Lenkrad mit einer Hand herumkreiseln. Sie fragt nicht, ob er Musik hören will, sie dreht einfach auf. Shakira.

Marko hätte ihr mehr zugetraut. Im Rückspiegel sieht er ihre tiefschwarz geschminkten Augen. Versuch gar nicht erst, mich zu beeindrucken, Baby, denkt er, das läuft nicht mehr, ich habe meine Misako, diese Stimme, die ich niemandem erklären kann. Er stellt sich Misako vor wie eine der Sibyllen, ein halb göttliches, jungfräuliches Geschöpf, wunderschön und verrückt, durch deren geheimnisvolle Stimme sich sein Schicksal offenbart. Ihre Worte sind doppelsinnig, oft versteht er sie nicht. Kleine Engel, die Seelen boshafter Kinder, flüstern ihr die Wahrheit ein und lächeln über seine komische Zukunft. Sie besitzt die perfekte und flüchtige Grazie jener Mädchen, die wissen, wie das Leben ist, weil sie es von oben, von ferne betrachten, ohne es berühren zu können.

Er sieht aus dem Fenster. Grauer Himmel, graue Pisten, graues Wintergras. Er liebt dieses Grau. Es paßt zu seiner eigentlichen Natur. In Los Angeles fühlt er sich in dem grellen Licht immer wie ausgezogen, als würde man ihn nackt mit Blitzlicht fotografieren. Ohne Misako könnte er dort nicht überleben. Gerade im richtigen Augenblick hat er sie gefunden. Oder sie ihn. Ein lebender Toter und eine tote Lebende. Was für ein Paar!

Was gibt's zu lachen? fragt die Vogelscheuche am Steuer.

Wie Sie fahren. Gibt's heute was zu gewinnen?

Hätten Sie es lieber langsam?

Hauptsache, ich erwische das Flugzeug.

Wie auf einer Ralley kurvt Lisa über die Versorgungsstraßen, überholt Busse und Catering-Wagen, die die immer gleichen Kaviarhäppchen und Lollo rosso mit Entenbrust für die erste Klasse und Huhn auf Reis oder Sauerbraten auf Nudeln für die *Economy Class* heranschaffen. So stellt sich Marko manchmal die Hölle vor. Ein ewiger Flug mit den schlimmsten Sündern in der *Economy,* den etwas weniger schlimmen in der *Business* und den noch kleineren Sündern in der *First Class,* also in der genauen Umkehrung des irdischen Lebens.

Marko säße in dieser Hölle ganz hinten, kurz vorm Klo, auf dem Mittelplatz, direkt unter dem Monitor, auf der einen Seite einen übergewichtigen Mann, auf der anderen eine Frau mit einem heulenden, kotzenden Baby auf dem Schoß. Es gäbe immer nur die Wahl zwischen Huhn auf Reis und Sauerbraten auf Nudeln, und wofür er sich entscheidet, immer wird es das Gericht sein, das gerade aus ist. Er wird dort sitzen und büßen und büßen. Dafür, daß er Tausende von Kleinanlegern um ihre Ersparnisse gebracht hat, Millionen von Hirnen mit Schrottfilmen verseucht und das Niveau des Fernsehens noch weiter gesenkt hat. Am meisten wird er für seine erfolgreichste Fernsehserie büßen müssen, *Hitler And His Dog.* Das Konzept hat den Amerikanern sofort eingeleuchtet: Lassie trifft Hitler. Ein guter Hund und der schlechteste Mensch aller Zeiten. Morgen wird er die Serie nach China verkaufen. Das wird Geschichte machen. Die Mutter aller Deals. Um neun Uhr ist die Vertragsunterzeichnung. Mit Hund. Die Chinesen wollen den sagenhaften Hund sehen. Hoffentlich paßt dieser Trottel Rainer, diese totale Null, gut auf Jägermeister auf, der Blondi spielt, Hitlers Hund. Ohne Jägermeister läuft gar nichts. In ihn werden sich Milliarden von Chinesen verlieben wie zuvor schon sechsunddreißig andere Länder. Außer Deutschland. Dort gilt seine Serie als geschmacklos. Humor wird auch er den Deutschen nicht beibringen können. Natürlich gibt es *back ups* für Blondi, jede Menge gut trainierte Schäferhunde, aber nur Jägermeister hat diesen steinerweichenden Blick, der jeden Abend zur *Primetime* ganz Amerika dahinschmelzen läßt. *Primetime.* Ich bin in meiner *Primetime,* denkt Marko, ich sollte glücklich sein. Aber in weniger als siebzehn Stunden ist meine *Primetime* vorbei.

Er fühlt sich unruhig, sein Herz beginnt schneller zu klopfen, ihm ist ein wenig übel. Er sieht überscharf, wie meistens kurz vor einer Panikattacke. Er wählt Heidis Nummer. Schlaftrunken meldet sie sich.

Verbinde mich mit Misako, sagt Marko ohne Einleitung.

Marko, ich schlafe!

Dann wach auf, sagt er scharf. Ich muß mit ihr sprechen. Es geht mir gleich nicht mehr gut.

Marko, jammert Heidi. Ich bin keine Maschine.

Ich will mit ihr sprechen! schreit Marko. Jetzt! Sofort!

Seine Fahrerin beobachtet ihn besorgt im Rückspiegel.

Moment, stöhnt Heidi in Los Angeles. Jetzt reg dich nicht auf. Ich brauche einen Moment.

Marko nimmt das Telefon vom Ohr. Sagen Sie mal, fragt er Lisa, wo stehen wir denn heute? Nicht auf B 24 wie sonst?

Doch, eigentlich schon.

Aber B 24 ist hinter uns.

Wortlos reißt Lisa das Steuer herum.

'tschuldigung, murmelt sie, dieser Flughafen ist so verdammt groß.

Sie kennen sich hier überhaupt nicht aus?! brüllt er. Wer, zum Teufel, hat Sie denn eingestellt?

Er spürt, wie Panik in ihm aufsteigt, er betet, daß Misako Kontakt mit ihm aufnimmt, manchmal stellt er sich ihre Verbindung vor wie ein altmodisches Telegrafenamt, wo noch gestöpselt wird. Und er ist auf Heidi, die Dame vom Amt, angewiesen. Er hört Atmen, ein Keuchen im Hörer – und dann ist sie plötzlich da.

Ich habe Angst, sagt Marko leise und hofft, daß sie auf ihn eingeht. Manchmal reden sie stundenlang aneinander vorbei wie auf verschiedenen Wellenlängen, und keine Verbindung stellt sich her zwischen der toten kleinen Japanerin und ihm. Und dann wieder gibt es Momente, da redet er mit ihr wie am Telefon, als sei er direkt mit ihr verbunden, als gäbe es Heidi gar nicht.

Ich habe Angst, wiederholt er. Er sieht in den Rückspiegel, und hofft, daß Lisa, das Eulenauge, ihm nicht von den Lippen ablesen kann.

My daring, sagt Misako in ihrem unvergleichlich zärtlichen japanischen Akzent, als Japanerin kann sie kein l sprechen. Marko findet das unvergleichlich süß. Er liebt es, wenn sie ihn *daring* nennt. Er atmet auf, sie hat ihn erkannt, unversehens wird ihm leichter, als gebe er ein schweres Gewicht ab.

Meine Angst will mich auffressen, flüstert Marko. Sie

nagt und schleckt schon an mir wie eine Katze an der Whiskasdose.

Daring! Das ist keine kleine nette Katze, sondern ein wildes, schwarzes, fauchendes, schreckliches Tier.

Ah, seufzt Marko. Du verstehst mich. Wie kann das nur sein, denkt er jedesmal wieder, daß mich ein toter japanischer Teenager besser versteht als jeder andere Mensch.

Und jetzt atme ein, sagt Misako. Atme tief ein.

Gehorsam macht Marko einen tiefen Atemzug.

Alles, was schwarz ist, atmest du ein, schwarzen Ruß und Furcht und Todesangst, atme alles ein.

Das schaffe ich nicht, keucht Marko.

Daring, sagt Misako streng, atme den Dreck ein, den ganzen Scheißdreck. Sie kichert ihr himmlisches Kichern, das Marko sich am liebsten aufs Handy laden würde. Er sollte diese Gespräche aufzeichnen, obwohl Heidi das strengstens verboten und ihm damit gedroht hat, ihn nie wieder mit Misako zu verbinden, sollte er es trotzdem tun. Dieses Kichern möchte er aufzeichnen, damit er es wie einen Talisman immer bei sich hätte.

In ihrem Kichern nimmt Misako Gestalt an. Eine kleine dünne Person in absurd hohen Plateauschuhen und einem rosa Tüllröckchen und angesagtem T-Shirt. Marko stellt sich vor, wie sie die Füße nach innen dreht, schüchtern die Schultern hochzieht und hinter vorgehaltener, kleiner weißer Hand kichert über ihn, ihren seltsamen Schüler, der fast doppelt so alt ist wie sie, aber kaum noch einen Schritt gehen kann ohne ihren Rat. Sie sieht der nächsten Episode im Leben von Marko Korner zu wie einer Telenovela, gespannt, ob er ihren Rat befolgt.

Und jetzt, flötet sie in sein Ohr, atmest du Gold und Silber aus! Alles wird hell und weiß und friedlich. Atme aus, *my daring.*

Marko atmet aus und beruhigt sich, als sei er ein Kind und seine Mutter streiche ihm über die Stirn. Die Angst verzieht sich wie eine schwarze Wolke in einem Bilderbuch.

Du wirst jetzt statt Angst Gold in die Welt bringen und den nächsten Menschen, dem du begegnest, beschenken. Wirst du das tun? Wirst du das für deine kleine Misako tun?

Ja, murmelt Marko gehorsam, der sonst stolz darauf ist, niemandem zu gehorchen. Für dich würde ich alles tun, weißt du doch.

Misako antwortet nicht mehr. Sie verschwindet immer ohne Abschied. Wenn er darüber nachdenkt, wohin sie geht und woher sie kommt, werden ihm die Knie weich. Eigentlich haßt er diesen ganzen esoterischen Mist und die Weicheier, die daran glauben.

Marko? Bist du noch da? ruft Heidi aus Los Angeles.

Schlaf weiter. Ich melde mich, sagt Marko und legt auf.

Alles in Ordnung? grinst die Vogelscheuche am Steuer.

Vielleicht sagen Sie mir mal, wo wir die ganze Zeit hinfahren, sagt Marko scharf. Langsam wird die Zeit knapp.

Ich dachte, zu B 24.

Da müssen wir doch nach links!

Scheiße! schreit Lisa, ich kann jetzt nicht mehr nach links, ich muß außenrum fahren.

Das dauert ewig! Das schaffen wir nicht mehr!

Tut mir leid, tut mir echt leid, sagt Lisa und hebt entschuldigend beide Hände vom Lenkrad, ich bin neu hier.

Halten Sie an. Halten Sie sofort an!!!

Das darf ich hier nicht.

Wenn ich das Flugzeug verpasse, gehen siebzehn Millionen Dollar den Bach runter. Die bezahlen dann Sie. Ich verklage Sie. Also halten Sie gefälligst an.

Mit quietschenden Reifen kommt der Mercedes zum Stehen. Lisa rutscht auf den Beifahrersitz, Marko übernimmt das Steuer. Er wendet direkt vor einem gelben Follow-Me, der einen Jumbo hinter sich herzieht, und rast zurück. Lisa sinkt tief in ihren Sitz.

Dafür werde ich rausfliegen, stöhnt sie und nagt nervös an ihren Fingernägeln, dafür schmeißen die mich hochkantig raus.

Marko lächelt. Er wird Misako gehorchen, Gold in die Welt bringen.

Dann fangen Sie bei mir in Los Angeles im Office an.

Quatsch. Unsicher sieht sie ihn mit ihren schwarzgeschminkten Eulenaugen an.

Post und Kaffee verteilen, das werden Sie doch noch schaffen, oder? Nächsten Montag, neun Uhr Arbeitsbeginn. Visum regle ich.

Lisa lacht. Sind Sie Gott oder was?

Fast, sagt Marko. Ich arbeite noch dran.

13

Marko ist das widerlichste, zynischste, verkommenste Arschloch unter der Sonne, heult Rainer in Johannas Armen. Aber ich bin von ihm abhängig!

Rainer stinkt nach Wodka, seine nackte Brust klebt unangenehm an Johannas Armen, aber er läßt sich nicht abschütteln.

Ich brauche deine Hilfe. Bitte, Johanna, bitte.

Warum denn ausgerechnet von mir?

Weil du meine alte Johanna bist. Weil du mich kennst. Weil du mich …

Wenn du jetzt sagst, ›weil du mich mal geliebt hast‹, schlage ich dich, unterbricht sie ihn.

Weil ich am Ende bin, jammert Rainer. Siehst du das denn nicht?

Doch, sagt Johanna kühl. Ausgerechnet du. Ich bin platt.

Sie versucht die Schadenfreude, die in ihr aufgeblüht ist wie eine große bunte Blume, abzuwehren, aber das geht so wenig, wie man das Erröten verhindern kann.

The amazingly talented German director. Und jetzt das. *You are so refreshing,* hatte Hollywood ihm dauernd zugerufen, aber Rainer hatte schon damals die leicht beunruhigende Vorstellung, er sei ein Pfefferminzbonbon, an dem ein wenig herumgelutscht wurde, bis es irgendwann seinen Geschmack verlieren und ausgespuckt werden würde. Man wußte doch, wie schnell hier alles verging. Nichts ist so vergänglich wie der Erfolg. Er wollte sich von Anfang an wappnen.

Sei nicht so blöd wie all die anderen Europäer, sagte ihm damals eine Agentin namens Rose, die ausschließlich Kaftane und Holzperlenketten trug. Zier dich nicht, sondern nimm jetzt, was du kriegen kannst. Ich werde dich beschützen. Ich werde mich um dich kümmern. Ich werde dich groß machen.

Das fand Rainer gut, das hatte in Deutschland nie jemand zu ihm gesagt. Dort fand man seinen überwältigenden Erfolg eher suspekt, die Kritik mochte seinen Film nicht, weil er komisch war. Einer schrieb, er habe wider Willen gelacht. Die Kollegen waren grün vor Neid. In Interviews wurde er immer nur gefragt, ob er jetzt keine Angst habe vor dem nächsten Film. Seine Freunde sahen seinen Film aus Prinzip nicht an, weil etwas, das so erfolgreich war, einfach nicht gut sein konnte – und das waren seine Freunde! –, und sein Vater wollte warten, bis er auf Video herauskäme, ihm seien im Kino die Sitzreihen zu eng und außerdem fände man ja nie einen Parkplatz.

Rose verlangte nur, daß er sich an seinem jetzigen Erfolg freue und weiteren Erfolg verspreche. Dazu müsse er einfach nur ein bißchen besser gelaunt wirken, das war schon alles.

Smile! schrie sie ihn an, *you teutonic monster you! Smile!* Sie lud ihn in vornehme Restaurants ein und arrangierte Treffen mit Hollywoodstars, denen er verklemmt gegenübersaß, irgendwas vom imperialistischen Amerika murmelte, das die ganze Welt zu einer einzigen Bildsprache verdamme, worauf sie begeistert riefen: *I would love to work with you!*

Fassungslos sah er zu, wie er eingeseift wurde, und es genoß. Er bekam das komplette *Hollywood-Treatment* wie eine Ganzkörperpackung in einem Kosmetiksalon, aus dem er strahlender, als ihm selbst lieb war, hervorging. Diese Behandlung bekam nur er, nicht Johanna, weil nur mit ihm Geld zu verdienen war. Sie saß im Hotel und langweilte sich, und plötzlich wollte sie ein Kind. Wie ungeschickt, wie unsensibel. Ausgerechnet zu einem Zeitpunkt, wo Rainers Leben richtig losgehen sollte, wollte sie ihm diesen Knüppel zwischen die Beine werfen. Ungeduldig wartete er darauf, daß sie von selbst einsehen würde, daß es für sie keine gemeinsame Zukunft gab. Dazu brauchte sie erstaunlich lange.

Inzwischen hatte Rainer einen Vertrag mit Rose unterschrieben, und kurz darauf gab es keine teuren Esseneinladungen mehr, sondern nur noch Cappuccino in einem Café in Venice, das *The Rose* hieß. Auf die Wand war eine riesige rote Rose gemalt. Es wurde bevorzugt von ehemaligen Hippies und Künstlern frequentiert.

Rose lädt dich heute in die Rose ein, sagte Rose am Telefon und lachte sich halb tot. Und Rainer beeilte sich, ebenfalls zu lachen, sonst würde sie ihn wieder beschuldigen, keinen Humor zu haben.

Es gäbe etwas zu feiern, erklärte sie. Sie habe ihm so gut wie sicher die Regie zu einem Fernsehfilm besorgt. Das Drehbuch sei grauenhaft, aber das mache gar nichts, es gehe nur darum zu beweisen, daß er auch in Amerika arbeiten könne. Der Erfolg seines deutschen Films sei ein bißchen wie eine gelungene Operation, die aber in Europa stattgefunden habe. Da dächten hier viele, das könne auch Wunderheilung gewesen sein, bis er hier dieselbe Operation noch einmal vornähme und allen zeige, daß er wirklich operieren könne.

Aber ich will doch Kinofilme machen, besondere Filme, wandte Rainer ein. Ich will nicht einfach nur operieren!

Honey, sagte Rose mitleidig. Red nicht wie ein gottverdammter Künstler. Wenn du mir nicht glaubst, dann sprich mit John.

Welcher John? Rainer haßte die Art, wie hier alle immer nur mit ihren Vornamen tituliert wurden und jeder außer ihm wußte, von wem die Rede war. Jack war natürlich Jack Nicholson, Jane stand für Jane Fonda, soweit war er inzwischen auch. Aber wer war John?

Huston, erklärte Rose müde. Alles mußte man diesem arroganten Deutschen in seiner lächerlichen Lederjacke erklären. John Huston. *Maltese Falcon, Misfits, Fat City?*

Ist ja gut, kenne ich.

Na, Gott sei Dank, seufzte Rose. Wenigstens etwas. Er ist Ire, er gehört zur Aristokratie Hollywoods, er ist mein Klient, er weiß alles.

Von anderen hörte Rainer, Rose habe vor ewigen Zeiten mit Huston eine Affäre gehabt. In Marokko, am Drehort von *The Man Who Would Be King,* und Rainer versuchte sich vorzustellen, wie Rose von John Huston in einem Zelt auf einem Berberteppich flachgelegt wurde, während Sean Connery und Michael Caine, fünfhundert Kamele, zweitausend Araber und das gesamte Filmteam draußen warteten und die bebenden Zeltplanen anstarrten, während der

Wüstenwind über sie hinwegfegte und Sand in ihre kleinen Teegläser rieseln ließ.

Wir hatten soviel Spaß, sagte Rose wehmütig. *So much fun.*

Inzwischen war Huston alt und krank und drehte seinen wahrscheinlich letzten Film, *The Dubliners,* nach James Joyce.

In einem Studio in der Wüste saß er in einem Rollstuhl in der Kulisse von Dublin. Vor den Fenstern schneite es soviel, wie er es schneien lassen wollte, und die jungen Schauspielerinnen bewegten sich ganz nach seinem Befehl.

Ehrfürchtig stand Rainer in einer Ecke. Huston trug einen Plastikschlauch in der Nase, der ihn mit Sauerstoff versorgte, Tausende von Zigarren hatten seine Lungen mit Teer zugepflastert. Sein Team hatte ein Durchschnittsalter von etwa fünfundsiebzig, alles Leute, mit denen er sein ganzes Leben lang gearbeitet hatte. Nur die Schauspieler waren jung, und immer, wenn die Klappe geschlagen war, und alle hinter der Kamera verstummten, die Schauspieler jedoch redeten, riefen, weinten und lachten, schien es, als sähe das Team sich selbst in seiner Jugend zu.

Mit jedem mühsamen Atemzug hielt Huston die gesamte Maschine in Gang.

Das ist es, dachte Rainer in seiner Ecke, genau das ist es. Nur nicht aufgeben. Immer weiteratmen. Sein Ding machen. Alles andere ist unwichtig.

Am Ende der Einstellung nahm Rose ihn an der Hand und zerrte ihn vor Hustons Rollstuhl.

John, *honey,* schrie sie laut. Der junge Mann hier will dich etwas fragen! Er weiß nicht, ob er in Hollywood bleiben und Filme drehen oder nach Europa zurückkehren und Kunstscheiß machen soll.

Huston hob seinen kantigen Pferdeschädel mit den kurzen weißen Bürstenhaaren und musterte Rainer spöttisch. Er sah trotz Sauerstoffflaschen und Rollstuhl unwahrscheinlich cool aus. Rainer fühlte sich unter seinem Blick schrecklich jung und wehleidig.

Junge, schnaufte Huston schließlich angestrengt. Wenn du in Hollywood bleibst, wirst du an einem Swimmingpool sitzen, und sie werden dir bei lebendigem Leibe das Herz rausreißen. Wenn du zu Hause bleibst, hast du keinen Swimmingpool. Das ist der Unterschied.

Er wieherte vergnügt wie ein asthmatisches Pferd. Am Ende bleibt nur der Film, alles andere zählt nicht.

Danke, John, sagte Rose. Sie ging in die Knie, küßte ihn auf den Mund und riß ihm dabei fast die Sauerstoffzufuhr aus der Nase. Das war alles, was ich hören wollte. Der Junge will einen Swimmingpool, das habe ich im Gefühl.

Rainer wurde rot.

Fast fünfzehn Jahre lang hab ich gedacht, John Huston hat sich geirrt, sagt Rainer. Ich hab in Ruhe einen miesen Fernsehfilm nach dem anderen gedreht, meinem Herzen ging es gar nicht schlecht dabei, und meine Swimmingpools wurden immer größer. Ab und zu habe ich zwar gejammert, weil meine Kinoprojekte immer wieder verschoben und von einem Studio zum anderen weitergereicht wurden. Aber so geht es vielen, man darf die Hoffnung nie aufgeben.

Never give up hope, echot Johanna und spürt besorgt, wie sie sich bereits auf das dicke Ende freut.

Ich habe mir vorgemacht, daß mein wichtigster Film noch kommt, und dann plötzlich haben sie zugepackt, fährt Rainer fort. Einfach so, ohne Vorwarnung. Von heute auf morgen war ich draußen. *Out.* Keine Angebote mehr. Nichts mehr. Dabei hatte ich überhaupt nichts getan! Noch nicht einmal einen Riesenflop gelandet. Ich war nur einfach nicht mehr gefragt. Ich schmeckte nicht mehr wie ein frisches Pfefferminzbonbon. Abgelutscht. Die reißen dir das Herz raus, und du merkst es als letzter. Da liegt es schon im Müll, dein Herz. Seitdem renne ich blutend und schreiend durch die Gegend und wundere mich, daß ich immer noch lebe.

Rainer läßt sich auf den Rücken fallen und zieht sich das Laken bis zum Kinn. Er sieht krank aus. Im Fensterausschnitt geht wie auf einer Leinwand die Sonne unter. Vor orangerotem Hintergrund wiegen Palmen ihre Palmwedel im Wind wie schwarze Punkfrisuren. Ein Flugzeug zieht in einer exakten Diagonalen einen Kondensstreifen über den Himmel. Perfekt. Wunderschön. Friedlich.

Nie paßt hier außen und innen zusammen, denkt Johanna.

Fünf Jahre lang bin ich hausieren gegangen, sagt Rainer leise. Ich habe alles versucht. Meine Pools wurden immer kleiner, bis ich gar keinen mehr hatte, noch nicht mal mehr einen Gemeinschaftspool in einer Apartmentanlage. Von Apartments bin ich in billige Hotels gezogen, dann in Motels, jetzt wohne ich im Hawaiian Motel auf La Brea, ganz weit oben, kurz hinter den Ölfeldern, wo es so gefährlich ist, daß dort niemand freiwillig aus seinem Auto steigt. Meine Nachbarn sind Prostituierte, thailändische

Transvestiten und mexikanische Tagelöhner. Fast jede Nacht kommt die Polizei. Mein Zimmer teile ich mit einer Armee von Ameisen und Küchenschaben. Und immer, wenn Allegra kommt, gebe ich mir die größte Mühe, um einen Job als Haussitter in einer guten Gegend zu ergattern. Für sie soll alles stimmen ... das Haus, der Pool, das Auto, ihr erfolgreicher Vater, Regisseur in Hollywood. Für sie mache ich weiter Filme, einen nach dem anderen, bekomme Preise, steht alles auf meiner Website. Die update ich in einem Internetcafé.

Du bist ein echter Clown, sagt Johanna.

Ich weiß. Aber in diesen wenigen Wochen mit ihr soll alles so sein, wie es immer war. Da bin ich wieder der, der ich mal war. Oder der, der ich wirklich bin. Der alte Verlierer, der in einem verlausten Motel wohnt, das bin doch gar nicht ich! Warum darf ich nicht mehr arbeiten, aber die anderen? Der Neid und die Eifersucht auf die, die weitermachen dürfen, bringt mich fast um. Wenn Allegra kommt, nehme ich Prozac, was ich mir eigentlich gar nicht leisten kann, damit ich überhaupt noch einen Fuß vor den anderen setzen kann. Ich lebe im Grunde nur noch für sie.

Rainer schneuzt sich ins Laken. Und jetzt kommt das Arschloch Marko Körner einfach vier Wochen vorher zurück. Spätestens um fünfzehn Uhr ist er hier. Da muß das Haus picobello sein, als hätte es uns nie gegeben.

Du bist ein solcher Clown, wiederholt Johanna. Und ich hab dir alles geglaubt.

Wichtig ist doch nur, daß Allegra es glaubt, jammert Rainer.

Das ist doch lächerlich, sagt Johanna.

Ja, sagt Rainer und setzt sich auf. Seine blonden Haare stehen ihm zu Berge und lassen ihn plötzlich jung aussehen. Ich bin nur noch lächerlich.

Er sieht Johanna mit einem grünen und mit einem blauen Auge an. Bitte, sagt er. Hilf mir doch.

Du hast eine Kontaktlinse verloren, sagt Johanna. Ich habe schon gedacht, ich könnte mich noch nicht einmal mehr an deine Augenfarbe erinnern.

Die Linsen zahlt die Produktion, sagt Rainer.

Welche Produktion?

Ach, stöhnt Rainer, von irgendwas muß man ja leben.

Was machst du denn? Arbeitest du als Aufnahmeleiter? Regieassistent?

Nein, viel schlimmer. Ich kann nicht drüber reden.

Er schlägt das Laken zurück, steht auf, geht zum Kleiderschrank, holt ein rosa Poloshirt heraus.

Was arbeitest du? fragt Johanna.

Rainer schweigt.

Was arbeitest du? Ich will es wissen!

Bitte, sagt Rainer kleinlaut, bitte schrei nicht so. Allegra könnte dich hören.

›Allegra könnte dich hören‹, äfft Johanna ihn nach. Wieviel Macht du dieser Göre gibst!

Rainer zuckt die Schultern. Sie ist nun mal das einzig Richtige, was ich in meinem Leben gemacht habe. Er zieht das rosa Polohemd an. Es ist ihm mindestens zwei Nummern zu klein.

Noch nicht mal das Hemd ist deins, stimmt's?

Johanna schlägt die Arme unter und hat mit einemmal Lust zu rauchen, dabei raucht sie seit Jahren nicht mehr. Sie weiß nicht, ob sie wütend oder belustigt sein soll. Sie hat das Gefühl, von Rainer bereits eine Rolle zugeteilt bekommen zu haben. Die Babysitterin? Die wiedergefundene Geliebte? Die Beichtmutter? Seit wann genau weiß er, daß Marko zurückkommt? Wirklich erst seit heute nachmittag? Rainer ist Regisseur. Er manipuliert, er hetzt Leute auf und schaut dann seelenruhig zu, wenn sie aufeinanderprallen, er übertreibt und er liebt das Drama.

Rainer schüttelt den Kopf. Noch nicht mal das Scheißpferdchen auf dem Hemd gehört mir. Er schluchzt auf, dann kichert er hysterisch und schlägt mit der flachen Hand auf das Pferdchen auf seiner Brust. Das Auto nicht, das Haus nicht, der Hund nicht und noch nicht mal das verdammte Pferdchen! Er schreit vor Lachen. Alles seins! Und das Arschloch ist auch noch viel schlanker als ich.

Johanna fängt ebenfalls an zu lachen. Rainer gefällt ihr gar nicht schlecht in der Rolle des Verlierers, er ist viel komischer als früher. Halb nackt, immer noch in der Badehose und dem engen rosa Hemd, galoppiert er jetzt wie ein Pferd ums Bett herum, schlägt aus, buckelt wie in einem Rodeo.

Yippie! schreit er, zieht Johanna an den Armen hoch und nimmt sie auf seinen Rücken. Lachend schlingt sie ihre Beine um seinen Bauch, zusammen galoppieren sie raus in den Garten, Johanna gibt ihm die Sporen. Hüh! schreit sie, hüh! Beweg deine Hufe, du alter Bock, na komm schon, willst du wohl! Rainer bäumt sich auf, wiehert, galoppiert um den Pool herum. Yippieeee! schreit Johanna.

Habt ihr eigentlich den totalen Knall? brüllt Allegra. Mit dem Gesichtsausdruck einer empörten Nachbarin, die gleich wegen Ruhestörung die Polizei holen wird, steht sie in der Wohnzimmertür, Jägermeister aufmerksam neben sich. Sie trägt einen Sarong um die Hüften, ihre Haare sind frisch gewaschen, sie bürstet sie, während sie auf Antwort wartet.

Gehorsam macht das Pferd auf dem Absatz kehrt und wirft dabei fast seine Reiterin ab.

Wir spielen Rodeo, kichert Rainer.

Er ist das Pferd, erklärt Johanna.

Das sehe ich, sagt Allegra streng.

Johanna steigt ab, Rainer streicht sich über die Haare und grinst verlegen.

Wir haben eine ganz tolle Idee, was wir morgen machen, sagt er. Beziehungsweise du. Also Johanna und du. Ich muß ja arbeiten. Hab ich dir gesagt. Ab und zu muß ich ein bißchen arbeiten. Und jetzt muß ich ein bißchen früher arbeiten als gedacht.

Er stottert wie ein kleiner Junge. Allegra zieht die Augenbraue hoch.

Ich werde morgen überhaupt nichts machen, sagt Allegra und geht mit schwingenden Hüften zurück ins Haus. Ihre langen blonden Haare fließen über ihren Rücken. Jägermeister sieht unschlüssig von Rainer zu Allegra, dann entscheidet er sich für diejenige, die hier so offensichtlich das Sagen hat, und trottet Allegra hinterher.

O doch, ruft Rainer hilflos hinter ihr her. Das wirst du. Und es wird dir sogar gefallen!

Allegra dreht sich langsam um und sieht ihn geringschätzig an. Wieso sollte es?

Rainer wechselt einen schnellen Blick mit Johanna. Sie

wendet sich ab, sie will nichts damit zu tun haben. Er wird sie nicht dazu bringen, ihm zu helfen. Auf gar keinen Fall.

Rainer atmet tief ein. Weil halb Hollywood dort hinwill.

Mißtrauisch macht Allegra einen winzigen Schritt auf Rainer zu. Sie stützt die Hände in die Hüften. Und wo soll das bitte sein?

Kurz vor Santa Barbara, sagt Rainer, ein Yogahotel.

Ein Yogahotel? Allegra zieht die Nase kraus. Das klingt ja megascheiße.

Da gehen sie jetzt alle hin, beeilt sich Rainer zu erklären. Kirsten, Maggie, Tom, Nicole …

Offensichtlich weiß Allegra genau, von wem die Rede ist. Sie beginnt ein klein wenig zu lächeln. Du bist so doof, sagt sie und kommt noch ein Schrittchen näher.

Ich dachte, das könnte dir vielleicht gefallen. Ich muß meinen Film jetzt schon vorbereiten, der Drehbeginn wird eventuell vorverlegt, weil … aber darüber darf ich eigentlich nicht reden.

Weil was? fragt Allegra prompt und kommt noch näher.

Du mußt schwören, daß du nicht quatschtst.

Paps! Jetzt hängt sie ihm bereits um den Hals. Jake ist angefragt, sagt Rainer leise, und er mag mein Drehbuch …

Jake? unterbricht Allegra atemlos. *Der* Jake?

Rainer nickt stumm und überläßt Allegra den Rest.

Du verlogener Schurke, denkt Johanna.

Wow, sagt Allegra ehrfürchtig.

Rainer nickt bescheiden.

Ich brauche nur eine Woche, sagt er. Dann komme ich hinterher.

Kann ich ihn dann mal kennenlernen?

Warum nicht?

Allegra errötet vor Aufregung. Johanna erträgt den Betrug nicht länger. Sie geht um den Pool herum auf die andere Seite des Gartens. Fremde Vogelschreie durchziehen die anbrechende Nacht. Sie sieht, wie Allegra ihren Vater abbusselt und wieder im Haus verschwindet. Kaum ist sie weg, fällt Rainer in sich zusammen. Mit hängenden Schultern kommt er auf Johanna zu.

Du Schwein, sagt Johanna.

Ihre Verachtung könnte ich nicht ertragen, verstehst du das nicht? Das würde mich umbringen. Er sieht sie treuherzig an.

Johanna streicht mit ihrem nackten Fuß über das harte Gras, das sich so anders anfühlt als das Gras ihrer Kindheit. Ich habe meinen Vater mein ganzes Leben lang verachtet, sagt sie, und das hat nicht ihn, sondern mich umgebracht.

Dafür siehst du noch ganz lebendig aus, sagt Rainer.

Das täuscht, sagt Johanna. Das täuscht gewaltig.

Rainer stellt sich dicht neben sie und reibt linkisch seinen Oberarm an ihrem. Das hat er früher immer gemacht. Sie stehen einfach nur so da und lauschen dem Schmatzen des Pools, während der Himmel über ihnen immer dunkler wird.

Hilf mir doch, sagt Rainer. Und ein bißchen Yoga würde dir auch nicht schaden.

14

Wie war dein Flug? fragt Heidi Marko, obwohl sie doch weiß, daß er Small talk haßt. Du hast dich gar nicht mehr gemeldet. Ging es dir gut?

Ob es ihm gutgeht, ist ihr völlig egal. Ihr geht es gut, und das ist die Ausnahme. Dankbar hat sie die ganze Nacht geschlafen, jede Minute genossen. Eine Nacht ohne mindestens fünf Anrufe von Marko ist wie ein Wunder.

Er antwortet nicht auf ihre Frage, er zieht sich bereits aus. Sie nimmt seinen Anzug und hängt ihn ordentlich auf, hebt sein Hemd auf, seine Unterhose. Nackt steht er vor ihr, und wie immer hat sie Mühe, seinen makellosen Körper nicht anzustarren und sich in Phantasien zu verlieren.

Sie kontrolliert das Badewasser. Es hat eine Temperatur von genau sechsunddreißig Grad, Babybadtemperatur, so mag er es am liebsten.

Heute wirst du rot baden, sagt sie. Das wird dein Herzchakra öffnen. Sie gießt eine Flasche leuchtendroter Flüssigkeit ins Bad. Marko nickt ungeduldig. Jedesmal wieder wundert sie sich, daß er auf diese Nummer mit den spirituellen Bädern steht. Das hat Heidi selbst erfunden, aber außer bei Marko ist es nicht gut angekommen. Zum Glück braucht sie jetzt keine anderen Kunden mehr. Er besitzt sie wie ein Zuhälter seine Nutte. Er diktiert ihr Leben, aber dafür kann sie sich endlich eine bessere medizinische Behandlung leisten. Sie wird ihre Diabetes endlich ordentlich einstellen lassen, ihre Zähne richten, ihre Fettschürze absaugen lassen. Sie wird ein ganz und gar neuer Mensch werden. Sie hat viel vor.

Marko versinkt in dem roten Wasser wie in seinem eigenen Blut. Aufatmend streckt er seinen Körper aus. Die Angst hat ihm über zwölf Stunden Flug auf der Brust gesessen wie eine fette Ratte, aber brav hat er schwarzen Rauch ein- und Gold ausgeatmet, so wie Misako es ihm befohlen hat. Dank ihr geht es ihm relativ gut.

Lächelnd betrachtet er Heidi, die sich über ihn beugt und mit ihrem dicken weißen Händchen die Wassertemperatur noch einmal überprüft. Diese fette Frau in dem rosa Frotteezelt und mit dem blonden Zopfnest auf dem Kopf, die er heimlich ›Qualle‹ nennt, nie, nie wird er verstehen, wie sie seine zarte kleine Misako in sich beherbergen kann wie eine russische Puppe. Aber jedesmal wieder ist er heilfroh, daß er sie gefunden hat. Ein Tip einer Schauspielerin, die sich jahrelang die Arme aufgeschlitzt hatte, so daß sie wegen der Narben nur in langärmeligen Kostümen spielen konnte, und die schlagartig damit aufhörte, als sie Heidi fand, die einen christlichen Märtyrer aus dem zweiten Jahrhundert für sie channelte, der sie endlich verstand.

Diese Heidi ist als Medium so zuverlässig wie ein deutsches Auto, berichtete die Schauspielerin begeistert. Springt immer an.

Du bist wie eine Mutter zu mir, seufzt Marko und schließt die Augen.

Verwechsle mich nicht, sagt Heidi und läßt sich schwer auf einen Schemel fallen. Sie haßt seine kleine, nackte, verwirrte Seele. Er saugt an ihr wie ein Vampir. Dieser Mann ist eine Zumutung. Schlimmer als jedes Kleinkind. Es kostet sie große Anstrengung, nicht vollends von ihm ausgesaugt zu werden. Wenn er sie anruft, tut ihr, schon bevor sie abhebt, alles weh. Manchmal ruft er bis zu fünfzigmal am Tag an. Und immer will er mit seiner Japanerin sprechen. Manchmal bereut sie, daß sie den Kontakt überhaupt hergestellt hat. Wie soll sie ihn je wieder loswerden?

Er zerstört ihre Tage und ihre Nächte. Vierundzwanzig Stunden am Tag steht sie ihm zur Verfügung. Durch das kleine Badezimmerfenster sieht sie Markos Fahrer vor seinem goldfarbenen Jaguar auf und ab gehen. Was denkt der sich, wenn er seinen Chef vor dem schäbigen rosa Haus absetzt, in dessen Fenster zweifarbig in Blau und Rot ihre Neonreklame blinkt: MASTER PSYCHIC CONSULTANT – SPECIALIST IN LOVE MARRIAGE CAREER. CHANNELING EXPERT.

Wahrscheinlich denkt er sich gar nichts. Viele aus dem Filmgeschäft konsultieren Hellseher, Handleser, Wahrsager. Sie erhoffen sich von deren weiser Vorausschau ein winziges Zipfelchen Sicherheit – und wenn es nur das richtige Kleid für die Oscar-Verleihung ist. Wie nett und einfach diese Kunden waren. Marko dagegen möchte jede Stunde seines Lebens gestalten. Nichts dem Zufall überlassen, als schreibe er am Drehbuch seines Lebens. Jeder *Plotpoint* wird hundertmal durchdacht und verworfen, jeder Schritt, jede Entscheidung mit ihrer – beziehungsweise Misakos – Hilfe geplant. Er wird dabei immer manischer. Manchmal träumt Heidi von einem Flugzeugunglück.

Wenn sie nicht funktioniert, bestraft er sie, beschimpft

sie, bezahlt nicht. Einmal hat er sie sogar geohrfeigt. Gleich bei ihrem ersten Treffen hat sie den Zorn in ihm gesehen wie einen rotglühenden Klumpen. Sie wollte nichts mit ihm zu tun haben, aber er hat einfach zuviel gezahlt. Wie hätte sie da ablehnen können?

Es ging ihr nicht gut, manchmal wartete sie tagelang vergeblich auf Kundschaft. Ihre lokale Fernsehstunde um Mitternacht, *Your Fabulous Future,* war nach einem halben Jahr bereits abgesetzt worden, es gab jede Menge jüngere Hellseher, die besser vernetzt waren als sie, die junge Schauspieler und Regisseure kannten, auf den richtigen Partys verkehrten. Heidi begann zu spüren, daß sie ein Auslaufmodell war. Eine Zeitlang hatte sie sich am Telefon als Russin ausgegeben, sich Gruschenka genannt. Das war kurz nach dem Mauerfall, da war russische Mystik plötzlich gefragt. Dann kamen die tibetischen Lamas groß in Mode, die hatten ihr viel Kundschaft weggenommen. Die Kabbala mit Madonna kassierte den Rest. Mystik zum Selbermachen. Lächerlich. Die Menschen haben immer besondere Personen gebraucht für die Verbindung zur anderen Welt.

Das Madl hat's, hat ihr Vater festgestellt, da war Heidi kaum zehn Jahre alt. Mit ihm ist sie über die Wiesen gegangen, und der Vater hat ihr beigebracht, wie man das Wasser spürt.

Wenn er über eine Wasserader ging, fühlten sich seine Finger ›wurlert‹ an, wie er das nannte, und die Adern in seinen Händen traten hervor wie dicke Schnüre. Das sah ein bißchen eklig aus, und Heidi wollte auf keinen Fall diese dicken Schnüre auf ihren Händen haben. Andere Wasserfinder gingen doch mit Ruten, aber ihr Vater sagte: Na, na, des Zeug brauchst net. Spreiz die Finger aus und halt die Händ vor dir her und dann tapp schön langsam weiter, und dann spürst's scho in die Finger, wenn was los ist, wenn da drunten Wasser kommt. Des wurlert dann wie wild. Wirst schon sehn.

Zusammen gingen sie langsam über die Weiden. Die Disteln, die die Kühe in großen Büscheln stehenließen, kratzten an Heidis nackten Beinen, und Heidi steckte überall dort Äste ins Gras, wo es in ihren Händen ›wurlerte‹.

Der Vater nickte jedesmal stumm über ihr. Dabei bekam er ein dreifaches Kinn, und seine grauweißen Bartstoppeln schoben sich wie Ackerfurchen zusammen. Als sie wieder am Weidegatter standen und über die Linie aus gesteckten Ästen schauten, die sich in weiten Kurven über die Weide zog, sah er Heidi versonnen an und sagte: Madl, du hast's wie i. Damit kannst immer dei Geld verdienen, die Menschheit braucht immer Wasser.

Aber in Los Angeles brauchte niemand eine Wünschelrutengängerin. Dafür liebten sie Heidis Geschichten über ihren Vater, den bayrischen Hellseher, um so mehr. Sehr schnell kapierte Heidi damals, daß sie im tiefausgeschnittenen Dirndl und mit blonden Zöpfen mehr Eindruck machte als Johanna in ihren Allerweltsjeans oder Rainer in seiner lächerlichen Lederkluft.

Und wenn sie noch dazu auf den Partys, wo sie alle drei herumgereicht wurden wie exotische Leckerbissen, in ihrem schlechten Englisch erzählte, wie ihr Vater im Zweiten Weltkrieg vier Tage lang verschüttet war, und nach seiner Rettung häufig in einem Riß, wie er das nannte, Gegenwart und Zukunft gleichzeitig sehen konnte, bildeten sich im

Handumdrehen große Trauben um sie, und ein allgemein gerauntes *Wow* machte die Runde.

Als sie aufwuchs, bewirtschafteten die Eltern einen kleinen Bauernhof mit zwölf Stück Milchvieh und ein bißchen Land. Aber abends, nach dem Melken, sagte der Vater den Leuten, die manchmal schon den ganzen Tag vorm Haus gewartet hatten, Sätze wie: ›Dein Vater stirbt jetzt bald‹, ›Bei euch brennt's heut‹, ›Dein Bruder lebt fei noch in Rußland‹, ›Des Kalb, wos euch gstohlen ham, des steht beim Nachbarn im Schupfn drin.‹

Nie nahm er Geld dafür, aber gern mal ein Huhn, ein paar Eier, ein Stück Wurst, einen Schnaps.

Schnaps, da lachten alle in Hollywood, das Wort kannten sie.

Oft mußte Johanna für Heidi übersetzen. Sie tat das mit kaum verhohlenem Stirnrunzeln, ihr war die hinterwäldlerische Heidi peinlich, gleichzeitig war sie eifersüchtig auf die Aufmerksamkeit, die diese Dirndlkuh überall bekam.

Immer wieder wurde Heidi gefragt, ob sie noch etwas anderes von ihrem Vater geerbt habe als nur die Wasserfühligkeit, irgend etwas, was man vielleicht besser gebrauchen könne?

Heidi zuckte die Schultern. Wie eine Trachtenpuppe saß sie in einem Sessel, manche hatten sich bereits wie Jünger zu ihren Füßen niedergelassen. Sie sah in die Runde, bis ihr Blick an einem eleganten Mann mit graumelierten Haaren hängenblieb. Sie hatte einen Blick für Chefs. Sie tat nur so naiv, dabei war sie gerissen.

Heidi stand auf, stellte sich vor den Mann, der sie um zwei Köpfe überragte, und sagte auf deutsch: Ausschaun tust recht gsund. Wieder mußte Johanna übersetzen. Der Mann lachte laut auf. In einem Abstand von ungefähr zwanzig Zentimetern fuhr Heidi mit ihren Fingern in der Luft seinen Körper ab, stellte sich auf die Zehenspitzen, um über seine Schultern, seinen Kopf durch die Luft zu streichen, hinunter zu seinen Beinen, bis sie an seinem linken Oberschenkel innerhielt: *You break leg. Long time ago.*

Nein. Der Mann schüttelte den Kopf: Ich hab mir nie was gebrochen. Tut mir leid.

Die anderen in der Runde kicherten. Heidi fuhr wieder und wieder über sein Bein, über die Wade bis zum Fuß und wieder hinauf und sagte: Doch, da ist was. Das Bein war gebrochen, das weiß ich ganz genau. Wieder schüttelte der Mann den Kopf, bis plötzlich eine tiefgebräunte Frau in einem goldfarbenen Hosenanzug aufschrie: *Sure, sweetheart!* Du bist als Baby von der Wickelkommode gefallen und hast drei Monate lang in einer Gipswindel gelegen. Das hat mir deine Mutter erzählt!

Großes Gelächter. Applaus. Das war Heidis Einstieg als Hellseherin in Hollywood. Sie wurde eine kleine Berühmtheit, das Medium aus Deutschland, die Heidi im Dirndl. Nach zehn Jahren war dieses Image verbraucht.

Sie mußte sich verändern, verwandeln, wie sich alles in diesem Land immer wieder neu erfinden muß, um zu überleben. Aber sie wußte nicht, wie.

Sie hatte keinen Riß, durch den sie schauen konnte wie ihr Vater. Sie sah keine Toten, nur Bruchstücke der Vergangenheit, und von der Zukunft auch immer nur einen winzigen unscharfen Zipfel, wie auf einem ausgeblichenen Foto. Wie eine Schlafwandlerin wanderte sie von einem Mann zum anderen, und je mehr ihr Stern sank, um so mehr sank auch das Jahresgehalt ihres jeweiligen Gefährten. Irgendwann gab es niemanden mehr. Sie zog allein in das kleine rosa Haus auf dem Chautauqua Boulevard, kurz vor der Ampel zum Pacific Coast Highway, gleich am Meer, kaufte sich eine Neonreklame, MASTER PSYCHIC CONSULTANT und wartete.

Lange geschah nichts.

Eines Abends saß sie in ihrem Wohnzimmer im Dämmerlicht, als sich just in dem Augenblick, als die Neonreklame vor dem tiefblauen Himmel orangerot ansprang, eine Stimme in ihr meldete. Ein Mann. Er sprach bayrisch. Er nannte sich Pfarrer Engelbert und sprach sehr eilig, als habe er nicht viel Zeit. Heidi hielt ganz still und ließ ihn reden. Sein bayrischer Tonfall erinnerte sie an ihren Vater und beruhigte sie.

Er sagte: Was schnell ist, wird schneller werden. Die Welt wird ärmer an Dingen und reicher an Abfall. Es werden Berge von ausgedienten Dingen wachsen, und keine kommende Zeit wird sie ausräumen können. Schmiege dich den Dingen an und atme. Nur derjenige, der die Gestalt bewahrt, überwintert. Nächte werden zu Tagen gemacht, das Böse für Gutes ausgegeben. Jede Blume wird entblättert. –

Heidi war sich durchaus bewußt, wie armselig und gaga sie wirkte: eine dicke, diabeteskranke Frau, die allein in ihrem Haus in Los Angeles laut vor sich hin brüllte und sich einbildete, ein toter bayrischer Pfarrer spräche aus ihr wie aus einem Megaphon. Aber aufgeregt ahnte sie eine neue Einnahmequelle, und mit aller Kraft machte sie in ihrem Inneren Platz für Pfarrer Engelbert. Dafür mußte sie mit großer Konzentration etwas beiseite rücken, das den Zugang zu etwas anderem versperrte, wie die schwere Schrankwand im Krimi, die das Geheimfach freilegt.

Ich sehe ein Weib mit glänzenden Haaren, rief Pfarrer Engelbert. Mit weichen Wimpern, mit glatter Haut, mit weißen Zähnen, mit üppigem Leib.

Heidis Stimmbänder schmerzten. Sie hätte ihn gern gebeten, ein wenig leiser zu sprechen. Er redete wie jemand, der die moderne Telekommunikation nicht verstand und in den Telefonhörer brüllte: Das Weib verliert ihre gelockte Perücke und ihre künstlichen Wimpern. Ihre Schminke bröckelt ab, das Gebiß fällt ihr aus dem Mund, Stäbe von Fischbein, die unter ihre Brusthaut genäht sind, eitern heraus, der geöffnete Mutterschoß ist verfault, ein Totenschädel quillt heraus. Vorher zerspringt eine Glocke. Es wird heißen: Schneller, höher, weiter! Der Acker der Lebendigen wird mit dem Fleisch der Toten gedüngt. Wolken ballen sich. Blitze zucken. Keine Lampe brennt mehr. Die Nächte sind wieder Nächte. Auf Lärm folgt Stille.

Pfarrer Engelbert verstummte. Heidi saß mit brennendem Rachen im Dunkeln, die Neonreklame blinkte vor sich hin. Große Freude stieg in ihr auf. Das Madl hat's. Deutlich sah sie einen neuen Businessplan vor sich.

Sie kaufte sich eine zweite Neonreklame: CHANNELING EXPERT und schaltete Anzeigen in jeder Filmzeitschrift und jedem Klatschblatt Hollywoods: *Heidi's Wisdom Line!* Sprich mit dem deutschen Pfarrer Engelbert aus dem letzten Jahrhundert! Persönliche Sitzungen nach Terminabsprache. Komme überall hin.

Zunächst funktionierte es. *Channeling* war gerade in

Mode, halb Hollywood glaubte daran. In den nächsten Jahren meldeten sich bei Heidi außer Pfarrer Engelbert ein Märtyrer aus dem alten Rom; Tete, eine etwas unzuverlässige Zofe von Hatschiput; Beatrice, Französin aus der Zeit Napoleons, die ihre wahre Identität nicht preisgeben wollte, aber wohl eine Affäre mit Napoleon gehabt hatte; Isabella, Königin von Spanien, die viel von ihrem Unterhemd redete, das sie nicht ausziehen wollte, bis ihr Mann alle Mauren hingemetzelt haben würde; Mr. Jalal, ein Guru aus Indien, der anscheinend mehr als zehn Jahre lang seinen rechten Arm ununterbrochen in die Höhe gehalten hatte. Und zu guter Letzt kam Misako, eine sechzehnjährige Japanerin in Tokio, die sich anscheinend erst kürzlich von einem Hochhaus gestürzt hatte, weil ihr Vater Pornofotos von ihr im Internet entdeckt hatte. Für jede Stimme fand Heidi anfangs ein paar Interessenten, die aber meist nach ein paar Monaten wieder absprangen. Channeling war ein mühsames Geschäft, und es strengte sie an.

In Trance zu gehen belastete ihren Körper immer mehr, ihr Blutdruck und ihre Zuckerwerte schossen nach jeder Sitzung in die Höhe. Einmal war sie während einer Sitzung bewußtlos geworden.

Um sich zu entlasten, erfand sie die ›spirituellen Bäder‹, aber das hatte keinen durchschlagenden Erfolg. Es ging zunehmend bergab: Ihr altes Auto erlitt einen Totalschaden und machte sie zur Gefangenen in ihrem eigenen Haus. Sie konnte keine Hausbesuche bei Kunden mehr machen, ihre Füße begannen wegen ihres nicht eingestellten Zuckers aufzubrechen und zu bluten, ihre deutsche Krankenversicherung weigerte sich, weiterhin ihre Auslandsrechnungen zu bezahlen, nach Deutschland konnte sie jedoch nicht mehr fliegen, weil sie sich die Tickets nicht mehr leisten konnte. Ihre alten Freunde stellten sich taub, als sie sie um Hilfe bat. Vergeblich versuchte sie nach all den Jahren, Rainer in Los Angeles ausfindig zu machen. Schließlich hatte sie ihm doch einmal maßgeblich dabei geholfen, erfolgreich zu werden. Wie viele Leute waren damals allein wegen ihrer aufsehenerregenden Figur und Sexszenen ins Kino gerannt?

Mit der Heidi von damals hatte sie nicht mehr viel zu tun. Der dramatische Wandel schockierte sie. Wie war bloß aus ihr diese dicke, kranke, arme Frau geworden?

In ihrer Not flehte sie eines Nachts ihren toten Vater an: Dei Madl braucht dei Hilfe, schluchzte sie. Aber würde er überhaupt seine kleine Heidi in diesem unförmigen Fleischberg erkennen, die in einem kleinen rosa Haus saß wie eine Schnecke, die nicht mehr vom Fleck kam?

Hilf mir! I mog nimmer, rief sie laut. Sie erwartete nicht, daß er sich bei ihr melden würde wie ihre Stimmen. Das hätte ihr Vater als Humbug abgetan, vielleicht sogar als gotteslästerlich empfunden: Die Toten sprachen nur *durch* sie und nicht *zu* ihr, da machte auch Heidi einen klaren Unterschied. Mochten die anderen glauben, was sie wollten, sie selbst ließ ihre Begabung im ungefähren. Sie behauptete auch oft, gar nicht zu hören, was die Stimmen sprachen. Sie selbst hatte nichts mit ihnen zu tun.

Als sie jedoch am nächsten Morgen in die Küche humpelte und einen alten Teebeutel ins heiße Wasser hängte, sah sie durchs Küchenfenster, wie ein goldener Jaguar wie ein Geschoß den Chautauqua Boulevard auf ihr Haus zuflog. Bevor Marko noch ausgestiegen war, sich unsicher umgesehen und schließlich auf ihre Klingel gedrückt hatte, wußte sie bereits, daß ihr Vater sie gehört hatte und sich ihr Leben von nun an entscheidend ändern würde.

Sie öffnete die Tür, erschrocken starrte Marko sie an, am liebsten hätte er auf dem Absatz kehrtgemacht, aber Heidi zog ihn mit ihrer weichen weißen Hand in ihre Höhle, drückte ihn in ihren ausgesessenen Sessel, gab ihm den Tee, den sie sich gerade gemacht hatte, und sagte: Sehen Sie einfach über mich hinweg. Nicht ich werde mit Ihnen sprechen. Vergessen Sie mich. Konzentrieren Sie sich auf die Stimme. Sie atmete tief ein, ließ die Augäpfel weit nach hinten rollen, ›machte Platz‹, und ein glockenhelles Stimmchen mit leicht japanischem Akzent sagte: *Konichiwa, my daring.*

Konichiwa, flüsterte Marko entgeistert. Er, der an diesen ganzen Hokuspokus doch eigentlich nicht glaubte, verfiel von der ersten Sekunde an dieser zärtlichen Stimme.

Aus Heidis Sicht war es reiner Zufall gewesen, daß sich Misako gemeldet hatte. Ein glücklicher Zufall, denn Misako war in ihrer sanften, guterzogenen japanischen Art angenehm zu channeln, sie sprach leise und konzentriert. Sie reagierte sogar auf Markos Fragen. Sie nannte jeden *daring,* aber das wußte Marko ja nicht. Nach einer Sitzung war er bereits süchtig nach ihr.

Heidi hört Marko im roten Badewasser plätschern. Sie lehnt sich müde an die kühlen Fliesen.

Du mußt ein Opfer bringen, sagt Misako.

Was soll ich denn opfern? jammert Marko. Sei doch mal ein bißchen klarer, bitte!

Entscheide dich für das Wichtige. Was möchtest du mehr als alles andere?

Wenn ich das wüßte! Wenn ich das wüßte!

Marko greift nach Heidis fetter Hand und preßt sie und weiß gleichzeitig, wie absurd das ist, denn diese rosa Qualle hat so gar nichts mit seinem japanischen Engel gemein. Er haßt die Tatsache, daß er auf sie angewiesen ist, um Misakos Stimme zu hören, die ihn seit neustem durch sein Leben führt wie ein Blindenhund.

Wie soll ich diesen verdammten Geburtstag überstehen?

Kümmer dich um deinen Körper, geh an einen Ort des Friedens, sagt Misako. Ihre Stimme wird elegisch. Die Kirschen waren schon verblüht im Yoyogi-Park, sagt sie. Die Blüten lagen auf dem Boden wie Schnee. Nobu, wo bist du, mein Nobu?

Hör mir zu, Misako! sagt Marko. Hör mir zu.

Aber Misako driftet ab.

Nobu hat zu mir gesagt, leg dich auf die Erde. Zieh deine Jeans aus, zieh dein Hemd aus. Er hat sich mit seiner Kamera über mich gebeugt, er war fast so alt wie mein Vater, seine Haut war alt und schuppig wie eine Eidechse, aber er hat mich so zärtlich durch sein Kameraauge angesehen ...

Misako! ruft Marko. Hör mir doch zu! Sag mir, was ich tun soll! An welchen Ort soll ich gehen? Wo ist dieser Ort, wo ich Frieden finde?

Seile hingen von der Decke, fährt Misako fort. Dicke Seile. Ich trug den Kimono meiner Mutter. Sie hat alles zurückgelassen, ihre ganzen schönen Sachen ... Nobu hat mir ein Seil um die Brust gebunden und zwei Seile um die Schenkel ... dann hat er den Kimono zurückgeschlagen und mich an den Seilen hinaufgezogen ...

Ihre Stimme wird schwächer.

Misako! ruft Marko. Jetzt sag mir, was ich tun soll! Misako! Jetzt bleib doch! Geh nicht weg!

Durch den Körper der Qualle geht ein Zucken, ihre Augendeckel klappern, wie eine Puppe schlägt sie die Augen auf.

Scheiße! sagt Marko. Wütend schlägt er mit der flachen Hand ins Wasser, daß es spritzt.

Entschuldigung, murmelt Heidi. Ich habe sie verloren. Ich kann doch nichts dafür.

Ängstlich reicht sie Marko ein Handtuch, hievt sich hoch und geht hinaus.

Ihr Kopf schmerzt, ihre Kehle brennt, sie nimmt sich eine Diet Coke aus dem Kühlschrank und stürzt sie hinunter. Sie ist schließlich kein Radio, das man einfach an- und abdrehen kann. Erschöpft sinkt sie in ihren Sessel und bereitet die Karten vor. Irgendwie wird sie Marko beruhigen müssen. Sie fürchtet seine Tobsuchtsanfälle, wenn nicht alles exakt so läuft, wie er es will.

Im Anzug kommt er herein, das nasse Haar zurückgekämmt. Er hält ihr wortlos seine Manschetten hin, sie schließt seine Manschettenknöpfe.

Jedesmal wieder ist sie über seine Rückverwandlung in den smarten Geschäftsmann erstaunt.

Ein Opfer bringen, sagt er kopfschüttelnd. Ort des Friedens. Was zum Teufel meint sie damit?

Heidi läßt ihn die Karten aufdecken. Geschickt schiebt sie ihm die Karte der Kraft unter, eine weißgekleidete junge Frau, die sich über einen wilden Löwen beugt und ihm mit beiden Händen das Maul aufhält.

Heute ist ein besonderer Tag für dich. Du wirst dein Leben ändern, improvisiert Heidi. Du bist der Löwe, aber der Weg ist weiblich.

Bitte keine Frau, seufzt Marko. Das kann ich nicht gebrauchen.

Beide schweigen und lauschen dem summenden Kühlschrank, den Autos auf der Straße, einer Fliege.

Yoga, sagt Heidi. Vielleicht solltest du Yoga machen.

Yoga? sagt Marko verächtlich. Das ist für Weiber und Schwuchteln.

Eben. Der weibliche Weg, sagt Heidi langsam.

Ich weiß nicht, sagt Marko. Er sieht auf die Uhr, springt auf, zieht seine schwarze American-Express-Karte aus der Brieftasche und wirft sie ihr hin. Gleichzeitig ruft er seinen Fahrer vorm Haus an und bellt ihn an, er solle vorfahren. Was mache ich denn jetzt bloß mit den Chinesen? jammert er, dazu bin ich mit Misako gar nicht gekommen. Ich rufe später an.

Nein, denkt Heidi, bitte nicht. Natürlich, sagt sie, mach das.

Sie schiebt die Kreditkarte in ihren altmodischen Apparat. Sie liebt das Ritschratsch, mit dem sie den Metallbügel über das Papier zieht und es wie durch ein Wunder in Geld verwandelt.

Geh denselben Weg mit den Chinesen, rät sie ihm bedeutungsvoll. Geh den weiblichen Weg.

Heidi, sagt er kopfschüttelnd. Kannst du dich nicht vielleicht ein bißchen klarer ausdrücken? Es reicht mir schon, daß Misako ständig in Rätseln redet. Du weißt, wie ich diesen ganzen esoterischen Mist hasse!

Heidi verschränkt die Arme unter ihrem großen Busen.

Dann sage ich dir, was ich mit den Chinesen machen würde: Ich würde sie als Komparsen mitspielen lassen.

Chinesen als Nazis, ja? Marko verzieht spöttisch das Gesicht. Du spinnst ja.

Stell sie in die letzte Reihe, sagt Heidi. Sie wären bestimmt stolz. Und wer stolz ist, denkt nicht mehr.

Markos spöttische Grimasse verwandelt sich in ein breites Grinsen. Wie unglaublich dieser Mann grinsen kann!

Heidi, sagt Marko kopfschüttelnd, du bist wirklich abgebrüht. Mann, bist du abgebrüht.

Laut lachend öffnet er die Tür, der goldfarbene Jaguar glänzt in der Sonne. Sein Fahrer sieht ihm aufmerksam entgegen. Da dreht er sich noch einmal um und drückt der rosa Qualle einen Kuß auf die weiche weiße Wange.

Danke, stottert Heidi unwillkürlich. *Happy birthday*, fügt sie leise hinzu.

15

Ich hab keinen Bock auf diesen Scheißtrip. Allegra läßt ihren großen Koffer vor dem Mietwagen fallen. Wortlos hievt ihn Johanna in den Kofferraum.

Frag *mich* mal, denkt sie. Noch nicht einmal, wenn Jake Gyllenhall und Jack Nicholson zusammen die Yogaübung ›der Hund‹ machen und mit dem Schwanz wedeln würden.

In aller Früh ist Rainer bereits zur pünktlichen Übergabe von Hund und Jaguar an Marko aufgebrochen, maulend wie ein Kind, das seine Spielsachen abgeben muß. Seine Augen waren rot gerändert, er wirkte alt.

Sag Allegra, sie soll dich gut behandeln, murmelte er zum Abschied. Und daß sie hier bloß nichts liegenläßt.

Wie lange willst du diese idiotische Maskerade denn noch weiterspielen?

Mit untergeschlagenen Armen stand Johanna vor ihm wie eine Mutter, die Vorhaltungen macht, und Rainer wurde von Satz zu Satz kleiner. Das hatte es noch nie gegeben. Diese neue Konstellation gefiel ihr. Ein Sonnenstrahl traf den goldfarbenen Jaguar hinter ihm und verlieh ihm einen Augenblick lang eine strahlende Rüstung.

Okay, seufzte sie. Zisch ab.

Jetzt steht Allegra in ihren grünen Moonboots an den dünnen, nackten Beinen da und sieht seelenruhig zu, wie Johanna ihren Koffer in den Kofferraum wuchtet. Wir kommen doch wieder! nölt sie. Warum muß ich denn alles mitnehmen, das ist doch bescheuert!

Zu ihren Moonboots trägt sie knapp über den Pobacken endende Jeans, ihr rosa Handy hält sie fest umklammert, eine riesige Sonnenbrille verbirgt fast ihr ganzes Gesicht.

Willst du auf den Mond oder in den Schnee? fragt Johanna lachend.

Abrupt wendet sich Allegra ab. Leck mich, *bitch,* denkt sie. Du hast doch überhaupt keine Ahnung.

Dein Vater hat eine Überraschung für dich, sagt Johanna und geht eilig zurück ins Haus. Sie ist keine besonders gute Lügnerin, sie läuft rot an, wenn sie lügt.

Was für eine Überraschung? ruft Allegra Johanna hinterher. Rainer hat recht. Es gibt ein paar Wörter, die funktionieren bei Allegra wie die Aussicht auf Futter bei Jägermeister.

Adios, ruft sie ins Haus. Bereits um sieben Uhr in der Früh ist eine mexikanische Putzbrigade eingetroffen: Anamaria mit ihren zwei Töchtern, die im Handumdrehen das Haus mit dem strengen Duft von Desinfektionsmittel gefüllt haben und gründlich jede Spur tilgen, die Rainer, Johanna und seine Tochter in dem Haus hinterlassen haben.

Während Johanna in der Küche stumm und müde an ihrem Kaffeebecher nippte, erzählt ihr Anamaria stolz, sie habe bereits ihrer ältesten Tochter eine Collegeausbildung zusammengeputzt. Die arbeite jetzt bei der NASA im Astronautenprogramm, und die anderen beiden Töchter würde sie auch noch durchs College bringen. Johanna dachte, sie solle daraufhin erzählen, was sie so macht, aber als sie den Mund aufmachen und zu ihrer wenig eindrucksvollen Geschichte anheben wollte, nahm Anamaria ihr bereits den Kaffeebecher aus der Hand, wusch und trocknete ihn ab und stellte ihn zurück in den Schrank.

Adios, hieß das, und jetzt kommt Anamaria an die Eingangstür und winkt zum Abschied freundlich, bevor sie mit Nachdruck die Tür schließt, die sich seltsam eigenwillig im Zugwind sperrt.

Misako schlüpft aus dem Haus, wo sie eigentlich auf Marko wartet, aber sie ist neugierig auf dieses blonde Wesen in den grünen Stiefeln. Voller Neid bewundert sie die grünen Moonboots. Der Tod macht einen nicht wunschlos. Er macht alles nur schlimmer.

Jetzt komm schon, du lahme Tusse, denkt Allegra.

Johanna sieht noch einmal zurück, bevor sie einsteigt, als lasse sie in dem Haus ihr erfundenes Leben von Beverly Hills zurück. Dabei ist sie doch nur einen ganzen Tag und zwei Nächte lang hiergewesen. Sie versteht die ständige Sehnsucht dieser Stadt, die Fiktion der Realität vorzuziehen. Nur in der Fiktion ist man hier echt.

Allegra rollt genervt die Augen. Fährt die Tante jetzt endlich los oder was?

Misako fährt mit schnellen Fingern durch Allegras Haare wie durch Wasser. Was hätte sie für solches Haar gegeben! Immer wieder hat sie versucht, ihr dickes japanisches Haar rot zu färben, daraus wurde meist nur ein mattes Pilzbraun. Alle in ihrem Alter hatten dieses braune Haar, keine wollte mehr lackschwarz und klassisch durchs Leben gehen, und die, die den verhaßten schwarzen Pigmenten in endlosen Sitzungen mit Wasserstoffperoxyd den Garaus gemacht hatten, bezahlten mit Ananasgelb für ihre Mühen.

Kein Vergleich zu diesem feingesponnenen Gold.

Irritiert dreht Allegra sich um, ihre Haare müssen sich in der Kopfstütze verfangen haben. Sie will hier nicht weg, sie will keine verdammte Überraschung, sie haßt die Überraschungen ihrer Eltern. Sie will nicht mit dieser Frau verreisen, die sie überhaupt nicht kennt. Warum tut ihr Vater ihr das an? Warum läßt ihre Mutter das zu? Ich hasse euch alle!

Vergeblich sucht Johanna immer noch das Schlüsselloch für den Zündschlüssel. Es scheint gar keins zu geben, wie kann das sein? Sie wagt nicht, diesem Teenager einzugestehen, daß sie nicht weiß, wie sie dieses Auto starten soll. Da drückt Allegra schon auf einen Knopf neben der Automatikschaltung, und mit feinem Surren springt das Auto augenblicklich an.

Danke, murmelt Johanna.

Seit wann gibt es denn keine Zündschlösser mehr? Schon wieder eine technische Neuerung glatt verpaßt. Man könnte ihr Alter ausschließlich anhand der fehlenden Bedienungsfähigkeiten von Handys, iPods, Computern und Autos feststellen. Betont fetzig lenkt sie den Wagen die kleinen Straßen hinab, die sie vor zwei Tagen erst entlanggelaufen ist. Innerhalb von nur zwei Tagen ist sie eine andere geworden, hat eine andere Geschichte bekommen: Sie fährt ein Auto, sie paßt auf ein junges Mädchen auf, sie deckt einen Betrüger.

Sie ist zu feige gewesen, Beverly Hills zu verlassen, sich ein Motel zu suchen und zu warten, bis eine andere Geschichte sie suchen und vielleicht gar nicht finden würde.

No story. Keine Geschichte zu haben und das auszuhalten wäre wirklich heldenhaft gewesen. Sie leidet darunter, im Unterschied zu Menschen mit Familie kaum Geschichte und Geschichten zu haben. Dabei will sie doch die Dramen all dieser Geschichten nicht, die Konflikte, Krisen und Probleme.

Aber als sie sich vorstellte, wie sie in einem billigen Motelzimmer im Halbdunkel auf dem Bett hocken würde und draußen die Sonne über den Parkplatz wanderte ... Sie würde warten und warten, ab und zu natürlich vor die Tür gehen, eine einsame Avenue hinunterwandern bis zum nächsten Fastfood-Restaurant, dann wieder zurückgehen in ihr Zimmer. Fernsehen, ein bißchen mit dem Bus durch Los Angeles gondeln, Angst vor üblen Gestalten bekommen, vielleicht sogar ein bißchen Yogaunterrricht nehmen, nach Venice fahren, allein am Strand spazieren. Solange, bis ihr das Geld ausgehen und sie nach Deutschland zurückfahren würde. Sie hat sich gefürchtet vor dieser Frau allein in ihrem Motelzimmer in Los Angeles, weil sie dort das Alter vermutet, Einsamkeit und Schrulligkeit. Dort würde alles anfangen, und dann wäre sie noch ewig lange alt und würde immer mehr zum Gespenst werden, weil niemand mehr von ihr wüßte, außer sie selbst. Sie würde vor sich hin murmeln, und wäre am Telefon eben nicht wie all die anderen, die in dieser Stadt laut vor sich hin reden. Sie würde in Kaufhäusern umherirren und sich immer wieder die gleiche Teflonpfanne im Sonderangebot kaufen, Strumpfhosen im Doppelpack, Geschirrhandtücher und immer neue Haarkuren, obwohl ihre Haare bis auf ein dünnes, über die Kopfhaut verteiltes Spinnennetz ausgefallen wären. Ihr Lippenstift wäre verschmiert, die Füße geschwollen, sie würde einen Einkaufstrolley im Schottenmuster hinter sich herziehen und sich von Weinbrandbohnen und Fünfminutensuppen ernähren.

Statt dessen fährt sie jetzt also mit Allegra in ein Luxus-Yogahotel bei Santa Barbara, und um die absurd hohen Übernachtungskosten zu finanzieren, hat Rainer verfügt, daß Johanna im Yogahotel als *working student* geführt werden wird. Sein alter Kumpel Bob, der Küchenchef, habe sie bereits als Küchenhilfe eingeteilt. Das sei ein durchaus übliches Arrangement, hat Rainer behauptet, so könne sich jeder den Unterricht bei einem der Yoga-Gurus leisten.

Ich kann doch gar kein Yoga, sagte Johanna.

Ich danke dir. Rainer versuchte, ihre Hand zu nehmen. Du hast immer zu mir gehalten, du hattest immer ein großes Herz.

Quatsch, dachte Johanna, ein großes Herz hatte ich nie. Meine Mutter hat mir immer vorgehalten, kleinherzig zu sein. Ich versuche, großherzig zu wirken, weil ich eben denke, daß ich es nicht bin. Damit hatte Rainer sie an der Angel. Ihr blieb nur noch übrig, die genauen Bedingungen auszuhandeln.

Warum soll nur ich arbeiten und Allegra nicht?

Weil sie es ja doch nicht täte, seufzte Rainer. Ich habe sie zu sehr verwöhnt. Wenn sie bockt, versprich ihr einfach eine Überraschung. Ihr Gehirn macht daraus automatisch einen Shoppingtrip. Das funktioniert immer.

Ich scheiß auf seine blöden Überraschungen, sagt Allegra laut zu Johanna. Die denkt er sich nur aus, um sich wichtig zu machen: Schaut mal alle her, wie toll ich bin! Immer muß er im Mittelpunkt stehen. Der hat 'ne echte Psychose.

Ich glaube, er möchte dir nur eine Freude machen, sagt Johanna sanft.

Mir? faucht Allegra. *Ich* muß ihm ständig eine Freude machen, soll sein süßes kleines Mädchen sein und ihn bestaunen, den großartigen Regisseur von Hollywood, und wenn ich es nicht tue, besäuft er sich oder wird krank. Ich bin nicht sein verdammter Babysitter.

Elektrisiert beugt Misako sich nach vorne. Mein Vater hat nicht schlafen können, wenn ich zu spät nach Hause kam, er hat nicht essen können ohne mich, er konnte nicht leben ohne mich, ruft sie. Sie weiß, daß die beiden sie nicht hören, ohne Heidi hört sie kein Mensch.

Wütend schlägt Allegra gegen das Autodach. Besorgt beobachtet Johanna sie von der Seite wie ein fremdes Tier, dessen Verhalten sie nicht kennt. Dagegen war Jägermeister einfach. Sie biegt auf den Santa Monica Boulevard ein, hinter ihr erklingt eine wütende Hupe. Nervös greift Johanna nach der Gangschaltung, die es nicht gibt, eine weiße Hummer-Stretchlimo zieht an ihnen vorbei.

Allegra stößt einen gellenden Schrei aus, Johanna steigt auf die Bremse, abrupt kommt das Auto zum Stehen. Hinter sich hört Johanna Reifen quietschen, sie wartet auf den unvermeidlichen Aufprall, das häßliche Knirschen von Metall, das auf Metall trifft, aber nichts geschieht. Nur Allegra stöhnt, als habe sie Schmerzen.

Was ist? Was hast du? schreit Johanna.

Fahr doch weiter! Warum fährst du denn nicht weiter? Du sollst weiterfahren! Da, die Limo, fahr neben die Limo!

Gehorsam fährt Johanna neben die schneeweiße Limo, deren hinteres Fenster einen Spaltweit geöffnet ist.

Nein! kreischt Allegra, als reiße man ihr das Herz aus der Brust. Ich werde wahnsinnig!

Wenn du nicht sofort sagst, was du hast, halte ich an.

Oh, bitte, bitte, bettelt Allegra. Fahr einfach weiter! Fahr weiter! Das ist Paris, ich sehe sie ganz genau, bitte, bitte, laß sie nicht entkommen. Ich muß wissen, wo sie hinfährt, bittebittebitte!

Sie reißt sich vom Fenster los und drückt Johanna mit Pfirsichlippen kleine, überirdisch süße Küsse auf die Wange. Unwillkürlich muß Johanna lächeln. Die unerwartete Gnade eines Teenagers ist mehr wert als alle Reichtümer dieser Welt. Sie schlingert neben die Limousine wie eine kleine graue Makrele neben dem weißen Hai.

Paris Hilton? fragt sie, um zu beweisen, daß sie nicht vollkommen aus der Welt ist. Sie hat schon öfter in Hilton-Hotels gewohnt, und hat wohl leider wie Tausende andere dazu beigetragen, daß dieses dumme Gör sich aufführen darf wie die Königin der westlichen Welt.

Ja, haucht Allegra ehrfürchtig.

Die Limousine überholt sie, Johanna hängt sich an ihr weißes Hinterteil und läßt sich, angespornt von Allegras plötzlich überströmender Freundlichkeit, auch nicht mehr abschütteln, bis die Limousine vor einem Laden auf South Robertson hält.

Sie geht zu Kitson! kreischt Allegra. O Gott, sie geht tatsächlich da rein! Halt an! Halt doch bittebittebitte an!

Gehorsam fährt Johanna an den Straßenrand. Der Fahrer der Limousine, ein kunstvoll unfrisierter Typ im Anzug springt heraus, reißt den hinteren Wagenschlag auf und wedelt drei langhaarige blonde Frauen in bauchfreien Spitzentops heraus. Ihre Jeans hängen allesamt tief auf den Hüften kurz über der Schamhaargrenze, und sie gleichen sich wie ein Ei dem anderen. In Johannas Augen könnten alle drei Paris Hilton sein. Sie tragen alle die gleiche schwarze überdimensionierte Sonnenbrille und winzige Hunde in Louis-Vuitton-Handtaschen im Arm.

Ich sterbe, flüstert Allegra.

Nein, sagt Misako trocken. Tust du nicht. Auch sie kennt natürlich Paris und sogar den Namen ihrer Handtasche.

Fotografen stürmen auf die drei Frauen zu wie Mücken auf frisches Blut. Unter Blitzlichtgewitter und heftigen Umarmungen von Verkäuferinnen, die aus dem Laden gestürzt sind, als hätte es Feueralarm gegeben, wird Paris samt Gefolge in den Laden geleitet, und während Johanna noch das Schauspiel bestaunt, ist Allegra bereits aus dem Auto gesprungen.

Johanna bleibt nichts anderes übrig, als einen Parkplatz zu suchen. Die Bürgersteige quellen plötzlich über von Paris-Hilton-Klonen in knallengen Jeans und winzigen Hemdchen, die blonden langen Haare glattgebügelt und wie mit dem Lineal gerade abgeschnitten. Und alle scheinen gleich groß zu sein, als gäbe es eine Vorschrift.

Schmerzlich wird Johanna bewußt, wie uncool sie aussieht, wie offensichtlich alt und nicht dazugehörig. Bei genauerem Hinsehen erkennt sie allerdings, daß viele der Klone gar nicht so jung sind, sondern operiert. Ihre zarten, kleinen Näschen geben den Sonnenbrillen kaum Halt, minutiös ist der Lipgloss auf die aufgespritzten Lippen gepinselt, die gelifteten Wangen sind einbalsamiert, die Stirnfalten weggespritzt. Trotzdem kann Johanna der Alternative

›Altwerden in Würde‹ kaum etwas abgewinnen. Von weitem sehen all diese Operierten auf jeden Fall besser aus als sie. Die nächste geliftete fünfzigjährige Schauspielerin, die mir erzählen will, daß nur viel Wassertrinken ihre Haut glatt erhält, bringe ich um, denkt sie grimmig.

Mit mühsam erhobenen Haupt betritt sie den teuren Designerladen, in dem Allegra verschwunden ist, der aber innen eher ›Rudis Resterampe‹ ähnelt. Paris Hilton ist nirgendwo zu sehen. Um aufgehäufte Berge von Klamotten, Accessoires und Schuhen streifen Frauen wie Raubkatzen um ihre Beute, Allegra mitten unter ihnen. Hier ist sie in ihrem Element, hier kennt sie sich bestens aus: Eng müssen die Jeans jetzt wieder sein, der Bootcut ist total out. Aber alles, wirklich alles würde sie tun, um ein Paar Tsubis zu bekommen, das sind australische Jeans, die sonst überall auf der Welt ausverkauft sind. Ihre Augen glänzen fiebrig, Misako folgt ihr dicht auf den Fersen, jeder von Allegras innigsten Wünschen wird wie durch Osmose auch zu ihrem.

Sich nie wieder kleiden und verkleiden zu können schmerzt sie unendlich.

Jeden Sonntagvormittag hat sie sich mit einem kleinen Koffer in der Hand aus der Wohnung gestohlen, während der Vater im Fernsehen Baseball sah, und ist nach Harajuku gefahren. Hinter den Büschen des Yoyogi-Parks hat sie sich mit all den anderen Mädchen aus den Vorstädten und vom Land umgezogen, als *Gothic Lolitas* haben sie sich verkleidet, Mangaprinzessinnen und blutbeschmierte Krankenschwestern, als viktorianische Püppchen und laszive kleine Feen. Ihr gesamtes Taschengeld und ein Teil des von ihr verwalteten Haushaltsgeldes ist dafür draufgegangen, daß sie jeden Sonntag für ein paar Stunden auf der Brücke von Harajuku eine andere sein durfte, von Touristen fotografiert und bestaunt und von Modescouts kritisch begutachtet. Eines Sonntags, als sie ›Emily the Strange‹ war mit einer kleinen schwarzen Plüschkatze als Hut auf dem Kopf, den kürzesten Rock von allen trug, weiße Spitzenunterhosen und zwölf Zentimeter hohe Plateauschuhe, hat Nobu sie gesehen. Nobu hat das erste Foto von ihr gemacht, und schon eine Woche später haben sie sich in einem Business-Hotel in der Nähe ihrer Schule getroffen. Er hatte einen großen Koffer mit den verrücktesten Kleidern dabei, sie durfte sich jedes vorstellbare Leben anziehen. Sie war selig. Sie hat ihm dafür gezeigt, was er so gern sehen wollte.

Nobu, mein Nobu, wo bist du? Sie findet ihn nicht unter den Lebenden und nicht unter den Toten. Misako setzt sich auf einen Stapel Kaschmirpullover und weint.

Beige ist jetzt *die* Farbe, sagt Allegra fachmännisch zu Johanna. Und Kaschmir-Hoodies sind total angesagt, und Uggs, das sind da drüben die dicken Stiefel, die waren schon out, aber jetzt sind sie wieder in, es gibt sie jetzt auch gehäkelt, hier, schau doch mal, für nur 298 Dollar!

Woher weißt du das nur alles?

So was weiß man einfach, erwidert Allegra und wühlt sich durch einen Haufen hauchdünner Kaschmirpullover mit eingestrickten Totenköpfen, das Stück für 750 Dollar. Die Pullover fliegen ihr nur so entgegen, das feine Gewebe drängt sich fast von selbst in ihre Hände.

Misako fragt sich, warum diejenigen, die noch nicht tot sind, so gern einen Totenkopf mit sich herumtragen. Sie haben ja keine Ahnung. Sie beneidet sie darum, und besonders beneidet sie diese Allegra, die eine ihr unbekannte Zukunft vor sich hat wie ein großes freies Feld, auf dem die verschiedensten Pflanzen blühen und wieder vergehen werden, während sie, Misako, in der Unvergänglichkeit festsitzt wie in einem verstaubten Kunstblumenstrauß. Um Allegra herum vibriert die Luft goldgelb vor Erwartung und Ungeduld, das ist für Misako kaum zu ertragen. Lieber gesellt sie sich zu Johanna, die von Einsamkeit umhüllt ist wie von grünen Nebelschwaden.

Was soll ich hier? fragt sich Johanna. Die größte Größe aller ausgestellten Klamotten ist eine Sechsunddreißig, Menschen über fünfundzwanzig und ohne Geld haben hier einfach nichts zu suchen. Leicht angewidert und zugleich fasziniert streicht sie über ein Nerzhandytäschchen für achthundert Dollar. Es zuckt ihr in den Fingern, so ein Täschchen in ihrem kleinen Rucksack verschwinden zu lassen. Nicht etwa, weil es ihr so gefiele oder sie ein Handytäschchen bräuchte – sie hat hier ja überhaupt kein Handy –, nein, nur als Akt des Aufbegehrens gegen diese blöde Paris Hilton und die Welt, die sie immer mehr definiert. Quatsch. Wenn sie ehrlich ist, fühlt sie sich einfach so ausrangiert, ungewollt und unsichtbar, daß ein geklautes Nerzhandytäschchen sie durchaus für einen kurzen Augenblick darüber hinwegtrösten könnte. So wie der Kanebo-Lippenstift. Als sie ihn in die Manteltasche gesteckt hatte, funkte ihr Gehirn verwirrt die Botschaft: Du hast den teuersten Lippenstift, du gehörst wieder dazu!

Wie dumm darf man denn sein? Aber sie hat es eine Nanosekunde lang fast geglaubt. Um so erniedrigender der Moment, als ein kaum fünfundzwanzigjähriger Kaufhausdetektiv sie aufforderte, ihre Manteltaschen zu leeren. Johanna lief puterrot an wie ein Schulmädchen und machte auch noch den Fehler, sich zu weigern und empört zu schreien, worauf die anderen Kundinnen zusammenliefen und sie in gieriger Hoffnung auf ein wenig Entertainment am Vormittag anstarrten.

Eine Tür im hinteren Teil des Ladens geht auf, Paris Hilton samt Gefolge rauscht direkt an Johanna vorbei. Als hätte jemand auf die Pausentaste gedrückt, erstarren alle Kundinnen und gaffen sie an. Erst als sie draußen in ihrer weißen Limousine verschwindet, erwachen sie wieder zum Leben und wühlen weiter in den Klamotten, als wäre nichts geschehen.

Kopfschüttelnd blickt Johanna ihr nach. So gar nichts Besonderes konnte sie an diesen geschminkten Gesichtern entdecken. Mißbilligend drückt sie ihr Kinn an die Brust, da sieht sie aus Versehen ihr Profil im Spiegel. Wie ein Fausthieb trifft sie die Erkenntnis, daß sie kein Kinn mehr hat. Zuerst muß der Hals dran glauben, dann das Gesicht. Diesen Satz ihrer Mutter hat sie nie vergessen. Neuerdings (seit wann eigentlich genau? Das muß über Nacht passiert sein!) bettet sich ihr Kinn weich *in* ihren Hals, so daß man gar nicht mehr weiß, wo das Kinn aufhört und der Hals anfängt, und dort, wo es ihrer Erinnerung nach einmal war, hängt jetzt der Luftsack eines Froschs.

Erschüttert wendet sich Johanna von ihrem Spiegelbild ab und läuft fast in zwei Mädchen, die sich noch gar nicht vorstellen können, daß sie mal von ihrem eigenen Kinn verlassen werden könnten. Eins hält dem anderen ein schwarzes Seidenblüschen unter die Nase.

That is so winter, sagt das andere Mädchen abfällig, *black is no way*.

Voller Verachtung wirft das Mädchen das Blüschen zurück auf den Haufen. Johanna kann das Label sehen, es verkündet: *Catastrophies may become trophies*. Ach ja? denkt Johanna, das zeig mir doch mal, du blödes Blüschen! Sag mir zum Beispiel, wie ich mein verschwundenes Kinn zur Trophäe umdichten kann, von all den wirklichen Katastrophen wollen wir gar nicht erst reden!

Das Mädchen, das Schwarz gerade zur Unfarbe deklariert hat, redet am Handy und zieht ihre Freundin mit sich weg. Sie solle endlich kommen, hört Johanna sie noch sagen, ihre Mutter stünde mit dem Auto draußen und sei schon megasauer. Diese Scheißoper fange in einer halben Stunde an.

Eine Oper, denkt Johanna sehnsüchtig und folgt den beiden ein paar Schritte. Wie gern würde sie sich jetzt in einen dunklen Zuschauerraum flüchten, nicht mehr bedrängt werden von jungen Frauen mit Kinn und der Kleidergröße sechsunddreißig und dieser ewigen Sonne, die alles enthüllt, sondern in einer dunklen Höhle einfach nur der Musik lauschen und kein Bild mehr von sich selbst ertragen müssen.

Ja, bettelt Misako. Laß uns verschwinden. Sie legt ihr die Hände auf die Schultern, versucht sie hinauszuschieben.

Ich könnte den Mädchen einfach hinterherfahren, denkt Johanna.

Nur noch schnell die neuen T-Shirts anschauen, sagt das eine Mädchen. Ich hab so überhaupt keinen Bock auf diesen Spaghettino.

Bist du doof, lacht das andere Mädchen, die Oper heißt nicht Spaghettino.

Wie denn? Wie irgendeine Spaghettisauce.

Ne, 'ne Tiefkühlpizza heißt so. Sie summt die ersten Takte von *La donna è mobile.*

Rigoletto, ihr dummen Gänse, denkt Johanna. Die Mädchen gehen in *Rigoletto*! Hier ist die Chance, ihr Trauma zu überwinden. *Catastrophies may become trophies.* Vielleicht sollte sie sich doch von schwachsinnigen Etiketten in Blüschen in Zukunft den Weg weisen lassen?

Johanna geht zu Allegra, die wie ein Maulwurf einen Berg von Jeans neben sich aufgeworfen hat.

Allegra, sagt sie eilig, wenn du könntest, wie du wolltest, wie lange würdest du hierbleiben?

Wie meinst du das? Irritiert sieht Allegra auf. Mit aufgeregt klopfendem Herzen betet sie gerade zu Gott, daß die richtige Jeans dabei ist.

Wie hübsch sie ist, denkt Johanna, diese feinen langen Kinderglieder, gepaart mit dem perfekten Busen. Wenn sie Pech hat, entdeckt sie hier ein Modefotograf und ruiniert ihr ganzes Leben. Mißtrauisch sieht Allegra sie an. Meinst du das ehrlich?

Ja, ganz ehrlich, sagt Johanna schnell. Wie lange?

Wenn ich entscheiden dürfte?

Ja. Sag einfach eine Zahl.

Zwei Stunden?

Wie wär's mit dreieinhalb?

Ist das dein Ernst?!

Dann bin ich wieder hier, okay? Aber du bleibst die ganze Zeit hier, gehst nirgendwo anders hin, versprochen?

Ja! nickt Allegra begeistert. Johanna drückt ihr fünfzig Dollar in die Hand, dreht sich wortlos um und läuft hinaus.

Danke, murmelt Allegra verwundert. Die Alte ist gar nicht so uncool, wie sie aussieht.

16

Wie die Karosse eines Königs rollt der goldfarbene Jaguar auf das Studiolot, die Komparsen in ihren schweren Uniformen und dicken Lederstiefeln, die seit Stunden in der kalifornischen Sonne schwitzen, bilden ein Spalier und winken freundlich dem hinter den getönten Scheiben unsichtbaren, aber ihnen natürlich bekannten Fahrer zu. Seit Stunden trinken sie, ohne zu murren, den bitteren Kaffee, mampfen billige Süßigkeiten und warten auf Hitler, der mal wieder in seinem Wohnwagen mit dem sechsundzwanzigjährigen australischen Regisseur Bobby über historische Wahrhaftigkeit diskutiert. Immer wieder muß ihn der Produzent Marko Korner höchstpersönlich davon überzeugen, daß die Wahrheit nun mal lange nicht so unterhaltsam ist wie das Drehbuch.

Drahtig springt Marko aus dem Jaguar, winkt jovial den Komparsen zu, klopft brav an Hitlers Wohnwagen an und wartet mit durchgedrückten Beinen und den Händen in den Hosentaschen, daß ihm geöffnet wird. Wie eine Reklame für Herrenanzüge steht er da, bleistiftschmal, elegant und doch lässig.

Rainer weiß, daß Marko nur Anzüge von Hedi Slimane trägt. Er dagegen steht in seiner verhaßten Uniform da und wartet mit dem hechelnden Jägermeister an seiner Seite auf seinen Einsatz. Er soll Hitler den Hund abnehmen, mit ihm quer durch das Führerhauptquartier gehen, und Jägermeister soll an eine Säule pinkeln, was die amerikanischen Drehbuchautoren und Marko, dieser Vollidiot, wahnsinnig komisch finden.

Rainer kaut am Wachsrand seines Kaffeebechers und lauscht seiner inneren Haßtirade, die er nicht abstellen kann, sosehr er sich auch darum bemüht.

Marko hebt die Hand und winkt Rainer zu, unwillkürlich hebt Rainer ebenfalls die Hand und würde sie sich im gleichen Augenblick am liebsten abhacken. Immer hübsch das richtige Händchen, ruft Marko Rainer zu und dann bellt er vor Lachen, höflich lachen ein paar Komparsen mit, obwohl die wenigsten von ihnen deutsch verstehen. Die meisten sind Polen, Russen, Finnen, ein paar blonde Surferjungs, aber instinktiv wissen sie, daß es nie falsch ist, mitzulachen, wenn ihr Produzent lacht.

Hitler, schon geschminkt, aber noch ohne Schnurrbart, öffnet die Tür seines Wohnwagens, sieht beunruhigt in die lachende Komparsenrunde, lächelt dann eilfertig und verständnislos, als ihm klar wird, daß nicht über ihn gelacht wird. Ja, welches ist denn das hübsche Händchen? ruft Marko Rainer zu wie einem Kleinkind, das nicht weiß, mit welcher Hand es guten Tag sagen soll.

Zitternd vor Haß reckt Rainer den rechten Arm zum Hitlergruß, Jägermeister sieht ihn besorgt von unten an. Rainer leidet unter seinem Haß wie unter einer Krankheit. Er spürt, wie seine Arterien sich verengen, sein Blutdruck ansteigt, sein Herz Mühe hat, den Druck auszubalancieren und dagegen anzuarbeiten.

Das hübsche Händchen. Jedesmal wieder muß er sich das

anhören, nachdem er vor ein paar Wochen einen kleinen Aufstand unter den Komparsen angezettelt hat, als von der Produktion, und damit von Körner sicherlich persönlich, beschlossen wurde, den Komparsen kein Mittagessen mehr zu bezahlen, sondern nur noch Gutscheine für eine miese Supermarktkette zu verteilen.

Weil er in Uniform nicht Rainer, sondern Sturmbannführer Meier ist, gehorchten die Komparsen ihm widerspruchslos. Die militärische Hierarchie war ihnen inzwischen in Fleisch und Blut übergegangen, auffallend schnell allerdings hatten sich die Deutschen und Osteuropäer daran gewöhnt.

Einen ganzen Drehtag lang sollten auf Rainers Geheiß hin nun alle bei einer großen Parade mit der falschen Hand grüßen und den ekelhaften Hitlergruß, der extra mit einem Coach eingeübt worden war, mit der Linken statt mit der Rechten ausführen. Mal sehen, wann es die Regieassistentin Stacey und ihre Continuity-Sklavin Rita merken, frohlockte Rainer. Damit hatte er alle auf seiner Seite, denn Stacey konnte niemand ausstehen, weil sie erbarmungslos noch in der größten Hitze die Komparsen vor der Kamera hin- und herscheuchte und dazu schrie: *Move, you fucking Nazis, move!*

Stacey fiel nichts auf, Rita reagierte nicht, der kleine australische Regisseur Bobby sowieso nicht und am allerwenigsten Hitler selbst, der doch so auf historische Wahrhaftigkeit erpicht war. Blöd huldvoll lächelnd, nahm er die Parade ab, und jeder grüßte ihn in jedem Take wieder zakkig mit dem linken Arm.

Rainer wunderte sich und bekam es langsam mit der Angst, als der Drehtag zu Ende ging und nichts geschah.

Erst um Mitternacht gab es eine Panikmeldung aus dem Schneideraum. Ein ganzer Drehtag und damit Hunderttausende von Dollar beziehungsweise Euro deutscher Anleger mußten in die Mülltonne wandern.

Am nächsten Morgen wurde Rainer vor Drehbeginn noch aus der Maske heraus zu Marko zitiert. Albert, der traurige, alte Maskenbildner, der vor jedem Drehtag Rainers blaue Kontaktlinsen überprüfte, ihm messerscharf den Scheitel zog und den blonden Schnurrbart anklebte, sagte *oh, oh*, und grinste zum ersten Mal, seit Rainer ihn kannte.

Irgend jemand mußte ihn verpfiffen haben. Rainer trug bereits seine Uniform, worüber er jetzt froh war, denn im T-Shirt hätte wahrscheinlich jeder sein wild klopfendes Herz sehen können. Er verabscheute sich dafür, daß er vor diesem kleinen Wichtigtuer Körner Angst hatte. Warum bloß? Weil er inzwischen ein alter, lächerlicher Verlierer und der andere ein junger Gewinner war?

Mühsam atmend betrat er Markos riesiges, fast vollkommen leeres Büro und war erleichtert, daß Marko noch gar nicht hinter seinem Schreibtisch saß, aber dann sah er ihn auf dem schwarzen Teppichboden liegen, und sein Herz machte einen kleinen Freudensprung, weil er annahm, jemand sei ihm zuvorgekommen und habe ihn niedergeschlagen.

Mein Rücken, grinste Marko. Immer grinste dieser Mann, auch wenn er einem kündigte, einen beleidigte, erniedrigte, immer trug er dieses blöde jungenhafte Grinsen im Gesicht, das es einem schwermachte zu glauben, was man hörte. Unwillkürlich reagierte jeder freundlich, das Herz entspannte sich, die Gesichtsmuskeln erwiderten reflexartig Markos

Lächeln, bis man – meist zu spät – realisierte, was er wirklich sagte.

Jetzt drohte er lächelnd und im Liegen Rainer Regreßkosten von exakt 380 000 Dollar für den verlorenen Drehtag an, und der einzige Grund, warum er sie nicht sofort einforderte und ihn hinauswarf, war, daß Jägermeister Rainer auf Schritt und Tritt folgte und ihn offensichtlich als sein Herrchen ansah.

Was soll ich machen? grinste Marko und drehte sich stöhnend von einer Seite auf die andere. Der blöde Hund liebt dich.

Rainer verlor jedoch seine kleine Sprechrolle und seinen Rang als Sturmbannführer, er wurde zum gemeinen Gefreiten und Komparsen zurückgestuft. Er büßte damit mehr als die Hälfte seines monatlichen Verdienstes ein, das er zum größten Teil an Su überwies, um Allegra nicht zu verlieren. Jetzt mußte er aus seinem Apartment in ein billiges Motel umziehen, und er konnte sich kein Auto mehr leisten, was in Los Angeles einem totalen Gesichtsverlust gleichkam. Er war am Ende, eine stinkende Hollywood-Leiche, und jeder konnte das riechen. Seine Situation war zum Verzweifeln.

Und welches ist also das hübsche Händchen? fragte Marko ihn süffisant. Und obwohl er fast daran erstickte, war Rainer gezwungen, die Hacken zusammenzuschlagen und den rechten Arm nach oben zu reißen, weil dies anscheinend der einzige Job weit und breit war, den er noch bekommen konnte.

So ist's fein, lächelte Marko und beugte vorsichtig sein rechtes Bein über sein linkes. Könntest du mir jetzt bitte vorsichtig auf die unteren Lendenwirbel drücken?

Rainer bedauerte zutiefst, daß er nur eine Spielzeugpistole trug, so einfach hätte er jetzt Marko auf dem Boden abknallen können. Gehorsam wie ein Sklave kniete er sich statt dessen neben ihn, massierte seinen Rücken und verfluchte den Tag, an dem er Marko kennengelernt hatte.

Daran war Rose schuld, die aufgrund seiner Erfolglosigkeit nicht mehr seine Agentin sein wollte, ihm diese schlechte Nachricht aber mit dem Sahnehäubchen servierte, es gäbe vielleicht die Möglichkeit eines kleines Schauspieljobs, sie habe da etwas Interessantes gehört, eine Sitcom, sie spiele in Deutschland, im Dritten Reich.

Werden wir die Nazis endlich ausgeschissen haben, wenn wir uns erst alle über sie totgelacht haben? stöhnte Rainer. Man sollte die Hitlersupershow erfinden, in der alle Schauspieler, die jemals Hitler gespielt haben, auftreten müssen, und der Zuschauer den besten Hitler wählen darf.

Ich denke nur an deine Zukunft, sagte Rose beleidigt. Sie hatte sich erst kürzlich das Gesicht abschleifen lassen und glänzte wie ein Speckstein.

Aber ich bin doch gar kein Schauspieler, lenkte Rainer ein. Gierig trank er den Grand Caffè Latte, zu dem Rose ihn eingeladen hatte und den er sich sonst nicht mehr gönnte, er mußte schließlich sparen. Er trank schon lange nur noch Kaffee in Cafés, wo kostenlos wiederaufgefüllt wurde, und immer nahm er ein Drehbuch mit, damit es so aussah, als gehöre er noch zur *Industry,* wie die Filmwirtschaft in Hollywood genannt wurde.

Er bemühte sich auch weiterhin um gutes Aussehen, denn niemand, der hier erfolgreich war, sah mies aus, deshalb galt der Umkehrschluß: Wer gut aussah, konnte nicht ganz und gar erfolglos sein. Allerdings ging er inzwischen in die Sonne und nicht mehr ins Solarium, um Geld zu sparen, und wann immer er ein bißchen Geld übrig hatte, legte er es in gezielten Botoxspritzen für eine sorgenfreie, glatte Stirn an.

Du bist zwar kein Schauspieler, aber du kannst Deutsch, sagte Rose und tätschelte aufmunternd seine Hand. Und blond und blauäugig machen die dich im Handumdrehen. Du würdest einen so hübschen kleinen Nazi abgeben!

So tief bin ich noch lange nicht gesunken, sagte Rainer dumpf.

Sei nicht dumm, sagte Rose wie eine ungeduldige Mutter. Du hast gar keine Wahl. Und den Produzenten wirst du lieben. Er ist einer der charmantesten, nettesten Deutschen, den dieser Planet je gesehen hat – außer dir natürlich, fügte sie hinzu. Du warst früher auch ganz charmant.

Sie trafen sich im Restaurant *The Farm* in Beverly Hills, das Restaurant der Stunde, wo ›man‹ eben hinging, wo es aber auch nur dieselben übergroßen, langweiligen Salate gab wie überall. Das Restaurant hatte einen kleinen, durch eine Hecke abgetrennten Straßenbereich, wo man sich nur hinsetzte, wenn man unbedingt gesehen werden wollte, und dort saß natürlich in der allerersten Reihe Marko Körner oder Korner, wie er sich hier nannte.

Marko stand nicht auf, sondern hob nur lässig die Hand und sagte: Grüß dich. Auf englisch mochte das gerade noch angehen, auf deutsch wirkte es auf Rainer unverschämt intim und respektlos – der Typ war höchstens halb so alt wie er.

Hallo, erwiderte er knapp und setzte sich.

Marko holte drei Handys aus seinen Jackentaschen und legte sie sorgfältig nebeneinander vor sich auf den Tisch. Ausdruckslos musterte er Rainer, dann brach er überraschend in Lachen aus und sagte: Die Welt ist eine Maskerade. Gesichter, Kleider, Stimmen, alles ist falsch. Alle möchten als etwas erscheinen, das sie nicht sind. Jeder täuscht jeden, und keiner kennt den anderen.

Stimmt, sagte Rainer vorsichtig. Er war nicht weiter beeindruckt. Sich über Hollywood lustig zu machen und die Verlogenheit anzuprangern gehörte zum Standardrepertoire jedes neu ankommenden Europäers.

Ist nicht von mir, sagte Marko, sondern von Goya. Dem Maler Goya. Francisco de Goya. Kennst du den?

Natürlich, sagte Rainer.

Gut, nickte Marko, als habe Rainer einen Test bestanden. Ist doch verrückt, oder? Nichts verändert sich. Sprichst du spanisch?

Nein, wieso?

Weil hier in spätestens zwanzig Jahren alle spanisch sprechen werden. Und keiner will es wahrhaben.

Früher haben hier auch alle spanisch gesprochen, sagte Rainer und bemühte sich, lässig zu klingen.

Stimmt, sagte Marko. Du weißt ein paar Dinge, was? Wieder grinste er.

Rainer hob die Hände. Na ja, wollte er damit sagen, nicht wirklich, aber mehr als du ganz bestimmt. Mit dieser Geste riß er sein Wasserglas um, und es ergoß sich in den Schoß seiner hellgrauen Chinos, was so aussah, als habe er sich in die Hosen gepinkelt.

Eilfertig sprang eine junge Kellnerin mit einem beeindruckenden Décolleté herbei und tupfte ihm mit einer Serviette den Schoß ab, wobei sie allerdings die ganze Zeit über Marko ansah, bis Marko auf deutsch sagte: So eine kleine Schlampe. Ist das zu fassen? Und dann zu ihr: *I think, that's enough.*

Gehorsam, aber nicht ohne Marko noch ein weiteres bezauberndes Lächeln zu schenken, verzog sie sich.

Alles in diesem Land ist so unelegant, sagte Marko, und so riesig: die Titten, die Salate, die Deals, einfach alles. Und es scheint immer Freitag zu sein in dieser Stadt, immer dieses Wochenendgefühl, und jeden Abend gibt es Preise für irgendwas, und keiner ist alt. Nur die ganz, ganz Jungen sehen alt aus.

Ja, lächelte Rainer tapfer. Sehr erfrischend, wie du das siehst. *You are so refreshing,* hatten damals die alten Hollywoodianer auch zu ihm immer gesagt. Wie Vampire nach Blut sehnten sie sich nach frischen, jungen, besserwisserischen Neuankömmlingen, die voll strahlender Verachtung für Hollywood waren und sich gleichzeitig nach Ruhm und Erfolg verzehrten.

Ich habe damals deinen Film *Wann sind wir da?* mit meiner Mutter gesehen. Nur im Fernsehen. Ins Kino durfte ich nicht, der war ja ab sechzehn, oder?

Rainer biß die Zähne zusammen. Ja, sagte er schwach.

Ich kann mich noch sehr genau an die Hauptdarstellerin erinnern, fuhr Marko munter fort.

Es gab zwei.

Echt? Ich kann mich nur an eine erinnern, so eine große Dunkelhaarige …

Johanna Krutschnitt.

Ja, hieß die so? Die hat nie wieder gespielt, oder?

Nein.

Die fand ich auf jeden Fall endgeil. Die hat mich total angemacht.

Freut mich, sagte Rainer schwach und erinnerte sich jetzt selbst seit langer Zeit das erste Mal wieder an Johanna, an ihre spröde, aufreizende Art, ihre schöne Haut, ihre dicken Haare, ihre Ordnungsliebe, ihre Ernsthaftigkeit.

Ich war auch mal in sie verknallt, sagte er und bereute es sofort.

Dann haben wir ja schon mal was gemeinsam, freute sich Marko und fuhr übergangslos fort: Rose hat mir gesagt, du brauchst dringend einen Job.

Rose übertreibt gern ein bißchen, wehrte Rainer ab.

Ach so, sagte Marko spöttisch. Habe ich das falsch verstanden?

Na ja, sagte Rainer kleinlaut und fühlte sich wie ein Stier, der in die Arena gejagt wurde.

Rose ist eine Wahnsinnsfrau, was? Sie hatte mal eine Affäre mit Jim Morrison.

Ich dachte, mit John Huston, sagte Rainer eilfertig, als würde er wie in der Schule übereifrig sein Wissen anbringen wollen.

Dem auch, winkte Marko ab. Sie hat mit Jim sogar zusammengewohnt, in Zumo Beach, Neil Young war auch dabei, Crosby, Stills, die ganze Truppe, Jerry Garcia. Ich ärgere mich manchmal bucklig, daß ich damals noch nicht auf der Welt war. Es muß soviel aufregender gewesen sein als heute.

Rainer nickte bedeutungsvoll. Marko heftete seine schokobraunen Augen auf ihn und fuhr sich durch die welligen Haare. Ein eitler Mann, dachte Rainer verächtlich.

Ich wette, sagte Marko, du warst damals supercool.

Ja, freute sich Rainer, das war ich. Und kaum waren ihm diese vier Wörter entschlüpft, sah er, wie Marko, der Matador, triumphierend das bluttriefende Schwert aus Rainers Nacken zog, während Rainer, der dumme Stier, schwankend dastand und fassungslos glotzte, weil er nicht fassen konnte, daß er bereits mausetot war. Das *war* ich. Meine Güte, wie blöd von ihm!

Wie auch immer, sagte Marko, ich brauche noch ein paar richtig gute Nazis.

Möglichst gefaßt, sagte Rainer: Klar. Ich verstehe. Ein paar richtig gute Nazis.

Und dann bemühte er sich, frisch und breit zu lächeln, so wie früher, als er noch supercool und *refreshing* war, und Marko lächelte auch, und sie lächelten und lächelten, bis Rainer die Gesichtsmuskeln schmerzten. Marko offensichtlich nicht.

Von da an ist Rainer Sturmbannführer Meier, und fast seine ganze Energie fließt in die Vertuschung dieser Tatsache. Er legt sich als Schauspieler einen anderen Namen zu, gibt unverschämt viel Geld für einen jungen Webdesigner aus, der ihm seine Internetlügen fabriziert, er hofft und betet, daß niemand seiner alten Freunde und Bekannten ihn in Uniform und mit Schnurrbart erkennt, und wenn seine Tochter zu Besuch kommt, präpariert er alle Fernseher in seiner Reichweite so, daß der Kanal, auf dem jeden Abend *Hitler*

And His Dog mit wachsendem Erfolg über die Mattscheibe flimmert, seltsamerweise gerade kaputt oder gesperrt ist. Er nennt sich Hitlers *underdog*. Sein altes Leben verschwindet fast, denn er verbringt mehr Zeit in Uniform am Drehort als privat. Bald muß er aufpassen, daß er nicht außerhalb des Drehortes aus Versehen die Hacken zusammenschlägt, oder die Hand nach oben reißt. Er versucht sich dagegen zu wehren. Immer wieder besteht er darauf, die Grenze zwischen Fiktion und Realität aufzuzeigen, er ist kein Mitläufer, kein Nazi, kein willenloser Komparse. Er organisiert den kleinen Boykott, der ihn vollends ins Verderben reißt. Von jetzt an hat ihn Marko Körner in der Hand.

Welches ist das hübsche Händchen? ruft Marko, und haßerfüllt, aber gehorsam hebt Rainer die ausgestreckte rechte Hand, als plötzlich die anderen Komparsen und das Team anheben, *Happy birthday* zu singen. Im ersten Augenblick glaubt Rainer, er habe vielleicht seinen eigenen Geburtstag vergessen, und alle brächten ihm, dem Regisseur, ein Ständchen dar. Immer wieder spielt ihm sein Gehirn diesen Streich und mag sich einfach einen winzigen Moment lang nicht daran erinnern, daß er hier Komparse ist und nichts weiter. *Happy birthday, dear Marko, happy birthday to you*, grölen alle. Stacey, die Regieassistentin, dirigiert und blitzt Rainer böse an, weil er als einziger nicht mitsingt.

Jägermeister kläfft aufgeregt, Marko winkt verlegen ab, aber er kann den mächtigen Chor und all die Verehrung und Bewunderung seiner Untertanen nicht stoppen. Irgendein Arschloch hat gequatscht, denkt er außer sich vor Wut. Wer? Den feuere ich sofort. Wie ich euch alle verabscheue, ihr Speichellecker! Ihr singt doch nur, weil ich euch füttere. Kein einziger von euch kennt mich. Warum laßt ihr mich nicht einfach in Frieden? Wo ist mein Ort des Friedens, wo, Misako?

Stacey zaubert einen riesigen Blumenstrauß hervor, küßt Marko überschwenglich auf beide Wangen und ruft: *And once more in german!* Und die finnischen, russischen und slowakischen und kalifornischen Komparsen grölen lachend auf die Melodie von *Happy birthday* ein Kauderwelsch aus deutschen Wörtern von Achtung über Schweinehund, Mercedes, Schadenfreude und Blitzkrieg, und Rainer singt laut: Kein Glück wünsche ich dir, was im allgemeinen Gejohle und Geklatsche natürlich untergeht, aber er wollte es wenigstens laut gesagt haben: Kein Glück wünsche ich dir, kein bißchen Glück.

Lächelnd macht Marko den Ansatz einer kleinen Verbeugung. Hitler breitet die Arme aus, zieht ihn an seine Brust und gibt ihm einen dicken Schmatz.

Dieser verdammte Hitler, sagt Marko und reibt sich verlegen Hitlers Schminke von der Wange, immer muß er übertreiben.

17

Im Auditorium der Santa Monica Highschool hält es Misako kaum noch auf ihrem Sitz. So etwas Schönes hat sie weder tot noch lebendig je gesehen und gehört. Diese Gilda auf der Bühne ist vielleicht ein bißchen dick um die Mitte herum, ihre Gesicht ist kreisrund wie ein Teller, und ihre Beine gleichen zwei stämmigen Säulen, aber von der ersten Minute an ist Misako in diese Gilda hineingekrochen wie in eine neue Haut, in ein neues Leben. Sie fühlt jedes ihrer Gefühle, denkt jeden ihrer Gedanken – die allerdings nicht besonders vielfältig sind, denn Gilda kann nur unablässig denken: Enrique, Enrique, Enrique, o Gott, wie ich dich liebe, ich werde noch wahnsinnig, so sehr liebe ich dich, Enrique, Enrique, Enrique, du machst mich fertig, du machst mich schwach, Enrique.

Gleichzeitig versucht sie wacker, ihren Mund im Rhythmus auf- und zuzumachen und diesem blöden Italienisch hinterherzuhecheln, das ihnen ihr Musiklehrer Mr. Posnett in all den Wochen eingebleut hat. Er spielt ihren Vater Rigoletto und blitzt sie jedesmal böse an, wenn sie ihren Einsatz verpaßt.

Questa povera figlia, singt sie im Playback zu Anna Netrebko und denkt: Ein armes Mädchen bin ich wirklich, denn Enrique steht auf die blöde Vlada, diese dumme Kuh. Sie soll zur Hölle fahren.

Gilda nimmt ihrem Vater den Mantel ab und zieht ihm die Schuhe aus, weil er so dick ist, daß er sich nicht bücken kann. Wozu braucht er eigentlich noch seinen Buckel, den ihm die Klasse 11b aus Pappmaché gebastelt hat?

Schmerzhaft zwickt Mr. Posnett sie in den Arm. Aua, will sie kreischen, dann fällt ihr ein: Ach ja, jetzt kommt *Quanto dolor, quanto dolor.*

Eilig formt sie die Wörter zu Netrebkos Stimme und küßt ihn auf die Stirn, weil Mr. Posnett ihr erklärt hat, daß sie mit *quanto dolor* ihren Vater meint und nicht sich selbst. Aus ihrer Sicht ist sie hier die einzige, die leidet. Sie leidet wie ein Hund, der Enrique mit heraushängender Zunge und wedelndem Schwanz um die Beine streicht, zu ihm aufschaut, auf einen Blick von ihm hofft, einen einzigen Blick. Aber er hat nur Augen für Vlada.

Außer, wenn er gleich als Duca auftreten und sie ansehen muß, weil er von *amor* singen und sie als *divina* und *celeste* bezeichnen wird. Hundertmal hat sie diese Wörter im Wörterbuch nachgeschlagen. Göttlich. Himmlisch. Sie ist eine himmlische Göttin. Die Göttin von Santa Monica High.

Ungeduldig zählt sie die Takte, die ihr Vater Rigoletto hier noch herumquaken wird, der ihr verbieten wird, jemals auszugehen, *mai uscita,* und der Haushälterin Giovanna einbleuen wird, auf seine Blume, seine *fior,* aufzupassen.

Eine riesige purpurrote Hisbiskusblüte möchte sie sein, in deren Kelch Enrique hineinstürzen soll wie eine Biene.

Verträumt lächelt sie vor sich hin. Gleich muß Rigoletto gehen, Verdi sei Dank, und dann kommt der Duca, Enrique, und dann muß er sie anschauen, umarmen und dreimal küssen, so hat es Mr. Posnett inszeniert.

Auch Misako fleht, daß Rigoletto endlich geht und seine Tochter, die er eingesperrt hält, in Ruhe läßt. Nicht das kleinste bißchen Liebe gönnt der Vater seiner Tochter, Mitleid will er von ihr, das fette bucklige Monster, und behauptet, sie über alles zu lieben, nur ihr Bestes zu wollen. Alles Lüge, Elternlüge, überall auf dieser Welt dieselbe Lüge, stellt Misako fest.

Kinder sterben für diese Lüge, sie stürzen sich aus dem siebzehnten Stock. Wie ich ihn hasse, diesen Rigoletto, denkt sie, aber da hebt er an zu singen, und er singt so traurig von seiner kleinen Blume, seiner Tochter, daß ihr ganz schwach wird. *Chi-Chi,* mein *Chi-Chi.* Sie sieht ihren Vater, wie er jetzt gerade am Bahnhof von Shinjuku durch die Menschenmassen geschoben wird. Er trägt wie immer ein perfekt gebügeltes weißes Oberhemd und hellgraue Hosen, das dreimal gefaltete Taschentuch, um sich diskret den Schweiß abtupfen zu können, in der linken Hosentasche, die Aktentasche mit dem immer gleichen Lunch in der hellblauen Tupperware-Box (zwei Stück *Onigiri,* ein Schokoladenkeks, eine Flasche *Oolong*-Tee) fest umklammert. Nur sein Herz ist zerfleddert und aufgewühlt, als hätten die Krähen von Tokio darin herumgehackt. Die Herzen der Jüngeren, die die ganze U-Bahnfahrt über auf ihren Handys herumspielen oder Pornomangas lesen, sind noch rosig und wie in Plastikfolie eingeschweißt. Von denen kann er kein Mitgefühl erwarten. Er hat nie jemanden um Hilfe gebeten, nicht nachdem er von seiner Frau verlassen wurde, und auch nicht, nachdem seine Tochter Selbstmord begangen hat. Still und abgrundtief leidet er vor sich hin, tagaus, tagein. Er vermißt seine Tochter wie die Wüste das Wasser, aber niemals würde er auch nur einen Pieps von sich geben, geschweige denn von seinem Unglück singen.

Misako hat keine Ahnung, wie diese Geschichte weitergehen soll, aber sie hat wenig Hoffnung, daß hier irgend jemand glücklich davonkommen wird. Dabei ist Gilda nur verliebt, sie hat sich nicht für pornographische Fotos hergegeben, sich nicht vor einem fremden alten Mann ausgezogen.

Hätte ihr der Vater eine Liebe eher verziehen? Hätte sie sagen sollen, daß sie diesen Fotografen, diesen Nobu, liebt? Das stimmte doch gar nicht. Aber vielleicht hätte der Vater das leichter hingenommen. Sie weiß genau, was er nicht verwinden konnte: daß sie auf diesen Fotos eine vollkommen Fremde war, daß er seine eigene Tochter nicht wiedererkannt hat, so lange er auch auf all diese Pixel starren mochte, die aus dem Äther auf ihn zugeflattert kamen und sich zu immer neuen schockierenden Bildern formten und ihm zuflüsterten: Schau genau hin, das ist sie, deine kleine Blume, deine kleine Misako.

Das hat ihn wie ein Pfeil ins Herz getroffen, und das schlimmste ist, daß Misako noch nicht einmal behaupten kann, das habe sie ganz und gar nicht gewollt. Schau, *Chi-Chi,* wer ich noch sein kann. Schau, was passiert, wenn dein braves kleines Mädchen den Schulrock hebt und alle darunterschauen dürfen. Schau genau hin, damit du siehst, daß ich nicht die bin, für die du mich hältst. Jetzt guck doch mal! Sieh hin! Schau mich doch ein einziges Mal an!

Kein einziges Mal hast du mich angeschaut und mich gefragt, wie es mir eigentlich geht, plötzlich ohne Mutter, und ob ich sie nicht vielleicht vermisse. Kein einziges Mal. Oder auch nur: Misako, was würdest du eigentlich gern machen? Worauf hättest du Lust? Wer bist du eigentlich? Nichts. Statt dessen: Haben wir noch Reis im Haus? Waren die Elektriker da? Hast du meine Hemden gebügelt?

Ich habe deine Schuhe geputzt, jeden Morgen um sechs Uhr den Reiskocher angeworfen fürs Frühstück, Fisch gebraten, Misosuppe gekocht, weil du nicht westlich frühstücken magst, dich abends ertragen, wenn du von der Arbeit kamst.

Chi-Chi, ich war nicht deine Ehefrau! Ich war nicht für dein Glück oder Unglück verantwortlich. Jetzt würde ich mich nicht mehr umbringen, ich würde mich verlieben. Ich würde mich so sehr verlieben, daß ich dich mit dieser Liebe ausradieren und vergessen würde.

Mit jedem *Ti amo* wirft Gilda sich an den Duca wie ein Elefant an einen Baumstamm, jedesmal wieder versucht der Duca/Enrique mit aller Kraft, sie wenigstens ein paar Zentimeter von sich wegzuschieben, aber ohne Erfolg. Dreimal muß er sie küssen. Wenn er es nicht tut, tobt der Posnett wie ein übergewichtiges Rumpelstilzchen und droht mit Umbesetzung. Das kann sich Enrique nicht leisten, so peinlich ihm diese ganze Euroscheißoper auch ist, denn Vlada steht auf ihn als Duca. Sie hält ihn für einen Star. Aber wenn er Gilda dreimal küßt, tobt sie und droht damit, ihn zu verlassen.

So flüchtig wie möglich küßt er die dicke Gilda, und dann kommt zum Glück schon das *Addio.* Gilda krallt sich mit ihrer schwitzigen Hand in seine und will ihn nicht gehen lassen. Aber die Schönheit des Stücks besteht nun mal darin, daß sie es nicht ändern kann.

Alles geht seinen Gang. Darüber hat Posnett endlos gelabert. Der Fluch, das Schicksal, dem man nicht entrinnen kann. Daran glauben seine Eltern, sie sind eben keine Amerikaner. Sie glauben im Ernst, daß eine Hellseherin in Guatemala sein Schicksal in den USA vorhergesehen hat, daß Enrique eines Tages den High-School-Abschluß machen und sogar studieren wird.

Einen Scheiß wird er, er wird sein Leben selbst bestimmen, er wird Flüche allenfalls ausstoßen, aber niemals welche entgegennehmen und auch noch den Empfang quittieren. Auf gar keinen Fall wird er wie Rigoletto ständig mit eingezogenem Kopf herumrennen und von *maledizione* faseln.

Er kann sich den Text besser merken, weil er Spanisch kann. Den Duca mag er, der denkt wie er: *Fuck that love shit, women are for fun and that's that.*

Das letzte *Addio,* endlich darf er abgehen, seine Jungs werden gleich das Weißbrot entführen, wie sie Gilda nennen, weil man ihre dicken weißen Titten zusammendrücken kann wie weiches Brot. Rigoletto wird brüllen wie ein Tier, wenn er merkt, daß seine Tochter weg ist, Vorhang. Pause. Zigaretten. Wodka aus der Colaflasche. Küsse von Vlada.

Catastrophies may become trophies. Vielleicht ist diese lächerliche Schüleraufführung, in der alle nur Playback singen, die einzige Version von *Rigoletto,* die ich überhaupt noch aushalten kann, denkt Johanna. Die ganze Geschichte bekommt in ihrer stümperhaften, naturalistischen Umsetzung eine erstaunliche Sprengkraft, denn in den Gesichtern der weißen Eltern spiegelt sich deutlich die Sorge, daß die weiße Gilda wirklich mit dem Latino-Duca und seiner Streetgang davonziehen könnte, während die hispanischen Eltern keine allzu große Freude über die Affäre von einem der ihren mit dieser verwöhnten weißen Göre aufbringen können. Es wird Ärger geben, das ist spätestens seit dem Auftritt des schwarzen Auftragskillers Sparafucile klar.

Was für ein dummer Teenager Gilda doch ist, denkt Johanna, sie hat den Duca nur ein paarmal von weitem gesehen und sich so in ihn verknallt, daß sie für ihn sterben will. Niemand kann ihr diese Liebe ausreden, da kann Rigoletto sie noch so sehr einsperren und seine Haushaltshilfe Giovanna bitten, sie nicht aus den Augen zu lassen.

Zum ersten Mal fällt Johanna auf, daß sie denselben Vornamen trägt wie Giovanna, und jetzt soll sie wie Giovanna ebenfalls auf einen Teenager aufpassen, der aber zum Glück nur in Klamotten verliebt zu sein scheint.

Wie gelangweilt Gilda ihren buckligen Vater ansieht, dieses Augenrollen, diese plötzliche Verachtung für die armseligen und kleinherzigen Erwachsenen.

Eben gerade hatte man sie noch für Götter gehalten. Die überirdisch schöne Mutter und der strahlende Vater – und plötzlich sind sie nur noch erbarmungswürdige Kreaturen mit Panik im Blick.

Frau Krutschnitt, ich habe Ihren Mann gesehen! Der ist ja gar nicht in Saudi-Arabien. Der wohnt in Hameln! Der hat eine neue Familie!

Die Nachbarin war so nett gewesen, sie mit dieser Information zu versorgen. Johanna sieht ihre Mutter noch genau im Vorgarten auf einem Stück Karton knien, die Hände lehmverschmiert, eine Kiste neben sich, aus denen Johanna ihr Tulpenzwiebeln anreicht. Der Terrier der Nachbarin schnupperte an Johannas Haaren. Sie sah ihre Mutter schwankend aufstehen, sie mußte sich am Zaun festhalten, sie war mit einemmal ganz grün im Gesicht, so alt und häßlich. Johanna begriff nicht. Sie grinste unsicher. Was sollte das heißen?

Im Auto des Vaters fuhren sie nach Hameln. Mit beiden Händen hielt sich die Mutter am Lenkrad fest, daß ihre Knöchel ganz weiß waren. Auf der Konsole lagen die Zigaretten des Vaters, sein Sonnenhut, seine ADAC-Zeitschrift. Sie waren doch seine Familie.

Schau nach, ob es stimmt, sagte die Mutter zu Johanna.

Sie blieb im Auto sitzen, während Johanna und ihre kleine Schwester Marie einen gepflasterten Pfad zu einem frischgestrichenen weißen Bungalow hinaufgingen, vor dem schönere Dahlien blühten als daheim.

Das ärgert Mama bestimmt, dachte Johanna, daß es hier die schöneren Dahlien gibt.

Auf die Klingel hat Marie gedrückt. Sie hat nie wirklich kapiert, was das bedeutete. Es hat sie nicht vernichtet wie Johanna. Sogar die Mutter, der man anfangs sogar zutraute, Hand an sich zu legen, wie es die Nachbarn nannten, ist irgendwann darüber hinweggekommen. Nur Johanna nicht. Ihr blieb nicht die Luft, sondern mit einem Schlag das ganze Leben weg, als habe man es ihr einfach abgesaugt.

Die Tür ging tatsächlich auf, und da stand er. Sein schwarzes Haar war zerzaust, nicht streng zurückgegelt wie sonst. Sein Hemd hing ein wenig aus der Hose, er war leicht gebräunt und wirkte gut gelaunt und seltsam jung, als sei er hier in den Ferien. Er spähte über die Kinder hinweg auf die

Straße, er sah das Auto, er sah seine Frau über dem Lenkrad liegen, er rührte sich nicht vom Fleck. Er stöhnte seltsam, als habe er Bauchschmerzen, aber er schien nicht überrascht.

Stimmt das, daß du eine neue Familie hast? fragte Marie und grinste.

Kommt rein, sagte er. Er führte sie in sein Arbeitszimmer. Johanna erkannte seine abgewetzte Aktentasche, die er immer bei sich trug und die sie mit ihm in Saudi-Arabien gewähnt hatte. Denn dort war er doch eigentlich, dies alles war nicht wahr, es war nur ein Traum. Er forderte sie nicht auf, sich hinzusetzen. Durch einen Türspalt sah Johanna ein Mädchen in ihrem Alter mit langen blonden Haaren. Ist das jetzt dein neues Kind, wollte sie ihn fragen, ist sie hübscher, braver, netter? Habe ich irgend etwas falsch gemacht, war ich kein gutes Kind? Das ist Sibylle, sagte der Vater, und allein ihr Name schien schöner als Johanna oder Marie. Der Vater wirkte nicht so, als habe er ein schlechtes Gewissen.

Ich habe jetzt eine neue Frau, sagte er. Aber ihr werdet immer meine Kinder bleiben.

Nein, schrie Johanna stumm, ich nicht! Ich bestimmt nicht!

Seine neue Frau zeigte er ihnen nicht. Das Wohnzimmer sahen sie noch. Es gab einen viel größeren Fernseher als zu Hause, auf dem Boden lagen bequeme Kissen. Was sich dort abspielte, wollte Johanna gar nicht wissen und stellte es sich dann doch immer wieder vor. Sibylle saß auf dem Schoß des Vaters und zusammen sahen sie genau die Filme, die sie mit ihm gesehen hatte. Am liebsten Edgar-Wallace-Krimis, und

Sibylle krallte sich an den Vater und kreischte vor Angst, wenn der Froschmann aus dem Wasser stieg.

Lange blieben sie nicht, was er zum Abschied sagte, weiß sie nicht mehr. Bis bald? Tschüß? Macht es gut?

Die Mutter wurde dick vor Kummer, sie fiel vor ihren Augen auseinander, und Johanna haßte sie dafür zeitweise fast mehr als den Vater. Ihn wollte sie nie mehr wiedersehen. Sie beschloß, keinen Vater mehr zu haben, denn den, den sie gehabt hatte, den gab es ja nicht mehr. Der Vater, den sie gehabt hatte, war mit ihr am Wochenende manchmal allein wandern gegangen, weil die Mutter wandern haßte und Marie noch zu klein war. Dieser Vater hatte ihr die Namen der Bäume und der Tiere erklärt, mit ihm hatte sie lange Abende mucksmäuschenstill auf Hochsitzen gesessen und mit Herzklopfen auf den magischen Augenblick gewartet, wo die Bäume in der Dämmerung grau und das Gras grünblau wurde und Rehe auf die Lichtung traten wie Märchentiere, was sie diffus für eine Inszenierung des Vaters hielt. Es war ihm auf jeden Fall zuzutrauen, er war ein Tausendsassa, das sagte die Mutter immer.

Sie mußte sich kneifen, um nicht zu schreien vor Aufregung, aber kein Pieps durfte über ihre Lippen kommen, sie wollte doch so gern von ihm gelobt werden. Er sollte sagen: Mit Johanna kann man sogar auf einen Hochsitz gehen. Geduldig wie eine Erwachsene hat sie ausgeharrt und keinen Ton von sich gegeben.

Sie war seine Tochter, und Marie gehörte der Mutter. Er erklärte ihr die Welt, erzählte ihr von seinen Abenteuern in fremden Ländern, von Nomaden und Kamelen, zeigte ihr, wie man in Arabien Tee einschenkt und sich vorschriftsmäßig nach Mekka verbeugt. Nur um in seinen Augen zu bestehen, wünschte sie sich zu Weihnachten einen Chemiebaukasten, obwohl sie viel lieber eine Kindernähmaschine gehabt hätte. Für ihn las sie Jungenbücher von Weltumseglern und Piraten, für ihn studierte sie so lange die Landkarte aller arabischen Länder, bis sie ihr vertrauter war als die von Niedersachsen.

Mein Vater baut eine Pipeline durch Saudi-Arabien, erzählte sie stolz in der Schule, damit wir nie wieder eine Ölkrise haben. Und alle bewunderten sie für ihren Vater, der sie von den langweiligen autofreien Sonntagen befreien würde, an denen es keine Badeausflüge mehr gab, keine Fahrten ins Grüne oder ins Blaue.

Da kannst du mal sehen, wie die Saudis uns im Griff haben, sagte der Vater. Und Johanna verstand, daß er da ganz schnell und dringend wieder hinfahren und die Dinge in Ordnung bringen mußte. Nach Saudi-Arabien, aber doch nicht nach Hameln! Was machte er denn da überhaupt? Den Mann aus Hameln kannte sie nicht.

Ihr Vater war, wenn er nett war, umwerfend, und wenn er wütend war, verkroch man sich am besten wie eine Katze unter dem Sofa. Sie akzeptierte seinen Zorn wie den Zorn Gottes. Er war anders als alle anderen, er war wichtig in der Welt, er durfte zornig und ungerecht sein. Ihre Mutter und Marie jammerten und weinten, sie waren Memmen, aber Johanna war ihm ebenbürtig. Sie konnte ihn manchmal sogar besänftigen und mit Wissen beeindrucken. Wissen liebte er. Johanna lernte Statistiken auswendig, las die Zeitung und merkte sich erstaunliche Dinge, um ihn dann, ganz nebenbei, zu fragen: Wußtest du eigentlich, daß der Mensch über die Kopfhaut am meisten Wärme verliert? Daß siebenundachtzig Prozent der Westdeutschen eine Wiedervereinigung für unwahrscheinlich halten? Daß Amerika mehr Öl verbraucht als alle anderen Länder der Welt zusammen?

Wirklich? fragte er dann, und wenn sie Glück hatte, wandte er sich ihr zu und ließ seine Aufmerksamkeit auf sie scheinen wie eine kleine Sonne. Wo hast du das denn her? Sie hatte ihn für sich allein, niemand sonst war wichtig, weder die Mutter noch Marie, nur sie beide hatten etwas ›zu besprechen‹.

Für wen sollte sie, als er fort war, noch etwas lernen, ein Buch lesen, sich eine erstaunliche Geschichte merken? Sie fühlte sich wie eine Turnerin in einem leeren Turnsaal ohne einen einzigen Zuschauer, während dort drüben, in dem weißen Bungalow die andere jetzt Kunststücke für ihn vorführte.

Sie beschloß, ihren Vater aus ihrer Kindheit zu verbannen wie eine Puppe, der man irgendwann entwachsen ist. LügnerBetrügerSchweinVerlierer murmelte sie immer wieder vor sich hin wie einen Hexenspruch, um ihn kleinzukriegen, aber er blieb immer größer als sie, auch als sie dann selbst groß war.

Ein einziges Mal sah sie ihn, fast zwanzig Jahre später, auf der Straße, und vor Herzklopfen wurde sie fast ohnmächtig. Sie begann zu keuchen, als habe sie einen Asthmaanfall, und mußte sich gegen eine Hauswand lehnen.

Sie verstand nicht, was mit ihr geschah: Sie war doch erwachsen, sie hatte sogar Karriere gemacht, sie war in Hollywood gewesen, sie war jemand geworden, auch ohne ihn. Aber in dem Augenblick, als sie ihn sah, war sie wieder dreizehn Jahre alt, stand in dem weißen Bungalow, sah das blonde Mädchen im anderen Zimmer und wußte, daß sie gerade eben ihren Vater verloren hatte.

Außer sich vor Verzweiflung sucht Rigoletto seine Tochter, er schwitzt und keucht und weint. *Pietà, pietà signori,* fleht er die Gang des Duca an: Habt doch Mitleid! Den Schülern ist ihr weinender dicker Musiklehrer sichtlich peinlich, sie wenden sich ab und machen sich über ihn lustig, diesen alten Deppen, der ohne seine Tochter nicht leben kann.

Vielleicht, schießt es Johanna durch den Kopf, hat ihr Vater sie doch ab und zu vermißt, vielleicht konnte er manchmal nachts nicht schlafen und ist durch sein neues Haus gewandert und hat an seine Tochter Johanna gedacht, keine dreißig Kilometer entfernt. Sie war doch seine kleine Kameradin gewesen, mit der er durch die Wälder streifen und auf Hochsitze gehen konnte. Konnte er das mit der neuen denn auch? Johanna wollte ihn nicht sehen, nicht besuchen, nicht mit ihm telefonieren. Jeden Kontakt mit ihm hatte sie abgelehnt. Marie nicht, sie akzeptierte die neuen Umstände wie eine neue Wandfarbe. Sie besuchte ihn in seinem neuen Haus, fuhr sogar mit seiner neuen Familie ein paarmal in die Ferien.

Selbst die Mutter bat Johanna, ihn doch wenigstens ein einziges Mal zu sehen, aber nein. Nie mehr, nie mehr – und das hat sie auch durchgehalten.

Hat er nicht irgendwann vor der Schule gestanden und auf sie gewartet? Unscharf taucht diese Erinnerung auf, sie ist sich nicht sicher, ob er es wirklich getan oder ob sie es sich nur immer wieder gewünscht hat. Sie sieht ihn dort ganz deutlich auf der anderen Straßenseite in einem hellen Sommeranzug vor einem dunkelroten Citroën stehen und rauchen. Ein neues Auto hatte er sich gekauft, den vw-Passat behielt die Mutter, alles an ihm war schicker und besser geworden: das Haus, die Frau, die Tochter, selbst das Auto. Sie sieht ihn und versteckt sich hinter den Eingangssäulen der Schule. Das Blut hämmert ihr in den Ohren, und selbst jetzt, in dieser schwachen Erinnerung, die vielleicht nur Erfindung ist, beginnt ihr Herz stärker zu klopfen. Sie wird nicht über die Straße gehen, sie wird ihn nicht sehen, und nie mehr soll er sie sehen dürfen, so wird sie sich an ihm rächen. LügnerBetrügerSchweinVerlierer.

Ich werde jetzt nicht schwach werden, denkt Johanna in Kalifornien, ich werde jetzt nicht nach Deutschland an sein Sterbebett eilen. Und dennoch. Vielleicht hängt er jetzt dort an den Schläuchen in seinem Krankenhausbett wie eine Marionette. Vielleicht klicken Bilder durch sein Gehirn wie eine seiner langweiligen Diashows über Saudi-Arabien. Irgendwann war er doch wohl wirklich dortgewesen. Es gibt ja Beweise, orange verfärbte Fotos von Männern mit Küchenhandtüchern auf dem Kopf, wie die Mutter immer sagte, von Wüste und Bauteilen der Pipeline, die wie unaufgeräumte riesige Legostücke herumlagen. Vielleicht schoben sich in seinem Gehirn ab und an Bilder von seiner ersten Familie dazwischen wie Bilder aus einem falschen Diakasten: die Familie im Garten, an den Geburtstagstischen der Kinder, unterm Weihnachtsbaum. Vielleicht sogar das seltsame Foto von der fünfjährigen Johanna in Jeansjacke und rotem Rock im Wald vor dem Gerippe eines Rehkitz. Nur die Knochen waren übriggeblieben, jede Faser Fleisch sorgfältig abgenagt. Johanna schwante, daß in ihr auch so ein Gerippe steckte. Würde nur das am Ende übrigbleiben? Dieser Gedanke war so unfaßbar, daß sie ängstlich nach der Hand des Vaters griff.

Das war bestimmt ein Fuchs, sagte er und stieß mit der Fußspitze an das Gerippe, und weil er ihr Entsetzen spürte, fügte er hinzu: Das ist nicht weiter schlimm. Der Fuchs hat ein gutes Essen gehabt und vielleicht noch ein bißchen Fleisch nach Hause geschleppt für seine Fuchsbabys.

Aber die Mutter von dem Baby! rief Johanna heulend, der ihre eigene Mutter nie den Disney-Film *Bambi* zugemutet hätte, um genau dieses Erschrecken zu vermeiden.

Ach ja, sagte der Vater, die ist bestimmt ein bißchen traurig. Und dann bekommt sie im Frühjahr ein neues Kitz. Komm, ich mache ein Foto von dir. Stell dich mal neben das Gerippe.

Er war unsensibel. Aber auch unsensible Menschen können traurig sein. Vielleicht sollte sie ihn anrufen, ihm diese letzte Frage stellen: Warst du jemals traurig darüber, daß du mich verloren hast? Hat du mich je vermißt? Sag schon!

Eine Tür des Palastes öffnet sich, und Gilda wird herausgestoßen. Ihr Kleid ist zerrissen, ihr Haar zerwühlt, es ist klar, was passiert ist. Der Duca, das Schwein! Rigoletto wirft sein riesiges Sweatshirt über sie, darunter trägt er ein T-Shirt, auf dem 103.5 FM, MOZART NONSTOP steht. Johanna ist die einzige, die darüber lacht. Außer sich vor Wut steht er vor seiner Tochter und fordert sie auf, doch wenigstens ein bißchen über ihre Schändung zu heulen, *piangi fanciulla,* und gehorsam flennt sie auch ein bißchen. Aber in

Wirklichkeit denkt sie nur an ihren Duca, und die sogenannte Schändung fand sie gar nicht so schlecht.

Sex halt. Na und? Wie sich die Eltern immer gleich anstellen.

Misako hat sich wie Gilda die Augen aus dem Kopf geheult und dabei doch genau gewußt, daß sie nicht ihre Tränen weinte, sondern die ihres Vaters, der seine Tochter verloren hatte, seine kleine Begleiterin, sein gehorsames Kind.

Piangi fanciulla, singt Rigoletto, und zum ersten Mal fühlt Johanna seinen Schmerz und glaubt ihm, den sie bisher immer nur für ein egoistisches Ungeheuer gehalten hat, seine Trauer. Nur weinen kann er nicht. Das muß die Tochter für ihn tun. Johanna weint.

18

Markos Bürozimmer quillt über vor Blumen, die ihm die Luft abschneiden, und Geschenken, die ihn in ihrer kompletten Sinnlosigkeit schier ersticken. Dieser Geburtstag macht ihn fertig.

Atme in eine Tüte. Es wird dir guttun, sagt Heidi.

Ich hyperventiliere nicht. Erzähl keinen Mist.

Wenn du meinst.

Gib mir Misako, verdammt noch mal!

Rainer, es geht nicht.

Du gibst dir keine Mühe! Ich habe die Chinesen verschoben, weil du es nicht geschafft hast, mir Misako zu geben. Sie wollten nicht in Nazi-Uniformen gesteckt werden, stell dir vor! Ich habe Entscheidungsbäume gemalt wie ein Idiot, um mich zu beruhigen. Ich spüre, wie mir alles entgleitet, wie alles so verdammt irreal wird, die Ränder fangen an zu zittern, mir platzt gleich der Schädel! Jetzt mach schon!

Er fängt an zu jaulen wie ein getretener Hund. Heidi kennt das. Erst brüllt er, dann weint er, dann schlägt er zu. Der nächstbeste wird es abbekommen, ganz gleich, wer es ist. Heidi hofft auf Hitler.

Irgendein Arschloch hat es allen gesagt, keucht er, alle wissen von meinem Geburtstag.

Sie wollen dich feiern, sie lieben dich.

Erzähl keine Scheiße, Heidi.

Gut, sie lieben dich nicht, sie wollen nur eine Gehaltserhöhung.

Und heute abend schmeißen sie eine Überraschungsparty für mich. In meinem Haus. Ohne mich zu fragen!

Wenn sie dich gefragt hätten, wäre es keine Überraschungsparty.

Ich hasse Überraschungen.

Weil du kein Amerikaner bist. Amerikaner lieben Überraschungen.

Ich hasse es, wenn ich so tun soll, als würde ich mich freuen.

Dann tu nicht so.

Heidi, ich flehe dich an, stell endlich eine Verbindung her!

Ich kann dir jetzt nicht helfen, ich bin ein Medium, keine Therapeutin!

Marko schnaubt. Er hat es mit professioneller Hilfe versucht, jahrelang. Die unterschiedlichsten Therapeuten hat er hervorragend unterhalten und sich am Ende gefragt, warum er sie bezahlen mußte und nicht sie ihn. Ein paar Ideen für mögliche Filme sind immerhin dabei herausgekommen, aber seine Angst ist geblieben. Sogar größer geworden und nicht kleiner.

Sie bluffen sich selbst, hat der letzte Therapeut zu ihm gesagt. Sie versuchen für Ihre Leistungen geliebt zu werden, aber da Sie genau wissen, daß das nicht funktioniert, haben Sie permanent Angst.

Und Sie? Haben Sie denn keine? Wachen Sie nicht nachts von Ihrer eigenen Angst auf? Haben Sie keine Angst, daß Sie alles wieder hergeben müssen, was Sie bekommen haben? Bis dreißig bekommt man, ab dreißig verliert man, sagen die Chinesen, und die Chinesen haben immer recht.

Ich werde meine Haare verlieren, meine Zähne, mein Geld, meinen Job – und eine Liebe werde ich gar nicht mehr bekommen!

Heidi hat das blaublinkende Headset ihres neuen Handys, das Marko ihr gekauft hat, auf den Kühlschrank gelegt und schmiert sich einen English Muffin mit Erdbeermarmelade. Sie darf keine Marmelade essen, das weiß sie ganz genau, aber Marko verbrennt ihre Energie, als würde sie lichterloh brennen. Sie kann nicht mehr. Sie hat in ihrem Körper Platz gemacht, alle eigenen Sorgen und Gedanken, die im Weg stehen könnten, beiseite geräumt, sich so leer gemacht wie eine Vase, aber es hilft nichts, Misako meldet sich nicht. Funkstille.

Markos Sekretärin Patsy schleppt ein Gerät herein, das aussieht wie eine Bombe.

Von Fox, sagt sie.

Was ist das?

Ein *Seadoo.*

Ein was?

Das macht Spaß. Das haben jetzt viele draußen in Malibu. Damit kann man sich durchs Wasser ziehen lassen und braucht nicht mehr selbst zu schwimmen.

Patsy richtet sich auf, nimmt die Schultern zurück, bringt ihren Busen in Position, lächelt. Es wäre ein leichtes. Aber Sex hilft nicht mehr.

Du versuchst es ja gar nicht! schreit Marko. Du willst nur deine Ruhe haben, das merke ich doch! Heidi! Verflucht noch mal!

Immer noch bekommt Patsy einen Schreck, wenn er auf deutsch schreit. Sie kann es nicht ändern, aber dann klingt Marko für sie wie Hitler persönlich. Sie beugt sich weit nach vorn und nestelt an der Glückwunschkarte. Will er, oder will er nicht? Diese Deutschen sind für sie schwer zu lesen. Sie sind immer ernst oder besoffen, und dann randalieren sie.

Marko wirft in Restaurants Gläser an die Wand, schlägt plötzlich zu, einfach so, oder er verletzt sich selbst, greift in die Scherben, haut den Kopf auf den Tisch und lacht dazu.

Zigmal hat Patsy ihn nach diesen Exzessen nach Hause und ins Bett gebracht, seine Hand gehalten, mit ihm geschlafen oder auf seiner Türschwelle gewacht und Gespenster abgewehrt. Du bist seine Sklavin, sagen ihre Freunde. Aber in Hollywood sind alle Sklaven, Sklaven der Unterhaltungsindustrie, selbst die Chefs. Der Unterschied liegt allein in der Höhe des Gehalts, weg vom Fenster kann jeder blitzschnell sein. Das tröstet ungemein.

Marko ist so … so *old world,* und das ist irgendwie süß. Ein erwachsener Mann, der Angst vor Gespenstern hat.

Als Ghostbuster hat sie jedesmal gutes Geld von ihm bekommen, aber in letzter Zeit scheint er sich besser im Griff zu haben. Er hat ihre Hilfe anscheinend nicht mehr nötig, weder sexuell noch spirituell. Das findet Patsy sehr, sehr schade. Er war ein phantasievollerer Liebhaber als die meisten Amerikaner, und er duscht sich nicht gleich danach. Das fand sie sehr charmant.

Sie reißt den nächsten Briefumschlag auf. Sony Classics schenkt dir einen Gutschein für eine Woche in dem Yogahotel *Place of Peace,* kurz vor Santa Barbara, ich hab davon schon gehört, das muß super sein. Nach einer Woche ist man ein anderer Mensch.

Wie heißt das?

Er kommt auf sie zu, sein gutaussehendes Gesicht ist völlig ausdruckslos, manchmal muß sie bei Marko an einen Eisbären denken, dem man auch nicht ansehen kann, ob er gleich zuschlägt.

Place of Peace.

Ort des Friedens, übersetzt Marko erstaunt. Nicht zu fassen. Oh, Misako, alles weiß sie.

Warst du das? fragt er Patsy. Marko macht eine Geste über die Blumen und Geschenke hinweg. Hast du mich verraten?

Dich verraten? Um Gottes willen, nein. Das würde ich nie tun.

Das würdest du nie tun, wiederholt Marko langsam und macht noch einen Schritt auf sie zu. Er lächelt nicht. Patsy kämpft tapfer gegen den Impuls, vor ihm zurückzuweichen. Sie stemmt ihre Stöckelschuhe in den Teppichboden. Sie hat seinen Geburtstag nicht verraten. Bestimmt nicht. Sie will diesen Job nicht verlieren, denn anders als in amerikanischen Firmen bekommt man von dem Deutschen eine Krankenversicherung, längere Urlaubszeiten und sogar ein dreizehntes Monatsgehalt. Das bekommt sonst niemand in ganz Amerika, darum beneiden alle ihre Freunde Patsy. *Working for the Hitler poodle,* singen sie nach der Melodie von *Working for the yankee doodle.*

Nein, sagt Patsy schmeichelnd, und das weißt du auch.

Irgend jemand muß es aber gewesen sein.

Er steht jetzt so dicht vor ihr, daß sie die kleinen schwarzen Pünktchen in seinen dunkelbraunen Pupillen sehen kann. Er macht eine plötzliche Bewegung auf sie zu, daß sie zusammenzuckt, und küßt sie auf den Mund. Preßt seine Lippen hart auf ihre, fährt mit seiner Zunge in ihren Mund, wühlt darin herum, als suche er etwas, findet es nicht, zieht sich zurück, macht einen Schritt von ihr weg. Er lächelt entschuldigend wie ein kleiner Junge, der unabsichtlich etwas kaputtgemacht hat. Danke. Ich mußte jetzt einfach jemanden küssen.

Patsy lächelt zurück, sie kann einfach nicht anders.

Meld mich in diesem Yogahotel an. Noch für heute abend.

Aber heute abend … stottert Patsy.

Heute abend was?

Nichts, sagt Patsy leise, gar nichts.

Er wedelt sie davon wie eine lästige Fliege, sie entfernt sich rückwärts.

Kaum ist sie draußen, nimmt er das Telefon wieder ans Ohr. Heidi, bist du noch da?

Marko, bitte, ich schwöre dir, ich gebe alles, was ich habe, aber ich bekomme keine Verbindung.

Laß nur, sagt er milde. Wir sprechen uns später. Ich habe ihn gefunden, den Ort des Friedens, stell dir vor.

Wow, sagt Heidi kauend. Wo denn? Aber da hat er schon aufgelegt. Heidi läßt sich auf ihre durchgesessene Küchencouch fallen, der Zucker rauscht wie eine Droge durch ihre Adern. Die Sonne scheint schräg durch die Palmen auf den Fußboden, der Kühlschrank summt und dahinter rauscht der Verkehr und dahinter das Meer, es herrscht Frieden und

Ruhe. Himmlische Ruhe. Ort des Friedens. Danke, Misako, seufzt Heidi. Auch wenn ich keine Ahnung habe, wer zum Teufel du eigentlich bist. Danke.

19

Misako hat jetzt nur Augen für Gilda. Sie hält ihre schwitzende Hand und schaut angewidert nach oben, wo auf einem Baugerüst der Duca die Schlampe Maddalena flachlegt und dazu *La donna è mobile* singt. Rigoletto steht hinter ihnen, faßt Gilda hart an den Schultern, und zwingt sie, weiter zuzuschauen. Hast du jetzt genug? Hast du jetzt endlich genug? fragt er.

Dieses unbarmherzige Monster! Misako möchte ihm am liebsten mit Sparafuciles Baseballschläger den Schädel spalten, aber sie kann nichts weiter tun, als Gilda weiter die Hand zu halten und zu hoffen, daß sie es spürt. Aber in ihrer Qual spüren die meisten gar nichts als nur den Schmerz, in dem sie immer wieder herumbohren wie mit der Zunge in einem kaputten Zahn. Sie können nicht von ihm lassen, da können sich die Toten noch so sehr Mühe geben zu trösten.

Gilda sieht dem Duca zu, wie er Maddalena küßt, deutlich begeisterter küßt, als er im zweiten Akt sie geküßt hat. Er küßt Vlada so und wird andere so küssen, aber nicht sie, ganz gleich, wie oft Posnett ihm sagen wird, er soll gefälligst mehr Leidenschaft in sein Duett mit Gilda legen. Er wird es nie, nie tun.

Gilda schließt die Augen, warum kann sie nicht einfach ohnmächtig werden wie die Frauen früher? Dicke Tränen sprudeln wie kleine Springbrunnen aus ihren Augen. Sie dreht sich vom Duca weg, fällt auf die Knie und schluchzt. Dafür wird sie später eine besondere Erwähnung im *Santa Monica Magazine* bekommen. ›Authentisch‹ wird ihre Verzweiflung genannt werden, und sie wird das Wort im Wörterbuch nachschlagen und enttäuscht lesen, daß es nichts weiter heißt als echt. Na, logisch ist ihre Verzweiflung echt.

Rigoletto befiehlt ihr, sie solle sich Männerkleider anziehen und mit ihm nach Verona reisen, und in weiten Jogginghosen und Sweatshirtjacke wird sie wiederkommen und noch fetter und unattraktiver aussehen. Aber sie ist jetzt bereit zu sterben, sie will nicht mehr mitspielen in diesem ganzen Scheißspiel.

Zu gern würde Enrique/Duca Maddalena noch weiter küssen, sie schmeckt so schön nach Melonenkaugummi, aber jetzt muß er leider, weil das blöde Stück es so will, noch einmal *La donna è mobile* singen und dann einschlafen.

Von seinem Baugerüst aus kann er sehen, wie die dicke Gilda in Hosen zurückgetrampelt kommt, daß der Bühnenboden wackelt. Wie sie sich noch ein bißchen ziert, bis sie endlich bei Sparafucile anklopfen und den Baseballschläger über die Birne bekommen wird. Sie opfert sich für ihn, damit Sparafucile den Auftrag Rigolettos nicht ausführt, und ihn, den Duca, tötet. Liebe. Alles aus Liebe. Meine Güte, wie blöd diese Gilda ist.

Entsetzt sieht Misako, wie Sparafucile in seiner Garage wild entschlossen den Baseballschläger hebt. Er hat versprochen, einen Toten zu liefern, schließlich lebt er davon, was soll er also tun?

Und wie jedesmal ärgert sich Lawrence alias Sparafucile darüber, daß Posnett, die dumme Sau, ausgerechnet ihn, den einzigen Schwarzen in der Klasse, als Killer besetzt hat und der blöde Chicano Enrique den coolen Duca spielen darf. Er hat keinen Bock mehr auf diesen Scheiß!

Die Tür geht auf, Gilda steht bereit und glotzt ihn doof an wie immer. Aber der Baseballschläger ist mit einemmal so glitschig, entwindet sich seiner Hand, fällt zu Boden, rollt über die Bühne und fällt den Zuschauern in der ersten Reihe direkt vor die Füße. Fasziniert und vollkommen regungslos sieht Lawrence zu und denkt: Das also nennt man die Macht der Gedanken.

Misako lacht sich ins Fäustchen. Andere bezeichnen es als Zufall, Maleur, Vergeßlichkeit, Ungeschicklichkeit. Durch den schmalen Spalt zwischen Konzentration und Zerstreutheit schlüpfen die Toten in die Welt der Lebenden.

Der Vater von Enrique, der in der ersten Reihe sitzt und vor Stolz auf seinen Sohn schier aus dem Anzug platzt, bückt sich, greift nach dem Schläger und gibt ihn Lawrence/Sparafucile zurück. Gilda steht immer noch da wie angewurzelt, Maddalena stopft verwirrt Kissen in den leeren Sack, um ihn irgendwie zu füllen. Die Musik spielt unbeirrt weiter, das berühmte Gewitter setzt ein. Blitzschnell versucht Lawrence hochzurechnen, was es eigentlich bedeuten würde, wenn er Gilda nicht erschlägt, wenn sie am Ende gar nicht im Sack ist! Da sähe Posnett als Rigoletto ganz schön alt aus.

Gilda zuckt mit den Schultern, sie weiß auch nicht, wie es jetzt weitergehen soll. Lauf, flüstert Lawrence. Jetzt lauf schon! Reflexartig weicht Gilda dem Baseballschläger aus, wie ein Hase hetzt Lawrence/Sparafucile sie quer über die Bühne. Das paßt erstaunlich gut zur Musik.

Gilda begreift und lacht plötzlich laut: Wie es aussieht, sterbe ich für dich, Duca, heute ausnahmsweise nicht! Runter, schreit Lawrence unter der gewaltigen Gewittermusik, runter von der Bühne!

Kichernd hüpft Gilda von der Bühne und sieht, wie Posnett von der anderen Seite auftritt, ohne eine Ahnung zu haben, was alles auf der Bühne nicht geschehen ist. Jetzt kommt ihre Lieblingsstelle: Der letzte Blitz, das Gewitter verzieht sich, die Musik klingt jetzt wie milder Regen.

Er wird uns alle umbringen, denkt Gilda belustigt, und sieht aus der Gasse zu, wie Rigoletto von Sparafucile den Sack vor die Füße gelegt bekommt. Es ist ein echter Leichensack des LAPD, *Los Angeles Police Department* – aber wer ist jetzt drin? Siegesgewiß tritt Rigoletto gegen den Sack. Da hört er von weitem den Duca singen: *La donna è mobile.*

Immer wieder eine coole Stelle, denkt Gilda, die sie sonst immer nur im Sack hört.

Mia Gilda, fanciulla, erkennt Rigoletto voller Entsetzen, seine eigene Tochter ist im Sack! Ne, kichert Gilda vor sich hin, denkste!

Rigoletto reißt den Sack auf, aber nur Kissen und Decken quellen ihm entgegen. Verwirrt sieht er sich um, da sieht er sie in den Gassen stehen, Gilda, Duca und Sparafucile, und feixen. Na wartet, wenn ich euch erwische! denkt er verletzt und vergißt jetzt sogar den Text zu seinem Playback. All die Arbeit, die ich mir gemacht habe, um euch Kultur näherzubringen und euch zu retten vor eurer Ignoranz und Oberflächlichkeit! Ihr seid es nicht wert! Verrottet doch vor euren Computerspielen!

Wir können ihn jetzt nicht so hängenlassen, flüstert Gilda. Wenn sie ehrlich ist, hätte sie nie geglaubt, daß ihr dieser altmodische Scheiß so gut gefallen könnte. *Mia Gilda, mia figlia,* singt Rigoletto und spielt jetzt den Wahnsinniggewordenen. Er drückt ein Kissen an sich und küßt es, als sei es seine Tochter.

Gilda wirft ihre Jacke ab, steigt aus der Jogginghose, nackt bis auf die Unterwäsche packt sie den Duca an der Hand und zerrt ihn mit einem Ruck zurück auf die Bühne.

Du wirst mich jetzt küssen, faucht sie ihn an, und zwar richtig. Sie schlingt ihre Arme um ihn und rammt ihm die Zunge in den Hals. Sie küßt ihn so lange, bis der Duca verwundert feststellt, daß sie eigentlich eine verdammt gute Küsserin ist.

È morta mia Gilda. Für Rigoletto ist die Tochter damit gestorben. Das versteht jeder Vater im Publikum: Der arme Mann kommt nicht darüber weg. Rigoletto bricht zusammen, *la maledizione,* verflucht ist, wer eine Teenagertochter hat!

Der letzte Ton verklingt, Vorhang, Jubel.

Johanna ist verblüfft und seltsam gerührt. Hier in einer Highschool in Amerika wird die unausweichliche Tragödie nicht akzeptiert, das Schicksal einfach abgewiesen, Gilda darf weiterleben und bekommt auch noch ihren Duca. Da kommt noch nicht einmal deutsches Regietheater mit.

Ich habe den Tod besiegt! jubiliert Misako und verbeugt sich neben der glücklich strahlenden Gilda, so daß auch sie ein wenig vom Applaus abbekommt, sie, das Gespenst.

20

In einen weißen Bademantel gehüllt, wartet Rainer im Ruheraum des *Turn Back Time Cosmetical Center* auf seine Behandlung, die er sich einfach leisten muß, um heute abend gut auszusehen. Vielleicht nicht ganz so gut wie die anderen Männer hier, die auf den Liegen herumlümmeln und gelangweilt in den Magazinen blättern, in der *Variety* und dem *Hollywood Reporter.* Rainer kribbelt es in den Fingern, sich ebenfalls ein Magazin zu schnappen. Aber er weiß genau, was mit ihm geschieht, wenn er Nachrichten über die neusten Filme und jungen Regisseure liest, die gerade als Genie gehandelt werden, ihre Fotos sieht, wie sie, noch ganz benebelt vom plötzlichen Erfolg, in die Kamera grinsen und zum besten geben, der Erfolg sei ihnen im Grunde genommen egal. Neid, Eifersucht und Verzweiflung überfluten Rainers Körper dann wie ein allergischer Schock: Sein Hals schnürt sich zu, und er bekommt kaum noch Luft. Diesen Fehler wird er heute nicht machen. Er wird heute gut drauf sein, charmant und lässig wirken, obwohl man ihn nicht eingeladen hat. Ihn nicht, aber natürlich Göring, Goebbels, Himmler, Hitler, Eva Braun, die üblichen Verdächtigen, fast das gesamte Team, selbst den Komparsenführer. Ganz genau hat er gesehen, wie Stacey allen blaue Kärtchen zugesteckt hat, und als er seine Hand danach ausstreckte, hat sie ihm nur frech ins Gesicht gesehen und ist einfach weitergegangen. Dabei ist er doch nicht nur Jägermeisters Herr und Meister, er hat auch die letzten Wochen auf Markos Villa aufgepaßt (hier weiß doch niemand, warum!), da dürfte doch wohl wenigstens eine Einladung zu seiner blöden Geburtstagsparty drin sein.

Nicht daß Rainer besonderen Wert drauflegt, von seinem Erzfeind eingeladen zu werden, aber diese Partys sind das Arbeitsamt von Hollywood, und deshalb muß er unbedingt dorthin. Und gut aussehen muß er auch.

Er hat genau beobachtet, wo Stacey die restlichen Karten verstaut hat, in der linken Potasche ihrer knallengen Jeans, gleich unterhalb ihres ausladenden Arschgeweihs, ohne das ja anscheinend keine Frau unter fünfzig mehr anzutreffen ist. Den ganzen Drehtag über hat er versucht, so dicht wie möglich an sie heranzukommen, um ihr eine dieser Karten aus der Tasche zu angeln, wobei er sich fast die Finger gebrochen hätte, so eng sitzen ihre Jeans. Er hat sich vorgestellt, wie er auf dieser Party einen neuen Produzenten oder eine Produzentin kennenlernen würde, zwar auch zum Kotzen jung, aber anders: aufmerksam, wißbegierig, neugierig, dem – oder noch besser der – er seine Drehbuchideen würde zuwerfen können wie bunte Bälle. *Pitchen* nennt man das hier, und wie er dann hören würde: *Brilliant! What a great story!* Hier ist meine Karte, rufen Sie mich an.

Hat nicht Rose immer behauptet, man könne sich beim Universum sein Glück bestellen, man müsse nur ernsthaft daran glauben? Leider glaubt er nicht an diesen ganzen esoterischen Käse, obwohl er in seiner Verzweiflung schon überlegt hat, ob er nicht seine alte Freundin Heidi kontaktieren und sich von ihr die Zukunft vorhersagen lassen soll.

Aber erstens hat er keine Ahnung, wo sie abgeblieben ist, und zweitens könnte es ja sein, daß seine Zukunft noch schwärzer ist als die Gegenwart.

Ist was? fragte Stacey, was läufst du mir denn die ganze Zeit hinterher wie ein rolliger Kater?

Jetzt bild dir bloß nichts ein, stotterte Rainer. Ich warte nur drauf, daß du mir endlich meinen Einsatz gibst.

Nächster Take, fünf Sekunden nach der Klappe kommst du mit Hund von rechts, gehst schräg durchs Bild auf Hitler zu, gibst ihm die Hundeleine, gehst ab.

Cool, sagte Rainer, wie hier alle immer cool sagen, wenn sie einfach nur ja meinen. Er beugte sich vor, sah Stacey auf den Hintern und sagte: Hast du dich irgendwo reingesetzt? Und schon klopfte er ihr auf die Jeans, als wolle er einen Teppich ausklopfen, und zog ihr eine Einladungskarte aus der Hosentasche. Stacey protestierte und rief ärgerlich: Spinnst du?

So, jetzt ist es weg, sah ein bißchen peinlich aus, sagte Rainer und richtete sich lächelnd auf, die Hand fest um die Karte gekrallt. Er war wieder drin im Spiel.

Rainer for Botox? ruft die junge Koreanerin im weißen Kittel laut in den Raum und alle Männer sehen von ihren Zeitungen auf und blicken Rainer feixend nach.

Acht Schuß für vierundsechzig Dollar jagt sie ihm wortlos in die Stirn, und schon wenige Minuten später wird seine Stirn langsam hart wie Beton, so daß er sie nicht mehr runzeln, keinerlei Zweifel oder Sorgen mehr ausdrücken kann, sondern optimistisch, glatt und entspannt in die Welt schaut, so wie es sich hier gehört.

Er gibt der perfekt gestylten Rezeptionistin seine Kreditkarte und betet, sie möge akzeptiert werden. Mit dem Secondhand-Paul-Smith-Anzug, dem leuchtendblauen neuen Perry-Ellis-Hemd, beides *a must* (an den richtigen Designern werde ich euch erkennen!), Botox und der Miete für den BMW beträgt die Investition für heute abend fast vierhundertfünfzig Dollar.

Da wird Su nächsten Monat auf ihr Geld warten müssen, aber sie kann ihm wenigstens nicht Allegra zur Strafe entziehen, denn sie ist ja bereits da. Wie gern möchte er für seine Tochter endlich wieder der Vater sein, den sie zu haben glaubt! Die Party heute abend wird sein Leben ändern, *positive thinking* ist alles! Der Beleg rattert heraus, erleichtert atmet Rainer auf. Sein Blick fällt in den Spiegel hinter der Kasse, und was er dort sieht, begeistert ihn. Ja, ja, ja! jauchzt er innerlich, dort ist er wieder, der gutaussehende, smarte, leichtfüßige, erfolgreiche Rainer. Lange nicht gesehen, begrüßt er sich lächelnd. Wo hast du denn bloß gesteckt?

In seinem nur für heute abend gemieteten nachtblauen BMW-Cabrio gleitet er den Santa Monica Boulevard hinauf, und weil es einfach dazugehört, hält er bei Starbucks an der Ecke Wilshire an und holt sich einen Grande Latte.

Diesen Becher in der Hand, einen BMW auf dem Parkplatz, fühlt er sich zum ersten Mal seit langer Zeit wieder wie ein richtiger Mensch. Als er wieder ins Auto steigen will, hält ihm ein Penner einen leeren Becher unter die Nase und blickt ihn mit wilden Augen an: *Cash, Sir, please.* Gnädig läßt Rainer zwei Quarter in den Becher fallen, worauf der Penner zu ihm sagt: *Fuck you.* Und jetzt fährst du in dein Büro und schließt den nächsten Millionendeal ab, *you motherfucker.*

Ganz genau, lächelt Rainer. Seine Verkleidung funktioniert. Er läßt den Motor an und macht sich auf den Weg in sein Haus, wie er es immer noch nennt, nach Beverly Hills.

Lässig gibt er das Auto beim *Valet Parking* ab, schlendert auf das Haus zu, zückt seine Einladungskarte und überreicht sie lächelnd zwei schwarzen, in Lederhosen, Wadenstrümpfen und Sepplhüten gekleideten Türstehern.

Der Eingang fürs Personal ist da hinten durch die Garage, sagt der eine freundlich und gibt ihm die Karte zurück.

Rainer will entrüstet aufbrausen, da fällt sein Blick auf die Karte, klar und deutlich steht es da: KITCHEN STAFF. Er gehört zum Küchenpersonal. Wieso hat er das nicht gesehen? Wie konnte er so blind sein?

Rainers Botoxstirn pulsiert, schmerzlich spürt er jeden Einstich wie den Stich einer Killerbiene. Er ist ein lächerlicher Mann. Ein Idiot. Ein Verlierer. Aber er wird jetzt nicht reagieren wie ein beleidigter Deutscher, sondern wie ein echter Amerikaner: Er wird kämpfen!

Er wird heute abend einen neuen Produzenten finden, und wenn er dafür stundenlang Häppchen herumreichen und sich dumm anquatschen lassen muß: Ist das auch wirklich kein Thunfisch? Ich bin nämlich allergisch. Gibt es denn keine Häppchen für Veganer? Sind das echte Erdbeeren?

Egal wie, unverrichteter Dinge wird er heute abend nicht von dannen ziehen.

In der Küche, seiner Küche!, begrüßen ihn die unteren

Chargen des halben Teams mit großem Hallo, als sei es überhaupt keine Frage, daß er zu ihnen gehört und nicht zu den Gästen. Der Marko hat sich ja so über die Überraschung gefreut, der hatte ja keine Ahnung, schnattern sie. Deshalb hat man auch keinen professionellen Partyservice gemietet, was wäre das denn schon Besonderes? Nein, etwas ganz Persönliches sollte es sein für ihren Produzenten von seinem Team! Die zweiten und dritten Aufnahmeleiter, die Praktikantinnen und Assistentinnen der Assistenten stekken bereits in Dirndln und Lederhosen, im Handumdrehen ist seine Größe gefunden, Lederhose und ein frischgestärktes weißes Trachtenhemd, alles *original Oktoberfest,* wird ihm erklärt, und alles Staceys Idee. Auch diese seltsamen, eklig weißen Würstchen, die Brezn und das Bier, alles extra eingeflogen aus Deutschland! Man drückt ihm ein Silbertablett mit Weißbiergläsern in die Hand und schickt ihn hinaus zu den Gästen.

Im Wohnzimmer stehen sie andächtig um Marko herum: Hitler, Göring, Himmler, Goebbels, Eva Braun, genau wie am Drehort lauschen sie ihm ehrfürchtig und widerspruchslos, um ihren *paycheck* nicht zu gefährden, mit dem einzigen Unterschied, daß sie jetzt als Freizeituniform ihre Prada-Anzüge tragen.

Sie machen durch ihre geografische Nähe zu Marko allen anderen klar, daß sie zum inneren Kreis gehören, seine *family* sind. Um sie herum stehen in weiteren konzentrischen Kreisen Studioleute, Produzenten und Agenten, allesamt Wilderer, die diesem Marko Korner sein *stupid money* abjagen wollen, das nichtsahnende Deutsche in Filme investieren wollen. Nur Idioten legen Geld in Filmen an! Aber

Korner schleppt zuverlässig Million für Million über den großen Teich, und um etwas davon abzubekommen, sind sie auch bereit, diese seltsamen weißen Würste im Kondom hinunterzuwürgen. Hinter ihnen steht die sogenannte *german community* von Hollywood, ein paar deutsche Schauspieler, die auf eine amerikanische Karriere hoffen, eine Handvoll blutjunger Videoclip-Regisseure, stumme Kameramänner samt Ehefrauen, die beiden unvermeidlichen, mit Action-Filmen erfolgreich gewordenen, inzwischen ergrauten Regisseure, zwei verwitterte Korrespondentinnen deutscher Klatschblätter, die den Deutschen daheim seit Jahrzehnten erzählen, wie wahnsinnig bedeutend die Deutschen von Hollywood sind.

Sie alle kennt Rainer noch von früher. Mit zusammengebissenen Zähnen, aber lächelnd bietet er ihnen Weißbier an, wartet auf eine Reaktion, aber niemand scheint ihn zu erkennen. Nicht einmal der Hauch einer Erinnerung huscht über ihre Gesichter.

Oh, ein richtiges Weißbier, rufen sie begeistert, eine echte Weißwurst! Eine Brezn! Aber keiner schreit: Mensch, Rainer! Was machst du denn hier? Niemand.

Rainer ermahnt sich weiterzulächeln wie eine Eiskunstläuferin, die gerade schmerzhaft aufs Eis geknallt ist. Er hatte sich schon genau zurechtgelegt, was er sagen würde, um seinen lächerlichen Aufzug und Job zu entschuldigen.

Für Marko, wollte er sagen, spiele ich sogar den Kellner, aus reiner Dankbarkeit. Er ist ein so großartiger Produzent. Wir haben mehrere Projekte zusammen vor, wollte er beiläufig murmeln. Er weiß genau, daß niemand seine Geschichte bei Marko verifizieren wird: Aus reinem Futterneid erwähnt man die Projekte eines anderen niemals, nur die Pleiten.

Aber sie sehen durch ihn hindurch, an ihm vorbei und über ihn hinweg. Ihre Augen und Lippen hängen an Marko, der gerade auf ein riesiges, monochromes rotes Bild über dem Kamin zeigt, das Rainer von Anfang an in diesem Haus gehaßt hat. Es hat auf ihn blutrünstig und brutal gewirkt, ganz so wie sein Besitzer.

Vor einem halben Jahr, erzählt Marko gut gelaunt, war ich in New York bei Christie's, weil ich meinen alten Basquiat verkaufen wollte, den ich vor zwei Jahren Dennis Hopper abgekauft habe. Den Basquiat bin ich super losgeworden, danach sind wir noch auf eine Party zu einem Kunsthändler gegangen. Der ganze Zweck der Party bestand aber anscheinend darin, daß er dieses Bild hier verkloppen wollte. Da ich noch ein bißchen high war von der Auktion und inzwischen auch schon ziemlich betrunken, habe ich zu dem Kunsthändler gesagt: Ich mag das Bild, aber ich mag den Rahmen nicht. Aber, stotterte der, der Rahmen ist Teil des Bildes, der ist vom Künstler extra mitgestaltet worden. Entweder oder, habe ich gesagt. Da nimmt dieser Kunsthändler ein Brotmesser und schneidet ritsch, ratsch das Bild aus dem Rahmen. Am nächsten Morgen ruft mich mein Controller aus Los Angeles an und sagt: Mensch, Marko, hast du gestern 350 000 Dollar für ein Bild ausgegeben? Ich konnte mich an nichts, wirklich an gar nichts mehr erinnern. Filmriß. Aber zum Glück ist es jetzt bereits mehr als das Doppelte wert.

Marko lacht, und alle anderen blöken gehorsam mit wie die Schafe.

Marko zündet sich eine Zigarette an und ruft in die Runde: Raucht! Raucht, soviel ihr könnt und wollt, rauchen ist Sünde, und da wo ich bin, ist die Sünde! Wieder wird gelacht, die Dirndl-Bedienungen bieten Zigaretten an, gehorsam zünden sich viele eine an, paffen sie verzückt wie Teenager.

Ja, der Rainer! ruft Marko plötzlich über die rauchenden Köpfe hinweg, daß du auch hier bist!

Er winkt ihm zu wie einem besten Freund. Rainer zuckt zusammen, wendet sich schnell ab, weil er fürchtet, daß jetzt wieder die Nummer mit dem Hitlergruß kommt, aber da unterschätzt er Marko, das fände er geschmacklos, das hier ist schließlich kein Drehort, sondern sein Haus. Sein verfluchtes Haus, in dem er nachts schlaflos umhergeistert und sich fürchtet, weil er die Ängste und Krisen der Vorbesitzer spürt wie kalte, dichte Nebelschwaden. Manchmal, wenn er es nicht mehr aushält und Misako nicht mit ihm spricht, fährt er mitten in der Nacht ins Beverly Wilshire und mietet sich dort ein Zimmer.

Markos Kopf fühlt sich an, als schwebe er ohne Verbindung einige Zentimeter über seinem Körper, so viele Pillen hat er eingeworfen, um diese blöde Party, die man ihm eingebrockt hat, zu ertragen.

Wer will den heiligsten Raum in meinem Palast sehen? ruft er aufgekratzt, und natürlich johlen alle: Ich! Und schon zieht eine Art Polonaise hinter ihm her Richtung Bad, und Rainer geht gehorsam mit einem Tablett frischer Getränke hinterher.

Mit großartiger Geste öffnet Marko die türkisfarbene Glastür zu dem tanzsaalgroßen, weißgefliesten Badezimmer, und den Bruchteil einer Sekunde lang glaubt Rainer, man könne ihn dort nackt überraschen, denn eigentlich wohnt er doch hier! Aber dann sieht er sich im Spiegel in seiner bayrischen Lederhose und mit dem blöden altmodischen Haarschnitt. Wie Oskar Maria Graf in Amerika sieht er aus, der diese Welt hier ganz und gar nicht versteht.

Kichernd und schwatzend lassen sich die Gäste auf dem Badewannenrand und den mit Straußenfedern besetzten Hockern nieder. Marko verschwindet in der Duschkabine und kommt mit einem grauen billigen Plastikschwamm an einem Bändchen zurück, den er wie eine Glocke hin- und herschwingen läßt.

Pscht, Marko legt den Finger auf die Lippen. Alle verstummen.

Schaut euch das an, sagt er geheimnisvoll. Und nach einer Kunstpause: Der Schwamm der Göttin. Den hat sie mir hinterlassen.

Alle wissen sofort, von welcher Göttin er spricht. Sie ist die zur Zeit teuerste Schauspielerin Hollywoods, von ihr hat Marko diese Villa für zwölfeinhalb Millionen Dollar gekauft. Die Preise und Vorbesitzer eines Hauses, die als großes Geheimnis verläßlich weitergeflüstert werden, sind wie virtuelle Visitenkarten. Nur deshalb hat er dieses Haus gekauft.

Ihr Schwamm mit ihren göttlichen Hautschüppchen! ruft er und schlenkert den Schwamm durch die Luft. Wahrscheinlich könnte ich mir daraus meine eigene kleine Göttin klonen lassen. Gelächter.

Und dazu noch eine für jeden Mann unter euch, na ja – fast jeden.

Noch mehr Gelächter.

Aber das würde ich natürlich niemals tun. Sie soll die Einzige, Unvergleichliche bleiben. Und ich schwöre euch, daß ich diesen Schwamm niemals auf Ebay versteigern werde. Nein, nein und nochmals nein. Er wird hier hängenbleiben, und jeden Morgen, wenn ich dusche, wird er mich an sie erinnern.

Donnernder Applaus, als habe Marko etwas Phantastisches geleistet. Bescheiden nimmt er ihn mit gesenktem Kopf entgegen.

Rainer ist sich ziemlich sicher, daß es sich bei dem Schwamm um Allegras Schwamm handelt, auch sie eine Göttin, aber eben nicht *die* Göttin. Er kann nicht umhin, Marko widerwillig ein gewisses Talent zuzugestehen, das Publikum mit Geschichten um den Finger zu wickeln.

Danke, sagt Marko höflich, danke. Dieses Badezimmer hat übrigens, wie ihr hört, eine ganz besondere Akustik, eigens für sie konstruiert, damit es hübsch klang, wenn sie unter der Dusche sang.

Marko, du kannst doch so schön singen! Sing uns was vor! ruft eine Schauspielerin in einem hauchdünnen Kleid. Alle verdrehen den Kopf nach ihr und fragen sich exakt das, was sie sich fragen sollen: Woher weiß die, daß Marko singen kann?

Ja! Bitte! drängt eine deutsche Klatschkolumnistin, die eine hübsche kleine *story* wittert.

Tut euch das nicht an, warnt Marko, ich kann überhaupt nicht singen, nicht die Bohne, da gibt es andere … und schon wandert sein Blick, instinktiv zieht Rainer den Kopf ein.

Rainer, sagt Marko langsam. Er kann sehr hübsche deutsche Volkslieder singen …

Nur, weil es im Drehbuch stand, protestiert Rainer.

Rainer, sagt Marko sanft. Bitte!

Ich halte auch Ihr Tablett, bietet ein junger, blasser Mann an, der, wie Rainer weiß, Ian heißt und Produzent für die Paramount ist. Blitzschnell erkennt Rainer seine Chance. Bevor er Ian das Tablett übergibt, fragt er leise: Dürfte ich danach eine Minute mit Ihnen sprechen? Nur eine Minute?

Ian zuckt die Schultern: *Sure. Why not?*

Was soll ich denn singen? fragt Rainer erleichtert in die Runde. Es hat sich bereits gelohnt, er hat seine Lektion gelernt: *Never give up!* Das sollen ihm diese ganzen jungen Wichtigtuer, die ihren augenblicklichen Erfolg noch für unverderblich halten, erst einmal nachmachen!

Die Vögel wollten Hochzeit machen! ruft die Kolumnistin.

Und schon schmettert Rainer los: Der Wiedehopf, der Wiedehopf greift die Gelegenheit beim Schopf, fideralala, fideralala, fideralala …

Bereits nach der zweiten Strophe singen auch die Amerikaner den Refrain mit, nach der vierten schunkeln sie im Takt, bald kennt die Begeisterung keine Grenzen mehr. Rainer genießt es, endlich einmal wieder im Mittelpunkt zu stehen. Immer mehr Vögel, die zur Hochzeit gehen, erfindet er: den Spatz auf der Hatz; den Specht, verliebt in einen Hecht; das Rotkehlchen mit dem kleinen Seelchen, und als ihm die Vogelnamen ausgehen, macht er einfach weiter mit dem Hund, der stopft sich die Hochzeitstorte in den Schlund, und der Katze, die hebt grüßend die Tatze.

Mit jeder neuen Strophe spürt er allerdings auch, wie er sich gefährlich dem Punkt nähert, an dem das Publikum das Interesse an ihm verlieren und sich von ihm abwenden wird. Er ist süchtig nach seiner Liebe und Anerkennung, ohne sie ist er einfach nicht er selbst. Er könnte heulen, weil das so ist und er deshalb dazu verdammt ist, immer weiterzusingen und um Bestätigung und Anerkennung zu betteln wie ein Hund um ein Leckerli.

Unbemerkt verläßt Marko das Badezimmer, das Haus, steigt in der Garage in seinen goldfarbenen Jaguar. Seine Reisetasche steht bereits gepackt auf dem Rücksitz, das Fahrtziel, das Yogahotel *Place of Peace,* hat Patsy schon in sein GPS-System eingegeben. *Please go straight ahead,* sagt die milde weibliche Computerstimme, und als er auf die Straße fährt, schallt ein immer lauter werdendes Fiderallalla aus seinem Haus wie von einer Kindergeburtstagsfeier, zu der er nicht eingeladen ist.

21

Johanna macht das Autofenster auf und hält das Gesicht in den Wind. Sie ist vom Sunset Boulevard auf den Chautauqua abgebogen, weil sie sich an diesen besonderen Ort und Augenblick erinnert, wenn der Chautauqua, nachdem er sich endlos durch die Berge geschlängelt hat, unversehens auf eine Gerade einbiegt und sich direkt aufs Meer zubewegt. Man sieht es noch nicht, aber man kann es bereits riechen, und dann gibt es noch einen einzigen Hügel, den es zu überwinden gilt – und plötzlich liegt, wie von einem Tusch untermalt, der Pazifik ausgebreitet wie ein riesengroßes Tuch vor einem. Und wenn man besonderes Glück hat, steht die Ampel auf Rot, und man hat, bevor man in den berühmten Pacific Coast Highway einbiegt, ein paar Sekunden Zeit, um die Surfer zu beobachten, die in ihren schwarzen Neoprenanzügen aussehen wie nasse Robben.

Tatatata! trompetet Johanna und begrüßt den Pazifik. Allegra wendet sich angewidert ab und starrt aus dem Seitenfenster auf eine funkelnde Neonreklame: MASTER PSYCHIC CONSULTANT – SPECIALIST IN LOVE MARRIAGE CAREER. CHANNELING EXPERT. Eine immens dicke Frau in einem rosa Zeltkleid steht am Fenster und redet vor sich hin. Dann erst sieht Allegra das kleine, silberne Headset eines Mobiltelefons in ihrem Ohr, das blau vor sich hin blinkt, als gebe es Morsezeichen.

Vielleicht sollte ich die fragen, wie mein Leben weitergeht, denkt Allegra, eine Spezialistin für die Liebe. Vielleicht weiß sie, wann ich endlich freikomme von den Krakenarmen meines Vaters und der verlogenen Sorge meiner Mutter. Vielleicht sagt sie mir, wann endlich ich ein bißchen richtige Liebe abbekomme von jemandem, dem es nur um mich geht und für dessen Glück ich nicht zuständig bin. Und wenn das zu hoch gegriffen ist – wer bekommt das schon? –, vielleicht kann sie mir dann wenigstens sagen, ob ich zum sechzehnten Geburtstag, der nur noch achtundfünfzig Tage entfernt ist, nicht doch von meinem Vater eine Party bekomme wie in *My Super Sweet Sixteen* auf MTV. Schwerreiche Eltern schenken dort ihren Töchtern zum sechzehnten Geburtstag eine grandiose Party, die niemand je wieder vergessen wird. In rosa Helikoptern werden sie auf ihre eigene Party eingeflogen, sie bekommen Diademe oder Hummer-Jeeps geschenkt oder beides, und die Mädchen unter den Gästen bekommen als Andenken rosa eingefärbte Chihuahuas, die Jungen aquamarinblaue Kaschmirpullover.

Was stöhnst du denn? fragt Johanna.

Allegra antwortet nicht.

Schau doch mal. Das Meer. Wie schön.

Fuck off, bitch. Stör mich nicht beim Träumen. Die Amerikaner behaupten doch immer, daß alles möglich ist. Vielleicht sollte sie einfach aussteigen und zu der Hellseherin hinüberlaufen. Die fünfzig Dollar von Johanna hat sie noch in der Tasche. Die hat ja überhaupt keine Ahnung. Wie sollen die denn reichen, um die ersehnten Tsubi-Jeans zu kaufen, die es tatsächlich in ihrer Größe gab? Die Welt ist so scheißungerecht.

Allegra greift in ihre Tasche, streicht mit der Hand über das kleine weiche Fell, als wäre es ein lebendiges Tierchen. Das gehört jetzt ihr, wenigstens etwas. Kitson wieder verlassen zu müssen, ohne etwas von dort mitzunehmen, wäre doch total bescheuert gewesen!

Wenn sie jetzt nicht aussteigt, schafft sie es nicht mehr. Die dicke Frau im rosa Kleid sieht sie direkt an, morst ihr blaue Lichtzeichen zu, die sie nicht entziffern kann. Vielleicht heißt es: Schnell! Steig aus! Mach, daß du davonkommst!

Wie wunderbar wäre es, einfach zu verschwinden. Nie mehr zurückkehren zu müssen in die Geschichten der Eltern, in ihre dämlichen Seifenopern, die sie sich selbst einbrocken, und über die sie dann in den immer gleichen Sätzen vor sich hin jammern: Dein egozentrischer Vater hat mir mein Leben versaut. Nur deinetwegen bin ich überhaupt so lange bei ihm geblieben. – Ich hätte mich um deinetwillen nie, nie von deiner Mutter trennen dürfen. Das verzeihe ich mir nie.

Allegra kann das alles nicht mehr hören.

Sie hat die Hand schon am Türgriff, aber er läßt sich kaum herunterdrücken. Ihre Hand rutscht ab, sie muß noch einmal nachfassen, da ist es schon zu spät. Die Ampel springt um, Johanna fährt an, die Neonreklame der Liebesspezialistin zieht an ihr vorbei, die rosa Frau und ihre Morsezeichen verschwinden. Allegra wird nie erfahren, ob die Hellseherin in ihrer Zukunft jemanden entdeckt hätte, der sie lieben wird. Besonders liebenswert kann sie nicht sein, wenn noch nicht einmal ihre eigene Mutter sie haben will, und ihr Vater sie mit einer wildfremden Frau wegschickt.

Einsamkeit stülpt sich über sie wie ein dunkler Sack. Das einzige, was sie jetzt ein wenig tröstet, ist das geklaute Nerzhandytäschchen, so unverschämt teuer, daß der Trost inbegriffen ist. Sie schließt die Augen, holt es heraus und schmiegt es an ihre Wange.

Wo hast du das denn her? schreit Johanna. Mit der rechten Hand entreißt sie Allegra das Täschchen, bekommt dabei ein paar Haare zu fassen. Allegra kreischt wütend auf. Spinnst du jetzt oder was?

Das ist funkelnagelneu, das Preisschild ist noch dran. Das hast du geklaut!

Was geht das dich an?

Sag mal, bist du nicht mehr ganz dicht? Wie kommst du dazu, einfach was mitgehen zu lassen?

Sagt wer? Frech sieht Allegra sie an und pustet sich eine Haarsträhne aus dem Gesicht. Du vielleicht? Du hast mir doch gar nichts zu sagen!

Moment mal, Fräulein! Ich verbitte mir diesen Ton! Wo kommen diese Sätze plötzlich her, denkt Johanna erstaunt. Sie redet, als sei sie ein Bauchredner, sie erkennt sich gar nicht mehr wieder.

Du klaust doch selber!

Ich hätte dieser dummen Gans nie, nie etwas von mir erzählen dürfen. Was für ein blöder Anbiederungsversuch. Das war eine ganz andere Geschichte.

Wieso?

Wieso? denkt Johanna. Ja, wieso eigentlich? Ich war verzweifelt, sagt sie, völlig neben mir, ich wußte überhaupt nicht, was ich da tat.

Ach! Und woher weißt du, wie es mir geht?

Bist du verzweifelt?

Das geht dich einen Scheißdreck an! schreit Allegra.

Du wirst das Ding zurückbringen. Wir drehen jetzt sofort um und fahren zurück.

Du kannst ja zurückfahren. Ich bestimmt nicht.

O doch. Du wirst schön mitkommen. Das blöde Ding kostet achthundert Dollar! Das ist richtiger Diebstahl!

Und ein Kanebo-Lippenstift nicht?

Dreiunddreißig Euro. Da ist ja wohl noch ein Unterschied.

Ach ja?

Ich drehe jetzt um.

Mach doch. Ich werde einfach sagen, daß du es warst. Und daß du jetzt versuchst, es auf mich abzuwälzen, weil ich unter sechzehn bin.

Sag mal, tickst du noch richtig?

Ich werde sagen, daß du öfter klaust, weil du in den Wechseljahren bist. Da wird man komisch.

Johanna glüht der Kopf vor Zorn. Wie kann diese Fünfzehnjährige es wagen? Sie muß jetzt Haltung zeigen, das kann sie sich nicht bieten lassen. So kann niemand mit ihr umgehen, sie wird dieses kleine Biest in die Knie zwingen. Sie wird zu diesem Laden zurückfahren.

Du solltest auf die Straße sehen, sonst bringst du mich noch um, sagt Allegra schnippisch.

Johanna fährt auf die linke Spur, die gelben Pickel der Spurabgrenzung erschüttern das Auto bedrohlich. LKWs donnern vorbei, das Auto schwankt im Fahrtwind. Endlich gibt es eine Lücke, Johanna schießt auf die gegenüberliegende Seite und fährt zurück Richtung Stadt.

Allegra zückt ihr rosa Handy und hält es sich ans Ohr. Paps? sagt sie. Ich bin's. Du mußt mich retten! Diese Johanna behandelt mich voll scheiße. Ich mach das nicht mehr mit!

Johanna fährt auf den Parkplatz eines Reitzubehörladens und kommt mit quietschenden Reifen vor einem lebensgroßen braunen Plastikpferd zum Stehen.

Gib mir sofort das Telefon, schreit sie.

Allegra schweigt.

Du gibst mir jetzt das Telefon! Gib mir das verfluchte Telefon!

Johanna greift nach dem Telefon. Allegra springt aus dem Auto, stolpert in ihren Moonboots über den Parkplatz, Johanna hinterher. Allegra läuft um das Pferd herum, zweimal schafft sie es, Johanna zu entwischen, aber dann duckt sich Johanna unter dem Bauch des Pferdes hindurch und wirft sich wie ein Quarterback beim Football auf Allegra, die sich an das Vorderbein des Pferdes klammert und in ihr Handy schreit: Papa, hilf mir!

Johanna pult die einzelnen Finger ihrer Hand auf, entreißt ihr das blöde glitzernde Ding und hält es ans Ohr. Rainer! keucht sie. Glaub ihr kein Wort!

Rainer sagt nichts, am anderen Ende ist nur Stille. Dieser Feigling, denkt Johanna, jetzt sagt er wieder nichts, bis sie aufs Display schaut und erkennt, daß es überhaupt keine Verbindung gibt.

Eine Verkäuferin in Schürze, Reithose und Reitstiefeln ist aus dem Laden gekommen. *Do you need help?* ruft sie.

Johanna kriecht unter dem Pferd hervor, winkt ab, bis die Verkäuferin wieder im Laden verschwindet.

So, und jetzt rede ich mit deinem Vater! ruft Johanna Allegra unter dem Pferdebauch zu. Ich habe es nämlich ebenso satt wie du!

Das Pferd sieht sie aus großen braunen Augen gleichgültig an. Mit zittrigen Fingern sucht Johanna im Telefonbuch des Handys Rainers Namen, findet ihn nach Billi, Lisi, Nina endlich unter ›Papa‹, aber als sie wählt, bekommt sie die Auskunft, diese Nummer sei vorübergehend nicht erreichbar. Die Glitzersteinchen auf dem Handy blinken in der Sonne.

Allegra hockt immer noch unter dem Pferd. Hinter dem leeren Parkplatz tanzen Schaumkronen auf dem Pazifik, eine zerzauste Palme raschelt im Wind.

Johannas Wut verraucht langsam, aber sie spürt sie noch in den Muskeln wie eine körperliche Anstrengung. Der Wind fährt ihr durch die Haare, streicht über ihre Haut. Sie riecht den Tang, hört die Brandung. Sie erinnert sich an die Familienferien als Kind an der Nordsee. Sie lief mit ihrem Vater übers Wattenmeer, über den kalten grauen Schlick, bewunderte die Löcher der Würmer und ihre perfekten Sandspiralen, aber sie hat Angst vor der Flut, die sie urplötzlich einholen und verschlingen kann. Besorgt späht sie immer wieder an den Horizont, legt die Hand in die Hand des Vaters. Er drückt sie, hebt sie dreimal ein wenig nach oben und läßt sie wieder fallen, wie er es immer macht: Dreimal schlenkern, das heißt, alles ist gut.

Marie? Ich bin's. Sie hat die Nummer gewählt, in das glitzernde rosa Handy getippt, ohne nachzudenken.

Bist du hier?

Nein. Ich bin noch in Amerika.

Wann kommst du?

Ist er ...?

Nein. Alles unverändert. Aber wie lange noch, weiß niemand. Wir sitzen Tag und Nacht an seinem Bett.

Kann ich ihn ...

Ich geb ihn dir.

Johanna hält den Blick angestrengt auf den Horizont gerichtet, genau auf die Stelle, wo der Himmel zu Wasser wird und umgekehrt, wo man die Dinge nicht mehr auseinanderhalten kann. Das Meer rauscht im Telefon und bringt Wörter an die Wasseroberfläche, um sie gleich wieder zu verschlucken, bevor sie wahr werden können.

Hallo, Papa.

Johanna.

Eine Feststellung. Seine Stimme klingt verzerrt, und dennoch erkennt sie sie sofort. Beide schweigen. Entfernung und Zeit rauschen zwischen ihnen wie ein Wasserfall. Neun Stunden Zeitunterschied und mehr als dreißig Jahre, lang und kurz zugleich, unüberbrückbar, und dennoch reden sie miteinander.

Wann sehe ich dich? fragt er.

Ich weiß es nicht, sagt sie.

Ja, sagt er.

Dieses kleine Wörtchen reißt ihr mit einemmal die Füße weg, als hätte sie kein Gewicht mehr, als könne der Wind sie einfach ins Meer wehen wie einen Fetzen Papier. Sie schluchzt auf, wie man nur im Traum schluchzt, so tief, wie man es im wirklichen Leben gar nicht überleben würde, weil es einem das Herz aus dem Leib katapultieren und auf den Asphalt schleudern würde.

Ja, sagt sie. Ich ruf dich wieder an.

Ja, sagt er noch einmal.

Mit zitternden Fingern drückt sie auf die kleine rote Telefontaste, um ganz schnell aus diesem Traum zu erwachen und sich in der Sonne wiederzufinden, auf einem Parkplatz in Malibu, gleich am Pazifik, mit einem Plastikpferd im Rücken.

Was heulst du denn? fragt Allegra hinter ihr. Ist was?

Johanna heftet weiterhin den Blick aufs Meer. Dieser mörderische Schmerz, der durch ihre Brust tobt, wird gleich wieder vergehen. Es dauert immer ein Weilchen, wenn man aus einem Alptraum erwacht, bis der Körper kapiert, daß alles nicht wahr ist. Man muß ihm gut zureden, bis er sich beruhigt.

Was hast du denn?

Allegra nimmt ihr das Telefon ab, schaut die hilflos schluchzende Frau neugierig und ein wenig abgestoßen an. Erwachsene sind so häßlich, wenn sie weinen, so furchtbar häßlich. Man möchte nur, daß sie endlich wieder damit aufhören und wieder das sind, was sie doch sonst immer vorgeben zu sein: Erwachsene, die die Welt im Griff haben und alles besser wissen. Aber die hier, die hört nicht auf, das wird nur schlimmer, als hielte sie jemand am Genick und schüttele sie durch. Sie schluchzt so schrecklich, daß Allegra ihr schließlich den Arm um die Schultern legt, das kann sie gut, das ist sie gewohnt. Solange sie denken kann, hat sie abwechselnd mal ihre Mutter, mal ihren Vater getröstet und sich immer gefragt: Wer ist hier eigentlich das Kind?

Und auch diese Frau wirft sich jetzt wie ein Baby an ihre Brust, umklammert sie, hält sich weinend an ihr fest. Und

Allegra klopft ihr beruhigend auf den Rücken, wie sie allen immer auf den Rücken geklopft hat, und flüstert in ihr Ohr: Schschsch, ist doch gut, ist doch gut, es ist doch alles gut.

22

Sie ist da! Ihre Stimme dringt über die Freisprechanlage so klar und deutlich an Markos Ohr, als säße sie auf dem Beifahrersitz.

Banji wa yumé, kichert sie. Alles ist ein Traum.

Aber ich finde niemanden außer dir, der mir darin recht gibt, sagt Marko. Wie alle anderen, die sich neben ihm in ihren Autos im Stau über den Highway schieben, redet er laut vor sich hin, nur führen die anderen Geschäftsgespräche, er aber unterhält sich mit einem Gespenst!

Der Rest der Welt würde glauben, ich sei reif für die Klapsmühle, sagt er, und manche haben mir das ja auch schon empfohlen. Dabei gibt es bis heute keinen einzigen wissenschaftlichen Beweis, daß die Welt, wie ich sie empfinde, nicht nur meine Einbildung ist. Wer kann beweisen, daß ich wirklich in diesem Auto sitze und vor mir über dem Pazifik die Sonne untergeht? Sehe und fühle ich das, weil es wirklich da ist, oder bekommt mein Gehirn nur Signale über meinen jeweiligen Körperzustand und sortiert dann die Daten willkürlich ein? Vielleicht ist alles nur ein Riesentrick: Es gibt gar keine Verbindung zwischen den Daten in meinem Gehirn und der Welt!

Ich habe mir nur angewöhnt, zwischen Wachen und Träumen zu unterscheiden, aber es gibt nicht ein Traumhirn und ein Wachhirn, oder? Es ist ja immer dasselbe Hirn, mit dem ich etwas wahrnehme, ob es in der Erinnerung ist, auf einem Foto, in einem Traum, im Kino oder in Wirklichkeit. Ich habe gelernt, so zu tun, als könne ich unterscheiden, aber ich werde nie ein Muster in meinem Hirn finden, das wirklich einen Baum oder ein Auto oder das Meer abbildet. Da ist nur ein Sturm von elektrochemischer Aktivität.

Ach, *daring,* seufzt Misako schwach.

Und deshalb, unterbricht Marko sie, bin ich vielleicht gar nicht in der Welt, sondern die Welt ausschließlich in mir. Das macht mich wahnsinnig. Es macht mir angst.

Was ist denn daran so schlimm? fragt Misako zärtlich.

Sie legt ihre Hand auf sein Knie, sie stellt sich vor, sie wäre seine Geliebte, mit der er in seinem goldfarbenen Jaguar durch Kalifornien fährt, sie trüge ein Kopftuch wie Audrey Hepburn, schwarze Caprihosen und Ballerinas. Sie wäre sein Traum und er der ihre, und zusammen wären sie das Traumpaar eines *american dream.* Sie ist als Jungfrau gestorben, und alles würde sie dafür geben, einen weiblichen Körper zu finden, durch den sie Marko spüren könnte, so wie sie Heidi gefunden hat, um durch sie zu sprechen, und Gilda, um mit ihr auf der Bühne zu stehen.

Das heißt, daß ich deine Erfindung sein könnte, genausogut wie du meine, sagt Marko. Aber wer von uns beiden ist dann tot, du oder ich?

Ach, *daring,* stöhnt Misako. Ich natürlich, das weißt du doch.

Dann beweis es mir.

Den Beweis bekommst du sehr bald, wenn du nicht langsamer fährst. Wenn du erst tot bist, weißt du sehr genau, daß du es bist.

Tatsächlich geht Marko vom Gas. Das wäre für viele Beweis genug, daß er nicht mehr alle Tassen im Schrank hat. Nur in Hollywood, in der Traumindustrie, läßt man ihm durchgehen, daß er jeden Tag mit Millionen Dollars jongliert und gleichzeitig einem toten japanischen Mädchen gehorcht, das von einem Medium namens Heidi gechannelt wird.

Die Sonne verglüht in einem schmalen roten Strich am Horizont. Das Meer wird grünsilbrig, der Himmel nimmt all die Schattierungen von Blau an, die nur sein Gehirn erfinden und kein Zelluloid und keine digitale Aufnahmetechnik zuverlässig reproduzieren können.

Diese unendliche Schönheit bedrückt ihn, weil er sie sehr wohl sehen, aber nicht schätzen kann. So gern möchte er in ihr baden, in ihr aufgehen, sich glücklich schätzen, sie wahrnehmen können. Die Welt kann sich abstrampeln, wie sie will, und ihre größten Schätze vor ihm ausbreiten, er spürt sie nicht. Und das schlimmste ist: Er spürt, daß er nichts spürt. Er sieht ihr zu wie einem Film. *Banji wa yumé,* alles ist ein Traum, wiederholt er. Misako, ich glaube, ich werde mich noch in dich verlieben, denn ich werde nie mehr jemanden finden, der mich so versteht wie du.

O my daring, sagt Misako erschrocken. Das darfst du nicht! Wer sich in ein Gespenst verliebt, muß selbst sterben! Das weiß doch jedes Kind!

Ich nicht.

Kennst du nicht die Geschichte von dem Mann, der sich in ein Gespenst verliebt? Die kennt doch jeder!

Vielleicht in Japan. Ich kenne sie nicht. Erzähl sie mir, bittet Marko. Schnell!

Er hat Angst, daß Heidi bald schlappmacht und behauptet, sie habe die ›Verbindung‹ verloren. Marko hat sie im Verdacht, auf diese Weise ihre Macht auszuspielen. Wie ein Drogendealer paßt sie auf, daß er hübsch abhängig bleibt.

Oje, sagt Misako, wie ging die Geschichte noch mal? Also ... es war einmal ein wunderschönes junges Mädchen namens Tsuyu, das heißt Morgentau.

So schön wie du, sagt Marko.

Noch ein bißchen schöner, lacht Misako, nur ein kleines bißchen. Sie verliebte sich in den jungen Samurai Shinzaburo, der auch wahnsinnig gut aussah.

So wie ich, sagt Marko.

Ja, so wie du. Shinzaburo verliebte sich also in Tsuyu, aber bald mußte er wieder los in den Kampf, er war ja schließlich Samurai. Das ertrug sie kaum, und zum Abschied sagte sie zu ihm: Wenn ich dich nicht wiedersehe, dann sterbe ich.

Er war so verliebt, daß er ihr jeden Tag einen Liebesbrief schrieb, die sie aber nie bekam, weil ein eifersüchtiger anderer Samurai sie abfing, vernichtete und ihr schließlich erzählte, Shinzaburo sei im Kampf gestorben. Prompt starb Tsuyu vor Kummer. Als Shinzaburo endlich davon erfuhr, war er untröstlich. Er lebte von da an allein und betete Tag und Nacht für ihre Seele. Eines Abends, in einer klaren, heißen Sommernacht mit einem großen Mond, saß Shinzaburo auf seiner Veranda und träumte von seiner toten Tsuyu. Er fächelte sich ein bißchen Luft zu, alles war ganz still, nur der Bach plätscherte und die Insekten sirrten. Da hörte er plötzlich die Holzsandalen einer Frau, klackklackklack. Neugierig sah Shinzaburo über seine Hecke und erblickte ein wunderschönes Mädchen in einem Kimono mit aufgestickten Chrysanthemen, und im Mondlicht erkannte er seine …

Tsuyu, sagt Marko und überlegt sich bereits eine Besetzung für die Hauptrollen. Er kann nicht anders. Alles ist für ihn ein möglicher Film. Weiter, erzähl weiter!

Shinzaburo! rief Tsuyu erstaunt. Ich dachte, du wärst tot! Ich lebe seit deinem Tod allein und bete Tag und Nacht für deine Seele.

Tsuyu, sagte Shinzaburo. Bist du es wirklich? Mir wurde erzählt, du seist tot! Und seitdem lebe ich für deine Seele. Ist das wahr oder ist das alles ein Traum?

Willst du mich nicht hereinbitten, fragte Tsuyu, dann zeige ich dir, ob es ein Traum ist oder nicht.

Siehst du, sagt Marko in seinem Auto, da ist es wieder. Wieso soll der beste Sex aller Zeiten, den Shinzburo natürlich mit Tsuyu haben wird, ein Beweis für die Wirklichkeit sein? Ich habe nur noch Sex im Traum, und der ist gar nicht mal schlecht.

Pscht, sagt Misako. Willst du jetzt die Geschichte weiterhören oder nicht?

Entschuldigung, ja, natürlich.

Shinzaburo bat also Tsuyu herein, und sie hatten den besten Sex aller Zeiten. Sie blieb bis kurz vor Tagesanbruch bei ihm, und von da kam sie jede Nacht um die gleiche Zeit. Eines Nachts hörte der Diener Tomozo die Stimme einer Frau aus dem Zimmer seines Herrn.

Ich dachte, er lebt allein, wirft Marko ein.

Na ja, so allein, wie ein Samurai damals eben allein lebte,

sagt Misako ungehalten. Natürlich hatte er Diener. Wenn du mich dauernd unterbrichst, dann …

Nein, mache ich nicht mehr, versprochen, sagt Marko. Warte, ich halte an, damit ich dir besser zuhören kann.

Er fährt auf einen Parkplatz kurz vor Zuma Beach. Die letzten Surfer packen ihre Bretter ein. Schwarz versinkt das Meer, im Westen ist der Himmel metallblau, während im Osten, über den glitzernden Lichtern von Los Angeles, bereits der Mond aufgeht.

Jetzt habe ich den Faden verloren.

Tomozo, der Diener, hört die Stimme einer Frau, hilft Marko aus. Er denkt: Kamerazufahrt auf Tomozos altes Gesicht, das sich an die dünnen japanischen Schiebetüren preßt.

Danke, sagt Misako knapp. Tomozo hörte also, wie die junge Frau sagte: Würdest du mich auch nehmen, wenn mein Vater mich enterbt?

Natürlich, antwortete Shinzaburo, was denkst du denn? Davor fürchte ich mich nicht, ich fürchte mich nur davor, daß man uns wieder trennt. Und sie flüsterte: Ich möchte keinen anderen Mann als dich, weder im Leben noch im Tod.

Tomozo wollte unbedingt sehen, wer diese Frau war, er pulte ein kleines Loch ins Papier der Shojis und sah, wie sein Herr mit einer jungen Frau unter dem Moskitonetz lag, die ihn küßte und ihre Arme um seinen Hals schlang. Tomozo konnte nicht erkennen, wer sie war. Also schlich er auf die andere Seite des Zimmers. Vorsichtig öffnete er dort den Shoji einen winzigen Spalt – und was er dort sah, ließ ihm die Haare zu Berge stehen, und ihm wurde eiskalt vor Schreck.

Misako macht eine Pause.

Weiter! ruft Marko. Weiter!

Die Frau, flüstert Misako, hatte kein Gesicht. Ihre Arme waren nur Knochen, und unterhalb des Bauchnabels verschwand ihr Körper in einem dünnen Schatten. Sie hatte überhaupt keine Beine! Das alles sah Shinzaburo nicht. In seinen Augen war sie jung und schön und lebendig.

Erschrocken rannte Tomozo zu einem Priester und bat ihn um Hilfe für seinen Herrn. Wenn die Frau wirklich ein Geist ist, dann muß dein Herr bald sterben, sagte der Priester. Die Tote liebt deinen Herren und hat ihn wahrscheinlich schon in früheren Leben geliebt. In jedem Leben verändert sie ihre Form und Erscheinung, aber sie kann nicht von ihm lassen. Deshalb wird es nicht einfach sein, sie loszuwerden. Hier, ich leihe dir diese kleine goldene Buddhafigur, die soll dein Herr am Körper tragen. Das wird die Tote verscheuchen.

Verzweifelt versuchte Tomozo seinem Herrn beizubringen, daß er ein Gespenst liebte und deshalb selbst bald sterben würde, aber der glaubte ihm erst, als Tomozo ihm das Grab von Tsuyu zeigte.

Ich wollte übrigens immer eine große Kugel aus blankpoliertem Stein auf meinem Grab, sagt Misako, aber die habe ich nie bekommen.

Marko ist verwirrt. Wer jetzt? fragt er. Misako oder Tsuyu?

Such es dir aus, lacht Misako. Wie nennst du die Gegend, aus der ich komme?

Siehst du, sagt Marko. Du lebst nur in meinem Gehirn, Heidi hat sich dich für mich ausgedacht.

Na und? Was wäre der Unterschied?

Soll ich jetzt weitererzählen oder nicht? seufzt Misako.

Bitte!

Also gut. In der nächsten Nacht wartete Shinzaburo mit der kleinen Buddhastatue an seinem Gürtel auf seine Tsuyu. Er zitterte vor Angst, und als es schon fast zwei Uhr morgens war, hörte er endlich klackklack, die Holzsandalen die Straße entlangkommen. Durch die Jalousie sah er Tsuyu auf der Straße vor seinem Haus stehen, schöner als je zuvor, und er war schmerzlich zu ihr hingezogen, aber er hatte große Angst vor dem Tod. Mit verstellter Stimme rief er: Es tut mir sehr leid, Fräulein, aber Sie können nicht hereinkommen, denn die Gefühle von Herrn Shinzaburo haben sich über Nacht geändert. Leider. Ja. Es wäre besser, wenn Sie nicht mehr an ihn dächten, er ist ein ziemlicher Arsch.

Was? lacht Marko laut. Er kann sich sehen, wie er mutterseelenallein in seinem Auto auf einem Parkplatz am Pazifik sitzt und lacht wie ein Geisteskranker.

Ja, wiederholt Misako. Shinzaburo war ein ziemlicher Arsch.

Er hatte Angst vor dem Tod, das ist doch normal! sagt Marko.

Aber er war ein Samurai! Und außerdem, der Tod ist nicht so schlimm, wie man denkt. Nur davor. Und danach.

Misako verstummt. Der Pazifik und die Fernsprechanlage rauschen gemeinsam in Markos Ohr.

Hallo? ruft er. Er hört nur noch die keuchende Kurzatmigkeit von Heidi, der Qualle. Sonst gar nichts. Misako! Heidi, bitte! Gib sie mir noch mal!

Stille. Marko gerät in Panik. Immer dasselbe. Er weiß nicht mehr, wer er ist, wo er beginnt und aufhört. Er könnte genausogut das Lenkrad seines Wagens sein, eine leere Plastiktüte am Strand, ein silbriger Fisch im Meer.

Du sollst mich nicht unterbrechen, sagt Misako streng. Ihre Stimme klingt heiser, ein klares Zeichen, daß Heidi nicht mehr lange durchhalten wird.

Entschuldige, bitte entschuldige, stottert Marko erleichtert. Ich unterbreche dich nie mehr, ich schwöre es.

Kommentarlos fährt Misako fort: Die arme Tsuyu weinte: Wie kann das sein, daß Shinzaburo mich nicht mehr liebt, nachdem er mir doch gestern erst ewige Liebe geschworen hat? Ihre Mutter hatte ihr zwar oft erzählt, daß das Herz eines Mannes sich schneller ändert als der Himmel im Herbst, aber das mochte sie nicht glauben. Shinzaburo ertrug ihr Weinen nicht und versteckte sich im hinterletzten Winkel des Hauses, aber auch dort hörte er es. Er hielt sich die Ohren zu, band sich seinen Kimono um den Kopf, legte seinen Kopf unter seinen Futon, und trotzdem hörte er es. Jede Nacht wieder. In ihrer Verzweiflung wandte sich Tsuyu schließlich eines Nachts an Tomozo und flehte ihn an, ihr zu helfen. Tomozos Frau Omine wachte auf, weil sie in ihrem Schlafzimmer eine Frauenstimme hörte, aber sie konnte niemanden sehen. Ihr Mann lag schlotternd und kalkweiß im Gesicht im Bett neben ihr. Kein Wort wollte er ihr verraten, aber sie drang so lange in ihn, bis er ihr alles erzählte. Omine, eine geldgierige alte Frau, wußte sofort, was zu tun war. Wenn uns Tsuyu, das Gespenst, einhundert Ryo gibt, sagte sie, entfernen wir den Buddha aus den Kleidern des Herrn.

It's never too late for a deal, denkt Marko, alte Hollywood-Weisheit.

Er hütet sich, Misako abermals zu unterbrechen. Er hat den Kopf aufs Lenkrad gelegt und sieht aus dem Seitenfenster auf das leicht gekräuselte Meer vor ihm, über das silbriges Mondlicht läuft wie Quecksilber. Fasziniert lauscht er der betörenden Mädchenstimme, die vollkommen unerklärlicherweise aus dem unförmigen Körper von Heidi flattert wie ein Schmetterling aus einem fetten Kokon. Einen kurzen Moment lang hat er das Gefühl, getragen zu werden von der Welt und ihren Erscheinungen wie ein Schwimmer vom Wasser.

In der nächsten Nacht machte Tomozo kein Auge zu und wartete auf die weinende Tsuyu. Er unterbreitete ihr den Vorschlag seiner Frau, und schon in der nächsten Nacht bekam er von ihr das geforderte Geld.

Omine tauschte den goldenen Buddha in den Kleidern von Shinzaburo gegen einen Stein aus, und in der darauffolgenden Nacht war das bitterliche Weinen von Tsuyu bereits nicht mehr zu hören.

Am nächsten Morgen klopfte Tomozo pünktlich um sieben an die Tür seines Herrn, um ihn zu wecken, bekam aber keine Antwort. Er rief nach ihm, klopfte abermals, nichts. Schließlich ging er in das dunkle Zimmer, machte die Jalousien auf, aber erst, als er einen Zipfel des Moskitonetzes anhob, begriff er und rannte schreiend aus dem Haus. Sein Herr, der Samurai, war tot. Neben ihm im Bett, eng an ihn gepreßt, lagen die Knochen einer Frau.

Also, hörst du, *daring,* sagt Misako. Verlieb dich nicht in ein Gespenst.

Marko hebt den Kopf nicht vom Lenkrad. Vielleicht hat sie ja recht, denkt er, vielleicht ist es ja gar nicht schlimm. Ich könnte hier einfach geradeaus ins Meer fahren, es wäre das Einfachste von der Welt.

Am Ort des Friedens wirst du ein Mädchen finden, sagt Misako. Sie lacht ihr Glockenlachen, das perfekt zum Mondlicht paßt. Sie ist erst fünfzehn …

Fünfzehn! Misako, dafür wandert man in Amerika in den Knast.

Aber sie wird dich retten.

Im Leben gibt es keine Rettung. Die gibt's nur in Geschichten.

Aber du liebst doch Geschichten.

Ja, aber ich glaube nicht an sie. Ich glaube nicht an Rettung und auch nicht an Helden, wie sie in jedem amerikanischen Film vorkommen. Das Leben hat nun mal keinen Plot, nur schlecht inszenierte Szenen, die keinen Zusammenhang und keinen Sinn ergeben. Und meins ist auch noch mit einem vollkommenen Idioten in der Hauptrolle besetzt.

Oh, da zerfließt aber einer in Selbstmitleid, sagt Heidi.

Hallo Heidi, sagt Marko ernüchtert.

Hattest du es schön? fragt sie, als sei er gerade aus dem Urlaub zurückgekehrt.

Sie will mich verkuppeln, sagt Marko.

Na ja, das haben schon viele versucht, sagt Heidi müde.

Ich kann mich nicht verlieben, mir fehlen einfach die chemischen Botenstoffe.

Das wird es sein, Marko, das wird es sein, sagt Heidi eilig. Gute Nacht, ja?

Marko legt auf. Er läßt den Motor an. Was hindert ihn daran, aufs Gas zu treten und wie ein Geschoß übers Wasser zu fliegen? In einer großen Luftblase würde er versinken, das Wasser würde langsam hereindringen, es wird kalt sein, sehr kalt, aber nicht besonders lange, und dann wird er am Ort des Friedens sein. Oder etwa nicht?

23

Morgens um fünf kämpft sich Johanna aus ihrer amerikanischen Zwangsjacke, wie sie das straff gespannte weiße Bettlaken nennt, unter dem man sich glatt die Zehen brechen könnte, sollte man es wagen, die Füße zu bewegen. Aber anscheinend liegen nachts alle Amerikaner bewegungslos in ihren Betten und stellen sich tot. Und als Ausdruck größter Fürsorge fragen sie sich gegenseitig: Soll ich dich feststekken? *Shall I tug you in?*

Das wird sie als Deutsche gar nicht richtig können, es muß eine bestimmte Technik dafür geben, die wird man ihr für ihren heutigen Arbeitseinsatz als Putzkraft beibringen müssen. Aus dem Küchendienst ist sie gestern abend bereits ausgeschieden. Nach einer halben Stunde hatte sie sich schon so in den Finger geschnitten, daß Bob, der Küchenchef, auf ihre Dienste in der Küche lieber verzichtete.

Schlaftrunken fällt Johanna ein, daß sie mal gelesen hat, fest eingepackte Säuglinge hätten weniger Angst vor der Welt. Vielleicht ist das der Grund für die nächtliche Zwangsjacke in diesem angstgepeinigten Land, und ebenso für die darauffolgende übertrieben gute Laune: Wie aus einer Verpuppung kriechen die Amerikaner jeden Morgen aus ihren engen Laken. Johanna zerrt ihre Beine einzeln unter dem Laken hervor und rollt sich in einer komplizierten Turnübung ab. Sie setzt sich auf und macht die Nachttischlampe an. Das blonde Götterkind schläft tief. Vorsichtig streckt Johanna einen Finger aus und schiebt Allegra die Haare aus dem Gesicht. Sie sieht so frisch aus, so unverbraucht, so völlig ohne Macken und Dellen. Fühlt man sich auch so, wenn man jung ist?

Johanna versucht sich zu erinnern, aber ihr fällt nur die bleierne Müdigkeit an einem grauen Sonntag morgen ein, irritierend düstere Gefühle in brütender Hitze im Freibad, schmerzhafte Melancholie in schwachgrünen, kalten Frühlingswäldern, nein, da war nichts Frisches in ihrer Teenagerzeit.

Das dämpft ihren Neid auf diesen verdammten kleinen Pfirsich, der auch noch den alten schrumpligen Apfel trösten mußte. Meine Güte, ist ihr das peinlich. Zur Strafe muß ich heute für dich Zimmer putzen, denkt sie, und du darfst den ganzen Tag am Swimmingpool liegen.

Sie sucht Zahnbürste, Shampoo und Handtuch zusammen und macht sich im Dunkeln auf den Weg hinunter zum Badehaus. Die ›Sklaven‹ hat man in Holzhütten ohne Bad hinter einem Hügel untergebracht, unsichtbar für die Gäste in ihren hübschen weißen Chalets direkt am Meer.

Vor Wut hat Allegra gestern gezischt wie eine Schlange, als ihr klar wurde, daß auch sie als ›Sklavin‹ und nicht als Gast gebucht worden ist. Sie hält es für einen unverzeihlichen Fehler der Hotelorganisation, und wenn es in diesem blöden Hotel Handyempfang gäbe, hätte sie sich schon bitter bei ihrem Vater beschwert. Aber wie sie in dem Hotelhochglanzprospekt nachlesen kann, gilt hier als besonderer Luxus, von allen modernen Kommunikationsmitteln abgeschnitten zu sein. Es wurde extra eine riesige Induktionsschleife um die gesamte Hotelanlage gelegt, um ›störende Einflüsse und Strahlungen‹ fernzuhalten: kein Fernseher, kein Radio, kein Computer, kein Telefon.

Den ganzen Abend lag Allegra unansprechbar auf ihrem Bett und spielte wütend auf ihrem Handy Patience.

Der Pool hier soll schön sein, sagte Johanna zu ihr.

Keine Antwort.

Es gibt auch Tennis- und Golfplätze.

Schweigen.

Und natürlich jede Menge Yoga.

Keine Reaktion.

Dann gute Nacht und *fuck you,* hat Johanna gedacht, sich zur Wand gedreht und versucht, zu dem regelmäßigen Getippe auf Allegras Handy einzuschlafen. Schließlich muß sie wegen dieses verwöhnten blöden Balgs um fünf wieder aufstehen.

Vermummte Gestalten wandern aus den Hütten zum Badehaus, es ist noch empfindlich kalt, schlotternd steht Johanna in einer langen Schlange an, während über ihr der Himmel schüchtern errötet, bis der erste Sonnenstrahl über die Berge schießt und Johanna mitten ins Gesicht trifft. Unverhofft explodiert in ihr wilde Begeisterung für die pure Tatsache, am Leben zu sein. Kein einziger störender Gedanke steht im Weg. Und da ist der Moment schon wieder vorbei.

Endlich unter der Dusche, betrachtet sie neugierig die anderen nackten Frauenkörper. Ernüchtert stellt sie fest, daß sie trotz exzessiven Yogas und unabhängig vom Alter erstaunlich unattraktiv sind. Der eine wirkt alt und knöchern, der andere bedrohlich in seiner Muskelmasse, der dritte unproportioniert, der vierte ist jung, aber schon von heftiger Zellulitis geplagt, was besonders enttäuschend ist, denn Yoga soll doch das perfekte Gegenmittel sein! Alle sind sie auf der Jagd nach dem perfekten Körper, den es fast nie gibt, oder nur zwischen fünfzehn und zwanzig als vages Versprechen, das dann ein ganzes Leben lang nicht eingelöst wird. Völlig unbeeindruckt von allen Kampfmaßnahmen tritt der Körper kurz nach seinem vollständigen Erblühen bereits den Weg auf den Kompost an. Es ist zum Weinen.

Excuse me, sagt eine hagere, höchstens dreißigjährige Frau mit erstaunlichen Hängebrüsten streng zu Johanna. Aber wir duschen hier im Schnitt nur vier Minuten.

Sorry, murmelt Johanna erschrocken und macht sofort die Dusche frei, dabei hätte sie Lust, der Frau in ihren knochigen Hintern zu treten.

Nach vier Minuten Dusche kaum wacher als zuvor, schleicht Johanna in ihrer Jogginghose zum Yogazelt. Yoga gibt es für alle ›Sklaven‹ als obligatorische Belebung. Johanna hat sich zähnenknirschend für die Anfängergruppe eingetragen. Sie legt ihre Matte in dem noch fast leeren Raum in die hinterste Ecke neben die Wand, um wenigstens einen Zuschauer weniger um sich zu haben.

Bob, der Küchenchef, ein rundgesichtiger, kahlköpfiger Mann mit einem fußballrunden Kugelbauch unter dem straffsitzenden schwarzen T-Shirt, buschigen schwarzen Augenbrauen und wachen Knopfaugen breitet seine Matte dicht neben Johanna aus, dabei gibt es doch noch jede Menge Platz.

Hi, grinst er. Höflich lächelt Johanna zurück. Wie geht's dem Finger?

Sie nickt und hält kommentarlos den gestern von ihm verarzteten Finger in die Höhe. Sie schließt die Augen, um nicht weitersprechen zu müssen.

Sie weiß, daß sie ihm gefällt. Sie sollte sich freuen. Seit ewigen Zeiten hat sich kein Mann mehr für sie interessiert, aber Bob ist ihr bereits ein wenig lästig. Er ist nett, er ist cool, er ist lustig, aber er ist alt. Bestimmt schon Ende Fünfzig, vielleicht sogar Anfang Sechzig.

So tief bin ich noch nicht gesunken, denkt sie und grinst innerlich über die Arroganz, die sie sich – noch – leistet.

In Windeseile hat Bob gestern abend die Neuzugänge nach ihren Fähigkeiten in den Küchendienst eingewiesen: die achtzigjährige Beth, die ungefähr zwanzigjährigen Zwillinge Nat und Dave, deren Tante Rachel und die Deutsche Johanna.

Er hat ihnen gezeigt, wie man in rasender Geschwindigkeit hauchdünne Scheiben, exakte Rhomben und streichholzdünne Juliennes schneidet, ihnen die Zeichnungen mit den genauen Größenvorgaben an den Wänden gezeigt: Wenn ich Karottenscheiben sage, meine ich Scheiben und keine Stücke! Ist das klar?

Mit zusammengezogenen Augenbrauen sah er finster in die Runde, alle anderen glotzten ihn stumm an wie verschreckte Fische, nur die Deutsche wagte es zu lächeln, deshalb gefiel sie ihm sofort. Den Neuen macht er mit Absicht immer ein bißchen angst, denn in der Küche kann er keine Fehlerquellen gebrauchen. Die Gäste sind so verwöhnt, so anspruchsvoll und hochnäsig, daß man sie nur mit der allergrößten Präzision zufriedenstellen kann.

Ihr werdet hier dienen, und für manche wird das eine

ganz neue Erfahrung sein, besonders vielleicht für die Herren unter euch, sagte Bob. Aber wirkliches Dienen adelt den Dienenden, o ja.

Wieder lachte nur diese Johanna. Eigentlich untypisch für eine Deutsche, dachte Bob. Die anderen Deutschen, die er bisher kennengelernt hatte, waren durchweg ernst, dafür aber besonders genau. Sie wurden gern für den Toilettendienst eingeteilt, und die Toiletten waren danach wirklich sauber. Dafür haben sie einfach eine Begabung, die Deutschen.

Diese Johanna aber würde er gern bei sich in der Küche behalten, wenn sie sich nicht zu blöd anstellte.

So, und jetzt gibt es einen Test. Für heute abend habe ich einen asiatisch inspirierten Gurkensalat mit Ingwer auf die Speisekarte gesetzt, und ihr werdet mir hauchdünne Gurkenscheiben schneiden, so wie ich es euch gerade gezeigt habe. Wer diesen Test nicht besteht, landet im Service oder beim Putzdienst.

Weiße Haarnetze, Bretter und japanische Messer wurden ausgeteilt, alle mußten Bob vorschnipseln, was die anderen erstaunlich gut konnten, nur Johannas Gurkenscheiben waren fast zentimeterdick. Schnell wurde ihr klar, daß sie für den Küchendienst nicht taugte. Noch nicht einmal dafür!

Aber wann in ihrem Leben hatte sie denn schon gekocht? Sie ist in ihrem ganzen Leben fast immer nur essen gegangen, wenn sie nicht gerade vom Filmcatering und von Kantinen ernährt wurde.

Anfallartig, und meist nur aus Liebe, hat sie sich ab und zu fürs Kochen interessiert. Sie hatte sich die Technik des

Sushirollens angeeignet, um einen Mann zu beeindrucken, für einen anderen den Wok geschwenkt, eine Spaghettimaschine gekauft – um dann höchstens dreimal mit ihr Spaghetti herzustellen, dann war die Liebe schon wieder vorbei. Es folgten eine Joghurtmaschine, ein Supermixer mit zwölf verschiedenen Funktionen, eine Tortillamaschine, eine Brotbackmaschine und immer neue tolle Kochbücher, aus denen sie nie gekocht hat.

Ansonsten hat sie von Brot, Spaghetti und Reis gelebt, von überteuertem vorgewaschenen Salat und zu den falschen Jahreszeiten gekauftem Obst, hat beigetragen zum Untergang der Kochkultur, weil sie es selbst schon nicht mehr gelernt hat.

Immer nur, wenn der Vater aus seinem Saudi-Arabien bei Hameln nach Hause kam, hat ihre Mutter aufwendig gekocht. Aber viel besser geschmeckt hat es den Kindern, wenn es in seiner Abwesenheit nur Schinkennudeln gab, Pizza, im Garten gegrillte Würstchen und riesige Portionen Gurkensalat.

Als der Vater dann endgültig zu seiner anderen Familie zog, ging die Mutter dazu über, mittags nur noch Müsli zu servieren und abends Brot und Wurst auf den Tisch zu stellen. Nur manchmal gab es noch ihren sensationellen Gurkensalat, den Johanna mit einem scharfen rosa Gurkenhobel schneiden durfte, und oft genug landete, wenn sie nicht aufpaßte, ein Stückchen Fingerkuppe im Salat.

Sie bekam dann ein Pflaster, wurde bemitleidet und durfte zum Trost doppelt soviel vom Salat nehmen wie Marie, was regelmäßig zu wütenden Heulkrämpfen der Schwester führte. Kein Gurkensalat hat jemals wieder so gut geschmeckt wie der von der Mutter. Nie hat sie ihn später so hinbekommen, obwohl sie haargenau die gleichen Zutaten benutzt hat, sogar den rosa Gurkenhobel, den es nur in einem bestimmten Geschäft des Heimatortes gab und den die Mutter alle Jahre wieder kommentarlos an beide Töchter schickte. Es half nichts. Er schmeckte einfach nicht wie daheim, und immer, wenn sie ihre Mutter besuchte, wünschte sie sich Gurkensalat. Als sie nach dem Tod der Mutter den Hausrat auflöste, fand sie in einer Schublade einen ganzen Vorrat an rosa Gurkenhobeln.

Hier, im Yogahotel, dachte sie nach langer Zeit wieder an ihre Mutter und deren aus größerer Entfernung immer kleiner werdendes Leben. Niemals hätte sie so ein japanisches Mördermesser für ihren Gurkensalat akzeptiert. Und da hatte sich Johanna bereits tief in den Zeigefinger geschnitten. Butterweich war das Messer in das Fleisch geglitten, erstaunt und vollkommen konzentriert sah sie es dort stecken. War das überhaupt ihr Finger?

Die Zeit stand kurz still, gar kein unangenehmes Gefühl, da beugte sich Bob schon über sie, schob die jetzt rot verfärbten Gurkenscheiben zur Seite, nahm ihren Finger, als gehörte er gar nicht zu ihr und führte ihn zum Wasserhahn, wo er kaltes Wasser drüberlaufen ließ.

Wenn es so tief ist, tut es gar nicht weh, was?

Johanna nickte.

Ich liebe diesen Moment, wo man aufhört zu denken, sagte er mit einem schnellen, schüchternen Grinsen. Wo alles anhält, das ganze Leben.

Ja, stimmte Johanna zu, das war eben gar nicht schlecht.

Er stand dicht neben ihr, sie sah seine braungebrannte,

mit Sommersprossen übersäte Haut, die Fältchen an seinen Ohrläppchen, den hauchzarten grauen Flaum auf seinem kahlen Kopf.

Ihm gefiel ihr klarer Geruch, der nicht zusammengesetzt schien aus Deo, Shampoo, Creme, Parfüm. Sie wirkte handfest und ein wenig altmodisch. Wie jemand, der einem Halt bieten konnte. Er hätte sich zu gern an sie gelehnt, mit Mühe hielt er sich zurück. Die anderen Küchenkandidatinnen sahen den beiden neugierig zu. Es gab keine andere Möglichkeit. Schade, sagte er zu Johanna, ich hätte dich gern bei mir in der Küche gehabt. Ohne Grund hielt er immer noch ihren Arm, ihre Haut war ihm angenehm. Salat mit einer Vinaigrette aus frischgezapftem Blut steht diese Woche leider nicht auf dem Speiseplan.

Alle lachten.

Sorgfältig verband er Johannas Finger, zögerte den Moment hinaus, wo er sie endgültig loslassen mußte.

Vielleicht nächste Woche? sagte Johanna.

Ja, wer weiß, sagte Bob. Vielleicht nächste Woche. Er sah sie so lange an, bis sie zur Seite blickte und dachte, was will der von mir?

Relax, entspannt euch in euer Leben, fordert sie Jamie, der Yogalehrer, auf, ein weißgekleideter, nicht mehr ganz junger Mann mit einem langen blonden Pferdeschwanz. Er läßt sie abwechselnd durchs rechte und durchs linke Nasenloch atmen, was Johanna sofort beunruhigendes Herzklopfen bereitet. Neben ihr pustet Bob wie ein Sturm der Windstärke zehn. Er blinzelt sie an.

Nein, denkt Johanna, ich finde dich nicht sexy. Nur nett.

Aber vielleicht muß das ja in Zukunft reichen. Jemand, der einfach nur ein bißchen nett ist. Wie armselig.

In schneller Abfolge sollen sie Übungen absolvieren, die Hund, Kuh, Kobra, Adler und Held heißen.

Streckt euch nach oben, ruft Jamie, seid Helden! Helden eures eigenen Lebens!

Geh zur Hölle, denkt Johanna. Ihre Fußgelenke verkraften die Heldenposition nicht, sie ist keine Heldin, sondern ein schwankendes Rohr im Wind. Neben ihr steht lässig der alte Bob, und auch die anderen scheinen nicht die geringste Mühe mit dieser Übung zu haben, selbst die achtzigjährige Beth nicht.

Johanna gehen all diese amerikanischen Helden auf die Nerven mit ihrer naiven Vorstellung, man könne sich immer nur verbessern, seinem Schicksal entrinnen, als strahlender Gewinner einem endgültigen *happy end* entgegengehen.

Die Matte stinkt Johanna säuerlich entgegen, ihre Knochen knacken, die Gelenke schmerzen, die Haare fallen ihr verschwitzt ins Gesicht, ihr Kopf fühlt sich an, als müsse er gleich platzen, angestrengt keucht sie lauter als alle anderen vor sich hin.

Diese Position ist eure Erholung, euer Ferienaufenthalt, erklärt Jamie. Seid euch eures empfindlichen Daseins zwischen Leben und Tod bewußt. Genießt es!

Du hast keine Ahnung, wie sich das wirklich anfühlt, du Depp, denkt Bob.

Unter seiner Achselhöhle hindurch sieht er Johanna, deren Kopf rot angelaufen ist wie eine sehr reife Tomate.

Du bemühst dich zu sehr, flüstert er. Entspann dich.

Wütend blitzt Johanna ihn an. Sie will sich nicht entspannen. Sie will kein Hund, keine Kuh, keine Kobra sein, kein Schmetterling, kein Held. Sie will überhaupt nicht hier sein. Durch eine Phalanx von schwitzenden Menschen in der Heldenposition sucht sie überstürzt ihren Weg nach draußen.

Have a nice day, ruft Jamie ihr nach.

Fuchsteufelswild macht Johanna sich an den Aufstieg zu ihrer Holzhütte.

Es ist in der kurzen Zeit überraschend warm geworden. Das Meer schwappt träge vor sich hin, Hummeln summen, es riecht nach Minze, Blue Jays mit ihrem blauglänzenden Gefieder betrachten sie neugierig aus den Wipfeln der Eukalyptusbäume.

Ein Eichhörnchen läuft vor ihr über den Weg, entdeckt sie und erstarrt. Sie sehen sich an, Auge in Auge, die Zeit dehnt sich, als gäbe es keine Zeit mehr außerhalb dieses Augenblicks. Vorsichtig atmet Johanna ein und aus. Der winzige Brustkorb des Eichhörnchens hebt und senkt sich, sein Schweif zittert. Wir atmen dieselbe Luft, wir beatmen uns gegenseitig, denkt Johanna verblüfft, als wären wir ein Körper.

Hey, ruft Bob von unten. Das Eichhörnchen springt in einem Satz davon, die Zeit tickt weiter, alles zerfällt wieder in seine Einzelteile.

Bob winkt. Er hält etwas in der Hand, was Johanna nicht erkennen kann. Er kommt ihr auf dem Pfad entgegen. Am liebsten würde Johanna davonlaufen, sich verstecken, nicht mehr aus ihrem Bau kommen.

In der gleißendhellen Sonne ist sie sich ihres nackten, ungeschminkten Gesichts unangenehm bewußt. Schnaufend kommt Bob auf sie zu, hält ihr seine Hand unter die Nase, öffnet sie langsam und offeriert ihr einen duftenden Blaubeermuffin.

Breakfast, sagt er, dreht sich um und geht.

Der Muffin ist noch warm. Johanna beißt hinein, und wie ein Feuerwerk explodieren die verschiedenen Geschmäcker von Zucker, Blaubeeren und Vanille auf ihrer Zunge.

Thank you, ruft Johanna hinter Bob her, aber er dreht sich nicht um, hebt nur die Hand.

24

Wie eine hungrige Katze umschleicht Allegra den Frühstücksplatz im Freien. Ihr Magen knurrt, ihr ist übel vor Hunger, sie hat Kopfschmerzen, aber sie traut sich nicht heran an diese Menschen in ihren schicken Yogaanzügen und edel bestickten Kaftanen, die hinter teuren Sonnenbrillen gelangweilt aufs Meer starren. Allegra sucht die Stars unter ihnen, kann aber niemanden erkennen. Sie kommt sich deplaziert vor in ihren abgeschnittenen Jeans und dem T-Shirt mit Totenkopf, dabei hat sie fast eine Stunde gebraucht, um sich dafür zu entscheiden.

Ihr ist heiß, sie fühlt sich verschwitzt, noch nicht einmal ein eigenes Badezimmer haben sie in ihrer blöden Hütte, und sie hat sich nicht getraut, im Gemeinschaftsbadehaus zu duschen. Unerträglich die Vorstellung, nackt von anderen Frauen angestarrt zu werden. Nur die Haare hat sie sich im Waschbecken gewaschen mit einem komischen Shampoo, *Dr Bronner's Magic Soap,* aber geholfen hat es nicht: Alles ist schiefgelaufen. Alles ist falsch, dieses blöde Hotel, sie selbst, einfach alles. Wütend kickt sie Kiesel in die Luft, die einer von diesen Yogastrebern fein säuberlich in konzentrische Kreise geharkt hat.

Eine Frau in einem schwarzen Kimono, auf dem in weißen Lettern *exhale* steht, kommt lächelnd auf sie zu und fragt sie nach ihrem Namen und nach ihrem Status.

I am a guest, stößt Allegra hervor. Sie haßt es, am frühen Morgen englisch reden zu müssen, da macht ihre Zunge noch nicht mit. Die Frau sieht sie mißtrauisch an, Allegra spürt einen riesigen Pickel an ihrer Schläfe pochen, der gerade in diesem Augenblick aufblüht wie ein giftiges Gewächs.

Are you sure? fragt die Frau und tippt ihren Namen in den Computer. Eine Ewigkeit lang geschieht gar nichts, schließlich zieht sie eine Augenbraue hoch, winkt Allegra mit sich und gibt ihr einen Platz ganz allein an einem der Tische.

Eine Kellnerin in einem weißen Kimono, auf dem in schwarzen Buchstaben *inhale* steht, kommt eilfertig angetrabt. Sie ist so alt wie Allegras Mutter, trägt aber dicke Dreadlocks. Sie breitet eine Tischdecke aus, auf der *breathe, my dear* steht und fragt Allegra devot, ob sie auf einer speziellen Diät sei, alles vertrage oder irgendwelche Allergien habe. Ob sie Yogi, grünen, Mate, schwarzen, oder Kräutertee zum Frühstück wünsche.

Allegra gefällt diese Behandlung. Sie liebt die kalifornische Klassengesellschaft. Offensichtlich hält man sie für eine potentielle Berühmtheit.

Kaffee, murmelt sie.

We are very sorry, informiert sie die Kellnerin höflich, aber man bemühe sich hier um die Entgiftung des Körpers, deshalb gäbe es leider keinen Kaffee. Vielleicht ein Weizengrassaft mit Papaya? schlägt sie vor.

Allegra verzieht das Gesicht. OJ? fragt sie.

Orangensaft, tippt die Kellnerin in ihren kleinen Computer und geht dazu über, die *specials* an diesem Morgen zu deklamieren, als rezitiere sie Shakespeare: Wir haben heute ein wunderbar leichtes Eiweißsoufflé mit Auberginenschaum, in japanischem Reisessig marinierten und gegrillten Pilztofu, eingeschlagen in frische, mit Koriander gewürzte Kohlblätter … Nach kurzer Zeit hat Allegra bereits den Faden verloren.

Mit einemmal könnte sie in Tränen ausbrechen, einfach so. Sie weiß nicht, warum. Eine schwarze Laune türmt sich vor ihr auf wie ein Tsunami.

Sie hat ihn im Fernsehen gesehen, jetzt sieht sie ihn hier: Ohne jegliche Vorankündigung wächst er haushoch aus dem friedlich blauen Meer, wälzt sich über alle Frühstücksgäste hinweg, verwandelt sie in Monster, bläst sie auf wie Kugelfische und wirft sie mit verrenkten Gliedmaßen zurück auf den verwüsteten Rasen. Nur die, die in die Palmen geklettert sind, können sich retten. Allegra ist nicht darunter. Sie liegt unter dem Tisch, das Leintuch mit der Aufschrift *breathe, my dear* hat sich wie ein Leichentuch um sie gewickelt, ihre Haare sind vom Schlamm verklebt, ihre Zunge, blau wie die eines Chow-Chows, hängt ihr geschwollen aus dem Mund, ihr Gesicht ist nicht mehr ihres. Ihr Vater wird sie gar nicht identifizieren können, ihre Mutter wird weinend zusammenbrechen und alles bereuen, was sie ihr jemals angetan hat.

Hello? sagt die Kellnerin und sieht Allegra erwartungsvoll an.

Orangensaft, wiederholt Allegra leise.

Und zu essen? fragt die Kellnerin jetzt einen Ton strenger.

Allegra zuckt die Schultern. Ich empfehle das Frühstücksbuffet, sagt die Kellnerin und verschwindet endlich. Allegra sieht sich nach Johanna um, die muß doch hier irgendwo arbeiten. Fast sehnt sie sich danach, wenigstens sie an ihrem Tisch sitzen zu haben. All ihren Mut muß sie zusammennehmen, um allein zum Buffet zu gehen. Sie zieht die Schultern hoch, schüttelt ihre Haare vors Gesicht, betet, man möge ihren Pickel nicht sehen. Sie kann sich schlicht nicht vorstellen, daß sie gar keiner beachtet.

Kleine Kärtchen in geschwungener Schönschrift beschreiben jedes einzelne Produkt auf dem Buffet wie Ausstellungsstücke in einem Museum: glutenfreies Kartoffelbrot mit Thymian, Rosmarinbrot mit Amaranth, Fünfkornbrot mit Datteln, frisch geröstetes Granola-Müsli mit Preiselbeeren, selbstgemachtes linksdrehendes Joghurt mit Akazienhonig, es nimmt kein Ende.

Vor Allegra in der Schlange steht ein gutaussehender Mann mit dicken dunklen Haaren. Er trägt die neueste Tom-Ford-Sonnenbrille auf der Nase, nach der sich Allegra schon seit Monaten verzehrt.

Fuck, sagt er zu Allegra. Ich will doch einfach nur irgendwas essen!

Allegra versteckt sich hinter ihren Haaren. Unvermittelt von erwachsenen Männern angesprochen zu werden, ist fast so schlimm wie im Schwimmbad vom Zehn-Meter-Brett geschubst zu werden.

Der Mann schaufelt sich Original-Birchermüsli in seine Schale und wendet sich ab. Er beachtet Allegra nicht weiter, will zurück an seinen Platz gehen. Da gerät Allegra ein Kiesel zwischen die Füße, sie stolpert, verliert den Halt, streckt einen Arm aus, erwischt den Mann am Ärmel, hält sich an ihm fest und reißt ihm damit die Müslischale aus der Hand.

Sorry, sorry, stottert sie, bückt sich, hebt die Schale auf, verreibt mit dem Fuß das verschüttete Müsli. Als sie von unten zu ihm aufblickt, lächelt er.

Angel hair, sagt Marko.

Prompt wird Allegra rot. Langsam richtet sie sich auf. Er wiederholt, sie habe Engelshaare.

Und du hast schöne Lippen, denkt Allegra. Fasziniert sieht sie ihnen zu, wie sie sich dehnen und strecken, über seine weißen Zähne legen.

Hat er sie was gefragt? Sollte sie jetzt etwas sagen? Aber was?

Er schweigt, sieht sie durch seine dunkle Brille an.

Sorry, wiederholt Allegra leise.

Er zuckt die Achseln, wendet sich ab, schaufelt sich Müsli in eine neue Schale und geht, ohne sich noch einmal nach ihr umzusehen, an seinen Tisch.

Allegra starrt ihm hinterher. Sein Kompliment über ihr Haar trägt sie wie ein kleines Luftkissen zurück zu ihrem Platz. Erst dann fällt ihr auf, daß sie gar nichts vom Buffet genommen hat. Sie sieht zu ihm hinüber, er rührt in seinem Müsli. Sie hofft, daß er noch einmal aufblickt, aber das tut er nicht. Mit schnellen Bewegungen führt er den Löffel zu seinem schönen Mund, trinkt seinen Tee, legt den Löffel dafür kurz in der Schale ab, da bewegt sich der Löffel aus der Schale und fällt zu Boden.

Allegra hat ganz genau hingesehen und kann sich nicht erklären, wieso. Er hat den Löffel doch gar nicht berührt. Wie von Geisterhand hat er sich plötzlich aus der Schale herausbewegt. Verdutzt bückt er sich, hebt den Löffel auf, und als er wieder auftaucht, sieht er tatsächlich in ihre Richtung, winkt ihr mit dem Löffel zu. Blitzschnell senkt Allegra den Kopf.

Dieses Mädchen mit ihrem blonden Engelshaar ist wirklich apart. Höchstens fünfzehn, denkt Marko. Hat Misako nicht von einer Fünfzehnjährigen gesprochen? Er ist doch nicht wahnsinnig und bandelt mit einer Fünfzehnjährigen an!

Marko hebt den Arm ein wenig höher und winkt über die Kleine hinweg, als winke er nur die Kellnerin herbei, um sich einen frischen Löffel geben zu lassen.

Er meint gar nicht mich, denkt Allegra enttäuscht. Natürlich nicht. Warum sollte er auch? Niemand meint mich.

25

Noch nicht einmal als Bedienung hat man sie in Erwägung gezogen, sondern gleich zum Putzen eingeteilt. Man hat ihr Gummihandschuhe und eine Schürze gegeben und ein kleines Wägelchen mit Staubsauger, Schrubber und diversen Putzmitteln, das Johanna über die kunstvoll geharkten Wege zu den Gästechalets zerrt, während sie sich ihre Zukunft in Deutschland als Putzfrau vorstellt, wo sie wahrscheinlich noch nicht einmal eine Chance gegen all die tatkräftigen jungen Frauen aus Polen, Ungarn, Rumänien und Rußland hätte.

Vor gar nicht langer Zeit hat sie selbst noch eine Putzfrau gehabt, eine Ungarin namens Ildiko, die ihr jede Woche eine neue Folge ihres tragischen Lebens geliefert hat. In gebrochenem Deutsch erzählte sie verwickelte Geschichten von abtrünnigen Ehemännern, illegalen Kindern, kranken Müttern und der deutschen Bürokratie. Kopfschüttelnd und scheinbar mitfühlend hörte Johanna sich jede Woche etwa zehn Minuten die neuesten Entwicklungen an, zum Beispiel die geschätzte Folge achtundsiebzig des fortlaufenden Krankenhausdramas: Ildikos sich ebenfalls in Deutschland illegal aufhaltende Mutter hatte einen Herzinfarkt erlitten. Aufgelöst und panisch hatte Ildiko im Krankenhaus sofort unterschrieben, für die Kosten aufzukommen, aber gar nicht verstanden, was sie da unterschrieb, und jetzt sollte sie bereits zwölftausend Euro zahlen (konnte das wirklich wahr sein?), die Mutter lag immer noch im Krankenhaus, und der Plan, sie dort herauszuholen und nach Ungarn zu fahren, scheiterte jedesmal wieder an Ildikos Nichtsnutz von Ehemann. Verzweifelt putzte Ildiko also Tag für Tag gegen einen immer größer werdenden Schuldenberg an.

Ildiko, das ist ja furchtbar, bestätigte Johanna jedesmal. Das tut mir so leid, aber ich muß jetzt wirklich zur Arbeit.

Oft stimmte das gar nicht. Die Abstände zwischen ihren Filmjobs wurden immer größer, und dann floh sie ins nächste Café oder in die Stadt, wo sie die Zeit damit totschlug, sinnlos Kleider anzuprobieren und einen überteuerten Cappuccino nach dem anderen zu trinken.

Sie hatte dabei ein undeutlich schlechtes Gewissen wie einen blinden Fleck im Bewußtsein, aber sie ertrug es nun mal nicht, anwesend zu sein, während Ildiko ihre Badewanne und ihre Toilette schrubbte, sich wahrscheinlich jedesmal über ihre Massen an Kosmetika wunderte, keuchend den Staubsauger durch die Wohnung schob und ihre Wäsche für sie bügelte. Alles für zehn schwarze Euro die Stunde.

Gleichzeitig fühlte sich Johanna wunderbar luxuriös, und als sie Ildiko kündigen mußte, weil sie selbst in der Oper gekündigt worden war, empfand sie das als schmachvollen sozialen Abstieg.

Zum Abschied schenkte sie Ildiko einen teuren Designer-Wintermantel, den sie sowieso nicht mehr anzog. Ildiko nahm ihn wortlos und, wie Johanna schien, leicht spöttisch entgegen und stopfte ihn nach kurzer Prüfung eher gleichgültig in eine Plastiktüte.

Überhaupt verabschiedete sie sich von Johanna nach all

den Jahren mit leicht ironischem Unterton, den Johanna erst jetzt versteht: Putzfrauen haben eine seltsame Macht über die Menschen, für die sie putzen, denn sie kennen deren Geheimnisse, ihre ganze Lächerlichkeit, ihren so mühsam aufrechterhaltenen Schein.

In den ersten Stunden ihres neuen Jobs fühlt sie sich seltsam erleichtert, als müsse sie endlich nichts mehr beweisen, nichts mehr sein, nichts mehr darstellen. Außen hui, innen pfui, denkt Johanna belustigt. Das also ist das ganze Geheimnis der Menschheit, während sie erstaunlich dreckige, aber teuerste Unterhosen und stinkende Kaschmirsocken vom Boden aufsammelt, besudelte Laken abzieht und sich bemüht, die frischen so fest wie möglich festzustecken.

Sie wundert sich über achtlos herumliegendes Sexspielzeug, das sie mit ihren grünen Gummihandschuhen aufhebt, über bunte Medikamentenmischungen in mitgebrachten Marmeladegläsern, Schundromane und Koffer voller Porno-DVDs, einen Käfig mit einer Siamkatze, die sie feindselig anfaucht, ein offen herumliegendes Tagebuch, das so banal ist, daß sie nicht mehr als eine Seite lesen mag, eine Videokamera, die sie zurücklaufen läßt und das ihr einen nackten Mann auf einer teuren Designer-Couch zeigt, der eine Zigarre raucht und gleichzeitig gelangweilt mit seinem Schwanz spielt.

Als sie bei Chalet Nummer elf angelangt ist, fühlt sie sich bereits abgebrüht, müde, gleichzeitig jedoch befriedigt, als habe sie endlich wieder eine Rolle in einem großen Stück bekommen. Auch wenn es nur die Rolle der Putzfrau ohne Text ist. Aber sie arbeitet! Und wenn sie genauer über ihren neuen Job nachdenkt, ist er ihrem alten als Requisiteurin sogar überraschend nah: Wieder sortiert sie die Dinge dieser Welt, diesmal mit dem Unterschied, daß sie nicht Gegenstände zusammensuchen muß, die etwas über ihren fiktiven Besitzer erzählen sollen, sondern andersherum Gegenstände ordnet, die ihr Rätsel über ihre Eigentümer aufgeben.

Was bedeutet zum Beispiel die Holzkette mit dem großen Kreuz auf der Schwelle von Chalet Nummer elf? Ein Rosenkranz, um Vampire abzuwehren? Sie hat schon die verschiedensten religiösen Paraphernalien in den anderen Zimmern gesehen, Buddhafiguren und hindustische Gottheiten abgestaubt. Sie hebt den Rosenkranz auf, wischt die Schwelle, legt ihn dann genauso wieder zurück, wie man es ihr heute früh eingeschärft hat. Der Gast ist König.

Man hat ihr eine billige Kamera mitgegeben, mit der sie achtlos herumliegenden Schmuck und zurückgelassene Geldbörsen im Zweifelsfall fotografieren soll, um nicht nachher des Diebstahls bezichtigt zu werden.

Auf dem Boden liegen schwarze Seidensocken und eine Unterhose von Zimmerli of Switzerland. Also ein versnobter Europäer. Die große Reisetasche natürlich von Louis Vuitton. Wie vorhersehbar die Requisiten der Reichen doch sind.

Auf dem Nachttisch mehrere Handys, eine IWC-Uhr, ein Blackberry.

Vorsichtshalber macht Johanna ein Foto. Weiß eingebundene Drehbücher liegen in Stapeln herum wie in fast jedem Chalet, das Johanna bisher geputzt hat.

Auf dem Boden ein Schlafanzug der Lufthansa First Class, in der Nachttischschublade nichts Interessantes außer

Prozac-Tabletten wie bei jedem zweiten Gast. Damit hält sich ganz Amerika munter. Vielleicht sollte sie auch mal eine probieren? Die Tablette schmeckt bitter und soll doch alle Bitterkeit vertreiben. Es muß seltsam sein, immer gute Laune zu haben.

Unter dem Kopfkissen des Gastes findet sie ein kleines Marienbild.

Das ist ein netter Touch, denkt Johanna. Ungewöhnlich für einen reichen jungen Mann, fast rührend. Das Laken ist, wie sie befriedigt feststellt, am Fußende losgerissen und aus seinem Zwangsjackendasein befreit. Der Gast kann, auch wenn er Prozac nimmt, einfach kein Amerikaner sein.

Als Zeichen internationaler Völkerverständigung steckt sie das Laken nur schwach wieder fest, dann fällt ihr ein, daß ja auch die Spanier, Italiener und Franzosen diesen Tick mit den Bettlaken haben.

Im Badezimmer spült sie blauschwarze Bartstoppeln aus dem Becken (viril, südländisch, das mag sie), stellt Zahnpasta (salzig-homöopathisch – ein Individualist) und Zahnbürste (weiche Borsten – ein Weichling?) zurück in den Becher. Als sie den Spiegel poliert, sieht sie sich entschlossen ins Gesicht.

Nein, befiehlt sie sich, du wirst jetzt nicht jammern, nicht klagen, du wirst jetzt amerikanisch tapfer lächeln. Du bist Putzfrau, aber von jetzt an darfst du den amerikanischen Traum träumen. Alles ist wieder möglich, weil nichts mehr möglich ist. Unversehens überfällt sie gute Laune, aber vielleicht ist nur die Prozac-Tablette daran schuld.

Ich bin eine andere, murmelt sie und grinst mit gebleckten Zähnen in den Spiegel. Niemand kennt mich, niemand sieht mich, ich kann machen, was ich will. Forschend fährt sie mit der Hand tief in den Louis-Vuitton-Kulturbeutel, der neben dem Waschbecken steht. Im Kulturbeutel verstecken alle immer ihre Preziosen. Angstvoll klopft ihr Herz, gleich wird er wie eine Falle zuschnappen. Mit dem Kulturbeutel am Arm wird sie der Verwaltung des Yogahotels vorgeführt werden. Wird man sie ausweisen oder hier in den Knast sperren? Ihre Hand stößt unter allerlei Krimskrams auf eine größere Dose, vorsichtig wie einen Schatz hält sie sie, zerrt sie ans Tageslicht. Sie ist aus Sterlingsilber: *The Miracle*, verkündet eine feinziselierte Schrift. In ihrem Inneren befinden sich drei Reagenzgläser in ebenfalls silbernen Schatullen. Uneingeweihte könnten meinen, es befänden sich Plutonium oder tödliche Viren in den Reagenzgläsern, aber Johanna erkennt die Dose sofort.

Kurz bevor sie den Lippenstift geklaut hat, hat sie noch vor dieser Silberdose für unglaubliche 2100 Euro gestanden, die versprach, die Haut innerhalb von nur acht Wochen regelmäßiger Anwendung um exakt zweiundsiebzig Prozent zu verbessern. Zum hundertsten Mal fragt sich Johanna, wieso ihr sonst so überkritisches Gehirn bei Versprechungen der Kosmetikindustrie komplett versagt. Im Handumdrehen hat sie ein Reagenzglas aufgeschraubt und verteilt gierig das ›Wunder‹ über Gesicht und Hals. Kaltblütig ersetzt sie den Inhalt durch Wasser, stellt das Reagenzglas wieder in die Dose und läßt sie im Kulturbeutel verschwinden.

Befriedigt gluckst sie. Sie ist jetzt die berüchtigte Putzschlampe, die sich am Eigentum der Gäste vergreift. Ein Schaumbad wäre jetzt schön. In der Überzeugung, jetzt seien ja doch alle Gäste beim Yoga, läßt sie sich ein Bad ein, zieht sie sich aus und begibt sich wohlig grunzend in die Wanne. Das ist was anderes als die Vier-Minuten-Dusche heute früh um fünf.

Unter Wasser wirkt ihr Körper beruhigend jung und glatt. Ihre Brüste, der Schwerkraft enthoben, nehmen ihre ehemalige kreisrunde Form an und schwimmen wie losgelöst an der Wasseroberfläche. Versuchsweise läßt sie ihre Hand zwischen ihre Schenkel wandern. Selbst das hat sie in den vergangenen Monaten nicht mehr getan. Es kam ihr zu verzweifelt, zu traurig vor. Dabei ist es meist soviel besser, als einen unbegabten Liebhaber zu ertragen. Sie läßt sich noch tiefer ins Wasser sinken, hört es in ihren Ohren gurgeln, sie schließt die Augen und verwandelt sich zunehmend in ein zufriedenes amphibisches Wesen.

Can I help you? hört sie eine Männerstimme sehr weit weg sagen. Als sie erschrocken auftaucht und die Augen öffnet, steht ein junger nackter Mann im Bad und betrachtet sie interessiert. In der einen Hand hält er eine smaragdgrüne Badehose.

Er macht keinerlei Anstalten, sich abzuwenden oder seine eigene Blöße zu bedecken. Neugierig starrt Johanna ihn an. Möglichkeiten blühen vor ihr auf wie im Zeitraffer. Er sieht phantastisch aus, noch fast jungenhaft. Sein Körper ist muskulös, sein Schwanz mittelgroß, gerade und gut geformt. Was wäre, wenn sie ihn einfach zu sich ins Wasser zöge? Ist diesem jungen Kerl klar, daß ihr Körper über Wasser deutlich anders aussieht als unter Wasser? Würde er bei dem wahren Anblick zu Tode erschrecken? Wie alt sieht sie in den Augen eines knapp Dreißigjährigen überhaupt aus?

Der Mann wendet sich ab und zieht sich die Badehose an. Kein Wort davon, was zum Teufel die Putzfrau in seiner Badewanne verloren hat.

Chance vertan. Vorbei. Vielleicht wird sie nie wieder Sex mit einem jungen Mann haben, nie wieder eine Gelegenheit bekommen, junges, festes Fleisch anzufassen, außer sie fängt an, fremde Kinder abzubusseln, wie es alte Frauen tun.

Dann halt nicht, murmelt sie auf deutsch und läßt sich wieder tiefer ins Wasser sinken, um sich nicht eine weitere Blöße zu geben.

Er dreht sich um.

Also doch, sagt er, ebenfalls auf deutsch.

Also doch was?

Sie sind Deutsche.

Ja. Und?

Ich habe gleich gedacht, daß ich Sie kenne, sagt er plötzlich aufgeregt. Ich kenne Sie!

Nein, das glaube ich kaum.

Doch!

Ich hab Sie noch nie vorher gesehen.

Aber ich. Er setzt sich auf den Badewannenrand und kneift die Augen zusammen. Ich habe Sie schon mal gesehen. Ich vergesse kein Gesicht. Ich weiß ... *Wow!* Nicht zu fassen. Das sind Sie!

Wer? Wer soll ich sein? fragt Johanna.

Es gibt da eine Szene, da liegen Sie auch in der Badewanne, und eine blonde Frau steht nackt vorm Spiegel. Man sieht sie nur von hinten, sie hat einen fetten Hintern, aber Sie, Sie sehen aus wie eine griechische Göttin. Sie reden über den Unterschied zwischen italienischen und französischen Liebhabern ...

Die Italiener rauchen danach, die Franzosen währenddessen, sagt Johanna langsam.

Bravo, sagt Marko, Sie können noch Ihren Text.

Er streckt die Hand aus und plätschert mit ihr im Wasser, berührt fast ihren Oberschenkel. *Wow,* sagt er. Und zwanzig Jahre später liegen Sie in meiner Badewanne.

Es sind noch nicht zwanzig Jahre, sagt Johanna pikiert.

Er lacht, als habe sie einen guten Witz gemacht. Meine Mutter hat immer von dem Film geschwärmt.

Ihre Mutter, wiederholt Johanna schwach.

Als ich ihn dann später mal zufällig im Fernsehen gesehen habe, habe ich mich sofort in Sie verknallt. Sie waren großartig!

Er sieht sie mit glänzenden Augen hingebungsvoll an, als wolle er am liebsten ihre Handflächen schlecken wie ein Kalb einen Salzstein.

Wirklich wahr. Nur Ihren Namen, den habe ich vergessen.

Johanna Krutschnitt, sagt sie.

Marko, sagt er, Marko Körner.

Sie müßte längst Chalet Nummer vierzehn putzen. Statt dessen liegt sie in seinem flauschigen weißen Bademantel, auf dem vorne *inhale* und hinten *exhale* steht, neben ihm auf dem Bett und raucht. Nicht davor, nicht danach, nicht währenddessen, sondern statt dessen.

So ist das jetzt also, denkt sie. Vielleicht ist es gar nicht so dumm, irgendwann den dramatischen Höhepunkt einfach auszulassen und ihn sich nur noch vorzustellen. Da sind Enttäuschungen ausgeschlossen. Er trägt immer noch nur seine grüne Badehose, und sie ist unter seinem Bademantel nackt. Sie hat sich das Handtuch in einem Turban um den Kopf geschlungen wie ein amerikanischer Filmstar. Sie weiß, daß ihr das gut steht, ihrem Gesicht eine Klarheit gibt, die es sonst nicht mehr hat.

Vielleicht geht später noch was? Sie beginnt abermals, mit der Idee zu spielen. Welche Position würde er vorziehen? Wäre er eher stumm oder laut? Würde es lang dauern oder kurz?

Sie sieht zu, wie sich der Rauch der beiden Zigaretten im Raum miteinander verbindet. Die Zigarette schmeckt ihr sofort wieder, als habe sie nie aufgehört zu rauchen. Instinktiv hat sie sie akzeptiert, um sich zu fühlen wie früher. Das klappt bisher ganz gut, die Situation fühlt sich diffus romantisch an.

Um sie in ihrer möglichen Entwicklung nicht zu gefährden, wird sie ihm vorerst nicht sagen, daß sie weiß, wer er ist, daß sie seinen Hund kennt, in seinem Auto gesessen und sogar in seinem Haus übernachtet, auf seinem Sofa gesessen, aus seiner Tasse getrunken hat. Sie wäre jetzt so gern wieder, wie sie einmal war. Viele fanden sie damals sexy. Sie tat so, als zeige sie etwas her, gleichzeitig verbarg sie es. Alles nur ein Trick.

Wenn wir uns schon damals gekannt hätten, hätten Sie meine Mrs. Robinson sein können, sagt er verträumt.

Na, prima. Alte Frau und junger Mann. Es führt kein Weg drum rum. Johanna bemüht sich nach Kräften, cool zu bleiben.

Sie sehen ein bißchen aus wie Anne Bancroft, hat Ihnen das schon mal jemand gesagt?

Nein, sagt Johanna ernüchtert und denkt: Die war damals in *Die Reifeprüfung* wahrscheinlich jünger als ich jetzt.

Ich bin immer so froh, wenn jemand die Filme kennt, die ich mag, sagt Marko und krault sich seine glatte, muskulöse Brust. Kommt immer seltener vor. Ich werde alt.

Ach, Gottchen, sagt sie. Sie Armer!

Ja, sagt er und bläst den Rauch seiner Zigarette an die Decke. Ich bin arm dran. Das glaubt mir nur niemand.

Sie betrachtet seine Füße, schmal und lang, perfekt pedikürte Nägel. Selbst seine Füße sehen gut aus.

Was müßte ich tun, um Sie dazu zu bewegen, heute nacht zu mir zu kommen und auf mich aufzupassen?

Mich fragen, sagt sie schnell. Zu schnell.

Und Sie, fragen Sie mich gar nichts?

Nein, sagt Johanna bemüht cool. Vielleicht funktioniert der Trick ja noch. Etwas von sich herzeigen und ganz schnell wieder verstecken.

Haben Sie nicht den Rosenkranz auf meiner Türschwelle gesehen und die Jungfrau Maria unter meinem Kopfkissen?

Ich bin Ihr Zimmermädchen, ich bin diskret.

Er streckt seinen Fuß aus und berührt ihren, streicht mit seinen Zehen ihre Fußsohle entlang. Nachts quälen mich die Toten, sagt er grinsend. Sie tragen ihren Kopf unter dem Arm und bluten aus allen Löchern.

Johanna streckt den Arm aus und legt ihn über seine Brust. Er läßt es geschehen.

Jede Nacht kommen sie, glotzen mich an und fragen mich, was ich eigentlich mache mit meinem Leben.

Sie streicht mit ihrem Fuß über seine Wade. Und? Was machst du mit deinem Leben?

Er schweigt. Nichts, sagt er dann. Nichts, gar nichts. Er dreht sich auf den Bauch, preßt sein Gesicht ins Laken und murmelt: Ich komme einfach nicht rein in mein Leben. Ich steh davor wie ein Ochs vorm Scheunentor.

Johanna dreht sich auf die Seite, drückt ihr Gesicht tief ins Kissen, um ihn sehen zu können, streicht ihm über die dunklen Haare. Ihr Herz beginnt schneller zu klopfen.

Ich verstehe genau, was du sagst.

Das sagen immer alle, seufzt er, aber am Ende haben sie keine Ahnung.

Mein Leben fühlt sich an wie ein Film, flüstert Johanna ganz dicht an seinem Ohr, alles nur Projektion. Die Welt ist wahrscheinlich eine leere weiße Leinwand.

Marko hebt leicht den Kopf. Johanna streicht ihm das Haar aus der Stirn. Die Geste ist unweigerlich mütterlich, nicht erotisch. Mist, denkt sie.

Ja, sagt Marko. Das trifft es ganz gut.

Ich habe zwei Möglichkeiten, fährt Johanna eilig fort. Entweder glaube ich, daß das, was ich dort auf der Leinwand sehe, real ist, dann erlebe ich alles wie am eigenen Leib und leide wie ein Hund. Oder aber, ich sehe die Projektion als die Illusion, die sie ist, lehne mich zurück, esse mein Popcorn und freue mich des Lebens.

Er sieht sie mit dunklen Augen an. Im ersten Film der Brüder Lumière fährt eine Lokomotive auf die Kamera zu, sagt er, da sind die Leute panisch aus dem Kino gerannt, weil sie dachten, sie würden über den Haufen gefahren.

Johanna lächelt. Sie ist dabei, ihn zu erobern.

Wir fallen alle auf den Film rein, den uns unser Gehirn zeigt, sagt sie und legt ihre Hand auf seine Schulter. Er dreht sich auf den Rücken, wieder muß sie ihre Hand wegnehmen. Sehnsüchtig wartet sie darauf, daß er sie wieder berührt.

Schaffst du es denn, dich zurückzulehnen und entspannt deinen Film anzusehen?

Endlich duzt er sie auch. Johannas Herz macht einen winzigen Freudenhüpfer.

Nein, sagt sie. Meistens falle ich drauf rein und leide wie ein Hund. Ich hasse meinen Film. Er ist schlecht geschrieben, schlecht gespielt, meistens sterbenslangweilig. Er zeigt mir immer nur wieder mein kleines dummes Leben, als wäre es ein großes Drama. Aber verglichen mit neunundneunzig Prozent der Menschheit, die im Dreck lebt, ist es das nun wirklich nicht.

Aber die im Dreck projizieren nach deiner Theorie ihre Tragödie doch auch nur auf ihre Leinwand, sagt er spöttisch.

Es geht vielleicht darum, wie du den Dreck empfindest.

Ach so. Deshalb sind die Leute im Kongo oder in Nigeria wahrscheinlich glücklicher als wir, weil sie ›den Dreck nicht so empfinden‹.

Verstehst du nicht, was ich meine?

Ich bin im Filmgeschäft, sagt er leise. Ich hoffe, daß irgendwann meine Projektionslampe kaputtgeht und die Leinwand einfach schwarz wird.

Aber dann bist du tot.

Nein, sagt er, alles wäre nur das, was es ist. Kein Film mehr. Keine Geschichten. Stille. Wäre das nicht himmlisch?

Er dreht sich ihr zu und kommt ihr mit seinem Gesicht so nah, daß sie es nicht mehr genau erkennen kann. Sie weiß schon länger, daß sie weitsichtig wird, aber bisher ist sie zu eitel gewesen, sich eine Brille zu kaufen. Will er sie küssen?

Sie spürt seine Wimpern an ihrer Wange, Schmetterlingskuß, so hat ihr Vater das immer genannt. Was macht denn jetzt ihr Vater hier? Geh du bloß weg! denkt sie wütend, aber da ist er. Ganz deutlich beugt er sich über sie und gibt ihr einen Schmetterlingskuß. Sie fährt mit ihren kleinen Händen durch sein schwarzes Haar, danach sind ihre Hände immer ein bißchen klebrig, aber sie riechen so gut nach seiner Brillantine aus der grünen Tube mit roter Schrift. Und wenn er in Saudi-Arabien ist, und sie ewig, ewig lange keine Schmetterlingsküsse von ihm bekommt, geht sie ins Badezimmer, reibt sich heimlich ein wenig Brillantine auf den Finger und riecht daran.

Sie will jetzt nicht an ihren Vater denken, sie will alles vergessen, sich an nichts mehr erinnern. Sie öffnet ihre Lippen, sucht vorsichtig seinen Mund, sie möchte nicht gierig erscheinen. Da richtet er sich abrupt auf. Hat sie irgend etwas Falsches getan oder gesagt?

Was hast du denn? fragt sie verwirrt. Die Frage, die man auf gar keinen Fall stellen darf, das weiß sie doch!

Glück ist statistisch gesehen ein abnormaler Zustand, sagt er sachlich. Die Hauptfunktion unseres Gehirn ist zu bilanzieren, was wir bekommen. Ein Nigerianer bilanziert einfach auf einem sehr viel niedrigeren Niveau, das ist eine reine buchhalterische Frage, nichts weiter.

Von mir könntest du gerade alles bekommen, möchte Johanna rufen.

Er schüttelt sich wie ein Hund, reißt die Nachttischschublade auf, wirft eine Prozac-Tablette ein, kontrolliert seine verschiedenen Handys.

In diesem Puff gibt es überhaupt keinen Empfang, was?

Nur an einer Ecke vom Pool, habe ich gehört. Johanna legt ihm sacht die Hand auf den nackten Rücken, um ihn zurückzuholen, dabei weiß sie bereits, daß es nicht geht.

Der größte Luxus ist heutzutage, nicht erreichbar zu sein, sagt er kopfschüttelnd.

Ort des Friedens, sagt Johanna und versucht zu lachen.

Er steht auf, schlüpft in seine Prada-Schlappen, nimmt eins seiner drei Handys, ein Handtuch und ein Drehbuch in den Arm.

See you later, sagt er, ohne sie noch einmal anzusehen, und geht aus der Tür, wobei er einen vorsichtigen Schritt über die Schwelle macht, um den Rosenkranz nicht zu berühren.

Wann später? ruft Johanna ihm hinterher, aber er hört sie nicht mehr.

Ich hab's vermasselt, denkt Johanna und läßt sich enttäuscht in die Kissen zurückfallen. Vor Gespenstern soll ich ihn beschützen! Ich bin für alle nur noch der Babysitter.

26

Allegra betrachtet ihr Knie und die Kurve, die es vor dem türkisglitzernden Pool beschreibt. Wenn sie das Knie beugt, wird die Haut in der Kniekehle fast schwarz. Sie läßt das Bein sinken, betrachtet ihren Bauch, atmet ein und aus und formt mit der Luft eine kleine harte Kugel unter ihrer Bauchdecke.

Selbst auf dem Handtuch von diesem Scheißhotel steht *inhale/exhale.*

Ärgerlich drückt sie Sonnenmilch auf ihren Bauch, zieht die Bauchdecke so weit ein, daß ihre Hüftknochen hervorstehen und die Sonnenmilch wie eine kleine Pfütze in der Bauchkuhle schwimmt.

Sie streckt die Beine aus, eins nach dem anderen, und sieht an ihnen entlang. Die Länge ihrer Beine erstaunt sie manchmal selbst.

Ihre Mutter behauptet, sie seien das Beste, was sie von ihr geerbt habe. Ihre Schulfreundinnen stöhnen neidisch: Deine Beine hätte ich gern!

Allegra kann nichts Besonderes an diesen Beinen finden. Sie findet sich langweilig und überhaupt nicht sexy. Sehnlichst wünscht sie sich einen volleren Po, den man in Los Angeles schon für knapp zwölftausend Dollar bekommen kann, sie hat sich erkundigt. Nur einen größeren, knakkigeren Po, und ihr Leben wäre mit Sicherheit anders. Ihr

Busen ist zwar auch klein, aber sie möchte keinen Größeren, um nicht noch blöder von Männern angegafft zu werden.

Über ihr sirrt der Strommast. Er steht ganz schief, wie der Turm von Pisa. Nur an dieser einen Ecke gibt es anscheinend Empfang. Vor einer Weile haben die Leute dort dicht gedrängt gestanden und wie verrückt telefoniert.

Sie hätte in ihre Hütte zurücklaufen, ihr Handy holen und ihren Vater anrufen können, aber er geht ja doch nie dran.

Die kleine Pfütze Sonnenmilch auf ihrem Bauch fängt an zu brutzeln wie in einer Pfanne. Es ist niemand mehr am Pool, allen ist zu heiß geworden, sie ist jetzt ganz allein. Mutterseelenallein.

Mutter. Seelen. Allein.

Was macht ihre Mutter gerade? Denkt sie an ihre Tochter? Vermißt sie sie? Wenigstens ein kleines bißchen?

Aber natürlich, meine Süße, was denkst du denn?

Allegra sieht Su mit weitaufgerissenem, rot geschminktem Mund lachen, wie sie nur lacht, wenn ein Mann zugegen ist. Legra, was denkst du denn?

Ich denke: *Bullshit.*

Allegra hockt auf dem Badewannenrand, sieht ihrer nackten Mutter zu, wie sie sich den ganzen Körper mit einer harten Bürste in kleinen energischen Bewegungen massiert und dann eincremt: ihre langen Beine, die muskulösen Schenkel, den immer noch flachen, durchtrainierten Bauch. Man sieht ihr nicht an, daß sie jemals ein Kind geboren hat. Darauf ist sie sehr stolz.

Wenn sie ausgeht, klebt sie sich steife Plastiknippel auf

die Brustwarzen, weil das, wie sie Allegra erklärt, sexy aussieht, wenn sie sich unter der Kleidung abzeichnen. Sie reibt sich Goldstaub aufs Décolleté, schminkt sich die Lippen blutrot, gibt Allegra zum Abschied ein paar kleine Luftküsse, um den Lippenstift nicht zu verschmieren. Tschüs, meine Süße, sieh nicht mehr zu lange fern, geh ins Bett, warte nicht auf mich.

Allegra wartet immer. Kann erst einschlafen, wenn sie das leise Klick der Haustür hört, die Schritte der Mutter auf dem Flur. Oft nicht nur ihre allein. Dann fühlt sie sich so verlassen, daß ihr die Tränen in die Augen schießen.

Es ist so scheißheiß, die Vögel zwitschern so scheißvergnügt über ihr in den Scheißbäumen. Vorhin war der Mann mit der Tom-Ford-Sonnenbrille am Pool. Wie ein Filmstar sah er aus. Er trug eine grüne Badehose. Sie hätte ihm gern zugewinkt, hat sich aber nicht getraut. Er hat sie gar nicht gesehen, und jetzt ist er anscheinend auch schon wieder verschwunden.

Sie fühlt sich wie ein kleines Hündchen, das man in den Sommerferien auf der Autobahn ausgesetzt hat und das irgendwann krepieren wird, weil sich niemand, niemand, wirklich kein einziger Arsch, um es kümmert.

Etwas in ihrer Kehle beginnt bedrohlich zu flattern, gleich wird sie anfangen zu flennen wie ein Kleinkind. Schnell steht sie auf, macht drei Schritte von ihrem Liegestuhl auf den Pool zu und läßt sich kopfüber ins Wasser fallen. Sie stürzt in eine betäubende Kälte, die ihr Herz schrumpfen läßt und ihr Gehirn zusammendrückt bis nur noch ein Gedanke übrigbleibt: Was wäre, wenn ich einfach nicht mehr auftauche?

Die helle Wasseroberfläche entfernt sich von ihr, kleine Luftblasen gleiten wie Perlmuttperlen aus ihrer Nase, schwer wie ein Stein sinkt sie nach unten. Tief am Grund unter ihr schwimmt ein braungebrannter Mann wie ein großer Fisch. Sie erkennt ihn an seiner grünen Badehose. Er dreht sich auf den Rücken, er hat die Augen geöffnet und sieht sie an.

Sie läßt sich immer weiter sinken, trudelt direkt auf ihn zu. Immer näher kommt sie ihm, bis er mit einemmal entschlossen auf sie zuschwimmt, sie an den Hüften packt, sie eng an sich preßt und mit sich nach oben zieht. Sie durchbrechen die Wasseroberfläche wie eine Glasdecke, die in tausend Stücke zerbirst.

Hey, keucht er. *Don't you know how to swim?*

Nicht loslassen, denkt sie und schüttelt den Kopf, daß die Wassertropfen von ihren Lidern spritzen und sie ihn besser sehen kann.

No?

Yes, sagt sie. Natürlich kann sie schwimmen, aber wie süß, daß er sie retten wollte! Sie sieht die Wassertropfen in seinen Wimpern hängen, die kleinen Fältchen um seine Augen. Er ist viel älter, als sie gedacht hat, mindestens doppelt so alt wie sie. Sie preßt sich noch enger an ihn und läßt alle Glieder hängen wie eine Puppe. Er muß sie weiter retten. Wenn er sie jetzt losläßt, wird sie einfach wieder versinken und sterben.

Seine hübschen Lippen bewegen sich. Sie hört gar nicht zu, was er sagt, sieht nur seine Lippen. Unwillkürlich bewegt sich ihr Mund auf seinen zu, er tut das ganz von allein, sie muß gar nichts tun. Schon spürt sie die Kälte seiner Lippen, mit ihrer spitzen kleinen Zunge bohrt sie sich dazwischen, bis sie sich öffnen, sie hineinlassen. Vorsichtig erkundet sie seine Mundhöhle, das ist göttlich, besser als alles, was sie kennt. Nur noch das will sie, nichts anderes mehr, nur noch einen wildfremden Mann küssen. Sie kann gar nicht mehr aufhören, will auf gar keinen Fall daran denken, was nach diesem Kuß kommt. Da wird er sie bestimmt kopfschüttelnd anschauen, feststellen, wie furchtbar jung und dumm sie ist. Dieser Kuß darf einfach nie mehr aufhören.

Wie eine Muschel an einem Felsen saugt sie sich an ihm fest. Sie hat das Gefühl, nicht mehr auf der Welt, sondern nur noch in seinem Mund zu sein. Und jetzt antwortet er ihr! Er fährt schnell wie mit einer Eidechsenzunge in ihren Mund, zieht sich dann wieder zurück, wartet, bis sie zu ihm kommt, schlingt seine Zunge um ihre, tippt an ihre Zähne, fährt ihre Lippen entlang, stupst sie, versteckt seine Zunge hinter seinen Zähnen, bis sie ihn dort aufspürt und erneut hervorlockt.

Er trägt sie aus dem Wasser, sie zittert vor Kälte, aber sie küßt ihn weiter, schlingt ihre Arme um seinen Hals. Er legt sie auf einen Liegestuhl, sie zieht ihn mit sich zu sich herunter, aber da richtet er sich mit einer heftigen Bewegung auf, und der Kuß reißt ab.

Sie macht die Augen auf. Von unten betrachtet sie die interessante Ausbuchtung in seiner grünen Badehose. Er steht über ihr, Wasser tropft von ihm auf sie herab. Hoch über ihm schwankt der schiefe Strommast in einem plötzlich heftig aufkommenden Wind, neigt sich neugierig weit zu ihnen herab, wird vom Wind zurückgerissen, schnellt wieder nach vorn – und mit einemmal scheint er direkt auf sie zuzukommen.

Der Mann wirft sich auf sie, reißt sie von der Liege auf den harten Boden, etwas saust direkt an ihnen vorbei durch die Luft. Es gibt einen gewaltigen Platscher, wie von einem hundert Tonnen schweren Mann, der eine Arschbombe macht, denkt Allegra. Das Wasser spritzt kalt über sie, es zischt, als würde man einen Tauchsieder ins Wasser halten. Funken stieben in einem Feuerwerk über sie. Allegra erscheint das als Kommentar zu dem unglaublichsten Kuß der Welt vollkommen angemessen.

Fuck, schreit der göttliche Küsser in der grünen Badehose. *Holy fuck!*

Allegra kichert. Er nimmt sie an der Hand, zieht sie vom Boden hoch. Sie sieht den Strommast im Pool schwimmen, kleine Wellen klatschen über den Beckenrand und benetzen ihre Füße.

You saved me, sagt er erstaunt. Er zittert, seine Lippen sind mit einemmal grau wie die eines Hundes, seine Finger ganz kalt auf ihrer Haut. *You saved my life.*

No, sagt Allegra und zeigt mit dem Finger auf sich, *you saved me.*

27

Hitler ist krank. Die Produktion steht. Marko ist nicht zu erreichen, nur Patsy weiß, wo er ist, sagt es aber nicht. Der ist beim Blutaustausch, sagt Rainer laut zu den anderen Komparsen, ist doch klar.

Keith Richards macht das auch dauernd, sagt Mika, der schrankgroße, blonde finnische Komparse.

Ruhe jetzt, verdammt noch mal! Hört mir zu! schreit Stacey. Wir schieben! Wir drehen jetzt statt der Massenszene die Szene mit Eva Braun und ihrem Schneider. Das heißt, alle Komparsen können gehen.

Ist Jägermeister in der Szene mit dem Schneider? fragt Rainer.

Nein. Kein Hund. Blondi schicke ich in Kur. Hau ab. Du bist erst in einer Woche wieder dran, sagt Stacey.

Rainer reißt die Hand nach oben. Jawoll, mein Führer, brüllt er.

Idiot, sagt Stacey.

Noch im Gehen schält sich Rainer aus der schweren, stinkenden Uniform, verabschiedet sich vom winselnden Jägermeister. Er kann es kaum erwarten, den Drehort zu verlassen. Er wird den Bus nach Santa Barbara nehmen und von dort ein Taxi. Das wird ewig dauern, aber heute abend ist er da. Allegra rechnet erst in einer Woche mit ihm. Er wird sie überraschen, und dann werden sie zusammen Ferien machen, richtige Ferien wie andere Menschen auch. Sie wird sein gefoltertes Herz trösten und pflegen.

Als singende Lederhose auf Markos Geburtstagsparty hat er am Ende kein Glück gehabt. Der junge Produzent der Paramount, der ihm doch versprochen hatte, ihm wenigstens eine Minute lang sein Ohr zu leihen, war plötzlich verschwunden. Nicht mehr auffindbar. Niemand spricht mehr mit einem, wenn man den Geruch des Verlierers an sich trägt. Da kann er sich auf den Kopf stellen.

In der Küche hat er dann vor Enttäuschung ein bißchen randaliert. Nicht viel, nur eine Palette mit Gläsern zerdeppert, das war schon alles. Aber Stacey hat ihn an den Hosenträgern seiner Lederhose gepackt, an die Wand gedrückt und ihn angebrüllt, er müsse verdammt noch mal endlich seine Wut in den Griff bekommen.

Ich erzähl dir mal 'ne kleine Geschichte, fauchte sie ihn an.

Verschon mich.

Es ist die Geschichte von dem Mann, der ein kleines Stück Scheiße auf seiner Nase sitzen hat, es aber nicht weiß und sich den ganzen Tag über den Gestank ärgert. Überall, wo er hinkommt, stinkt es nach Scheiße. Jeder Mensch, den er kennenlernt, stinkt nach Scheiße. Die ganze Welt stinkt nach Scheiße. Alles ist Scheiße. Er leidet schrecklich darunter. Dabei bräuchte er sich nur mal das Gesicht zu waschen.

Stacey ließ die Hosenträger auf Rainers Brust schnellen. Ihr Deutschen geht mir so auf den Wecker, das kann ich dir gar nicht sagen.

Rainer lachte höhnisch. Meinst du, alles Unglück ist nur eingebildet?

Stacey zuckte müde die Schultern und drückte ihm einen Besen in die Hand. Vielleicht. Und jetzt räum die Scherben auf.

28

Johanna ist selbst schuld. Bis zum Mittagessen hatte sie noch nicht einmal die Hälfte aller Zimmer geputzt. Jetzt wird sie in den Kräutergarten strafversetzt und darf ab morgen in der glühenden Hitze Unkraut zupfen.

Mensch, sagt Bob mitfühlend, was ist da denn schiefgelaufen?

Och, sagt sie lässig. Ich war einfach ein bißchen zu langsam.

Sie läßt ihn einfach stehen. Sie möchte jetzt nur noch an Marko denken, der so wunderbar alle anderen Gedanken verdrängt. Begeistert spürt sie dieses seltsame Flattern in ihrem Körper, als hätte sie Koks oder Speed genommen, nur noch viel besser.

Jetzt beruhige dich mal, du alte Schachtel, sagt sie grinsend zu sich selbst.

In ihrer Holzhütte legt sie sich auf ihre schmale Matratze und versucht, einfach nur ruhig ein- und auszuatmen, wie es auf ihrer Arbeitskleidung steht.

O mein Gott! ruft sie laut in das leere Zimmer und trommelt vor Nervosität mit beiden Fäusten an die Wand.

Zum Glück ist Allegra nicht da, sonst würde sie denken: Jetzt flippt die Alte aus.

Johanna hat keine Ahnung, wo sie steckt. Sie hofft, daß sie in einen der Yogakurse geschlurft ist, aber eigentlich ist ihr das völlig egal. Auch Rainer, der es schwer verkraften wird, daß sie sich ausgerechnet in seinen Erzfeind verliebt hat. Ist sie denn schon verliebt?

Quatsch, sagt sie laut.

Unendlich langsam geht die Sonne unter und färbt die weißgestrichenen Wände rosa. Noch fünf Stunden bis Mitternacht. Wie soll sie die ertragen? Wenn ihr Herz die nächsten fünf Stunden weiter so klopft, bekommt sie einen Herzanfall. Sie hat ganz vergessen, wie anstrengend es ist, verliebt zu sein. Wie kann sie sich ablenken? Sie hat kein einziges Buch dabei, eine sträfliche Nachlässigkeit.

Ihre Modemagazine hat Allegra alle mitgenommen, das einzige, was es in der ganzen Bude zu lesen gibt, ist der Aufdruck auf der Shampooflasche, die das Hotel bereitgestellt hat: *Dr Bronner's Magic Soap.* Die ganze Flasche ist mit winzigem Text bedeckt. Weit muß sie sie von sich weghalten: *Sauberkeit ist göttlich! Du brauchst nur zwei Kosmetika: Genug Schlaf und Dr. Bronner's magische Seife. Innerhalb von neun Minuten fühlst du dich frisch, sauber und bereit, die Menschheit das moralische* ABC *zu lehren, von dem Glauben an* EINEN GOTT.

Was für ein Spinner, murmelt Johanna, aber es funktioniert. Dr. Bronner lenkt sie ab: *Einer oder keiner! Die Liebe ist ein eigensinniger Vogel. Willst du sie? Sie fliegt fort, aber wenn du ihren Segen am wenigsten erwartest, dreht sie sich um und bleibt. Die arktische weiße Eule bekommt nur Junge, wenn es für mindestens neun Monate Futter gibt …*

Es klopft. Allegra würde niemals anklopfen. Vielleicht ist es Marko! Blödsinn. *Yes?* ruft sie dennoch erwartungsvoll. Bob streckt seinen kahlen Kopf herein.

Oh, hi, sagt sie enttäuscht.

Hi. Er steht in der Türöffnung, hinter ihm ist ein kleines Stückchen lila Himmel zu sehen. Er schlenkert mit den Armen. Kann ich reinkommen?

Nein, denkt Johanna. Geh weg, ich kann dich nicht brauchen. Was willst du von mir? – *Sure,* sagt sie.

Vorsichtig setzt er den Fuß über die Schwelle. Sie will die Nachttischlampe anknipsen, das Zwielicht ist ihr zu intim.

Das Licht geht nicht, sagt Bob. Stromausfall. Ein Strommast ist in den Swimmingpool gestürzt, zum Glück war gerade niemand drin.

Vorsichtig hockt er sich auf Allegras Bettkante. Die Bewegung, mit der er sich setzt, wirkt alt. Ein Geruch von Hefe, Vanille und Spülmittel geht von ihm aus.

Totaler Ausfall im ganzen Hotel, wiederholt er. Die Küche bleibt heute abend kalt. Ich habe frei.

Unsicher lächelt er sie an. Johanna weiß nichts zu sagen. Das Schweigen zwischen ihnen steigt gefährlich an wie Hochwasser.

Wer ist dieser Dr. Bronner? fragt Johanna, um die Stille zu unterbrechen. Sie deutet auf die Shampooflasche.

Ein interessanter Verrückter, sagt Bob. Er war Seifenfabrikant in den dreißiger, vierziger Jahren. Irgendwann hatte er ein Erweckungserlebnis und hat all seine Erkenntnisse auf seine Seife gedruckt. Die Seife ist prima. Hilft auch gegen Mückenstiche.

Toll, sagt Johanna. Das merke ich mir.

Wieder schweigen sie zu lange. Das Zimmer ist zu eng für einen Mann und eine Frau, die nichts miteinander zu tun haben. Johanna liest laut von der Flasche vor: *Erhalte deine*

Gesundheit! Tu deine Arbeit! Liebe! Liebe! Kümmere dich! Lächle! Hilf der Menschheit, das moralische ABC *zu leben, den Glauben an einen Gott in allem. All-in-one, all-in-one.*

Danke, Dr. Bronner, sagt Bob. Das ist mein Stichwort.

Wie meinst du das? fragt Johanna.

Ich wollte dich bitten, der Menschheit zu helfen.

Okay, sagt Johanna ergeben und erwartet einen weiteren miesen Job. Essensreste kompostieren, verschwitzte Yogamatten schrubben, Haare aus den Duschsieben klauben.

Er sieht sie mit seinen dunklen Knopfaugen an wie ein trauriges Steifftier. Sein kahler, runder Kopf glänzt in der Abendsonne.

Es ist nicht die ganze Menschheit, sagt er, nur ich. Ich wollte dich bitten, eben kurz mit mir nach Oxnard zu fahren, in eine Shopping-Mall.

In eine Shopping-Mall? Zum Shoppen?

Er kaut am nächsten Satz herum wie auf einem zähen Stück Fleisch. Nein, sagt er. Es ist ein bißchen komplizierter.

Was ist daran kompliziert? fragt Johanna ungeduldig.

Ich brauche ein bißchen ... Beistand, stammelt er.

Wobei?

Er hebt die Schultern und sieht sie hilflos an. Erzähle ich dir dann.

Liebe ist ein eigensinniger Vogel, schießt ihr durch den Kopf, wenn du sie am wenigsten erwartest, dreht sie sich um und bleibt. Wann sind wir denn zurück? fragt Johanna. Ich muß nämlich vor Mitternacht zurück sein.

Wegen deiner Tochter?

Sie ist nicht meine Tochter.

Rainers Tochter, verbessert sich Bob.

Ja, sagt Johanna. Wegen Rainers Tochter. Ich muß unbedingt pünktlich zurück sein.

Versprochen.

Kann ich mich darauf verlassen?

Bob gibt ihr seine warme Hand, die sich überraschend groß und weich und angenehm anfühlt.

Sie ist erst fünfzehn, sagt Johanna. Ich muß ein Auge auf sie haben.

29

Er hat ihr die Haare abgetrocknet, ihr seinen Bademantel gegeben, sie ins Bett gebracht wie ein kleines Kind. In einem Sessel sitzt er neben dem Bett, immer noch in seiner nassen Badehose, und betrachtet sie fasziniert. Von dem Mädchen geht eine himmlische Ruhe aus wie von einem Engel.

Ruhig hält sie seinem Blick stand. Zum ersten Mal in ihrem Leben fühlt sie sich hübsch.

Wie alt bist du? fragt er.

Achtzehn, sagt sie wie aus der Pistole geschossen.

Sie kriecht aus dem Bett, läßt den Bademantel fallen, setzt sich nackt auf seinen Schoß und legt den Kopf an seine Brust.

Sie hört sein Herz klopfen. Seine nasse Badehose klebt kühl an ihrem nackten Po. Sie hebt den Kopf, sucht seine Lippen, küßt ihn zum zweiten Mal. Sie spürt, wie er sich mit einemmal in sie hineinfallen läßt wie ein Bungeespringer.

Ich hab dich, denkt sie erstaunt.

30

You Germans, you fucking Krauts, ihr habt ja gekniffen, sagt Pete zu Johanna. Ihr haltet euch schön raus und laßt andere die Drecksarbeit machen.

Laß sie in Ruhe, sagt Bob.

Ist doch wahr, sagt Leslie leise, die ein Kopftuch mit dem Muster der amerikanischen Flagge trägt.

Es gab keine Massenvernichtungswaffen, sagt Bob. Es gab sie nun mal wirklich nicht. Wann akzeptiert ihr das endlich?

Aber ohne uns gäbe es das Arschloch Saddam immer noch, sagt Kent, ein junger Amerikaner asiatischer Herkunft. Willst du deiner Tochter das auch noch absprechen? Wofür war sie denn sonst da drüben, verdammt!

Stumm starren sie auf die bunt verzierte Geburtstagstorte, die vor ihnen auf dem Resopaltisch zwischen den Tabletts mit halbgegessenen Burritos und Guacamoletöpfchen steht. *Amanda forever,* steht in geschwungenen Lettern in der Mitte der Torte. Auf das Kerzenausblasen haben sie verzichtet, das wäre ihnen dann doch zu makaber vorgekommen.

Sie waren Amandas Freunde. Sie meinen es gut, hat Bob Johanna erklärt, als sie die Rolltreppe in das Einkaufscenter hinauffuhren, berieselt von Computermusik.

Eisgekühlte Luft umwehte Johanna und ließ sie erschaudern.

Sehnsüchtig verdrehte sie den Kopf nach den glitzernden Geschäften. Viel lieber hätte sie sich wie eine Schlafwandlerin in der Welt der Waren verloren, als an dieser gespenstischen Geburtstagsfeier teilzunehmen.

Sie haben sich anscheinend immer hier getroffen, sagt Bob. Jedes Jahr hier ihren Geburtstag zu feiern ist ihre Art, sich an sie zu erinnern. Für mich ist es die reinste Folter, aber sie laden mich jedes Jahr wieder ein.

Sie hatten das Ende der Rolltreppe erreicht. Bob hakte sich bei Johanna unter wie ein alter Mann, der gestützt werden muß. Wie zahllose andere bummelnde Ehepaare gingen sie an den hell erleuchteten, geöffneten Geschäften vorbei. Eine Tageszeit war nicht auszumachen, hier herrschte immer sonniger, lichtdurchfluteter Morgen. Über einem Springbrunnen in der Mitte der Mall drang Vogelgezwitscher aus einem Lautsprecher.

Bob zog Johanna auf eine Bank neben sich. Wir verabreden uns immer hier, sagte er.

Teenager liefen gackernd und johlend vorbei. Ihnen gegenüber saß eine zierliche Chinesin in einem Hauskleid mit riesigen Turnschuhen an den Füßen und saugte gedankenverloren an einer Cola. Ein schwarzer Familienvater lehnte mit Tüten beladen erschöpft an einer Säule, während seine beiden kleinen Kinder um ihn und die Säule herum Fangen spielten. Eine junge blonde Frau mit sehr heller Haut sprach in ein Handy, während sie sich mit der anderen Hand die Augen tupfte.

Wir sind schon in der Hölle und wissen es nicht, dachte Johanna. Wir müssen immer weiter einkaufen und hoffen mit jedem neuen T-Shirt, jeder neuen Sonnenbrille, jedem

Paar Schuhe, daß wir endlich gut genug aussehen, um wieder rauszudürfen, aber wir bekommen unser Leben nie mehr zurück.

Am Ende hat Bobs Tochter wahrscheinlich nur für die freie Verbreitung der Shopping-Malls gekämpft. Vor fast dreieinhalb Jahren ist sie in Falludja durch eine Straßenbombe umgekommen. Sie war Mechanikerin, ausgebildet für schweres Gerät.

Warum sie zur Armee gegangen ist, würde Bob nie verstehen. Er und seine Frau waren immer Demokraten, gegen Bush und gegen den Krieg. Amanda wußte nach der Schule einfach nicht, was sie machen sollte, die guten Colleges hatten sie alle abgelehnt, ihre Noten waren zu schlecht. Sie fand keinen Job, außer in dem kleinen Restaurant ihrer Eltern, dort verdiente sie so schlecht wie alle Kellner und konnte sich kaum etwas leisten.

Die Armee versprach ihr dagegen ein Handy, einen Computer und eine Karriere.

Sie war erst neunzehn und gegen ihre Eltern, wie man mit neunzehn wohl gegen seine Eltern sein muß. Und dann kam der 11. September. Sie wollte die Toten rächen. Das hat sie besonders erbost, die Unschuld der Toten, diese Ungerechtigkeit. Sie träumte plötzlich davon, ein weiblicher Zorro zu sein, mit einem Handy, einem Computer, einer Karriere.

Wenn ich an Amanda denke, erzählte Bob Johanna, kann ich nicht an sie als Soldatin denken, sondern nur an sie als Kind. Ich konnte sie mir einfach nicht als Soldatin vorstellen. Sie war doch immer so ein Schisser. Sie wollte noch nicht mal schwimmen lernen oder radfahren. Ich mußte immer hinter ihr herlaufen und das Hinterrad von ihrem Kinderfahrrad festhalten, sonst warf sie sich vor Angst auf die Straße und heulte.

Ich kann mich an Amanda als Baby erinnern, wie sie auf meinem Arm geritten ist. Wie sie an meinem Hals baumeln konnte wie eine Glocke. Wie sie mir mit ihren Patschpfoten die Haare verwuschelte, wenn sie auf meinen Schultern saß. Aber ich habe keinerlei Erinnerung an sie als Erwachsene. Manchmal bin ich mir deshalb nicht sicher, ob sie wirklich gestorben ist, obwohl ich an ihrem Grab gestanden habe, obwohl ich es war, der dem Offizier die Tür aufgemacht und die Nachricht entgegengenommen hat.

Sie hatten uns gesagt, daß man im Fall einer Verwundung angerufen wird und daß im Todesfall jemand persönlich vorbeikommt.

Als am siebzehnten Oktober ein Offizier in unserem Vorgarten stand, dachte ich, wenn ich die Tür wieder zumache, läuft alles rückwärts, und es ist nicht mehr wahr.

Danach stand ich im Wohnzimmer und habe mich minutenlang nicht gerührt. Stand einfach nur stocksteif da und habe gedacht: Vielleicht habe ich vor Amanda einmal zu oft gegen Bush geschimpft, mich einmal zu oft über die fundamentalistischen Christen lustig gemacht, einmal zu oft laut spekuliert, daß 9/11 uns vielleicht ganz recht geschehen ist, weil wir unsere Identität nur noch im Konsum finden. Alle, die danach ihre patriotischen Fähnchen zum Fenster rausgehängt haben, habe ich verachtet. Mit denen, die die Welt in Gut oder Schlecht einteilen wollten, nicht mehr gesprochen.

Ich habe gar nicht gemerkt, daß meine Tochter schon

lange wie die anderen dachte und nicht wie ich. Ich hab's einfach nicht mitgekriegt.

Als sie ein unerträglicher Teenager wurde, habe ich mich zurückgezogen und gedacht: Ich komme erst wieder raus, wenn du wieder normal bist.

Als sie nicht wußte, was sie nach der Schule machen wollte, habe ich zu ihr gesagt: Ich bete zu Gott, daß du in deinem Leben etwas findest, was dir wirklich Spaß macht. Da hat sie mich mit einem eiskalten Blick angesehen und gesagt: So wie du? Den ganzen Tag in Kochtöpfen rühren und von den Gästen angemacht werden, weil ihnen dein Essen nicht schmeckt?

Sie hat mich oft so wütend gemacht, daß ich sie am liebsten verprügelt oder eingesperrt hätte. Aus unserem Restaurant habe ich sie rausgeschmissen, weil sie eine miese Kellnerin war und die anderen ihre Arbeit mit verrichten mußten.

Sie hat dann in dieser Shopping-Mall rumgehangen, hat praktisch hier gelebt, wir haben kaum noch etwas von ihr gehört.

Eines Nachts kam sie zu mir ins Restaurant. Ich war schon am Abschließen. Sie wirkte bekifft oder angetrunken oder beides und sagte: Dad, jetzt weiß ich es. Ich will Teil von etwas Größerem werden.

Sie hatte sich bei der Armee beworben.

Im Juni sind wir alle nach Fort Knox gefahren, sie nannten es Familientag. Ich habe sie kaum wiedererkannt. Sie trug ihre Uniform wie eine Auszeichnung. Stand fünfundvierzig Minuten lang bei dreißig Grad im Schatten in perfekter Haltung, ohne sich zu rühren. Ich habe sie angestarrt wie ein Denkmal und mich gefragt, was wohl in ihr vorgeht. Sie ist ganz dicht an mir vorbeimarschiert, die Augen geradeaus. Sie hat geglüht, als brenne ein Feuer in ihr. Vor unserer Abfahrt umarmte sie mich. Sie wirkte so steif in ihrer Uniform, so anders mit ihrem kurzen Haarschnitt. Sie flüsterte mir ins Ohr: Du warst nie streng genug mit mir!

Sie wollte klare Verhältnisse, aber ich hatte ihr beibringen wollen, daß es das nicht gibt. Daß alles komplizierter ist, als man denkt.

Sie rief noch einmal an, bevor sie losfuhren. Sie war im Training. Es ist langweilig, sagte sie, wir putzen. Wir lernen, wie man mit Guerillas umgeht, daß man keine Plastiktüten anfassen und keine Päckchen von Kindern annehmen soll. Sie lachte.

Eine Woche später war sie in Kuwait, eine Woche später in Bagdad. Ich hängte eine Karte ins Restaurant und steckte eine kleine rote Fahne mitten in das Wort Bagdad. Sie schrieb uns noch eine Mail, daß die Bomben gar nicht in Plastiktüten versteckt sind, sondern in toten Tieren, und daß alles so ruhig sei, außer den verdammten wilden Hunden, die die ganze Nacht bellten.

Ein einziges Scheißland, schrieb sie, dieser Irak. Ohne Klos. Sie scheißen überallhin, das ganze Land stinkt nach Scheiße, und bevor sie keine Kanalisation haben, ist der Krieg nicht aus. Wenn ihr mich fragt, wird das ewig dauern.

Bob steckt die mit Glitzerpapier umwickelten mexikanischen Zahnstocher sorgfältig der Reihe nach in die Reste seines Burritos.

Verstohlen sieht Johanna unter dem Tisch auf ihre Uhr. Hoffentlich vergißt Marko ihr Versprechen nicht und wartet auf sie.

Sie war eine Heldin, sagt Pete.

Nein, sagt Bob leise. Das war sie nicht.

War sie doch, sagt Kent trotzig.

Sie war meine Tochter, sagt Bob.

Das auch, sagt das Mädchen mit dem Kopftuch. Aber zuerst war sie eine Heldin.

31

Allegra versteckt sich im Badezimmer, als es klopft. Sie läßt sich von Johanna nicht mehr wegholen. Von niemandem. Nie mehr.

Wir haben einen Stromausfall, ruft eine Frauenstimme, wir bringen Kerzen.

Als Allegra wieder herauskommt, hat er bereits alle Kerzen angezündet und liegt auf dem Bett. Sie weiß immer noch nicht, wie er heißt. Sie ist zu schüchtern, ihn zu fragen. Aber sie ist nicht zu schüchtern, sich zu ihm aufs Bett zu setzen und ihm langsam die feuchte grüne Badehose auszuziehen. Ihr Blick wandert über seine schmalen Füße zu seinen Knien, seinen breiten Männerschenkeln, auf das dazwischen, für das sie kein schönes Wort hat.

Sie kennt es nur von Fotos, die sie in der Schule unter den Tischen herumgezeigt haben, aus der Entfernung von den schrecklichen Nacktbadestränden, an die sie ihre Mutter früher geschleppt hat, von ihrem Vater im Vorbeihuschen von Bade- zu Schlafzimmer, aber nicht aus der Nähe.

Sie hat es noch nie angefaßt. Neugierig streckt sie eine Hand danach aus wie nach einem Spielzeug. Es liegt in einem kleinen Bett aus schwarzen Haaren. Friedlich. Harmlos. Unvermutet weich. Weicher als Seide, weicher als jede andere Haut. Sie beugt den Kopf. Es riecht nach Chlor, Schwimmbad, Urin und gleichzeitig seltsam süßlich.

Ihre Haare fallen auf seinen Bauch, ein Vorhang wird zugezogen, sie sieht sein Gesicht nicht mehr. Das macht es einfacher. Nur noch sie allein – und dieses seltsame Wesen. Es ist ein Wesen, denn es bewegt sich jetzt leicht, streckt sich ihr entgegen, sie berührt es mit den Lippen, ganz sacht nur.

Sie hört ihn über sich atmen, er legt seine Hände auf ihren Hinterkopf, drückt sie sanft nach unten.

Sie öffnet die Lippen, nimmt es auf wie eine ungewohnte Frucht.

Es schmeckt leicht salzig und ist immer noch weich und zart, bis es in ihrem Mund überraschend sein Wesen verändert, wächst, immer größer und drängender wird, ihren Mund ganz und gar ausfüllt, daß sie würgen muß.

Die Veränderung erschreckt sie. Gleichzeitig ist sie begeistert. Daß sie, sie allein, diesen Effekt auslösen kann, grenzt an ein Wunder. Sie ist eine Fee. Sie kann zaubern. Hinter dem Vorhang ihrer Haare hört sie ihn schneller atmen. Er drückt ihren Kopf leicht nach unten, zieht ihn dann wieder zu sich hinauf.

Sie begreift. Nimmt die Bewegung auf. Freut sich, was sie da plötzlich Neues kann. Merkt, daß sie nicht nur einen Teil, sondern diesen ganzen Mann verzaubern kann, der sich ihr ungeduldig entgegenbäumt, wenn sie auch nur eine Sekunde innehält. Dieser große Mann, der fast doppelt so alt ist wie sie, ist abhängig von ihr! Nicht zu fassen. Mach weiter, stöhnt er über ihr. Mach weiter!

32

Es hat die Hauptleitung erwischt, aber wir arbeiten dran, sagt die Frau an der Rezeption im Kerzenschein zu Rainer. Sie bekommen jetzt erst einmal eine Taschenlampe. Ihre Tochter wohnt in Hütte siebzehn B hinter dem Hügel, hinter den Chalets der Gäste.

Ich werde es schon finden, unterbricht Rainer sie ungeduldig, kein Problem.

Voller Vorfreude macht er sich auf den Weg. Im Dunkeln hört er Stimmen, Lachen, das Rauschen des Pazifiks. Kerzen flackern in den Zimmern, es ist rabenschwarze Nacht, der Mond noch nicht aufgegangen.

Er freut sich darauf, mit Allegra wie früher ein Zimmer zu teilen. Heute nacht werden sie irgendwie zu dritt zurechtkommen müssen. Er hat um ein zusätzliches Klappbett gebeten. Wie soll er Johanna klarmachen, daß sie jetzt nicht mehr gebraucht wird? Noch einmal mit Allegra Ferien machen – wer weiß, vielleicht ist es das letzte Mal. Ja, ja, er weiß, er soll nicht klammern, sie nicht festhalten. Er kann das Blablabla all dieser Eltern, die sich damit den Freibrief für ihr eigenes egozentrisches Verhalten ausstellen, nicht mehr hören. So wie Su, die ihm einreden will, Allegra sei praktisch erwachsen, nur damit sie sich in eine neue Liebe und ein neues Leben stürzen kann.

Rainer ist der Meinung, daß die meisten Eltern ihre Kinder nicht fest genug halten, ihnen nicht lange genug das Gefühl von Schutz und Zugehörigkeit geben. Sie einfach in die freie Wildbahn entlassen, bevor sie richtig laufen können, wie es kein Tier jemals täte.

Allegra ist sein kleiner Vogel. Sie kann noch nicht fliegen. Er wird es ihr irgendwann beibringen. Keine Sorge.

Nur noch einmal am Morgen in ihr kindliches Schlafgesicht schauen. Noch einmal mit ihr zelten, wie Raupen in den gesteppten Schlafsäcken nebeneinanderliegen und ihr im Licht der Taschenlampe vorlesen. Noch einmal mit ihr im Hotel das Frühstück aufs Zimmer bestellen und Cartoons im Kinderkanal sehen. Noch einmal, nur noch einmal, ein einziges Mal.

Ihre grünen Moonboots tauchen im Schein seiner Taschenlampe auf. Sie stehen am völlig falschen Ort, vor der Tür eines Gästechalets, Chalet Nummer elf, steht in goldenen Lettern an der Tür. Die Vorhänge sind bis auf einen schmalen Spalt zugezogen, Kerzenschein flackert innen, ein großer Schatten bewegt sich rhythmisch über den weißen Vorhang.

Später wird sich Rainer an diesen Moment erinnern wie an eine komplizierte Kameraeinstellung. Eine Kranfahrt, die auf den grünen Moonboots beginnt, hochfährt auf die Nummer elf, dann aufs Fenster schwenkt, sich auf den Spalt im Vorhang zubewegt, durch den Spalt hindurchfährt ins Zimmer hinein, immer zielstrebiger und schneller geradeaus bis aufs Bett, wo sie auf dem rhythmisch schwingenden, im Kerzenlicht glänzenden blonden Haar eines jungen Mädchens endet. *Cut.*

Alles, was dann kam, würde er am liebsten aus seinem

Gehirn herausschneiden, die Einstellung anders montieren und damit die Handlung verändern: Eine darauf folgende ruhige Totale würde enthüllen, warum sich der Kopf des Mädchens so seltsam bewegt hat, daß man schon das Schlimmste annehmen mußte: Pfui, Sie perverser Zuschauer, was Sie da gleich gedacht haben! Das Mädchen versucht nur eine Luftmatratze aufzublasen, das ist alles.

Schön wär's gewesen.

33

Auf unsicheren, schmerzenden Beinen steht Heidi im Supermarkt am Kühlregal und versucht sich zwischen Butter, die keine Butter ist, und Margarine, die wie Butter schmekken soll, zu entscheiden, als sich Misako uneingeladen in ihren Kopf drängt, laut blökend wie ein Schaf. Heidi verliert vor Schreck das Gleichgewicht und muß sich auf den Milchkanistern abstützen.

Moment mal, sagt Heidi laut und richtet sich mühsam auf. So geht das nicht. Du kannst mich nicht einfach überfallen. Es gibt Regeln, ganz genaue Regeln, und die hast du zu befolgen!

Ein junger Surfer im Neoprenanzug, der für eine Mitternachtsstrandparty gleich gegenüber am Pazifik einkauft, streift Heidi mit einem schnellen Blick. Eine von denen, die sich nachts aus ihrer schlaflosen Einsamkeit in die Supermärkte retten, stundenlang in ihnen herumwandern und einen Einkaufskorb mit ein paar Lebensmitteln als Alibi vor sich herschieben.

Im Gang für Katzen- und Hundenahrung steht gleich die nächste. Eine uralte grillendünne Frau in einem orangefarbenen Kleid, die sich an einem Gehgestell festhält, an dessen Füßen aufgeschnittene gelbe Tennisbälle befestigt sind, um es gleitfähiger zu machen. Angeregt murmelt sie vor sich hin, als führe sie eine Unterhaltung. *Piss off!* schreit die

Dicke in dem rosa Zelt mit den offenen Beinen. Der Surfer macht, daß er wegkommt. Es ist deprimierend. Es gibt immer mehr Verrückte.

Piss off, sagt Heidi gleich mehrmals laut hintereinander. Sie muß es aussprechen, als Gedanke allein funktioniert es nicht. Sie muß diese uneingeladene Stimme aus ihrem Kopf bekommen, jetzt sofort. Sie weiß, wie gefährlich es ist, die Grenzen einreißen zu lassen, den anderen Zutritt zu jeder Zeit zu gewähren. Ehe man sich's versieht, wird man von ihnen ausgesaugt wie von Vampiren.

Vollkommen erschöpft hat ihr Vater am Ende niemanden mehr reingelassen in seinen Kopf, er wollte den Toten kein Sprachrohr mehr sein. Ein Schild hat er am Haus anbringen lassen: *Bin nur noch in Angelegenheit des Brunnensuchens zu sprechen.*

Heidi kennt ihr Berufsrisiko, deshalb hat sie von Anfang an unumstößliche Regeln aufgestellt: Nur in Trance ist sie auf Empfang, ansonsten gibt es keine Verbindung. Besetzt. Ausgeschaltet. Sie macht einen Job, einen ganz normalen Job, als arbeite sie in einem Callcenter. Wenn sie den Hörer auflegt, ist Schluß. *Diese Nummer ist vorübergehend nicht erreichbar.*

Hör mir doch zu! haucht Misako hektisch mit ihrer Kleinmädchenstimme, hör mir doch zu. Er ist in Gefahr! Du mußt ihm helfen. Ich kenne die Geschichte. Ich habe sie gesehen: Es wird einen Killer geben, der wird ihm auflauern. Der blonde Engel wird sich für ihn opfern. Sie werden den Engel töten und in einen Sack stecken, das ist der Plan!

Shut up! brüllt Heidi und hält sich die Hände an den Kopf, schüttelt ihn, als könne sie so die Stimme loswerden.

Hör auf, laß mich in Ruhe, schreit sie auf deutsch. Du sprichst nur, wenn ich dich frage, du redest nicht ungefragt, du hast zu warten, bis ich dich einlade!

Ich hab doch nur dich, die mich hört, ich kann es nur dir sagen, hör mir doch zu! jammert Misako.

Tomatensuppe, ruft Heidi laut, Clam-Chowder-Suppe, Ochsenschwanzsuppe, Minestrone, Wontonsuppe, Süßsauersuppe, Kohlsuppe, Borschtsch! Sie muß ganz laut reden, einfach weiterreden, um die Stimme in ihrem Kopf zu übertönen. Glasnudeln, schreit sie, Reisnudeln, Pappardelle!

Von fern sieht sie zwei Sicherheitskräfte in ihren schwarzen Uniformen auf sie zusteuern, eilig watschelt sie in der anderen Richtung den Gang entlang. Ketchup! brüllt sie. Dijon-Senf, Sojasauce, Sojasauce light, Oystersauce, Steaksauce, Barbecuesauce, Worcestersauce, Fischsauce, Salatsauce. Italienisch, französisch, Joghurtsauce ...

Die beiden Sicherheitstypen kommen mit wiegenden großen Schritten auf sie zu, sie macht kehrt, läuft in den nächsten Gang für mexikanische Lebensmittel. Sie geht so schnell sie kann, ihre kaputten Beine brennen wie Feuer.

Tacos! Tortillas! Fettreduziert! Fettreduziert! brüllt sie.

Du mußt mir zuhören, bedrängt sie Misako. Du bist mein Gefäß. Ich komme zu dir, wann ich will. Du kannst nicht nicht hören. Wenn ich spreche, hörst du mich. Du kannst nicht weg. Ich bin hier, ich bin du, das weißt du doch!

Guacamole, ruft Heidi und schüttelt wild den Kopf, der jetzt anfängt zu schmerzen, als schlage jemand mit einem Hammer drauf. Salsa Verde, Salsa Rojo, Frijoles Refritos!

Sie hört die Männer hinter sich, ihre Gummisohlen quietschen auf dem Linoleum, sie läuft zurück in den ›italienischen‹ Gang. Pappardelle, Maccaroni, Bevete, Tagliolini, Tagliatelle, Spaghetti No. 5, Spaghetti No. 6, Spaghetti No. 7!

Die Sicherheitsmänner haben sich aufgeteilt, einer steht oben am Ende des Gangs, der andere kommt hinter ihr her. Er legt seine Hand auf ihre Schulter, drückt sie mit dem Bauch gegen das Regal, hält sie fest. Sie sieht die Packungen ordentlich und klar vor sich aufgereiht. Ordnung, sie wird Ordnung schaffen in ihrem Kopf. Sie wird es nicht zulassen, daß man ihn einfach benutzt, sich seiner bemächtigt, sie zum Werkzeug macht. Sie ist doch nicht verrückt!

Hör mich an! Hör mir zu!

Rezept für ein gesundes Leben, liest Heidi laut von der Packung ab. Gesunde Ernährung und genügend Bewegung, schreit sie. Spaghetti No. 12, Capelli d'Angeli!

Wie große Schatten spürt sie die beiden Männer hinter sich.

Madam, hört sie sie sagen, und sie weiß, daß sie jetzt beide lächeln, dieses eingefrorene Lächeln. Das lernen sie in ihrer Schulung als Sicherheitskräfte: Im Umgang mit Verrückten immer lächeln.

Madam, are you okay?

Capelli d'Angeli! schreit Heidi, Capelli d'Angeli! Angel's hair! Nummer 12!

Engelshaar! ruft Misako. Sie hat blondes Engelshaar! Hilf ihr doch!

Madam, please, we just want to help.

34

Die Scheinwerfer wandern rechts über dunkle Felswände, links liegt das Meer wie ein träumendes, unheimliches Wesen, das sich im Schlaf leicht hin und her wälzt.

Bis Mitternacht wird Johanna es kaum noch schaffen, zurück im Hotel zu sein. Immer wieder sieht sie ungeduldig auf die Uhr. Sie stellt sich Marko in seinem Bett vor, wie er auf sie wartet.

Danke, sagt Bob neben ihr.

Schon gut, sagt Johanna. Es tut mir so leid.

Das stimmt auch. Wirklich. Aber sie kann nur an Marko denken. Sie schämt sich dafür, wie kalt und egoistisch sie ist, aber sie kann es nicht ändern.

Amandas Tod hat uns alle zu Waisen gemacht, sagt Bob. Meine Frau lebt jetzt allein in Ohio, das Restaurant haben wir verkauft, ich spiele hier den lustigen Küchenchef für die Reichen. Nichts ist mehr richtig in meinem Leben. Als wäre ich verflucht.

La maledizione, sagt Johanna leise.

Was?

Ach, das sagt ein Vater in einer Oper, als seine Tochter gestorben ist und er ganz allein zurückbleibt.

Wie heißt die Oper?

Rigoletto.

Gut?

Ja. Und traurig. Am Ende hört man die Leute im Publikum schluchzen.

Bob schweigt. Dann sagt er: Meinst du, die Toten sehen uns beim Leben zu?

Johanna sieht ihn überrascht von der Seite an. Ich habe keine Ahnung, sagt sie vorsichtig.

Ich habe eine Weile alles gelesen, was ich in die Finger bekam, sagt Bob. Jede Tradition, jede Religion. Aber nichts ergibt für mich einen Sinn. Bei den Christen stelle ich mir die Frage: Wie können alle Toten gleichzeitig auferstehen? Und auch noch körperlich, wie die Katholiken meinen? Wie finden wir alle Platz? Wie finde ich unter all den Toten meine Tochter wieder? Bei den Hindus sind die Toten im Leben ständig anwesend. Aber ich möchte doch nicht, daß mir meine Tochter jeden Tag bei meinem traurigen Leben zusehen muß! Ich bin zu logisch für jede Religion.

Mein Vater, sagt Johanna, hat mir, als ich klein war, erzählt, daß man nach dem Tod einfach nur in ein anderes Zimmer geht, so wie in einer Wohnung, wo immer diese eine Tür verschlossen war.

Auch nicht besonders tröstlich, sagt Bob. Was soll in diesem anderen Zimmer sein? Bei den Tibetern bleiben die Toten eine Weile in einem Zwischenreich, wie in so einer Art Aufenthaltsraum. Ich habe das ganze tibetische Totenbuch gelesen, die Tibeter sind doch schließlich Spezialisten für den Tod. Aber dieses Zwischenreich wird so entsetzlich, so voller Qualen geschildert, daß ich es kaum ertragen konnte. Mein armes kleines Kind.

Er fährt schnell und unkonzentriert. Um sie herum nur rabenschwarze Nacht, seit einiger Zeit ist ihnen kein einziges Auto mehr entgegengekommen, der dunkle Raum dehnt sich bis ins Unendliche aus, als führen sie orientierungslos durchs All.

Johanna bekommt Angst, Bob könne einfach über die Klippe fahren, um seiner Trauer ein Ende zu bereiten. Ein bißchen nach links lenken, der Schotter, die Leitplanke, der freie Flug, der Aufprall. Ende.

Würdest du nicht auch lieber wiedergeboren werden, als für immer tot zu sein? fragt sie.

Ich weiß nicht, sagt Bob. Früher hatte ich, ehrlich gesagt, keine Ahnung, wieviel Schmerzen man im Leben aushalten muß. Ich hatte so eine Befürchtung, das ja. Aber ich hatte keine Ahnung, daß der Mensch soviel aushält.

Ich dachte, irgendwann ist einfach Schluß, da wird man ohnmächtig vor Schmerz, da gibt es eine Grenze, schlimmer kann es nicht mehr werden. Aber es ist doch erstaunlich, wie weit sich diese Grenze verschiebt. Immer weiter und weiter ...

Ich habe noch niemanden mir sehr Nahestehenden verloren, sagt Johanna leise. Dabei bin ich schon so alt. Bald, denkt sie, wird sie ihren Vater verlieren. Vielleicht ist er schon tot, oder er stirbt jetzt gerade, in diesem Augenblick. Ob sie das spüren würde?

Sie will wieder an Marko denken, verliebt sein, all diese verfluchten Geschichten nicht mehr hören.

Schlingernd fährt Bob in die nächste Kurve. Johanna stemmt beide Füße auf eine imaginäre Bremse, in ihren Händen kribbelt es, als habe sie in eine Steckdose gefaßt. Steil fällt der Felsen neben der Straße ab, unten schmatzt ein gefräßiges Meer.

Sie schreit auf, Bob reißt das Lenkrad herum, schafft es nur knapp, die Spur zu halten. *Sorry*, sagt er. Und einige Zeit später: Mein Herz kommt mir vor wie ein aus einem Teig geformt, der früher mal groß und weich und plustrig war. Alles war möglich. In jede Richtung dehnte er sich aus, da war ich so um die Zwanzig. Und dann wurde irgendwann in seine Luftblasen gestochen, er wurde auf den Tisch gehauen, geknetet, kleiner gemacht, da war ich etwa dreißig. Dann gab es eine Pause, mein Herz ging wieder auf – und wurde prompt wieder kleingeknetet. Den Vorgang kannte ich schon, fast hatte ich mich dran gewöhnt, da war ich vierzig. Mit fünfzig ging der Teig nicht mehr ganz so gut auf, wurde kleiner und fester – und dann kam aus heiterem Himmel plötzlich der große Knethaken. Stundenlang, monatelang, jahrelang hat er den alten Teig gewalkt, bis nur noch Brösel übriggeblieben sind. Und das schlimmste ist, daß ich weiß, daß es so bleiben wird. Daß ich damit einfach weiterleben muß.

Du wirst dich wieder erholen, sagt Johanna. Die Menschen erholen sich von ihren Tragödien.

Das habe ich auch immer geglaubt, sagt Bob. Aber jetzt erkenne ich bei so vielen die Brösel in der Brust. Nach außen sehen die prima aus. Fit und erfolgreich, sogar ganz lustig. Ich hatte keine Ahnung, wie einen der Schmerz zermürbt. Er hat aus mir einen Zombie gemacht. Nur erkennt niemand, daß ich eigentlich tot bin. Ich bin ja der lustige Bob.

Er lacht auf, verpaßt es, für die nächste Kurve rechtzeitig abzubremsen. Weit schießt der Wagen auf die Gegenfahrbahn. Wenn ihnen jetzt einer entgegenkommt, sind sie erledigt. Das will er, er will uns umbringen, das ist sein ganzer Plan! schießt Johanna durch den Kopf. Du kannst mich doch nicht einfach mitnehmen, das ist zu früh, viel zu früh, ich hab doch noch soviel vor! Ich bin verliebt!

Sie klammert sich an ihren Sitz. Als Geisterfahrer rasen sie über die Gegenfahrbahn, streifen die Leitplanke. Wie ein Kreisel dreht sich das Auto um die eigene Achse. Johanna kneift die Augen zusammen, sie spürt, wie ihr Körper kalt und steif wird und ihr Gehirn ein Feuerwerk an Gedankenfetzen abschießt. Das Auto kommt zum Stehen. Bob atmet laut und lange aus, als würde er einen nicht vorhandenen Airbag aufblasen. Im Schneckentempo fährt er auf den nächsten Parkplatz am Meer und macht den Motor aus. Ganz weit hinten am Horizont trennt ein schmaler, dunkelblauer Strich den Himmel vom schwarzen Wasser wie von der Hölle.

Huh, sagt Bob und schüttelt sich. Er holt einen dünnen Joint aus seinem Portemonnaie und zündet ihn an, gibt ihn nach dem ersten kurzen Zug weiter an Johanna. Sie staunt immer noch, daß sie gerade eben gedacht hat, sie hätte noch soviel vor. Was denn, bitte schön? Was soll sie denn groß vorhaben?

Bob legt seinen Arm um ihre Kopfstütze. Johanna schiebt sich nach vorn an die Sitzkante, sie ahnt, was kommen wird.

Joanna, sagt er leise.

Joanna, das klingt schön. Besser als Johanna. Bob legt seinen Kopf auf die Seite und sucht ihre Schulter, die sie ihm auch bietet, aber als er seine Hand auf ihren Schenkel legt, hält sie sie fest.

Komm, Joanna, flüstert er in ihr Ohr.

Nein, denkt Johanna, nicht mit dir!

Help, Joanna, help, help, help, Joanna, summt er in ihr Ohr.

Sie muß lachen. Jetzt komm schon, denkt sie. Stell dich nicht so an. *Love the one you're with,* hieß es nicht so? Er riecht gut, er ist nett. Ein kleiner Mitleidsfick, denkt sie. Ich lasse ihn machen, es wird schnell gehen, was wäre denn schon dabei? In zehn Minuten fahren wir wieder weiter, ich könnte sogar noch fast pünktlich bei Marko sein. Wenn Bob erst wieder anfängt, von Mürbe- und Hefeteigen zu reden, dann stehen wir in einer Stunde noch hier.

Ein anderer Gedanke schießt ihr durch den Kopf: Sie wäre dann auch nicht mehr ganz so bedürftig, könnte souveräner agieren, wäre nicht mehr eine ausgehungerte Frau mit Torschlußpanik. Schnell zappt sie den Gedanken wieder weg und redet sich lieber ein, daß sie hier jemand braucht. Wann ist das zuletzt vorgekommen?

Ein bißchen mehr Mitgefühl, wenn ich bitten darf, Frau Krutschnitt!

Vielleicht führt es ja auch dazu, daß, wenn sie Bob jetzt etwas gibt, sie später etwas von Marko zurückbekommt.

Nennt man das nicht Karma? Ich werde einfach ein bißchen gutes Karma generieren, denkt sie. Entschlossen zieht sie sich das T-Shirt aus. Ihr BH leuchtet weiß in der Dunkelheit auf. Bob sieht sie erstaunt an.

Hast du ein Kondom dabei? fragt sie lässig.

Er öffnet das Handschuhfach und deutet auf eine Pakkung *Trojans.* Wieso heißen die hier immer Trojaner, fragt sich Johanna. Soll man dabei an das Trojanische Pferd denken? An eine Verkleidung, die man anlegt, um unerkannt hereinzukommen?

Sie haßt Kondome, diesen ganzen Vorgang. Selbst als erwachsene Frau ist sie meist zu schüchtern, zu verklemmt, zu feige gewesen, um auf einem Kondom zu bestehen. Und jetzt fragt sie danach, weil sie sich professionell fühlen will. Was für eine Schlampe ich doch bin, denkt sie befriedigt.

Sie sucht ihn im Dunkeln, findet ihn nicht, das pudrige, nach Plastik stinkende Kondom in ihrer Handfläche. Er nimmt ihre Hand, weist ihr den Weg, sie spürt einen erstaunlich harten, kurzen, rundlichen Schwanz, so rundlich wie der ganze Bob. Sie beugt sich über seinen Schoß, riecht diesen fast vergessenen, beißenden und gleichzeitig süßlichen Geruch, tastet, findet, rollt das Kondom ab, hört es schnalzen wie ein Gummiband, das wäre schon mal geschafft. Bravo.

Bob ist vollkommen still, als wäre er gar nicht anwesend.

Umständlich zieht sich Johanna Jeans und Unterhose aus. Sie fragt sich, ob sie das nicht hätte zuerst machen sollen. Unelegant muß sie sich nach oben bäumen, um sich die Hose über den Po ziehen zu können. Mit einem metallischen Knirschen schiebt Bob seinen Sitz nach hinten. Johanna steigt auf ihn wie auf ein Pferd.

Sie denkt tatsächlich an ein Karussellpferd, wie sie für kleine Kinder vor den Kaufhäusern stehen, sucht einen halbwegs weichen Platz für ihre Knie, rutscht auf ihm herum, bis sie eine erträgliche Position gefunden hat.

Er hat sich nicht ausgezogen, nur seinen Hosenschlitz geöffnet. Unangenehm spürt sie den kalten Reißverschluß an den Innenseiten ihrer Schenkel.

Mit einer schnellen, routinierten Bewegung, die Johanna überrascht, führt er das Trojanische Pferd in den Palast.

Mit beiden Händen drückt er ihren Hintern auf und nieder. Sie preßt ihren Kopf an die Kopfstütze, sieht auf die schwarze Straße, den Meerblick hat natürlich er, denkt sie. Sein schneller werdender Atem in ihrem Nacken rührt sie unerwartet.

Schnell, denkt sie, um jedes aufkommende Gefühl abzuwehren. Mach schon, beeil dich, ich habe nicht ewig Zeit.

Sie zählt die Autos, zwei in Richtung Santa Barbara, sieben in Richtung Los Angeles, acht, neun, drei, vier, fünf. Sie atmet jetzt selbst schneller. Es sollte doch nur Mitleid sein, Mitgefühl, ein Geschenk, gutes Karma! Sie will das nicht, nein, auf gar keinen Fall. Sie versucht, dagegen anzudenken, ihrem Körper zu verbieten, sich derartig aufzuführen, aber da überwältigt er sie bereits, knipst ihr Gehirn aus wie eine störende Lampe. Sie hört sich keuchen, eine Welle überspült sie, sie geht unter, verliert den Boden unter den Füßen, wird wild umhergeschleudert, daß ihr Hören und Sehen vergeht, alles löst sich auf, sie ist überall und nirgends, nicht mehr auf dieser Welt.

Als sie wieder auftaucht, hört sie Bob in ihr Ohr flüstern: Joanna, Joanna.

Meine Güte, ist ihr das peinlich. Ein kompletter Unfall. Bob zieht sie an sich, umarmt sie fest, wiegt sie. Sie läßt es zu, fühlt sich einen Moment lang überraschend aufgehoben, fast glücklich, bis sie an Marko denkt.

Abrupt steigt sie von Bob herunter, zieht eilig ihren Slip und ihre Jeans an. Er öffnet die Autotür, läßt das Kondom herausfallen, wischt sich die Hände an seiner Jeans ab.

Stumm sitzen sie nebeneinander und sehen aufs Meer.

Noch einmal streckt Bob seine Hand nach ihr aus, aber sie rückt von ihm ab und sieht zum Seitenfenster hinaus, da läßt er endlich den Motor an und fährt zurück auf die Straße. Johanna preßt ihr heißes Gesicht an die Scheibe, den ganzen Weg zurück sprechen sie kein einziges Wort.

35

Während sich Allegra die Augen aus dem Kopf heult, konzentriert sie sich auf ihre Moonboots. Ruhig und unbeeindruckt stehen sie da, die Straßsteinchen blinken wie winzige Sterne im dunklen Zimmer. Sie sind ihre Siebenmeilenstiefel, in ihnen wird sie zu ihm zurücklaufen, ganz bestimmt. Herzzerreißend schluchzt sie. Irgendwann muß ihr Vater doch endlich ein schlechtes Gewissen bekommen. Wie kann er seine Tochter so weinen lassen? In ihrem Innersten umklammert sie ihren Schatz, dieses neue Gefühl, frisch und empfindlich wie ein gerade geschlüpftes Küken. Sie muß gut drauf aufpassen, es darf ihr nicht wieder entfleuchen. Sie wird es nie wieder hergeben, daran wird ihr Vater nichts ändern können. Das weiß er genau, und das macht ihn rasend.

Legra, sagt Rainer und läßt sich schwer neben sie aufs Bett fallen, daß die weiche Matratze schwankt, die Kerze flackert und seinen Schatten an der Wand monströs vergrößert, daß er jetzt aussieht wie ein Riese, der sie verschlingen will. Der Riese streckt eine Tatze aus und legt sie auf ihre Schulter.

Sie will sie abschütteln, ihr Vater soll sie nicht mehr so anfassen, das darf nur noch Marko. Nur er. Sie wirft sich aufs Kissen, um diese klebrige Vaterhand loszuwerden.

Marko, Marko, Marko. Unablässig formen ihre Lippen seinen Namen.

Ich will dich doch nur beschützen, mein Häschen, sagt Rainer.

Ich bin nicht dein Häschen, Arschloch, denkt Allegra und hängt noch einen Wimmerer an ihr Geschluchze wie eine komplizierte Kolloratur.

Ich muß wissen, was genau er mit dir gemacht hat, sagt Rainer. Er hebt sie vom Kissen hoch und zieht sie an sich.

Nichts, weint Allegra, gar nichts.

Er schüttelt sie, daß ihre Schluchzer zu einem Pizzicato werden. Das ist doch gelogen, ich hab dich doch gesehen! Du sagst mir jetzt ganz genau, was das Schwein mit dir gemacht hat!

Wenn du es gesehen hast, warum soll ich es dir erzählen? denkt Allegra kühl. Sie macht sich schlapp wie eine Puppe, ein Trick aus Kindertagen, so daß ihre Arme hin und her schlackern, ihr Kopf hin und her baumelt: Schau, was du angerichtet hast, du hast mich kaputtgemacht! Marko. Marko. Marko.

Er packt sie am Kopf, dreht ihr Gesicht gewaltsam zu sich.

Sieh mich an! Antworte mir! War er ... war er ... stottert er.

Aus verheulten, verschwollenen Augen sieht sie schadenfroh, wie er die Frage nicht zu Ende bringt, wie er an ihr erstickt, wie sie ihn umbringt.

Marko. Marko. Marko. Solange sie seinen Namen denkt, kann ihr nichts passieren.

Antworte mir!

Sie schweigt. Er hebt die Hand und schlägt ihr ins Gesicht.

Ja! denkt Allegra triumphierend und läßt ihren Kopf so weit wie möglich zur Seite fliegen. Schlag mich doch! Mach deine Tochter kaputt, reiß ihr Arme und Beine aus, mach schon! Marko. Marko. Marko.

Der zweite Schlag. Ein dritter. Ihr Kopf dröhnt. Rainer läßt von ihr ab, wirft sie zurück aufs Bett. Er beugt sich über sie, liegt schwer auf ihr wie ein Stein.

Legra, bitte! flüstert er in ihren Nacken. Ich will dir doch nicht weh tun! Aber dieser Mann wird dich ins Unglück stürzen! Er ist ein Zyniker, ein Menschenverächter, er ist doppelt so alt wie du! Du kennst ihn nicht, aber ich! Er hat einen schlechten Charakter, er ist ein Schwein, ein widerliches Schwein. Legra, mein Schatz!

Sie spürt, wie er zittert. Alles in ihr wehrt sich gegen diese Umarmung, gleichzeitig schämt sie sich, wie widerwärtig ihr der Vater plötzlich ist. Er riecht nach Schweiß, sein Brustkorb bebt, als sei er gerannt, sein Hemd ist naßgeschwitzt.

Versteh mich doch, flüstert er in ihr Haar. Glaub nicht, daß ich dich festhalten will, im Gegenteil. Du sollst dich doch verlieben und glücklich werden und deinen eigenen Weg finden. Das ist alles ganz natürlich, das mußt du ja auch, aber ich kann dich doch nicht in dein Unglück laufen lassen! Was erwartest du denn von mir?

Jetzt zittert auch noch seine Stimme.

Dad, bitte, sagt Allegra.

Keine Angst, ich werde nicht heulen, sagt er schniefend. Ich werde nicht heulen, das tue ich dir nicht an. Aber schon laufen ihm die Tränen über das Gesicht.

Du bist so gemein! denkt Allegra wütend. Sie beißt die

Zähne zusammen, mit aller Macht versucht sie es zu verhindern, MarkoMarkoMarko. Aber da ist schon dieses gräßliche Flattern im Magen, das ihren ganzen Körper unter all den falschen Schluchzern zum Beben bringt. Wie sie ihr Mitleiden mit ihm, das sie immer wieder überwältigt, verabscheut! Sie kann sich nicht dagegen wehren, sie kann ihn einfach nicht weinen sehen, sie muß ihn beschützen. Automatisch zieht sie ihre Arme unter den Krakenarmen des Vaters hervor, schlingt sie ihm um den Hals, zieht ihn an sich und klopft ihm in gewohnter Manier auf den Rükken wie einem riesigen Baby. Dies ist das letzte Mal, das allerletzte Mal, schwört sie sich, und zum ersten Mal weiß sie, daß es wirklich so sein wird.

36

Wie der Terminator persönlich ist Rainer durchs Fenster gebrochen, hat seine Tochter an den Haaren quer durchs Zimmer geschleift, um sich dann mit Geheul auf Marko zu stürzen. Marko konnte sich gerade noch ins Badezimmer retten und den Schlüssel umdrehen. Er liegt in der leeren Badewanne, schwaches Mondlicht fällt durch das kleine Fenster, immer noch geht kein Strom, und es gibt keine Kerze im Bad. Er traut sich nicht raus, wer weiß, ob der Wahnsinnige nicht zurückkommt?

Die arme Kleine, die mit diesem Monster leben muß. Was für ein Idiot. Er ist so gut wie tot. Gefeuert. Und jetzt bekommt er definitiv auch die Rechnung für den ausgefallenen Drehtag. Gleich morgen wird er Patsy im Büro anrufen. Marko hat lange genug Mitgefühl bewiesen. Jetzt wird er ihn wie eine Kellerassel unter dem Absatz zerquetschen.

Was geht diesen Wichser überhaupt an, was seine Tochter treibt? Sie ist immerhin sechzehn. Marko hat sie gefragt, und dieses Mädchen kann nicht lügen, das hätte er erkannt. Von ihren blauen Augen geht ein fast unheimliches Leuchten aus. Er kann sich nicht erinnern, jemals so angesehen worden zu sein. Als wisse sie alles über ihn. Zum ersten Mal in seinem Leben hatte er das Gefühl, keine Rolle mehr spielen zu müssen. Vor einem kleinen Mädchen!

Liegt die Altersgrenze in Kalifornien vielleicht doch bei achtzehn? Oder sogar bei einundzwanzig? Den Amerikanern wäre es bei ihrer Prüderie zuzutrauen.

Er merkt erst jetzt, daß er gar keine Angst hat. Die Panik, die sonst in seinen Eingeweiden lebt wie ein Frettchen, das nur darauf wartet, blitzschnell aus seiner Höhle zu schießen und sich in seinen Eingeweiden zu verbeißen, ist nicht mehr da. Als wäre sie einfach davongeschlichen.

Das Gefühl ist überwältigend. Als habe ein langer Zahnschmerz überraschend aufgehört. Er kann es noch gar nicht fassen.

Das hat diese Kleine bewerkstelligt. Sie hat ihn gerettet. Erst vor dem Strommast im Pool, und jetzt hat sie ihm diese seltsame neue Leere beschert, die sich so luftig und frisch anfühlt wie Pfefferminze.

Allegra. Ihr Name schlängelt wie ein schneller Kuß über seine Lippen. Allegra. Er will sie wiederhaben. Er zittert mit einemmal am ganzen Körper. AllegraAllegraAllegra. Er dreht den Wasserhahn auf und läßt warmes Wasser über sich in die Wanne laufen, bis sie voll ist und das Wasser ihn trägt. Er fühlt sich leicht und nicht ganz anwesend.

Ich bin ein Knochenfisch, singt er leise vor sich hin.

Der Knochenfisch ist sein Lieblingsfisch. Wann immer er in Berlin ist, besucht er ihn im Aquarium, ganz hinten im letzten Raum. Die meisten Besucher gehen achtlos an ihm vorbei, sie sehen ihn nicht, das Aquarium scheint leer zu sein, sie lesen nicht das Schild: *Der Knochenfisch ist anwesend. Achten Sie auf die Bewegungen der Pflanzen.* Und tatsächlich. Wenn man lange genug hinsieht, erkennt man, wie die Pflanzen sich teilen und wieder schließen, als schwämme etwas zwischen ihnen hindurch. Der Knochenfisch ist anwesend. Niemand sieht ihn, niemand beachtet ihn, kein Kind klebt mit seiner Nase an der Scheibe und bewundert ihn, er ist unsichtbar. Aber je länger Marko in das scheinbar leere Aquarium starrt, um so deutlicher erkennt er ihn. Ruhig scheint er seine Bahnen zu schwimmen, hin und her und her und hin bewegen sich die Pflanzen um ihn herum, der Knochenfisch ist in seinem Element, eins mit seiner Umgebung, vollkommen aufgehoben in seiner Welt. Beneidenswert.

Und jetzt hat ihn dieses Mädchen ganz durchsichtig gemacht. Seltsam. Zum ersten Mal in seinem Leben hat er das Gefühl, in der Welt zu schwimmen. Von ihr getragen zu werden.

Er taucht unter und atmet einen kleinen Strudel von Luftblasen ins Wasser. Wäre er vor ein paar Stunden noch im Pool gewesen, hätte bereits die letzte Luftblase seines Lebens seine Lungen verlassen. Bumm. *Out goes the light.* Wo wäre er dann jetzt?

Als er wieder auftaucht, hört er jemanden an die Badezimmertür klopfen und eine Stimme leise seinen Namen rufen.

Allegra! Sein Herz überschlägt sich. Er springt aus der Wanne, rutscht aus, kann sich gerade noch abstützen. Ja, ruft er aufgeregt. Ich komme!

Mit zitternden Fingern sperrt er die Tür auf, kann sie nicht sehen im stockdunklen Zimmer, er streckt die Hand nach ihr aus. Da, da ist sie, er fühlt ihr Haar, tastet nach ihrem Gesicht. Du bist wieder da, stöhnt er selig.

Ja, murmelt sie und preßt sich eng an ihn.

Sie ist größer und breiter, als er sie in Erinnerung hatte, aber ihre Haare riechen richtig, an diesen Geruch kann er sich erinnern, *Dr Bronner's Magic Soap.* Sein magisches Mädchen.

Ich hab's dir doch versprochen, haucht es an seinem Hals. Ich hab gesagt, ich komme zurück und beschütze dich vor den Gespenstern.

37

Rainer hält Allegra fest an seine Brust gepreßt, sehnsüchtig wartet sie darauf, daß er endlich tief schläft. Er schnauft und keucht, als besteige er im Traum einen hohen Berg. Probeweise bewegt sie sich ein wenig, jedesmal ist er bisher hochgeschreckt und hat sie um so fester umklammert. Jetzt rührt er sich nicht. Sie muß ganz sicher sein. Sie darf kein Risiko eingehen. Bis ins Detail hat sie sich alles bereits ausgemalt: Noch nicht einmal ihre Moonboots und ihr Handy wird sie mitnehmen. Sie wird nichts, gar nichts mehr haben. Alles zurücklassen. Ihr ganzes altes Leben. Auf der Flucht wird sie Markos Klamotten tragen, seine Hemden und Anzüge, seine Tom-Ford-Sonnenbrille, ihre Haare wird sie unter einer Mütze verbergen, man wird sie für seinen kleineren Bruder halten. Sie wird unvorstellbar cool aussehen.

In Zeitlupe entwindet sie sich den Armen des Vaters, rutscht zentimeterweise an seinem Körper hinunter, bis sie langsam, langsam ihren Kopf unter seiner Armbeuge herauszieht. Vor Anstrengung entschlüpft ihr ein kleines Stöhnen.

Prompt bewegt sich Rainer. Allegra stockt der Atem. Wird er gleich die Leere in seinen Armen bemerken?

Sie glaubt an ihrem eigenen Herzklopfen ersticken zu müssen.

Auf allen vieren kriecht sie, so schnell sie kann, zur Tür. Wenn er jetzt aufwacht, wird sie behaupten, sie müsse noch mal aufs Klo, obwohl er sie vorhin extra dorthin begleitet hat. Er hat sogar nachgesehen, ob es nicht im Klo ein Fenster gibt, aus dem sie hätte fliehen können.

Zum Glück kann man in Amerika die Zimmertüren nicht von innen absperren. Wie sie dieses Land liebt! Vorsichtig dreht sie den Türknopf, mit einem Klicken gibt er ihr den Weg frei. Ein Vogel schreit, erschrocken fährt sie zusammen.

Rainer grunzt und wälzt sich herum, blitzschnell zieht sie die Tür hinter sich zu, setzt einen nackten Fuß nach dem anderen auf die glatten kalten Steine, balanciert den schmalen Weg hinunter zu den Gästechalets. Der Mond versteckt sich hinter Wolken, fahl leuchtet ihr weißes Nachthemd im Dunkeln.

Schneller, immer schneller läuft sie den Weg hinunter, der Wind fährt unter ihr Nachthemd und bauscht es auf, sie muß an Peterchens Mondfahrt denken, so wie er wird sie heute nacht einfach davonsegeln, in neue, fremde Länder fahren, dem Mann im Mond begegnen und der Königin der Nacht.

Hello, little ghost, sagt eine Stimme aus der Dunkelheit.

Der Küchenchef Bob kommt auf sie zu. Er ist ein alter Freund ihres Vaters, er will sie einfangen, da ist sie sicher. Er breitet seine Arme aus: *Where to in the middle of the night?*

Verabredet, ich bin verabredet, stottert sie und versucht, an ihm vorbeizukommen, aber er versperrt ihr den Weg.

Suchst du Joanna?

Joanna? fragt Allegra verständnislos.

Ich habe sie gerade eben abgesetzt, wir waren fast pünktlich, sie müßte schon oben in eurer Hütte sein, ihr werdet euch gerade verpaßt haben.

Ich muß nur noch etwas holen, stottert Allegra. *Thank you, good night.*

Sie drückt sich an ihm vorbei, eilt weiter die Stufen hinunter. Wie ein weißer Nachtfalter flattert sie davon.

38

Was ist los mit dir? fragt Johanna und streicht Marko über die dichten Haare, die sich im Dunkeln anfühlen wie das Fell eines Terriers. Er antwortet nicht, spricht nicht mit ihr, will nichts von ihr wissen. Sie hat versucht, seine nackte Brust zu streicheln, aber er hat ihre Hand aufgehalten, *nicht* gesagt, wie eine Frau.

Sie kann ihn in der Dunkelheit kaum erkennen, seine Augen schimmern im schwachen Licht der einzigen Kerze. Er starrt zum zerborstenen Fenster hinaus. Auf ihre Frage, was da denn passiert sei, hat er ebenfalls nicht geantwortet.

Sie hat sich hübsch gefühlt im Kerzenlicht, ihre Haut fast so glatt wie früher, den Bauch hat sie eingezogen und sich dekorativ auf die Seite gelegt, selbst die Kurve ihrer Hüfte zum Oberschenkel bewundert, sich attraktiv und wundervoll verdorben gefühlt – vielen Dank, Bob! –, und jetzt spricht Marko noch nicht einmal mit ihr. Johanna steuert auf eine weitere Erniedrigung zu. Sie hat das Gefühl, idiotisch fröhlich über eine Klippe gesprungen zu sein und jetzt in der Luft zu hängen, gleich wird sie aufschlagen, ganz unten ankommen mit der Erkenntnis: Sie ist zu alt.

Was hat sie sich nur eingebildet? Wie konnte sie so dämlich sein, sich, noch bevor er aus dem Bad kam, bis auf die Unterwäsche auszuziehen? Wie ist sie nur darauf gekommen? *Dr Bronner's Magic Soap: Die Liebe ist ein eigensin-*

niger Vogel. Willst du sie? Sie fliegt fort, aber wenn du ihren Segen am wenigsten erwartest, dreht sie sich um und bleibt. Wie sie innerlich gejubelt hat, als Marko nackt und tropfnaß aus dem Bad kam und sie gleich in die Arme geschlossen und in ihre Haare gemurmelt hat, du bist da, du bist da. Vollkommen verändert wirkte er da, als sei in seinem Inneren ein Schlüssel umgedreht worden, und er hätte die Tür aufgemacht, sie einfach reingelassen. Da war sie mit einem Schlag wieder jung, alles schien wieder möglich. Musik bitte! Wahnwitz und der freie Fall!

Aber im nächsten Augenblick flog die Tür schon wieder zu, er ließ sie los, fiel auf sein Bett und rührte sich nicht mehr.

Seitdem wirkt er erstarrt, wie schockgefroren. Johanna kennt den tiefgefrorenen Mann. Sie weiß, daß er sich im Grunde genommen danach sehnt, wieder aufgetaut zu werden, und in der Regel funktioniert das am besten durch Sex. Sex scheint seine Körpertemperatur so weit nach oben zu treiben, daß sich sein Herz wieder ein bißchen bewegt, Gefühle sich regen können.

Sie hat in ihrem Leben einige Männer aufgetaut.

Der erste in einer langen Kette war Rainer, der in Hollywood in seinem Erfolgsrausch ihr gegenüber erstarrte wie eine Eidechse in der Kälte, überhaupt nicht mehr zugänglich war, außer nachts, wenn sie sich so lange eng an ihn drückte, bis sie ihm endlich ein bißchen Liebe entlocken konnte.

Danach rauchten sie eine Zigarette zusammen. Stolz wie eine Köchin, der ein Gericht gelungen ist, lag sie neben dem aufgetauten Rainer, und fürchtete sich bereits vor dem nächsten Morgen. Da war er dann wieder so kühl, sah sie kaum an, sprach nicht mit ihr. Jeden Tag wieder hatte sie Angst, von ihm endgültig abgelehnt zu werden. Wo sollte sie denn hin?

Als es dann soweit war, und er sie fallenließ wie ein Kleidungsstück, aus dem er herausstieg und weiterging, ohne sich noch einmal umzudrehen, hatte sie das Gefühl zu fallen, immer tiefer zu fallen wie in einem Traum.

Sie hat nie mehr wirklich Boden unter die Füße bekommen. Es kommt ihr vor, als habe sie sich danach immer nur nach dem Falschen gesehnt, nie mehr wirklich Anschluß bekommen, nie mehr eine Chance auf ein wirkliches Zuhause bekommen, und als habe sie ihr Nomadenleben als Filmrequisiteurin nur deshalb aufgenommen, um diese Tatsache vor sich selbst zu verschleiern. Sie ist nie irgendwo angekommen. Mit knapp fünfzig träumt sie immer noch von einem neuen Leben, oder wenigstens von einem neuen Liebhaber, mit dem sie ein neues Leben beginnen könnte. Lächerlich.

Aber sie will nicht aufgeben, die Niederlage mit diesem jungen Schnösel neben ihr nicht hinnehmen. Sie startet einen neuen Versuch, fährt mit ihrem Zeigefinger sein Brustbein hinab, langsam, langsam umkreist sie seine Brustwarzen, beschreibt eine liegende Acht, die magische Acht, komm schon, tau endlich auf!

Er liegt da wie ein Stück Holz. Wieso kann sie den Erfolg, den sie bei Bob hatte, hier nicht wiederholen? Ist es immer das alte Spiel, daß der, der sich zu sehr sehnt, nicht geliebt wird?

Du dumme alte Frau, schimpft sie sich. Was willst du

denn von diesem Typen, der nur überwältigend gut aussieht, aber den du doch überhaupt nicht kennst?

Etwas, was früher ganz von selbst geschah.

Ein Blick, ein paar Worte, Sex und dann manchmal sogar Liebe. Selten andersherum. Sex kam immer zuerst. Die Liebe fand als Explosion statt wie in einem chemischen Experiment. Sie hielt dann vielleicht nicht besonders lang, aber das war nebensächlich. Was zählte, war dieses umwerfende Gefühl, vollkommen in der Welt und gleichzeitig außerhalb von ihr zu sein, der eigenen Schwerkraft und der Zeit enthoben. Nur Gegenwart, keine Vergangenheit und keine Zukunft. Immer mehr muß sie ständig vor beidem auf der Hut sein. Wenn sie nicht aufpaßt, überrollt sie die Erinnerung an ihre verpfuschte Vergangenheit, und wenn sie die gerade erfolgreich abgewehrt hat, bedroht sie die Zukunft mit Bildern von Alter, Krankheit, Einsamkeit, Tod.

Es ist ein ständiger Kampf, den sie führt, und der einzige friedliche Ort, an den sie fliehen kann, sind ihre fünf Sinne. Wenn sie nur noch schmeckt, tastet, sieht, hört und riecht, kommt sie endlich in der Gegenwart an.

Sie berührt seine marmorglatte, kühle Haut, atmet seinen Geruch nach Badeschaum und einem Hauch Männerschweiß ein, leckt über seine Brustwarzen, hört ihn atmen.

Es geht nicht, sagt er über ihr. Nimm's nicht persönlich.

Johanna sinkt neben ihm ins Kissen, wühlt ihren Kopf hinein, errötet vor Scham und Erniedrigung.

Wie soll ich es denn nicht persönlich nehmen? Wahrscheinlich rieche ich bereits alt, habe Mundgeruch, Verwesungsgeruch, wahrscheinlich hat er das Gefühl, der Tod sei auf Besuch.

Ich bin verliebt, hört sie ihn undeutlich sagen.

Sie hebt ungläubig den Kopf.

Ja, sagt er. Sie hört in seiner Stimme ein idiotisch glückliches Grinsen. Ich glaube zumindest, ich bin's. Oder nah dran. Oder so ähnlich. Ich war's noch nie, deshalb weiß ich es nicht genau, aber es fühlt sich auf jeden Fall so an, wie ich immer dachte, wie es sich anfühlen muß. Wie Drogen ohne Drogen.

Johannas Stimmung verändert sich schlagartig. Sie ist nicht schuld, ihr Alter nicht, ihr Körper nicht! Sie hat nicht versagt, ausnahmsweise liegt es nicht an ihr! In wen? fragt sie. Seit wann?

Heute nachmittag. Ein Blitzschlag. Stromausfall. Einfach so. Aus heiterem Himmel.

Johanna stützt sich auf, um ihm ins Gesicht zu sehen. Sie sieht seine weißen Zähne, seine glänzenden Augen. Sie fährt ihm über die Stirn, über die Haare, jetzt darf sie das. Im Handumdrehen hat sie eine andere Rolle, als sei sie in letzter Sekunde umbesetzt worden. Sie spielt jetzt nicht mehr Mrs. Robinson, jetzt ist sie die mütterliche Freundin.

Läuft dir so ein komischer Schauer über den Rücken, wenn du an sie denkst?

Ja.

Ist dir ein bißchen schlecht?

Ja.

Dann bist du tatsächlich verliebt.

Es ist fast wie ein Schmerz, sagt Marko.

Ja, sagt Johanna lächelnd. Neid, Neid, Neid. Wer ist sie?

Sie will es eigentlich gar nicht wissen. Wer kann schon die Frau sein, in die sich ein Mann wie Marko verliebt? Irgendein Model, eine schöne Schauspielerin, eine bekannte Person, deren öffentliches Gesicht wahrscheinlich jeder kennt und deren privates zum Gähnen langweilig ist.

Jetzt sag schon. Sie stupst ihn an und spielt die Neugierige.

Marko seufzt dramatisch, und gerade als er anheben will, um sie zu beschreiben, bläst ein heftiger Windstoß die Vorhänge zur Seite, und draußen vor dem Fenster erblickt Johanna ein Gespenst. Es ist weiß und flatterig, ganz nach Vorschrift, es scheint keine Glieder zu haben, sondern bewegt sich flüssig durch die Dunkelheit, geradewegs auf sie zu. Es kommt immer näher, die Vorhänge verdecken es, geben es wieder frei, bis es ganz dicht vorm Fenster erscheint und sie anstarrt.

Allegra! ruft Johanna.

Johanna, stottert das Gespenst, was machst du denn hier?

Allegra! schreit Marko und wirft Johanna ab wie Ballast, rennt zur Tür, reißt sie auf. Das Gespenst läuft davon, Marko hinter ihm her. Er packt es, zieht es an sich, es strampelt und wehrt sich wild. Johanna läuft barfuß zur Tür, tritt auf den Rosenkranz auf der Schwelle, schmerzhaft spürt sie die Holzperlen.

Die Gespensterabwehr, denkt sie, hat ja nicht besonders gut funktioniert. Woher zum Teufel kennt Marko Allegra, und was macht sie hier, mitten in der Nacht?

Marko trägt Allegra in seinen Armen zurück zum Haus.

Allegra, sagt Johanna kopfschüttelnd, was machst du denn hier?

Ich hasse dich! schreit Allegra und schlägt mit dem Arm nach ihr.

Schscht, macht Marko, pscht.

Ich hasse dich! kreischt Allegra. Ich hasse sie, ich hasse euch alle!

Sie springt ihm aus den Armen, rennt mit wehendem Nachthemd wieder davon, da löst sich aus der Dunkelheit ein Mann, der sie packt und wie ein Postpaket unter seinen Arm klemmt. Er wirbelt sie herum und zwingt sie, den nackten Mann und die Frau in schwarzer Unterwäsche dort vor dem Chalet Nummer elf anzusehen, die ihn entgeistert anstarren. Schau sie dir an, die Schweine! brüllt er.

Rainer, sagt Johanna und verschränkt die Arme vor der Brust. Ihr ist bewußt, daß sie im Stehen keine gute Figur in BH und Unterhose macht, und versucht selbst in dieser absurden Situation noch den Bauch einzuziehen.

Rainer, seit wann bist du denn hier?

Voller Verachtung starrt Rainer sie an. Schau sie dir gut an! zischt er in Allegras Ohr.

Rainer trägt über seiner Unterhose nichts als Johannas Trenchcoat, der lächerlich klein an ihm aussieht. Falsches Kostüm, denkt Johanna, und jetzt fällt bei ihr endlich der Groschen: Quartett, Ende zweiter Akt. Der Vater zeigt seiner Tochter, wie ihr geliebter Duca Maddalena vögelt.

Aber Johanna ist nicht Maddalena, und Marko kann nicht in Allegra verliebt sein – das alles ist ein Riesenmißverständnis.

Rainer, sagt sie kopfschüttelnd, jetzt hör auf mit dem Scheiß.

Du hältst die Klappe! schreit Rainer haßverzerrt. Allegra wimmert unter seinem harten Griff. Marko! ruft sie verzweifelt, aber Marko hat hinter Johanna den Rückzug ins Haus angetreten.

Jetzt laß sie los, fordert Johanna Rainer in bemüht vernünftigem Tonfall auf. Es ist alles ganz anders, als du denkst.

Es ist immer ganz anders, als man denkt, höhnt Rainer. Ein nackter Mann und eine nackte Frau! Johanna! Das hätte ich echt nicht von dir gedacht! Je oller, desto doller. Er lacht auf.

Laß mich, bitte! heult Allegra und strampelt mit ihren langen bloßen Beinen, die im schwachen Mondlicht glänzen wie metallisiert. Rainer will Johanna zur Seite drängen, aber sie versperrt ihm den Eingang.

Komm raus, du feiges Schwein, schreit er ins dunkle Zimmer, damit ich dir aufs Maul hauen kann!

In den anderen Chalets ringsum gehen die Türen auf, schemenhaft treten Leute heraus. *Shut up!* brüllt jemand.

He is fucking a fifteen year old, brüllt Rainer zu seiner Verteidigung. *He is fucking my little daughter!*

Das ist nicht wahr! kreischt Allegra. Marko!

Rainer, jetzt laß sie los! sagt Johanna streng. Du hast kein Recht dazu, laß sie los!

Wie eine Viper schnellt Rainer zu Johanna herum und spuckt ihr ins Gesicht. Du hast versprochen, auf sie aufzupassen, keucht er, du hast es mir versprochen!

Johanna spürt seine Spucke auf ihrer Wange. Verwundert hebt sie die Hand und denkt: Ich war mal mit meiner Zunge in seinem Mund und habe seine Spucke aufgesaugt wie Nektar, wie kann das sein?

Sie wischt sich die Spucke von der Backe, holt Luft, nimmt sich Zeit für ihren Dolchstoß. Die beiden lieben sich, sagt sie lächelnd. Und noch einmal, langsam und deutlich: Sie sind ineinander verliebt.

Allegra hebt den Kopf.

Ich hatte gar nichts mit ihm, sagt Johanna zu ihr.

Allegra sieht sie unter strähnigen blonden Haaren dankbar an.

Ich liebe ihn so, wimmert sie.

Da kannst du nichts machen, sagt Johanna lächelnd zu Rainer. Gewöhn dich dran.

Marko kommt von hinten aus dem Zimmer, schubst Johanna von der Schwelle nach draußen, daß sie stolpert und auf die Knie fällt. Tannennadeln und ein Stück Fensterscheibe bohren sich in ihr Fleisch, das elektrische Licht der Außenbeleuchtung flackert unvermittelt auf und beleuchtet zitternd die Szene. Undeutlich sieht Johanna, wie Marko an ihr vorbeischießt, jetzt in Jeans und mit nacktem Oberkörper, wie er sich auf Rainer stürzt, der nach hinten wankt, von Allegra ablassen muß, um sich zu fangen, dann aber wie ein Stier auf Marko zurast, ihm mit der Faust ins Gesicht schlägt, so daß Marko zu Boden geht.

Das Gespenst nutzt die Gelegenheit, um zum dritten Mal davonzulaufen. Das Licht zuckt wie in einer Disco, in weißen Blitzen bewegt Allegra sich durch die Dunkelheit, da hat Rainer sie schon wieder eingefangen.

Allegra kreischt, als würde sie abgestochen, in Johannas Richtung: Hilf mir! Hilf mir doch!

Johanna sieht in die Gesichter der immer zahlreicher werdenden Zuschauer, über die das Licht flackert, als wären sie im Kino. Fasziniert betrachten sie das in krächzendem Deutsch aufgeführte Drama und wünschen sich wahrscheinlich Untertitel. Eine ältere, dunkelhaarige Frau in schwarzer Unterwäsche spielt mit, ein blonder Riese, der aussieht wie der klassische Nazi, das muß man leider sagen, auch wenn man gern keine Vorurteile mehr gegen die Deutschen hätte, ein blondes, langbeiniges Wesen, hübsch wie ein Model, von dem er behauptet, es sei seine Tochter, und ein junger, gutaussehender Mann, der aussieht wie der Held der Geschichte und deshalb auch gern Amerikaner sein könnte. Schade nur, wenn die Kleine wirklich erst fünfzehn ist – dann droht ihm natürlich Gefängnis.

Die Zuschauer wünschen sich besseres Licht. Wann wird hier endlich das Stromnetz repariert? Mit kleinen Schritten rücken sie langsam vor in ein Halbrund, um mehr sehen zu können.

Johanna rappelt sich auf, ihr Knie blutet. Sie sieht in die Runde, die sie erwartungsvoll anstarrt. Für sie ist sie weder Maddalena noch Giovanna in irgendeiner alten europäischen Oper, sondern in ihrer schwarzen Unterwäsche niemand anders als Kitty, die Hure mit dem goldenen Herzen. Wie jeder kennt Johanna die Grammatik des amerikanischen Kinos auswendig: Kitty wird handeln! Sie wird den Aufruf zum Abenteuer annehmen! Sie wird eine Heldin sein!

Im nächsten Augenblick schon springt sie Rainer auf den Rücken, daß er taumelt, krallt sich an ihm fest, reitet ihn wie ein störrisches Pferd in einem Rodeo. Sie hört Applaus aufbranden, oder ist das nur das Rauschen des nahen Pazifiks?

Vor nur drei Tagen hat sie schon mal so auf Rainers Rücken gesessen, aber das ist ewig her, da war alles nur ein Spaß.

Wütend versucht Rainer, sie abzuschütteln und gleichzeitig Allegra festzuhalten, aber das schafft er nicht. Er strauchelt, geht zu Boden, begräbt Allegra unter sich. Johanna liegt auf ihm, einen Moment lang rührt sich keiner der drei.

Belegtes Brot hieß das in ihrer Kindheit.

Der Vater lag zuunterst als Brot, dann Marie, die Butter, Johanna, die Wurst, die Mutter als Scheibe Brot obendrauf. Sie erinnert sich an die beruhigende Schwere der anderen, man war eingequetscht, aber sicher: In diesem Haufen konnte einem nichts geschehen. Lang hielt man das nicht aus, man mußte kichern und schreien, bis das Brot anfing zu wackeln, schließlich auseinanderklappte, und alle herausfielen.

Jetzt beruhige dich mal, sagt Johanna dem keuchenden Rainer unter ihr ins Ohr. Du machst dich ja komplett lächerlich!

Wie eine weiße Raupe versucht Allegra unter Rainer hervorzukriechen. Marko hat sich inzwischen aufgerappelt und eilt ihr zu Hilfe. Er zieht sie an den Händen unter Rainer hervor, der von Johanna mit Mühe niedergehalten wird. Aber da bäumt er sich auf und wirft seinen Mantel samt Johanna ab. Schmerzhaft schlägt sie mit dem Rücken auf einen Stein.

Das Licht geht wieder aus, sie hört, wie sich Marko und Rainer keuchend und krachend schlagen. Johanna packt ihren Mantel und kriecht zu Allegra, die sich hinter einen Baumstamm gerettet hat.

Mein Bein, jammert sie zitternd. Mein Bein …

Johanna findet ihren Autoschlüssel in ihrem Mantel. Komm, schnell! sagt sie zu Allegra.

Ich kann nicht, weint Allegra. Johanna hebt sie hoch, sie

ist erstaunlich leicht für so ein großes Mädchen, sie schlingt ihre langen Glieder um Johannas Rücken und schluchzt an ihrer Schulter auf englisch, als würde sie einen Song vor sich hin weinen: *I love him, I love him so much.*

Meine Tochter, denkt Johanna. So wäre es gewesen, wenn. Wirklich? Würde sie sie als Mutter weglaufen lassen mit einem Mann, der doppelt so alt ist und ganz offensichtlich nicht alle Tassen im Schrank hat?

Die Tannennadeln stechen in ihre Fußsohlen. Sie erreicht die spitzen Kiesel des Parkplatzes, mit jedem Schritt wird Allegra schwerer, als wöge sie durch das neue Gefühl der Liebe, das das Mädchen bis zum Platzen anfüllt, von Schritt zu Schritt mehr.

Johanna trägt sie bis zu ihrem Mietwagen. Wie eine Puppe setzt sie Allegra auf den Beifahrersitz, steigt selbst ein, drückt die Verriegelung herunter, um sich mit ihr vor den beiden wildgewordenen Männern in Sicherheit zu bringen. Sie könnte jetzt einfach losfahren, Allegra als Gefährtin kidnappen, dann wäre sie nicht so allein. Sie könnten als Mutter und Tochter durch Amerika fahren, als Freundinnen, als Verbündete.

Quatsch.

Sie wird allein übrigbleiben. Wann kapiert sie das endlich?

Zeig mir dein Bein.

Allegra legt Johanna ihr aufgeschürftes Bein auf den Schoß. Johanna tupft es mit einem Tempotaschentuch vorsichtig ab.

Er wird ihn umbringen, heult Allegra.

Nein, nein, da bringt keiner keinen um, sagt Johanna. Sie

lehnt sich erschöpft zurück in den weichen Sitz, die Knochen tun ihr weh, sie friert. Sie macht den Motor und die Heizung an. Meine Güte, denkt sie erstaunt, wie lang ist das her, diese allesverschlingenden Liebesdramen, Prügeleien aus Liebe, Tränenströme, der Schmerz, als würde man bei lebendigem Leib zerlegt wie ein Schlachttier.

Ich kann doch nichts dafür, wimmert Allegra vor sich hin, ich liebe ihn einfach so.

Johanna sagt nicht: Du kennst ihn doch gar nicht. Es kostet sie einige Mühe. Statt dessen sagt sie knapp: Tu mir einen Gefallen, spiel nicht das Opfer.

Wie meinst du das?

Ich will nicht, daß du in einem Müllsack endest, das ist alles.

Ich versteh nicht, was du meinst.

Johanna schweigt. Na klar versteht sie nicht, was ich meine, das dumme Huhn. Sie besteht auf ihrem herzzerreißenden Drama, sie ist doch erst am Anfang.

Sie weiß auch noch nicht, wie es weitergeht, wenn alle überleben, niemand im Müllsack endet, niemand eine dramatische Schlußarie singt, sondern der Alltag der Liebe einsetzt, die Ernüchterung und das langsame Zusammenschnurren dieses großen Gefühls. Irgendwann findet man es dann in der Ecke einer Schublade wieder, wie einen lang vergessenen Gegenstand, staubig und krümelig. Dann kann man es mit spitzen Fingern in den Müll tragen, und es sich endlich gemütlich machen. Johanna streckt ihre nackte Haut der warmen Heizungsluft entgegen, sie seufzt, dann lacht sie leise.

Was ist jetzt so komisch?

Vorwurfsvoll sieht Allegra sie an. Johanna wischt ihr die Tränen weg, zupft Tannennadeln und Blätter aus ihrem Haar.

Dieses Riesendrama. Ist doch eigentlich ziemlich komisch, oder?

Nein, schnieft Allegra. Das ist es überhaupt nicht.

Hör auf zu heulen. Du bist verliebt. Das ist alles.

Johanna sieht aus ihrem Seitenfenster zu den dunklen Chalets hinüber, sie kann nicht erkennen, was dort geschieht.

Was ist denn daran so schlimm? fragt Allegra.

Nichts, sagt Johanna. Gar nichts. Niemand kann dir erzählen, daß es sowieso schiefgehen wird, und er der Falsche ist, und du zu jung bist. Niemand. Denn eh du dich versiehst, bist du selbst alt. Ich bin alt, damit du jung sein kannst. Irgend etwas Gutes muß es doch haben.

Eine schmale Hand schiebt sich unverhofft in Johannas Hand. Johannas Herz macht einen kleinen Sprung. Sie hält die Hand ganz fest. Sie hat das seltsame Gefühl, es sei ihre eigene Hand vor vielen, vielen Jahren. Sie schüttelt sie dreimal, so wie ihr Vater ihr immer als Ausdruck des Einverständnisses die Hand geschüttelt hat.

Es hämmert an der Scheibe. Sie fahren zusammen, Allegra gibt einen erschrockenen Laut von sich wie ein kleines Tier, aber Johanna läßt ihre Hand nicht los.

Marko rüttelt an der Fahrertür, preßt sein Gesicht gegen die Scheibe. Mach auf! schreit er, schnell! Johanna betrachtet ihn seelenruhig. Eigentlich sieht er gar nicht so gut aus. Wie ein alternder Bubi aus einer Boy Band.

Jetzt mach schon! Er kommt mir hinterher! schreit er.

Mach auf! ruft Allegra. Endlich öffnet Johanna die Tür.

Du mußt mir dein Auto geben, keucht Marko und beugt sich mit nacktem Oberkörper tief ins Auto.

Ich muß gar nichts, sagt Johanna.

Bitte, fleht er, bitte! Ich bezahl's dir auch.

Warum nimmst du nicht deinen Jaguar?

Ich hab den Schlüssel nicht. Und er läßt mich nicht zurück in mein Zimmer!

Bitte, sagt Allegra und küßt Johanna mit ihren Pfirsichlippen auf die Wange. Ich verspreche dir, schlau zu sein, flüstert sie in Johannas Ohr.

Johanna muß lachen. Wie kann ein Teenager versprechen, schlau zu sein? Zögernd steigt sie aus. Meinen Mantel kannst du behalten, sagt sie zu Allegra, du frierst dich ja sonst zu Tode.

Ungeduldig schiebt Marko sie beiseite, wirft sich auf den Fahrersitz. Johanna beugt sich vor, um noch einen Blick auf Allegra zu erhaschen.

Sie streicht sich die Haare aus dem Gesicht und strahlt, als habe sie gerade ein besonders großes Geburtstagsgeschenk bekommen.

Marko setzt zurück, die Scheinwerfer wandern über Johannas Körper und lassen ihn weiß aufscheinen. Er wendet, daß die Kiesel unter den Reifen wegspritzen und Johanna wie kleine Geschosse an die Waden treffen. Er fährt die Einfahrt hinauf zur Straße.

Vorsichtig geht Johanna über die Kiesel vom Parkplatz zurück. Ich verlasse die Bühne, denkt sie. Ich verabschiede mich aus der Handlung, der dritte Akt gehört euch. Macht, was ihr wollt.

Der kalte Wind schnappt spielerisch nach ihr. Bibbernd bleibt sie stehen und sieht zurück. Im allerletzten Moment, bevor das Auto auf den Highway einbiegt, dreht sich das Gespenst noch einmal um und winkt ihr zu.

39

Laß mich doch in Ruhe mit diesem Rigoletto, sagt Rainer zornig, aber Johanna läßt sich nicht beirren. Er will einzig und allein seine Tochter für sich behalten, hält das aber für Vaterliebe, fährt sie fort. Der Idiot kann nicht von seiner Rache lassen. Am Ende bekommt er seine Tochter tot in einem Sack zurück. Willst du das?

Du mußt mir jetzt nicht diese ganze verdammte Oper erzählen! Drohend baut sich Rainer vor Johanna auf. Er ist nackt bis auf die Unterhose, sein Körper dreckverschmiert, seine Haare stehen ihm wild vom Kopf ab.

Johanna wendet sich Bob zu. In der Küche ist es angenehm warm, Kerzen brennen, der Gasherd flackert. Sie trägt Bobs weiche große Sweatshirtjacke und fühlt sich in ihr und in seinem Geruch überraschend wohl.

Jetzt trink das, sagt Bob streng und hält Rainer eine Tasse unter die Nase.

Rainer wendet den Kopf ab wie ein kleines Kind. Laßt mich doch endlich in Ruhe, greint er. Was mischt ihr euch überhaupt ein?

Ich wollte dich nur warnen, sagt Johanna auf deutsch. Du bist nicht der erste Vater einer fünfzehnjährigen Tochter, die sich, seiner Meinung nach, in den Falschen verliebt hat.

Rainer hebt die Hand, als wolle er sie schlagen. Bob fällt

ihm in den Arm, hält ihn fest, legt ihn zurück auf den Tisch wie einen Gegenstand.

Bitch, sagt Rainer. *You stupid bitch.*

Cut it out, sagt Bob.

Ist doch wahr, sagt Rainer, sie hat dem Arschloch ihr Auto gegeben. Warum? schreit er, warum tust du mir das an?

Johanna betrachtet ihn kühl. Ich tue dir nichts an, sagt sie. Das tust du dir alles selbst an. Du blutest übrigens an der Augenbraue.

Rainer wischt sich das Blut ab, betrachtet erstaunt seine Handfläche. Ich ertrage das nicht, stöhnt er und läßt den Kopf auf die Tischplatte sinken. Ich ertrag es einfach nicht.

Ich verstehe, wie du dich fühlst, sagt Bob.

Ach, ihr habt doch alle gar keine Ahnung, brüllt Rainer.

Johanna wechselt einen Blick mit Bob. Er wendet sich wieder seinem Herd zu. In atemberaubender Geschwindigkeit schneidet er eine Zwiebel klein und wirft sie in eine Pfanne. Der Geruch verbreitet sich beruhigend im Raum.

Ich zeig ihn an, diesen *motherfucker!* stöhnt Rainer.

Daughterfucker, sagt Johanna. Sag's wenigstens richtig.

Tu das, sagt Bob ruhig.

Ich werde ihn in den Knast bringen.

Tu das, sagt Bob.

Rainer trinkt jetzt doch von dem Ingwertee.

Wann wird Allegra eigentlich sechzehn? fragt Johanna. Ist das nicht sehr bald?

Rainer stiert sie mit blutunterlaufenen Augen an. Weißt du was? sagt er.

Nein, sagt Johanna ruhig.

Ich hatte ganz vergessen, wie sehr ich dich verabscheue. Dein ständiges blödes Gequatsche von Liebe.

Ich habe nicht von Liebe geredet.

Das war immer das einzige, was dich interessiert hat. Liebe, Liebe, Liebe. Aber immer nur, wieviel Liebe du abbekommst. Ich höre dich noch!

Wovon redet ihr? fragt Bob.

Kein Wunder, daß du nach mir nie wieder jemanden gefunden hast, der es mit dir ausgehalten hat, sagt Rainer auf englisch. Bob hört auf zu schneiden und sieht auf.

Woher willst du das wissen, sagt Johanna so ruhig sie kann. Aber am liebsten würde sie sich mit dem großen japanischen Messer, das Bob noch in der Hand hält, auf Rainer stürzen.

Ich sehe das, meine Liebe, sagt Rainer und grinst häßlich. Alt. Einsam. Ungeliebt. Ungefickt. *Unloved. Unfucked.*

Bob wendet sich ab. Johanna spürt ihn in ihrem Rücken. Sie weiß, daß sie jetzt beide an dasselbe denken. Sie wird rot.

Redest du von mir oder von dir? sagt sie scharf.

Mach dir mal um mich keine Sorgen, sagt Rainer.

Mache ich aber, Rainer. Ohne deine Tochter bist du nichts weiter als ein einsamer Mann, der zu feige ist zuzugeben, daß er sein Leben komplett an die Wand gefahren hat.

Rainer heult auf wie ein Hund.

Hört jetzt auf damit, sagt Bob streng, als würde er Kinder ermahnen.

Leckt mich doch alle, sagt Rainer und wirft die Teetasse quer durch den Raum.

Sie trifft die Holzwand, zerschellt nicht, fällt zu Boden, rollt ein paarmal hin und her. Alle drei sehen ihr dabei zu.

Ich sehe, ihr wollt mir einfach nicht helfen, sagt Rainer und lacht künstlich. Er steht auf und humpelt zur Tür.

Du läßt dir ja nicht helfen, sagt Bob.

Meinst du, ja?

Rainer dreht sich um, und Johanna sieht, wie sehr er leidet. Dich habe ich mal geliebt, denkt sie erstaunt.

Laß deine Tochter jetzt gehen, sonst bekommst du sie am Ende nicht mehr zurück, sagt Bob eindringlich. Er macht einen Schritt auf Rainer zu, streckt beide Arme nach ihm aus wie ein Schlafwandler.

So wie du, ja? sagt Rainer. Bobs Arme bleiben in der Luft stehen, dann läßt er sie sinken, dreht sich wortlos um und geht zurück zum Herd.

In großen Schritten geht Rainer rückwärts aus der Tür, als erwarte er, sonst von hinten erschossen zu werden. Bob läßt sich auf einen Hocker fallen und vergräbt den Kopf in den Händen, wischt und knetet sich das müde Gesicht.

Da kann man nichts machen, sagt er schließlich, da kann man einfach nichts machen.

Nein, sagt Johanna und streckt die Hand nach ihm aus. Er betrachtet ihre Hand, nimmt sie jedoch nicht, steht auf und wendet die Zwiebeln in der Pfanne.

Johanna zieht seine Jacke enger um sich und steckt die Nase in den weichen Stoff. Sie riecht ihn. Sie denkt an ihre Fahrt zusammen durch die Nacht, seine Geschichte, den Parkplatz am Meer.

Bob schneidet eine Paprikaschote klein, eine Tomate, eine Kartoffel.

Sie hören ein weiteres Auto mit quietschenden Reifen vom Parkplatz fahren.

Das war der Jaguar, sagt Johanna. Er hat sich Markos Jaguar genommen. Wir sollten ihn anzeigen. Irgend jemand muß ihn vor sich selbst schützen.

Ja, sagt Bob und dreht sich zu ihr um. Sein runder nackter Schädel glänzt vertraut im Kerzenlicht. Das sollten wir vielleicht tun. Magst du lieber ein Omelett oder Rührei?

Rührei, sagt Johanna, nicht zu trocken.

Bob nickt. Sie sieht seinen Rücken, wie er sich bewegt, wie er die Eier sorgfältig eins nach dem anderen in die Pfanne schlägt, sie mit einer Gabel verrührt, mit einem Löffel das Rührei liebevoll zusammenschiebt. Sie wackelt ein wenig mit ihrem Hocker hin und her wie früher in der Küche ihrer Mutter, sie schaukelt auf der Kante ihrer Zukunft, so kommt es ihr vor, ein sehr wackliger, aber nicht unangenehmer Zustand. Plötzlich empfindet sie für Bob, Allegra, Marko, selbst für Rainer eine leichtherzige Art von Mitgefühl, fast wie Gelächter. Ein Hauch zarter Heiterkeit, der ihre Kratzer und dunklen Flecke wegpustet, wenigstens jetzt, in diesem Moment. Sie hat mit einemmal mehr Platz in ihrem Innern. Sie steht auf und schlingt von hinten ihre Arme um Bob, legt ihren Kopf auf seinen breiten warmen Rücken, bewegt sich mit ihm zur Schublade, zurück zum Herd, zur Spüle und wieder zum Herd.

Ich muß zurück nach Deutschland, sagt sie.

Bob nickt, dreht sich nicht um. Er geht mit ihr zum Geschirrschrank, holt zwei Teller heraus, trägt sie zum Tisch, geht zum Herd, holt die Pfanne, geht wieder zum Tisch, verteilt das Rührei auf den Tellern, stellt die Pfanne ab. Sie läßt ihn nicht los, hält fest ihre Arme um seinen Bauch geschlungen, den Kopf auf seinem Rücken.

Und dann komme ich vielleicht wieder zurück, sagt sie. Er bleibt stehen. Sie atmen gemeinsam. Ihr Kopf hebt und senkt sich mit seinem Brustkorb. Dann sagt er: Das Rührei wird kalt.

40

Marko kann sich nicht mehr daran erinnern, wann er das letzte Mal kein Geld, keine Kreditkarten, kein Handy dabeihatte. Ohne Telefon fühlt er sich jetzt, als sei seine Nabelschnur durchtrennt worden, seltsam nackt und hilflos, aber gleichzeitig wie neu geboren.

Unter seiner bloßen Fußsohle fühlt er die Gummirillen des Gaspedals, durch den Fensterspalt fährt ihm der kühle Nachtwind durch die Haare, in seinem Schoß liegt Allegra und schläft.

Er fühlt sich, als habe er Drogen genommen, aber keine hat jemals diesen unglaublichen Effekt auf ihn gehabt. Er sieht, hört, riecht und fühlt alles wie zum allerersten Mal. Ganz klar und überdeutlich erkennt er, daß alles um ihn herum, jedes noch so kleine Detail dazu beiträgt, daß er in diesem Augenblick hier auf der Welt ist, daß nicht das kleinste bißchen fehlen dürfte, kein einziges Puzzlestück, sonst würde sich alles auflösen und in seine Einzelteile zerfallen: Die Nacht, die noch schwer und schwarz über ihnen liegt wie eine dichte Decke, der Tunnel aus Licht, den die Scheinwerfer durch die Dunkelheit fräsen, die Pflanzen am Straßenrand, jedes noch so winzige Blümchen, der kühle Wind, seine Hand auf dem Lenkrad, die schlafenden Menschen in den Häusern, an denen er vorbeifährt: Jeder einzelne trägt zu dem Phänomen seiner Existenz bei. Jeder Hund, der durch ein Haus tappt, jede Katze auf Beutezug in einer Wiese, jede Mücke, die gerade geräuschlos auf ihrem Opfer landet, jede Bakterie, Amöbe, jedes Elektron, jedes Quark. Alles setzt sich jetzt in diesem Moment genau so zusammen, daß am Ende er und dieses Mädchen dabei herauskommen. Anscheinend braucht es dazu die ganze Welt, diese ganze scheußliche, schreckliche Welt.

Er kann sein Glück nicht fassen. Er fühlt sich wie ein Kinoheld. Sein rechtes Auge ist zwar halb zugeschwollen, seine Lippe ist so dick, als trage er in ihr einen afrikanischen Tellerschmuck, sein linkes Ohr ist blutverkrustet, aber seine Trophäe ist dieses blonde Mädchen in seinem Schoß.

Misako, flüstert er. Ich danke dir!

Flugs schlingt ihm Misako von hinten die Arme um den Hals. Sie könnte ihn eine Hunderstelsekunde lang ablenken, von der Straße abbringen. Ein rauchendes Auto, das auf dem Rücken liegt wie ein Käfer, das geht so schnell, berstende Knochen, platzendes Fleisch, leise Musik, die immer noch aus dem Radio dudelt, so romantisch, so tragisch, so schön. Sie hat ihn verloren.

Marko hat nicht mehr mit ihr sprechen wollen, seit er diese Allegra gefunden hat. Und die beiden waren auch noch ihre Idee! Die Toten bekommen die Verliebten und Glücklichen nicht zu fassen, das beginnt Misako langsam zu begreifen, immer nur die Einsamen, Unglücklichen und Verlassenen. Natürlich gibt es Hoffnung: Sie könnte mit dem Liebespaar weiter durch dic Gegend fahren, nach Mexiko oder sonstwohin, ihnen geduldig zusehen bei ihrem Glück, bei jedem Kuß, jeder Umarmung. Nachts neben ihrem Bett sitzen und die Seufzer und Schreie zählen und einfach abwarten, bis die Liebe endlich ihre Kraft verliert und flau wird wie ein sich abschwächender Sturm und die Angst wiederkommt, und Marko endlich wieder nach Misako schreien wird wie ein Kind allein im Dunkeln. Aber wie lange wird das dauern?

Misako, flüstert Marko. *Domo arigato. Sayonara.*

Und was wird jetzt aus mir? ruft Misako.

Niemand hat dem armen kleinen Gespenst gesagt, daß es an Liebe abprallen würde wie ein Gummiball von der Wand, daß es im reinen gegenwärtigen Augenblick keinen Platz hat, nur in der Hoffnung und der Furcht, in Vergangenheit und Zukunft. Tieftraurig wird es in sein Totenreich zurückgezogen wie ein Wasserstrudel in einen Abfluß.

41

Mensch, Johanna, was denkst du dir eigentlich? Wieso meldest du dich erst jetzt?

Immer gibt es Vorwürfe von der kleinen Schwester, und immer noch fängt die Ältere an zu stammeln, als müsse sie sich verteidigen. Johanna liegt im Dunkeln in ihrer Hütte und hält Allegras rosa Handy umklammert.

Ich … ich konnte nicht früher. Ist er …

Er wird jetzt beatmet. Das wollte er nie.

Ist er denn ansprechbar?

Nur noch selten. Er wartet immer noch auf dich.

Blödsinn.

Hat er immer getan. Das weißt du ganz genau.

Nein.

Er hat's mir aber gesagt.

Wann?

Früher.

Früher, sagt Johanna spöttisch, was weißt denn du schon von früher?

Tu's für dich. Versöhn dich. Sonst wirst du ihn nie mehr los.

Johanna hält das Telefon weit von sich weg, die kleinen Steinchen glitzern im Dunkeln. Von fern hört sie die Stimme der Schwester wie eine Geisterstimme aus der Vergangenheit. Sie könnte genausogut tot sein, aber wann sind die

Toten tot? Wenn man nicht mehr an sie denkt, ist die übliche Antwort, aber das stimmt nicht. Sie leben in einem weiter, melden sich ewig nicht zu Wort, und dann sind sie mit einemmal wieder da, taufrisch und strahlend, als hätte man sie nie vergessen. Sie überwintern in jeder Zelle, jeder Ganglie, jeder Synapse. Wenn du nicht kommst, werde ich darum bitten, daß er abgehängt wird, sagt die Stimme der Schwester abgehackt in den dunklen Raum, als wäre sie bereits nur noch lückenhafte Erinnerung. Wird der Vater sagen: Ich habe immer auf dich gewartet, du warst mir das liebste Kind von allen, kannst du mir verzeihen? Könnte es nicht am Ende so sein? Gibt es nicht doch eine klitzekleine Chance auf Erlösung?

Warte auf mich, sagt Johanna.

Dann komm aber schnell, sagt die kleine Schwester. Laß uns nicht wieder hängen, wie du alle immer hängenläßt, die an dir hängen.

Wenn du so redest, komme ich nicht, sagt Johanna und legt auf.

Ihr Herz klopft angstvoll in dem leeren schwarzen Raum ihrer Erinnerung, pumpt ihn mit jedem Schlag auf, zieht ihn in jeder Pause wieder eng zusammen. Daraus muß es doch ein Entrinnen geben, es muß doch möglich sein, die Vergangenheit hinter sich zu lassen!

42

CHD KDNPPD RENTL CAR verkünden gelbe Leuchtanzeigen entlang des Highways 101 nach Los Angeles, wie in einem geheimen Code nur für Eingeweihte. Jedesmal wieder liest Rainer laut mit: *Child kidnapped in rental car.* Das hat er gut hingekriegt, das ging ruckzuck. Ein Anruf bei der Polizei, und jeder Autofahrer weiß jetzt Bescheid. Das Fernsehen wird auch bald dasein mit Helikoptern und Suchscheinwerfern. Kaum etwas ist in Los Angeles so beliebt wie eine anständige Autojagd.

Marko ist mit Sicherheit nach Süden gefahren. Instinktiv wird er versuchen, sich nach Mexiko abzusetzen. Es ist nur zu ärgerlich, daß Rainer der Polizei weder Autonummer noch Autotyp angeben konnte. Noch nicht einmal die Mietwagenfirma, über die Johanna, die verdammte *bitch,* ihr Auto bestellt hatte, aber das wird man bald recherchiert haben. Es wird nicht mehr lange dauern, dann haben sie ihn.

Rainer befindet sich in einer seltsamen Stimmung aus wütendem Schmerz und gleichzeitigem Hochgefühl. Er sitzt wieder in ›seinem‹ Auto wie in den letzten Wochen. Er hat Markos drei Handys in Windeseile zusammengerafft, seine Kreditkarten, seinen Paß. Er trägt Markos teure Lederjacke und seine Jeans, die ihm zwar zu eng sind, aber es befriedigt ihn zutiefst, als trage er die Haut seiner Beute und nehme damit deren Eigenschaften an: Markos Arroganz, sein Selbstvertrauen, seinen Erfolg, selbst seine Jugend.

Rainer fühlt sich, wenn er ehrlich ist, so gut wie schon lange nicht mehr. Jetzt braucht er nur noch seine Tochter.

Er wird sie mit einer ähnlichen Obsession suchen wie andere Menschen ein verlorenes teures, ihnen liebes Schmuckstück suchen, obwohl die Chancen, es wiederzufinden, verschwindend gering sind. Und dann plötzlich taucht der Schatz an einem unvermuteten Ort wieder auf. Keiner versteht, wie er dort hingeraten konnte.

Er will nicht, daß Allegra an einem Ort auftaucht, den er sich nicht vorstellen mag, aber bereits deutlich vor sich sieht: ein Luxus-Hotelzimmer, zerwühlte Laken, leere Champagnerflaschen, ein betrunkenes, mit Drogen vollgepumptes nacktes Mädchen, noch tage- und wochenlang wie betäubt, nicht mehr die alte. Nie wieder die alte. Verloren, obwohl wiedergefunden.

Diese Vorstellung zerreißt ihm schier die Eingeweide. Und gleich sieht er das nächste Szenario: sein Kind, jahrelang geparkt wie ein teures Auto in einer Villa in Mexiko, umgeben von Bediensteten und Sicherheitspersonal. Er sieht Allegra mit langen schmalen Gliedern somnambul durch die überladenen Räume wandern, gefangen wie Dornröschen, aber sie liebt den Luxus, die Kleider. Ihr Gehirn hat man damit ausgeschaltet, ausgeknipst wie ein Licht. Marko weiß, wie man das macht. Rainer sieht sich in diese Häuser eindringen, durch Flure laufen, Allegras Namen brüllen, und wenn er sie endlich findet, sieht sie ihn glasig an, als kennte sie ihn nicht, und lächelt blöd.

Papa, würde sie vielleicht gerade noch kichern. Papa, was machst du denn hier?

Er will doch nur ihre Seele beschützen. Ihre seelische Korruption durch einen Marko Körner ist aus Rainers Sicht fast schlimmer als der sexuelle Mißbrauch. Den kann man überleben, therapieren, aber die seelische Korruption führt ja auch noch zum Erfolg! Sie wird belohnt, beklatscht. Marko wird Allegra als nächstes eine Rolle anbieten, so läuft das doch!

Eins der Handys klingelt. Rainer tastet nach ihm, hält es sich ans Ohr. Du hast versucht, mich zu erreichen? fragt eine Frauenstimme auf englisch mit hartem Akzent.

Ja, sagt Rainer knapp.

Marko, es tut mir wirklich leid, aber du hattest keinen Empfang in deinem Yogahotel! Was sollte ich denn tun?

Rainer schweigt. Er schaut aufs Display: MISAKO leuchtet dort in grünen Buchstaben, das klingt japanisch, aber diese Frau klingt eher wie eine Russin oder Ungarin, genau kann er ihren Akzent nicht einordnen. Auf jeden Fall stellt er sich eine heftig geschminkte, gefärbte Blondine in hochhackigen Stiefeln vor, das ist wahrscheinlich Markos Geschmack.

Ich weiß, du bist jetzt sehr, sehr böse auf mich, säuselt die Frau. Aber ich habe gedacht, du willst versuchen, deine Ruhe zu haben am Ort des Friedens, war es nicht so?

Rainer brummt nur, um die Stimme zu ermuntern, weiterzusprechen.

Hat es nicht funktioniert?

Mm.

Tut mir leid. Wirklich. Aber auch Misako kann sich irren.

Ja, sagt Rainer.

Bist du deprimiert? fragt Heidi. Sie tappt durch ihre Wohnung, mitten in der Nacht, aber hellwach. Nach der Episode im Supermarkt hat sie sechs Stunden lang am Stück geschlafen. Nur mit Schlaftabletten hat sie Misako aus ihrem Kopf vertreiben können. Als sie vor einer halben Stunde aufgewacht ist, hat sie noch mit geschlossenen Augen voller Angst in ihren Kopf hineingelauscht. Aber Misako ist fort, und sie wird einen Teufel tun und sie jetzt gleich wieder hereinlassen, auch wenn Marko mit Sicherheit gleich jammern wird, er müsse unbedingt mit Misako sprechen.

Auf ihrem Anrufbeantworter hat sie eine alte Nachricht von ihm gefunden von gestern nachmittag, er sei am Swimmingpool, nur dort gäbe es Empfang, und er wisse nicht, was er hier solle in diesem verfluchten Yogahotel. Es sei kein Ort des Friedens, das Essen sei ungenießbar, und die Putzfrau läge nackt in seiner Badewanne. Er klang nervös und ärgerlich, seitdem hatte er sich nicht mehr gemeldet, das war ungewöhnlich.

Jetzt sag, bist du böse auf mich? fragt Heidi.

Ja, sagt Rainer.

Sehr böse?

Ja.

Schwer läßt sich Heidi in einen Sessel fallen und macht den Fernseher an, sucht KTLA, ihr Lieblingsprogramm, das beruhigt sie. Die ganze Nacht hindurch zeigen sie dort von Helikoptern aus Verfolgungsjagden. Wie Hornissen schwärmen sie aus, um flüchtige Verbrecher in ihren Autos zu finden und ihre Suchscheinwerfer wie einen Stachel in sie hineinzubohren.

Ich habe dir deine Karten gelegt, sagt Heidi schnell, was nicht stimmt, aber sie muß ihn beschwichtigen. Möchtest du wissen, was sie sagen?

Mm.

Du bist heute ziemlich einsilbig, mein Lieber. Also ... ich ziehe eine Karte ...

Sie lehnt sich zurück, den Blick auf den Fernseher geheftet, den Ton hat sie abgedreht, Jason, der Kommentator, ein hübscher junger Kerl, wendet sich ihr zu, nur ihr, blickt ihr tief in die Augen. Sie weiß, daß er von einem neuen Fall erzählt, den sie gleich live mitverfolgen wird, wenn sie Marko losgeworden ist.

Ich sehe die Karte ›Die Liebenden‹.

Rainer stöhnt.

Was stöhnst du, Marko-Schätzchen? Die Karten kennen keinen Zufall. Auf der Karte ist ein Jüngling abgebildet ...

Heidi beugt sich vor und dreht den Fernsehton ein klein wenig lauter. Jason berichtet von einem gestohlenen Auto, das sich aus dem Norden durch Malibu auf die Stadtgrenze von Los Angeles zubewegt.

Über dem Jüngling, fährt Heidi fort, schwebt Cupido und wird gleich seinen Pfeil abschießen und den Jüngling aus heiterem Himmel treffen. So wird es sein, Marko, genau so wird es sein. Hab Geduld. Wo bist du gerade? Bist du im Auto? Der Empfang ist so schlecht.

Rainer antwortet nicht. Die Stimme kommt ihm seltsam bekannt vor, aber er kann sie keinem Gesicht zuordnen.

Die Jagd geht los, sagt Jason und winkt aufgeregt in die Kamera. Der Helikopter fliegt tief über den Highway 101, die Rotoren rattern bedrohlich. Heidi klebt mit dem einen Ohr am Fernseher, mit dem anderen am Telefon.

Marko, sagt sie, bist du noch da?

Sie hört ein heftiges Rauschen und Brausen in der Leitung, oder kommt es aus dem Fernseher? Alles scheint mit einemmal zu scheppern und zu dröhnen.

Der Helikopter fliegt pfeilgerade auf Rainer zu, taghell erleuchtet sein Suchscheinwerfer den Highway vor ihm. Er wirft das Handy auf den Beifahrersitz. Da seid ihr ja endlich! jubelt er.

Er geht vom Gas, winkt dem Helikopter über ihm zu. Auf die Nase des Helikopters ist eine Cineflex-Hi-Def-Kamera montiert. Die kennt er, er weiß sogar, was sie kostet, knapp 400 000 Dollar. Sie wird über einen Joystick bewegt und kann aus eintausenddreihundert Metern so nah heranzoomen, daß man die Gesichter der Menschen in den Autos erkennen kann. Sie wird die letzten Momente, die das Schwein Marko mit seiner Tochter verbringen wird, genau aufzeichnen: Allegra, die Augen weit aufgerissen, ihre blonden Haare, die im Scheinwerferlicht aufleuchten, Marko am Steuer, das Gesicht vor Schreck und Ausweglosigkeit verzerrt.

Das Spiel ist aus, vorbei. In wenigen Augenblicken wird Rainer seine verängstigte Tochter behutsam überreicht bekommen wie eine Katze, die auf einen hohen Baum geklettert ist und aus eigener Kraft nicht mehr herunterkommen kann.

Vor Angst und Panik wird sie ihre Krallen ausgefahren haben und versuchen, sich wie wild zu wehren, aber irgendwann wird sie erschöpft ihren Kopf an seine Brust legen, er wird sie in die Arme nehmen, fest an sich drücken, und dann wird endlich alles wieder gut sein.

Polizeiwagen ziehen mit lautem Geheul an ihm vorbei, setzen sich vor ihn. Zwei weitere kommen von hinten. Marko muß also ganz in der Nähe sein. Wie seltsam, denkt Rainer, da sind wir die letzten Stunden anscheinend dicht hintereinander hergefahren, ohne es zu wissen.

Nice car, meldet Jason den Fernsehzuschauern aus der Luft. Ein goldfarbenes Jaguar E Cabriolet, ein legendärer Wagen, zwölf Zylinder, 270 PS. Jeder Mann, der dieses Auto besitzt, kann sich glücklich schätzen, jeder, der es stiehlt, muß ein legendärer Trottel sein.

Auf ihren geschwollenen Knien kriecht Heidi ganz dicht an den Fernseher heran. Sie kennt nur einen einzigen Menschen auf der Welt, der einen goldfarbenen Jaguar fährt. Marko, ruft sie ins Telefon, Marko! Bist du noch da? Ich sehe dein Auto im Fernsehen, es ist gestohlen worden, weißt du das überhaupt?

Der Dieb scheint nicht zu begreifen, sagt Jason. Er versucht nicht zu fliehen, fährt einfach weiter. Da, wir zoomen auf ihn zu! Der Typ winkt, er winkt uns zu!

Heidi sieht einen Mann mit kurzen blonden Haaren, die Aufnahme ist verwackelt und reichlich unscharf, er sieht direkt in die Kamera und scheint ihr zuzuwinken, nur ihr, schon will Heidi reflexartig die Hand heben.

Der versucht ja gar nicht zu entkommen, ruft Jason enttäuscht in sein Mikrofon. Er könnte doch versuchen, über die andere Fahrbahn zu fliehen, das ist immerhin ein Jaguar, Mann! Nichts! Er tut gar nichts! Er scheint überhaupt nicht zu kapieren, was die Polizei von ihm will!

Können Sie sich noch an den Mann im Mercedes im April erinnern, der sich vor der Kamera versteckt und mit den Füßen gelenkt hat? Und dann auch noch den Reifenfallen entkommen und am Ende in einen Pizzaladen gekracht ist? Das war eine tolle Jagd!

Der Jaguar wird jetzt langsamer, der Fahrer scheint endlich zu kapieren, daß er gemeint ist. Er fährt auf den Seitenstreifen, er hält an, ja, ja, wir sind direkt über ihm, jetzt wird es spannend! Die Polizei nähert sich von beiden Seiten, sie reißen die Tür auf, wir geben ihnen Licht, sehr schön können Sie jetzt sehen, wen sie da rausholen. Es ist ein Mann, er ist blond, wie alt? Ich würde sagen, um die Fünfzig, teure Lederjacke, ich würde sagen, eine vom Rodeo Drive, wahrscheinlich auch geklaut. Sie tasten ihn ab, er scheint nicht bewaffnet, er macht keine Anstalten zu fliehen, er wirkt deutlich verlangsamt, Drogen könnten eine Erklärung sein. Der Mann scheint immer noch nicht zu kapieren, was mit ihm geschieht, und da ist auch schon Ritchie, unser Kameramann am Boden. Gleich werden wir das Gesicht des Mannes sehen.

Nein, flüstert Heidi, das ist doch das Rainerle! Sie kniet vor ihrem Fernseher, als würde sie beten. Rainer blinzelt lässig in die Kamera und das Scheinwerferlicht, als stünde er wie früher auf einer Bühne und bekäme einen Preis. Ein Polizist reißt seine Arme nach hinten, aber Rainer grinst immer noch.

Das Rainerle, wiederholt Heidi und versucht, die Zusammenhänge wie ein Wollknäuel zu entwirren, das ihr überraschend in den Schoß gefallen ist. Rainer sieht sie in Großaufnahme an und sagt: *No, no, no. I am the wrong guy!* Es ist alles ein Fehler, ein Riesenfehler, ein Mißverständnis.

Das ist ja nichts Neues, sagt Jason aus der Luft, das sagen sie alle. Damit ist diese Aktion hier anscheinend beendet, wir berichteten aus Santa Monica, ein gestohlener Jaguar E Cabrio. Schauen Sie sich noch einmal dieses wunderbare Auto an, das werden Sie nicht so schnell wiedersehen! Und eine gute Nacht.

Der Helikopter dreht ab und nimmt sein strahlendes Licht mit sich, als wolle er der Welt den Mond entreißen.

Die Bodenkamera zeigt jetzt einen nur noch schwach beleuchteten Rainer und vier Cops, die gelangweilt um ihn herumstehen und ihm inzwischen Handschellen verpaßt haben. Ein Polizist gibt der Kamera ein Zeichen, das wär's dann. Die Kamera wendet sich ab, gleich wird sie sich abschalten, aber da kommt sie unerwartet doch noch einmal in Bewegung, schwenkt zurück auf die Straße, und diffus sieht Heidi jetzt Rainer wie ein aufgescheuchtes Reh quer über den Highway rennen und sich über die Leitplanke in den Abgrund werfen.

Widerwillig setzen die Cops sich in Bewegung, einer nach dem anderen kommt als breiter Schatten ins Bild, Ritchie ruft nach Jason. Mann flüchtig, Mann flüchtig! schreit er, und da wendet der Helikopter auch schon und kommt mit seinem Mondlicht zurück.

Ja, ruft Jason begeistert, hier scheint doch noch was zu passieren! Es gibt zwei Sorten von Flüchtigen, die einen laufen, und die anderen verstecken sich, alles wie im normalen Leben, zu welcher Sorte gehören Sie? Aber wo will der denn hin? Da unten ist doch nur das Meer!

Vielleicht will er ja nach Hawaii schwimmen, ruft Ritchie, der mit wackelnder Kamera hinterherläuft.

Der Scheinwerfer wandert über den Strand und das schwarze aufgebrachte Meer. Gleich, schreit Jason. Gleich haben wir ihn! Bleiben Sie dran!

Werbung.

Heidi muß sich einen Moment auf die kühlen Fliesen auf den Rücken legen und Atem schöpfen. Wie eine riesige japsende Flunder liegt sie da. Mit dem Fuß öffnet sie den Kühlschrank und legt ihre geschwollenen, pochenden Beine hinein. Sie starrt in das blaue Neonlicht, auf die Salatbeutel, die Babykarotten, die Soyamilch und die Tofuburger, all das gesunde Zeug. Statt dessen robbt sie sich vor bis zum Butterfach, in dem sie die ihr streng verbotenen Twinkies aufbewahrt, die sie aber immer am besten und zuverlässigsten beruhigten, und als Jason wieder zu Wort kommt, kaut sie schon ihren dritten Riegel.

Sie sieht Rainer, der mitten in dem weißen Kegel des Suchscheinwerfers am Strand steht wie in einer Bühnenshow. Sind wir wieder auf Sendung? brüllt er aufgeregt. Ich rede nur, wenn ihr groß auf mir draufbleibt. Nur drei Minuten, ich brauche nur drei Minuten!

Da ist sie, seine allerletzte Chance. Er riecht sie wie ein Hai Blut. Wenn er es schafft, daß die Kameras ihm zusehen und ihm drei Minuten lang erlauben, bei wildfremden schlaflosen Menschen mitten in der Nacht ins Haus zu schneien und ihnen eine gute Geschichte zu erzählen, dann ist noch nicht alles verloren. Nur drei Minuten. Jede gute Geschichte läßt sich in drei Minuten erzählen. In teuren Pitchingseminaren hat er gelernt, wie man einem Produzenten eine Geschichte in drei Minuten zuwirft, und mit letzter Kraft wird er jetzt all den nächtlichen Zuschauern einen Ball zuschleudern, der sie umhauen wird. Sie werden an seinen Lippen hängen, er wird sie kriegen, er wird es schaffen! Er legt den Kopf in den Nacken und brüllt der Helikopterkamera zu: Alles klar?

Bleib auf ihm drauf, Ritchie, ruft Jason aufgeregt. Der Typ ist total durchgeknallt.

Ritchie gibt Rainer das Okay-Zeichen.

Okay, sagt Rainer und holt tief Luft. Ich erzähle Ihnen jetzt eine Geschichte. Die Geschichte von einem Mann, der einmal ein bekannter Regisseur war, aber jetzt pleite ist und vom Glück verlassen, alt und häßlich.

Jason seufzt in Ritchies Ohr: Na, toll.

Alle seine Freunde haben sich von ihm abgewandt, fährt Rainer fort. Er hat niemanden mehr außer seiner halbwüchsigen Tochter, die er mehr liebt als sich selbst. Nur bei ihr erlebt er noch Glück. In seiner Not schlägt er sich als Komparse in einer hundsmiserablen Sitcom durch. Sie wird produziert von einem reichen jungen Möchtegern, nennen wir ihn einfach M. Bis auf die Knochen verdorben, der Abschaum der Menschheit. Aber er sieht gut aus. Er raubt dem armen Vater die Tochter und mißbraucht sie. Das Mädchen ist fünfzehn, erst fünfzehn Jahre alt! M. spielt dem Mädchen Liebe vor, er setzt es unter Drogen, verschleppt es in seine Villa in Beverly Hills, wo er sich einen ganzen Harem hält. Verzweifelt sucht der Vater sein Kind davon zu überzeugen, daß M. ein Schwein ist, aber sie ist zu verblendet, um ihm zu glauben, sie ist ein Teenager! Sie glaubt, daß sie ihn liebt.

Rainer hebt die gefesselten Hände, macht einen Schritt

auf die Kamera zu. Er sieht Heidi in ihrer Küche tief in die Augen, seine Unterlippe zittert. *O please,* sagt Heidi.

Ich frage euch, schreit Rainer. All euch Väter da draußen, ich frage euch: Was würdet ihr tun? Der verzweifelte Vater wendet sich nicht an die Polizei. Was hätte er für eine Chance? Ein Komparse gegen einen Produzenten in Beverly Hills? Er heuert einen Killer an. Aber als der Killer ins Haus des Produzenten eindringt, um ihn zu töten, wirft sich das Mädchen schützend vor ihren geliebten M. und wird statt seiner erschossen. M. kann fliehen, natürlich. Menschen wie er haben überall die Goldkarte. Der Killer packt das Mädchen in einen Müllsack und liefert diesen Sack dem Vater aus, läßt ihn in dem Glauben, er habe seinen Auftrag ausgeführt, kassiert dafür sein Geld und verschwindet.

Rainer macht eine Pause und schluckt. Weint er?

Geh näher ran, flüstert Jason in Ritchies Kopfhörer. Näher, näher, wir wollen seine Augen sehen. Zwei Minuten dreißig, sagt Ritchie zu Rainer.

Es ist gleich vorbei, sagt Rainer. Gleich ist alles vorbei.

Er macht einen Schritt aufs Wasser zu, beflissen folgt ihm die Kamera. Rainer sieht über seine Schulter, erst als er sicher ist, auch wirklich im Bild zu sein, redet er weiter: Triumphierend schleppt der Vater den Sack an einen Fluß, um den toten Filmproduzenten ins Wasser zu werfen, aber da bewegt sich der Sack!

Rainer springt zurück, überrumpelt macht Ritchie ebenfalls einen kleinen Satz zurück, die Kamera wackelt.

Mensch, Ritchie, sagt Jason in sein Ohr. Konzentrier dich! Geh runter, geh mit ihm runter!

Rainer beugt sich über den imaginären Sack: Und als der Vater hineinsieht, erkennt er – Rainer macht eine wirkungsvolle Pause, bevor er mit halberstickter Stimme fortfährt – seine eigene Tochter.

Rainer läßt sich auf die Knie in den Sand fallen, will das imaginäre Kind in seine Arme nehmen, was an den Handschellen scheitert. Er wiegt seinen Oberkörper hin und her, er beugt sich nach vorn. Stirb nicht, stirb nicht, mein Kind ... stirb nicht, bleib bei mir ... flüstert er. Tränen rollen ihm über die Wangen, er sieht in die Kamera, die Tränen glitzern perfekt im Seitenlicht.

Er läßt seinen Kopf nach vorn fallen, krümmt sich wie unter großen Schmerzen, fällt vornüber in den Sand. Ritchie schwenkt hoch zu einem der Cops, der sich verstohlen mit dem Handrücken über die Augen reibt.

Wow, sagt Jason aus dem Helikopter. Ein heulender Cop, das ist super, Ritchie.

Heidi wird schwindlig. Sie legt sich auf die kühlen Fliesen und starrt an die Decke. Ich bin nicht schuld an dieser Geschichte, murmelt sie vor sich hin, an dieser Geschichte bin ich wirklich nicht schuld!

43

Die Geschichte hat was, murmelt Ian, der bis spät in die Nacht über die nackte Schulter seines schlafenden Liebhabers ferngesehen hat.

Den Typen kenn ich. Woher kenn ich den? Paul, wach auf! Schau dir diesen Kerl im Fernsehen an und sag mir, woher ich den kenne.

Schläfrig klappt Paul die Augen auf, wirft einen Blick auf die Mattscheibe und sagt wie aus der Pistole geschossen: Marko Korners Geburtstag. Der Typ hat im Badezimmer blöde deutsche Lieder gesungen, und du hast ihm das Tablett gehalten.

Danke, sagt Ian.

Bitte, sagt Paul und läßt sich wieder in die Kissen fallen. Ian greift zum Telefon.

Wen rufst du denn jetzt mitten in der Nacht an? seufzt Paul.

Jason Barlow von KTLA. Der Typ hat da gerade eine gute Geschichte erzählt: Armer häßlicher Schlucker hat schöne Tochter. Tochter verliebt sich in jungen erfolgreichen Produzenten. Armer Schlucker will Produzenten umbringen, bringt aus Versehen Tochter um.

Und weiter? fragt Paul gähnend.

Nichts weiter. Eine echte Hollywood-Tragödie. Ich kaufe ihm die Geschichte ab, jetzt sofort, live im Fernsehen. Jason

Barlow soll ihm aus dem Helikopter raus mein Angebot machen. Schau's dir an, das wird super, das hat's noch nicht gegeben.

Laß mich schlafen, sagt Paul. Ich hasse Geschichten.

44

Sie haben sich in die goldene Lebensrettungsfolie aus dem Erste-Hilfe-Kasten gewickelt und an den Strand gelegt, ganz eng nebeneinander wie glitzernde Fische in ihrer goldsilbrigen Schuppenhaut. In dem Dreieck zwischen Markos Ohr und seiner Schulter sieht Allegra langsam die Sonne aufgehen. Kontinuierlich verändert sich die Farbe: von Violettblau über Orangerot zu Zitronengelb. Möwen kreischen über ihr und schlagen laut mit den Flügeln, der Wind trägt die Gischt der Brandung in winzigen Wassertropfen in ihre Haare. Sie wühlt ihre nackten Füße in den kalten Sand. Wenn Marko ausatmet, streicht sein Atem als kleine Brise über ihre Wange und in ihren geöffneten Mund, als würde er sie beatmen. Keinen seiner Atemzüge darf sie verpassen.

Ohne ihn kann ich nicht mehr leben, denkt sie selig, ohne ihn bin ich tot.

Die ersten Jogger laufen vorbei, ihre Schritte dröhnen unter ihrem Ohr. Der Sand, den sie aufwirbeln, rieselt auf sie herab, auf ihre Stirn, ihre Augenlider, ihre Lippen. Sie bewegt sich nicht, sie will nichts sehen von der Welt und den anderen. In ihrem Magen rumort es, ihr ist schlecht vor Liebe, es kann also kein Traum sein. Oder doch? Kann man denn wirklich so glücklich sein?

45

Unsicher lenkt Heidi ihren alten Mazda über den Westchannel Richtung Stadt. Sie hat die ganze Nacht nicht mehr schlafen können, nachdem sie Rainer im Fernsehen gesehen hat. Erinnerungen sind in ihr aufgestiegen wie eine Springflut. All die Zeit, die vergangen ist, all die Menschen, ihre Stimmen, die Bilder, die Erinnerung daran, wie sie alle einmal waren. Sie hat es nicht mehr ertragen, ist unruhig durch ihr stickiges Haus gewandert. Die klapprige alte Air-condition kam nicht an gegen die Hitze, morgens um acht war es schon wieder fast achtundneunzig Grad Fahrenheit. Wie soll sie das denn aushalten, und wie heiß wird es erst in der Stadt sein?

Sie will nicht zum Arzt, aber sie bekommt ihre Zuckerwerte nicht mehr in den Griff. Die Rache der Twinkies. Das kennt sie schon, aber heute ist es schlimmer als sonst, sie kann sich kaum noch aufrecht halten. Ihr Herz rast, ihr Kopf fühlt sich an, als würde er unaufhörlich aufgepumpt und müsse jeden Augenblick zerspringen. Sie zittert innerlich, als fröre sie, während sie gleichzeitig vor Hitze fast vergeht.

Das letzte Mal hat die Nachbarin sie auf dem Rasen vor ihrem Haus gefunden, ohnmächtig, aber auf den Knien. Sie umarmte einen Palmenstamm wie das Bein eines Elefanten. Sie glaubt sich erinnern zu können, wie sie in ihrem bewußtlosen Zustand in einer Sänfte durch Indien getragen wurde. Sie war dünn und schön und trug einen rosafarbigen Sari.

Das nächste Mal findet sie vielleicht keiner mehr. Würde sie dann einfach weiter auf einem Elefanten durch Indien reiten?

Sie fährt barfuß, weil ihre violett angeschwollenen Füße in keine Schuhe mehr passen. Sie weiß, daß ihr eine Amputation droht, wenn sie nicht endlich Diät hält, regelmäßig ihre Medikamente nimmt und sich um sich selbst kümmert. Sonst tut es ja niemand.

Marko hat sich nicht wieder gemeldet. Ist er wirklich auf der Flucht? Was stimmt an Rainers Geschichte? Wo hört die Fiktion auf und wo fängt die Realität an? Heidi ist verwirrt. Sie hat sich so sehr nach Ruhe vor Marko gesehnt, jetzt fühlt sie sich ohne ihn einsam und orientierungslos.

Der Schweiß läuft ihr in Strömen über den Körper, ihre schweren Brüste kleben an ihrer Haut, sie spürt die Speckrollen ihres Bauchs auf ihren Oberschenkeln liegen. Im Rückspiegel sieht sie ihr aufgedunsenes, bleiches Gesicht, leberbraune Schatten liegen wie eine Brille um ihre Augen.

Rainer hat die Zeit weniger verschandelt. Er sieht immer noch leidlich gut aus, aber so traurig. Ein Autodieb und verzweifelter Geschichtenerzähler. Was ist nur aus uns geworden? Wieso haben wir geglaubt, man könne am Ende gewinnen? Vielleicht gehört Johanna zu denen, die keinen Preis bezahlen müssen. Sie war immer kühler, kontrollierter, sie hat ihr Leben bestimmt im Griff, lebt wahrscheinlich ein bürgerliches, geordnetes Leben unter ewig grauem deutschen Himmel, geht in Konzerte und in die Oper, liest gute Bücher, fährt in die Toskana und hat einen Mann, der das alles bezahlt.

Im Vergleich dazu ist Heidi nichts weiter als Biomüll, der bald von dem gigantischen Müllschlucker Los Angeles einfach verschlungen und entsorgt werden wird.

Selbstmitleid überrollt sie, nimmt ihr kurzfristig die Luft zum Atmen, ihr wird schwummerig, sie hat die Orientierung verloren, sie schlingert in die rechte Spur, wird von einem BMW angehupt, sie schreit: Geh doch zurück nach New York, Arschloch! Da hört sie eine leise Stimme in ihrem Kopf wie ein Echo: Arschloch.

Sie richtet sich auf, wachsam spannt sich ihr Körper an, fest umklammert sie das Lenkrad. Vielleicht hat sie sich nur verhört.

An der nächsten Ampel hört sie ganz deutlich: Rechts abbiegen. Als führe sie mit einem GPS-System im Kopf. Rechts abbiegen, wiederholt die Stimme.

Misako, stöhnt Heidi.

Bieg rechts ab, sagt Misako.

Misako, wiederholt Heidi schwach, so geht das nicht.

Ich habe jetzt nur noch dich, sagt Misako.

Heidi versucht nicht hinzuhören. Sie hat nicht die Kraft, sich gegen Misako zu wehren. Ich fahre zum Arzt, ich fahre jetzt zum Arzt. Langsam und konzentriert fährt sie weiter geradeaus.

Ich will nur noch bei dir sein, flötet Misako sanft. Warum darf ich denn nicht bei dir sein? Warum denn nicht?

Heidi preßt die Lippen zusammen, um nicht zu antworten. Wahrscheinlich wird der Arzt sie gleich dabehalten, in die Klinik einweisen, um endlich ihren Zucker einzustellen.

Das hat er schon wiederholt angedroht. Dann werden sie tausend andere Dinge feststellen, die an ihr irreparabel kaputt sind. Nüchtern und mitleidlos werden sie sie betrachten wie einen Berg Fleisch mit abgelaufenem Verfallsdatum und sagen: *We are really very sorry.*

Rechts, fahr doch jetzt rechts! wiederholt Misako wieder und wieder.

Die Straße liegt flirrend vor ihr, die Autos haben sie wie ein silbriger Fischschwarm in ihre Mitte genommen und ziehen mit ihr Richtung Stadt. Will sie wirklich zum Arzt? Soll sie nicht doch besser umdrehen? Welche Richtung ist die richtige? Wohin soll sie sich wenden? Was soll sie tun? Führt jeder Weg am Ende in den Himmel und die Hölle gleichzeitig? Warum ist sie so verwirrt?

Hör mir zu, flüstert Misako in ihrem Kopf. Auch auf dem unteren Zweig wachsen Kirschblüten.

Abrupt zieht Heidi ihren alten Mazda von links quer über alle Spuren nach rechts, hinter ihr ertönt ein Hupkonzert.

Na endlich, sagt Misako.

Sie dirigiert Heidi über den Wilshire Boulevard zurück nach Santa Monica, läßt sie auf dem Lincoln Boulevard nach Venice abbiegen, auf die Main Street, vorbei an all den teuren Boutiquen, Cafés und Yogastudios, bis sie ihr befiehlt, auf den Parkplatz hinter einem Flachbau abzubiegen und dort zu halten. Von da an schweigt Misako.

Und jetzt? fragt Heidi. Jetzt sag mir wenigstens, wie es weitergeht. Warum bin ich hier?

Keine Antwort. Fluchend steigt Heidi in ihre Schlappen und wälzt sich aus dem Auto. Die Hitze packt sie im

Genick und drückt sie nieder. Ihr Herz schlägt so schnell, daß es sie wundert, daß es das überhaupt kann. Ihr wird schwarz vor Augen, sie muß sich auf den glühendheißen Kotflügel stützen, Durst würgt ihr die Kehle ab, scharfe Stiche fahren ihr in die Brust. Wenn sie hier umfällt, verbrennt sie in kürzester Zeit wie ein Schnitzel auf dem Grill. Sie hätte zum Arzt fahren sollen. Sie hätte nicht auf Misako hören sollen.

Schwankend und aus allen Poren schwitzend, betritt Heidi den flachen, weißen Bau und strebt sofort auf einen Wasserspender zu. Er steht gleich neben einer Rezeption, hinter der sie eine junge Frau mit kunstvoll aufgetürmten Haaren mißtrauisch beäugt. Heidi läßt sich mit dem Wasserbecher in der Hand ächzend auf den einzigen Stuhl in dem großen, kühlen Raum fallen.

Sie können sich hier ruhig ein Momentchen ausruhen, sagt die junge Frau mit einem gezwungenen Lächeln. Aber wenn gleich die Vernissage beginnt, muß ich Sie bitten zu gehen.

Heidi nickt. Jetzt erst sieht sie die gerahmten Schwarzweißfotos an den Wänden. *Baby,* denkt Heidi, ich werde so lange in diesem schön kühlen Raum bleiben, wie es mir paßt. Schwerfällig erhebt sie sich.

So habe ich das nicht gemeint, sagt die Frau eilig.

Darling, sagt Heidi lächelnd, so haben Sie das natürlich gemeint.

Sie geht dicht an der Theke entlang, die Frau tritt instinktiv einen Schritt zurück. Keine Angst. Ich sehe mir nur die Fotos an, sagt Heidi.

Das erste Foto zeigt den Unterleib einer Frau, die Beine

in schwarzen Spitzenstrümpfen weit gespreizt, in der Vagina eine Orchidee.

Hübsch, sagt Heidi und dreht sich zu der Frau an der Rezeption um, die pikiert wegsieht.

Das zweite Foto zeigt ein mit Stricken an einen Baum gefesseltes und geknebeltes japanisches Mädchen, der Schulpullover ist zerrissen, die Unterhose zwischen seinen weit geöffneten Schenkeln halb aufgeschnitten, auf der Erde neben seinen Füßen liegt eine Schere. Gleich daneben dasselbe Mädchen im Kimono, wie es hingebungsvoll an einer Banane lutscht.

Auf dem nächsten Foto liegt es in einem Klassenzimmer vor der Tafel auf einem Tisch, halb nackt bis auf einen Pullover, das eine Bein an einem Strick weit in die Höhe gezogen, so daß man seine knappe Unterhose sieht. Die Brüste sind mit einem weiteren Strick zusammengeschnürt. Gelangweilt sieht es in die Kamera.

Ganz nah tritt Heidi an das Foto heran, dreht den Kopf, versucht dem Mädchen ins Gesicht zu sehen. Sie bekommt eine schwache Ahnung.

Excuse me, ruft die Frau am Eingang, aber es wird jetzt wirklich Zeit.

Nur noch eins, ruft Heidi und schlurft weiter zum nächsten Foto, das wieder dasselbe Mädchen zeigt. Jetzt ist es vollständig nackt, zieht sich gerade noch die Kinderunterhose aus. Seine Haut ist weiß wie Schnee, die Haare so schwarz, daß sie im Hintergrund verschwinden. Gleichgültig sieht es in die Kamera. Erst auf den zweiten Blick sieht man die dicken häßlichen Striemen an seinen Oberschenkeln wie von Peitschenhieben.

Misako? flüstert Heidi in den leeren Raum.

Excuse me? ruft die Frau abermals streng hinter ihr her.

Woher kommen diese Fotos? fragt Heidi.

Gereizt antwortet die Frau: Sie waren bisher nur im Internet zu sehen. Dies ist die erste Ausstellung außerhalb Japans. Aber Sie müssen jetzt wirklich gehen. Bitte!

Tatsächlich scheinen die ersten Gäste einzutreffen. Sie wendet sich ab, um sie lächelnd zu begrüßen. Schlanke, edel parfümierte Menschen in teuren grauen und schwarzen Kleidern. Leicht irritiert wandern ihre Blicke zu der Dikken dort hinten in ihrem rosa Mumu, die wie ein großer versehentlicher Farbklecks an der weißen Wand zu kleben scheint.

Geflissentlich eilt die Rezeptionistin zu Heidi hinüber, fordert sie abermals auf zu gehen, aber da muß sie auch schon wieder zurück zum Eingang, um die nächsten Gäste zu begrüßen, die hereinströmen. Wie eine große Schnecke kriecht Heidi langsam weiter, von Foto zu Foto.

Das Mädchen liegt nackt und gefesselt rücklings über einer Kommode. Dann wieder ißt es mit dem Finger aus einem Marmeladenglas und sieht den Betrachter schläfrig an. Nackt liegt es auf einem Teppich, ein Plastikdinosaurier kriecht zwischen seinen weit geöffneten Schenkeln heraus, als würde es ihn gebären. Es hängt an Seilen gefesselt von der Decke und präsentiert dem Zuschauer das schwarze Loch zwischen seinen Beinen. Unverwandt sieht das Mädchen Heidi an.

Misako? Bist du das? murmelt Heidi. Antworte!

Hinter ihr haben sich die Vernissagegäste zu einer homogenen Begrüßungskugel geformt, die hin und her rollt und immer die gleichen Sätze hervorbringt: Schön, dich zu sehen, gut siehst du aus, ich dachte, du wärst in London/Shanghai/Tokio. Keiner von den Gästen sieht sich wirklich die Fotos an. Sie streifen sie nur mit einem flüchtigen Blick und versuchen, so gut es geht, den rosa Fremdkörper dort hinten in der Ecke zu ignorieren.

Es wird applaudiert. Eine ältere große Frau in einer schwarzen Designerkutte und mit einer riesigen silbernen Kette um den Hals, von der man instinktiv befürchtet, sie könne sie in einem Moment der Schwäche mit ihrem Gewicht zu Boden ziehen, lächelt mild in die Runde, bedankt sich für das zahlreiche Erscheinen und die Tatsache, daß alle Fotos lang vor der Eröffnung zu Höchstpreisen verkauft wurden. An der Hand zerrt sie ein älteres japanisches Männchen mit schütterem Pferdeschwanz nach vorn: Der Fotograf Takashi Nobu aus Tokio. Applaus. Schüchtern verbeugt er sich.

In Nobus Beziehung zu seinen Modellen liegt das Geheimnis seiner Fotografien, sagt die Frau mit der Kette salbungsvoll und legt ihm von oben die Hände auf die Schultern wie einem Schulkind. Was manche von uns als pornographisch empfinden mögen, ist für Nobu seine Art, mit der er diesen jungen Frauen Individualität und Ausdruck verleiht und sie aus den erstarrten Mustern ihres Lebens befreit. Es ist ein besonderes Ereignis im Leben einer Frau, mit Nobu arbeiten zu dürfen, sich ein paar Stunden lang über das Alltägliche zu erheben und ein Star zu sein.

Bei jedem Satz drückt sie nachdrücklich auf Nobus Schultern, der unter dem Druck immer kleiner zu werden scheint. Eine junge Japanerin ist herbeigeeilt und flüstert ihm die Übersetzung ins Ohr.

Das Thema ist nicht die Sexualität, fährt die Frau mit der Kette bedeutungsvoll fort. Sondern eher Tod und Leben. Liebe und Glück sind so flüchtig im wirklichen Leben, auf den Fotos werden sie für immer festgehalten. Das Leben wird angehalten, es erstarrt, so wie auch das Foto die Zeit erstarren läßt.

Nobu lächelt schwach, nachdem er die Übersetzung vernommen hat und sagt jetzt selbst leise ein paar Sätze, die von der jungen Japanerin vollkommen teilnahmslos ins Englische übersetzt werden:

Nobu-San sagt, daß er das große Glück hat, daß seine Opfer ihm ohne eigenes Zutun in die Falle gehen. Sie kommen zu mir, sagt er, und verlangen ihre Ermordung. Ja, ich bin ein Genie, aber dann auch nur wieder Erfüllungsgehilfe des Schicksals. Ich fotografiere die Mädchen und sauge ihnen das Leben aus, ich töte sie durch meine Fotos, indem ich sie erstarren lasse, ich bringe sie um, ich ermorde das Leben und besiege den Tod, ich bin Fotograf.

Nobu verbeugt sich abermals. Die Frau mit Kette klatscht enthusiastisch. Mit Verzögerung fangen einige an, ebenfalls zu applaudieren, da schreit die seltsame fette Frau in ihrem rosa Frotteezelt ganz hinten im Raum plötzlich: Nobu!

Die Leute fahren herum, die Frau hat den Kopf in den Nacken gelegt, ihre Augenlider flattern. Ich bin hier, Nobu! Ich bin hier! krächzt sie mit seltsam hoher Stimme und fremdem Akzent.

Einige von den Gästen kichern unwillkürlich und halten sich daraufhin die Hand vor den Mund, als hätten sie etwas

Falsches gesagt. Die Frau hat die Augen verdreht, so daß man nur noch das Weiß ihrer Augäpfel sieht.

Ich bin es! Misako! ruft sie. Deine kleine Misako!

Nobu legt den Kopf schief wie ein Vogel. Automatisch weichen die Leute auseinander, formen eine Gasse zwischen Nobu und der Verrückten, die jetzt unverständliche Silben ausspuckt. Spricht sie etwa Japanisch? Fragend sehen die Leute die japanische Übersetzerin an, die hilflos die Hände hebt.

Neugierig geht Nobu auf die monströse, verwahrloste Frau zu. Er holt eine kleine Digitalkamera aus seiner Jakkentasche und beginnt sie zu fotografieren. Sie interessiert ihn. Sie sieht aus wie ein großer, verdorbener rosa Kuchen. Die Frau streckt einen dicken weißen Arm nach ihm aus. Ihr blickloses Gesicht erinnert ihn an ein altes Kinderbilderbuch mit klassischen japanischen Gespenstern.

Ist sie vielleicht Epileptikerin, sollte man den Notarzt rufen? fragen sich ein paar Gäste. Oder fallen sie auf eine Performance herein? Ist das hier am Ende Kunst?

Nobu, flüstert die Frau. Ich bin es doch. Kennst du deine kleine Misako denn nicht mehr?

Misako? fragt Nobu zweifelnd, und aus seinem Mund klingt der Name ganz anders.

Die Frau nickt und lacht, was sich anhört, als würde Wasser glucksend in einen Abguß laufen. Manche stellen sich auf die Zehenspitzen, um besser sehen zu können. Die Dicke schwankt, hört auf zu lachen. Stille breitet sich aus wie eine riesige Kaugummiblase, die erst platzt, als sie auf Nobu zustürzt und zu Boden sackt, über den Boden schwappt wie rosa Pudding und anscheinend ohnmächtig ist. Oder ist das das Ende der Performance? Sie rührt sich auf jeden Fall nicht mehr, ihre Augen sind weiß nach hinten weggedreht. Blind schaut sie in Nobus Objektiv, und ehrfürchtig und stumm lauschen alle dem digitalen Schmatzen seiner Kamera.

46

Am liebsten würde Ian laut jubilieren. Er hat die Story exklusiv. Alle Print- und Verfilmungsrechte. Ein echtes Schnäppchen. Und als Sahnehäubchen obendrauf: Marko Korner wird erledigt sein. Es wird einen neuen Platzhirsch geben. Vielleicht sogar Ian? Sanft legt Ian Rainer die Hand auf die Schulter.

Seit fast achtundvierzig Stunden hat Rainer nicht geschlafen. Das Neonlicht auf dem Polizeirevier sticht ihm wie Nadeln in die Augen. Er sieht Ians Hemd vor sich wie eine zitternde hellblaue Fläche. Er weiß nicht recht, ob er nicht doch halluziniert.

Und natürlich möchte ich Mitsprache bei der Besetzung, sagt er mit vor Müdigkeit schwerer Zunge.

Ian nickt bedächtig. Träum weiter, denkt er. Wir werden Ihnen jetzt erst einmal einen Rechtsanwalt besorgen, sagt er freundlich. Und die erste Rate unserer Zahlungen können Sie dann gleich als Kaution einsetzen.

Rainers Körper entspannt sich unter der Hand des jungen Manns, als würde er endlich wieder beschützt. Wie von einem großen Bruder. Er ist wieder aufgenommen in die Familie. Er darf nach Hause. Nach Hollywood. Er atmet tief aus.

Falls es überhaupt zu einer Anklage kommt, fährt Ian fort. Denn der Kläger ist ja anscheinend flüchtig. Er lacht.

Kennen Sie die Geschichte von Roman Polanski? Der hat vor vielen Jahren auch eine Minderjährige vernascht und darf bis heute nicht mehr in die USA einreisen.

Rainer sieht ihn an. Entschuldigung, sagt Ian. Ich wollte jetzt nicht Ihre Tochter …

Ich möchte das Drehbuch selbst schreiben, sagt Rainer. Ian nimmt die Hand von seiner Schulter. Das kannst du dir abschminken, Alter, denkt er. Wir werden darüber nachdenken, sagt er.

Schnell fügt Rainer hinzu: Eventuell würde ich einen Koautor akzeptieren.

Und da ist die Hand wieder da. Bekräftigend drückt sie zu. Das Ding wird der Megahammer, sagt Ian. Das wird noch ein Klassiker, Sie werden sehen.

47

Wenn Allegra die Augen schließt, ist gleich ihr Vater da, dann muß sie sie schnell wieder öffnen und Marko küssen, um ihn zu vertreiben. Sie liegen auf der Rückbank des Autos in der Wüste. Death Valley heißt sie, hier findet sie niemand, hat Marko ihr erklärt, nur – hoffentlich – seine Sekretärin Patsy, die ihnen Geld bringen wird. Allegra hat Hunger, quälenden Hunger. Aus einem Abfalleimer hat Marko einen angebissenen Hamburger geholt, sie hat ihn nicht hinuntergebracht, aber er hat ihn ganz aufgegessen und auch noch gelacht. Ich bin ein anderer Mensch, sagt er immerzu glücklich, ich erkenne mich überhaupt nicht mehr wieder!

Wie warst du denn vorher? fragt ihn Allegra.

Der Wind umtost das Auto und bringt es zum Schaukeln wie eine Kinderwiege. Tumbleweed rollt in großen Bällen über den leeren Parkplatz. Sie könnten genausogut auf dem Mond sein. Allegra bekommt Angst, nie wieder zurückzufinden zur Erde.

Früher wurde ich von Gespenstern verfolgt, sagt Marko. Von blutigen Alpträumen und Stimmen aus dem Jenseits.

So ein Quatsch, lacht Allegra.

Nein wirklich, sagt Marko. Ich habe fast jeden Tag mit einer toten Japanerin gesprochen, die hat mir sogar von dir erzählt. Sie hat gesagt, ich werde eine Fünfzehnjährige kennenlernen, und sie wird mich retten. Aber du hast gesagt, du wärst sechzehn. Sie hat die Wahrheit gesagt und du hast …

Geflunkert, kichert Allegra. Aber du flunkerst ja auch. Wie kannst du mit einer toten Japanerin sprechen?

Eine dicke deutsche Hellseherin hat sie für mich gechannelt. Sie hat aus ihr gesprochen.

Und so einen Käse glaubst du?

Nein, sagt Marko. Das ist es ja gerade. Ich glaube an gar nichts.

Allegra richtet sich auf und stemmt ihre Ellbogen auf seine Brust. Wenn sie ihn nicht ständig anschaut, droht er ihr zu entschwinden wie ein Traum gleich nach dem Aufwachen. Aber an uns glaubst du, oder nicht?

Marko streicht ihr über die Haare. Alles, was anfängt, muß enden, mein Liebling. Aber hier ist kein Anfang und kein Ende. Es hat nie mehr an Anfang gegeben als jetzt hier bei uns. Und nicht mehr an Jugend und Alter. Und nicht mehr an Perfektion. Und nicht mehr an Himmel und an Hölle als jetzt, in diesem Augenblick.

Er spinnt, denkt Allegra. Ich habe so einen Hunger!

48

Heidi sieht sich im Zeitraffer dahinwelken wie eine riesige rosa Pfingstrose. Sie kann den Kopf nicht mehr heben, noch nicht einmal mehr die Hand bewegen. Alles um sie herum wird gelb, sie kann jetzt nichts mehr sehen, es ertönt ein gewaltiges Tosen wie von einem Sturm. Sie bekommt Durst, unstillbaren Durst, ihr ganzer Körper wird taub, sie kann nichts mehr hören, es wird ganz still. Dichter Rauch steigt auf, der sie zu durchdringen scheint. Als nächstes tobt eine gewaltige Welle auf sie zu, überspült sie, alles wird strahlend weiß. Sie beginnt zu frieren, von den Zehen aufwärts zieht arktische Kälte durch ihren Körper, und ihre Fähigkeit, innerhalb ihres Körpers zu denken, verschwindet. Dann verliert sie ihren Geruchssinn, sie meint von Glühwürmchen und stiebenden Funken umgeben zu sein, sie beginnt zu brennen, alles brennt. Die Luft löst sich auf in einen grünen unendlichen Raum, ein ungeheuer starker Wind bläst die Welt und Heidis Erinnerung an ihr eigenes Leben fort. Als letztes Bild sieht sie ein kleines Mädchen auf ihrem Schoß sitzen. Seine Haare sind kohlschwarz, seine Haut schneeweiß. Aus schmalen, wie mit einem Pinselstrich gemalten Augen sieht es Heidi an und kichert: Und jetzt bist du tot.

49

Johanna erkennt ihn nicht. Ein alter, ihr vollkommen unbekannter Mann liegt dort im Krankenhausbett. Er trägt einen grauen Stoppelbart, ihr Vater hatte nie einen Bart. Ein paar dünne graue Haarsträhnen kleben an der kahlen faltigen Kopfhaut. Ihr Vater hatte immer sensationelles schwarzes Haar. Die eingefallenen Wangen, der verrutschte zahnlose Kiefer, die geschlossenen, tief in ihren Höhlen liegenden Augen – nichts daran ist ihr Vater.

Sie hat sich geirrt, sie will die Tür schon wieder schließen.

Jojo, sagt Marie leise. Da bist du ja endlich.

In dem grünlichen Neonlicht sieht auch sie alt und unbekannt aus. Schwerfällig erhebt sie sich aus dem Stuhl neben dem Bett ihres Vaters und geht auf Johanna zu. Steif umarmen sich die beiden Schwestern. Marie schiebt Johanna zum Stuhl, setzt sich selbst ans Bettende, nimmt einen knochigen Fuß des Vaters auf den Schoß und massiert ihn.

Johannas Blick streift über die kahlen Wände, den bunt flackernden Fernseher hoch oben an der Wand, die gelben Vorhänge, die Nierenschale und grauen Papierhandtücher auf dem Nachttisch, den blauen Müllsack in seiner Halterung gleich neben dem Bett.

Was hatte sie denn erwartet? All die Aufregung. Völlig umsonst.

Stumm lauschen sie dem gleichmäßigen Pumpen der Beatmungsmaschine, und langsam beruhigt sich in ihrem Rhythmus Johannas Herz. Sie schließt kurz die Augen. Das Geräusch läßt sie an die Umwälzpumpe eines Swimmingpools denken. Türkisblau. Palmen. Highway. Der Geruch nach Sonne und amerikanischem Putzmittel. In ihrem Körper ticken zwei Uhren mit verschiedenen Zeiten. Sie ist zwei Personen gleichzeitig, Tag und Nacht, wach und müde, Gegenwart und Vergangenheit, erwachsene Frau und Kind.

Nimm seine Hand, sagt Marie.

Johanna macht die Augen auf.

Jetzt nimm schon seine Hand, wiederholt Marie im herrischen Ton einer Krankenschwester.

Johanna hebt die schmale Bettdecke. Ein leicht fauliger, abgestandener Geruch steigt ihr in die Nase. Sein weißes Kliniknachthemd ist heraufgerutscht und entblößt einen erstaunlich guterhaltenen Schenkel, gar nicht dürr und alt. Ist das wirklich das Bein ihres Vaters? Sie sieht ihn in seiner engen dunkelblauen Badehose im Garten stehen und die Blumen sprengen, er macht mit dem Wasserstrahl Regenbögen und läßt die Kinder kreischend darunter hindurchlaufen, und manchmal rettete sie sich fröhlich bibbernd an seinen warmen Bauch, spürte an der eigenen Haut seine kräftigen, haarigen Schenkel.

Johanna nimmt seine Hand unter der Bettdecke hervor wie einen Gegenstand. Sie ist trocken und kühl. Sie hält sie so lange, bis sie warm wird wie ihre eigene, aber sie erkennt sie nicht wieder. In der Hoffnung auf irgendein Zeichen drückt sie ihre Nägel in seine Handfläche, aber sie erhält keine Antwort.

Sie betrachtet die tiefen Handlinien in seiner gelblichen

Handfläche, das große M in der Mitte, die Linien, die vom Handgelenk zu den Fingern fließen. Wenn sie ihre Hand danebenhält, erkennt sie diese Landkarte als ihre eigene, wie in einem blitzartigen Zoom sieht sie darin ebenso ihre Großeltern, Urgroßeltern, Ururgroßeltern und immer so weiter zurück in der Zeit, aber einen Anfang findet sie nicht. Ihr wird schwindlig, sie hat das Gefühl, noch immer im Flugzeug zu sitzen. Sie legt seine Hand zurück unter die Bettdecke.

Okay, sagt sie und steht auf. Ich war da.

Marie sieht sie kopfschüttelnd an. Wie stur du bist, sagt sie.

Johanna zuckt die Achseln.

Ich werde die Beatmung dann abstellen lassen, sagt Marie. Ich möchte nicht, daß er deinetwegen länger leidet.

Meinetwegen?

Marie senkt den Kopf und massiert den Fuß in ihrem Schoß weiter, streicht zärtlich über die Fußsohle, knetet behutsam jeden einzelnen Zeh.

Johanna steht mitten im Raum und spürt, wie sie vor Müdigkeit schwankt.

Vielleicht komme ich heute abend noch mal wieder. Ich lasse meine Tasche hier.

Marie antwortet nicht.

Johanna geht aus dem Zimmer, erleichtert zieht sie die Tür hinter sich zu.

Im Flur steht eine alte Frau in einem dunkelroten schäbigen Morgenmantel vor dem Tablettwagen. Sie sammelt die kleinen ungeöffneten Wurstportionen von den Tabletts ein und steckt sie sich in die Taschen.

Im Fahrstuhl stehen drei junge, perfekt geschminkte Krankenschwestern und vergleichen ihre Handyklingeltöne. Vor dem Krankenhaus lehnt ein Mann am Tropf am Geländer und raucht.

Schöner Tag heute, sagt er zu niemand Bestimmtem.

Johanna wundert sich, daß die Sonne scheint.

Gegenüber vom Krankenhaus liegt ein Park. Wie betäubt geht Johanna über die Straße. Ein Auto weicht ihr gerade noch aus, hier hält man nicht vor jedem Fußgänger an wie in Los Angeles.

Verwundert nimmt Johanna zur Kenntnis, daß Frühling ist. Der Flieder blüht, der Holunder, der Weißdorn. Johanna biegt einen Fliederzweig zu sich herunter und wühlt ihr Gesicht in seine lila Blütendolden. Tief saugt sie den Fliederduft ein, aber er bezaubert sie nicht, er riecht nur kitschig und ein wenig muffig.

Enttäuscht geht sie weiter. Die Amseln zwitschern in den höchsten Tönen, die Pappeln haben ein hellgrünes dünnes Kleid an, die Gänseblümchen strecken ihre kleinen Gesichter der Sonne entgegen, der Löwenzahn leuchtet gelb auf den Wiesen.

Nichts davon rührt sie.

Auf einer hellblauen Matte übt ein Mann den Yoga-Sonnengruß. Gerade ist er beim ›nach unten schauenden Hund‹ angelangt …

Zwei Kindergärtnerinnen ziehen einen Leiterwagen mit aufgeregten Dreijährigen vorbei. Eine alte Dame führt ihren alten Hund aus.

Ein junger Mann im Anzug und mit Aktentasche unterm Arm eilt zur Arbeit.

Johanna geht weiter und weiter, bis die gepflegten Wiesen irgendwann aufhören und der Wald beginnt. Kastanien wölben ihre frischen fingrigen Blätter in einer Kuppel über den Weg, die Sonne blitzt nur noch unregelmäßig hindurch.

Johanna biegt vom Weg ab und geht durchs Unterholz über das weiche Moos, Fichten und Kiefern streichen ihr mit ihren neuen, weichen Spitzen übers Gesicht. Sie geht weiter und weiter, bis sie niemanden mehr hört, bis der Park, das Krankenhaus, die Stadt hinter ihr liegen.

Zielstrebig durchquert sie den Wald, obwohl sie inzwischen erschöpft ist, nicht weiß, wohin sie eigentlich geht, und warum. Sie will einfach nur weg und gleichzeitig irgendwohin, und jedes Kind weiß doch, daß das nicht geht. Trotzig geht sie dennoch weiter, immer weiter, bis auch der Wald zu Ende ist und sie an einer Schnellstraße steht.

Die Autos zischen vorbei und hauen ihr den Fahrtwind um die Ohren. Sie schreit versuchsweise, das soll doch so gut tun.

Sie spürt, wie ihre Lungen sich weiten, ihre Stimmbänder den Ton produzieren, der Schrei sich in ihrer Kehle sammelt und über die Mundhöhle ihren Körper verläßt.

Und als das letzte Quentchen Luft draußen ist und sie schon zum nächsten Schrei ansetzen will, spürt sie plötzlich seine Hand.

Er hält die ihre fest umschlossen, hebt und schüttelt sie dreimal. Er läßt sie nicht los, zieht sie zurück in den Wald.

Ganz vorsichtig, behutsam wie eine Ballerina setzt sie einen Fuß vor den anderen auf das Moos, und immer noch ist er da, und sie versteht, daß ihr Vater immer neben ihr gehen wird. Bis der Vorhang fällt, erst für den einen, und dann für den anderen, und niemand wird ausgebuht werden und niemand beklatscht. Alles wird einfach nur so sein, wie es ist.

Das Diogenes Hörbuch zum Buch

Doris Dörrie
Und was wird aus mir?
Roman

Ungekürzte Autorenlesung

9 CD, Spieldauer 630 Min.

Doris Dörrie im Diogenes Verlag

Liebe, Schmerz und das ganze verdammte Zeug

Vier Geschichten

Vier großartige, liebevolle, traurige, grausame Geschichten: *Mitten ins Herz, Männer, Geld, Paradies.* Geschichten von befreiender Frische.

»Doris Dörrie ist eine beneidenswert phantasiebegabte Autorin, die mit ihrer unprätentiösen, aber sehr plastischen Erzählweise den Leser sofort in den Bann ihrer Geschichten schlägt, die alle so zauberhaft zwischen Alltag und Surrealismus oszillieren. Ironische Märchen der 80er Jahre – Kino im Kopf.«
Der Kurier, Wien

»Atemberaubende Gratwanderung zwischen Komödie, Melodrama und Tragödie.«
Der Spiegel, Hamburg

Daraus die Geschichte *Männer*
auch als Diogenes Hörbuch erschienen,
gelesen von Anna König

»Was wollen Sie von mir?«

Erzählungen
Mit Fotos von Helge Weindler

»Es ist vollkommen gleichgültig, ob Sie Doris Dörrie in der Badewanne, im Intercity-Großraumwagen, im Lehnstuhl oder in der Straßenbahn lesen, nur: Lesen Sie sie! Lassen Sie sich nicht irre machen von naserümpfenden Kritikern, diese sechzehn Short-Stories gehören durchweg in die Oberklasse dieser in Deutschland stets stiefmütterlich behandelten Gattung.«
Deutschlandfunk, Köln

»Vor allem freut man sich, daß Doris Dörrie den eitlen Selbstbespiegelungen der neuen deutschen Weinerlichkeit eine frische, starke und sensible Prosa entgegenstellt.« *Kölnische Rundschau*

Der Mann meiner Träume

Erzählung

»Ein schönes, trauriges Großstadtmärchen. Doris Dörrie stellt die gängige Frauenliteratur auf den Kopf.«
Hajo Steinert/Die Weltwoche, Zürich

»Doris Dörrie ist als Erzählerin Spezialistin in diffizilen Angelegenheiten der kleinen Rache und gezielten Ohrfeigen zum Zwecke der Unterstützung des eigenen Selbstwertgefühles. Sie ist eine sehr gute Kurzgeschichten-Schreiberin mit der erforderlichen Prise Selbstironie und mit stilistischer Eleganz.«
Annemarie Stoltenberg/Die Zeit, Hamburg

Auch als Diogenes Hörbuch erschienen,
gelesen von Heike Makatsch

Für immer und ewig

Eine Art Reigen

»Doris Dörrie ist in diesem Buch auf der Höhe ihrer Männer- und Frauencharakterstudien. Ein Buch zum Lachen und zum Weinen. Zum genießerischen Wehmütigsein und zum sinnigen Nachdenken.«
Die Welt, Berlin

Bin ich schön?

Erzählungen

»Doris Dörrie beschreibt bissig und ironisch, zugleich mit liebevoller Nachsicht Sehnsüchte und Frustrationen der etablierten und doch seltsam verloren wirkenden Generation der Nach-Achtundsechziger.

So nah an der seelischen Wirklichkeit, daß ihre Erzählungen dokumentarischen Charakter gewinnen.«
Christa von Bernuth / Abendzeitung, München

Samsara

Erzählungen

Sie befragen das *I Ging*, versuchen es mit dem Buddhismus, lassen ihre Wohnungen auf gute oder böse Chi'is untersuchen, suchen ihr Glück bei Sushi-Dinners oder in Hollywood. Die Generation der heute Mittvierziger, die angetreten war, in Liebe, Familie, Beruf alles so viel toleranter, cooler, besser zu machen als ihre Eltern, sieht sich heute vor Fragen stehen, die sich nicht einfach mit einem lockeren ›think positive‹ lösen lassen.
Fünfzehn tragisch-komische Geschichten über Gestern und Heute, die gar nicht so weit auseinanderliegen, wie wir oft glauben.

»Dörrie schreibt knapp, präzise, ohne formalen Ballast. Uneitel schüttelt sie gelungene Formulierungen nur so aus dem Ärmel und entwickelt ihre Stories zielstrebig hin auf eine immer unerwartete Pointe, einen Knalleffekt am Ende aller Komik... Doris Dörries Geschichten sind Verzweiflungstaten, ihre Bücher Pflichtlektüre.« *Walter Vogl / Die Presse, Wien*

Was machen wir jetzt?

Roman

Wie weiter, wenn die Frau ihr Heil im Buddhismus sucht, die siebzehnjährige Tochter mit einem tibetischen Lama auf und davon will und einen selbst Geld und Erfolg nicht glücklich machen? Diese Fragen stellt sich nicht nur Doris Dörries Romanfigur Fred Kaufmann. Doch die Autorin zeigt uns mit einem lachenden und einem weinenden Auge: nur Mut, es gibt ein Leben über vierzig!

»Lange hat es keine Autorin mehr gewagt, so mutig in die Seele eines Mannes zu blicken. *Was machen wir jetzt?* ist ein mit Witz im besten Sinne durchsetzter, kluger Roman – ganz wunderbar.«
Volker Hage / Der Spiegel, Hamburg

Happy

Ein Drama

Drei befreundete Paare treffen sich zum Abendessen im schicken Apartment von Charlotte und Dylan. Doch die Fröhlichkeit, die solche Treffen in früheren Zeiten bei einer Pizza in der Kneipe um die Ecke hatten, will sich nicht mehr so recht einstellen: Emilia und Felix fühlen sich ausgestoßen, weil sie seit kurzem kein Paar mehr sind, zwischen Charlotte und Dylan knistert es unangenehm, einzig Anette und Boris sind noch glücklich verliebt. Und als Emilia plötzlich behauptet, daß die meisten Männer ihre Frauen im Dunkeln nicht erkennen würden, beginnt ein Experiment, das Folgen haben wird.

»Keiner seziert die Gefühlsk(r)ämpfe der Thirty-Something-Generation so bösartig, frech und witzig wie Doris Dörrie.« *Süddeutsche Zeitung, München*

Das blaue Kleid

Roman

Eine Gedächtnismodenschau für Alfred, seinen vor einem Jahr an Krebs gestorbenen Geliebten, wollte Florian organisieren. Aus jeder Kollektion ein geniales Stück: das tomatenrote Wickelkleid von 1996, die schwarzen Kaschmirschlaghosen von 1998, das cremeweiße Satinetuikleid von 1999 – und natürlich das blaue Kleid vom Frühling 2000. Auf der Suche nach je einem der Modelle gerät Florian an Babette, die das blaue Kleid, ein Traum aus mittelmeerblauem Organza, gekauft hatte. »Das Kleid wird Ihr Leben verän-

dern!« hatte Alfred ausgerufen, als er Babette damit zögerlich aus der Kabine treten sah. Und der Modeschöpfer hatte nicht zuviel versprochen: So vieles war seitdem geschehen.
Eine Geschichte über die Liebe und den Tod, die beiden Themen, die die Weltliteratur schon immer beschäftigt haben.

»Doris Dörrie versteht das Handwerk der Erzählerin, und sie schreibt Geschichten, für die ich jeden Fernsehabend sausen lassen würde.«
Annemarie Stoltenberg / Norddeutscher Rundfunk, Hamburg

Mitten ins Herz

und andere Geschichten
Herausgegeben von Daniel Keel
Mit einem Nachwort von Doris Dörrie

Zum ersten Mal in einem Band: die besten Geschichten von Doris Dörrie. Die Filmkomödie *Männer* machte Doris Dörrie auf einen Schlag weltberühmt. Als Vorbereitung zu ihren Filmen schrieb die Regisseurin kleine Erzählungen, die 1987 erstmals bei Diogenes erschienen. Heute streiten sich die Feuilletonisten, ob Doris Dörrie besser Bücher schreiben oder Filme drehen kann. Die Antwort ist einfach: Sie kann beides.

»Doris Dörrie gelingt eine perfekte Mischung aus Erhabenheit und Leichtigkeit – und so am Ende das Kunststück, glaubwürdige Figuren reden, handeln, leiden und (an sich) zweifeln zu lassen.«
Volker Hage / Der Spiegel, Hamburg

Und was wird aus mir?

Roman

Rainer, einst hoffnungsvoller Jungregisseur aus Deutschland in L.A., lebt nur noch auf Pump und vom Bluff. Seine Ehe ist gescheitert, seine Frau mit der

Teenagertochter nach Deutschland zurückgekehrt. Rainer lebt nur noch für die paar Wochen im Jahr, in denen er seiner Tochter Allegra den erfolgreichen Superpapa vorspielen kann. Aber eines Tages fliegt alles auf...

»Mit großer Lust an der Komik läßt Doris Dörrie die Masken der Filmwelt fallen und begegnet dem alltäglichen Zynismus mit Humor.«
Julia Encke / Annabelle, Zürich

»Ein lakonisches Meisterstück über den Moment, in dem Jugendträume zu Alterserinnerungen gerinnen.«
Petra, Hamburg

Auch als Diogenes Hörbuch erschienen,
gelesen von Doris Dörrie

Kirschblüten
Hanami
Ein Filmbuch

Rudi und Trudi sind seit dreißig Jahren ein Paar. Als Trudi plötzlich stirbt, fliegt Rudi zu Sohn Karl nach Japan, um das zu sehen, was Trudi wichtig war und was sie zusammen nicht mehr erleben konnten: ihren Sohn in Japan, die legendäre japanische Kirschblüte, den Fujiyama und auch den Butoh-Tanz, der früher einmal Trudis Leidenschaft gewesen war.
Kirschblüten – Hanami: ein poetischer, berührender Film darüber, daß es nie zu spät ist, einen Traum wahr zu machen.

»Vor allem hat Doris Dörrie den deutschen Beziehungsfilm von seinem unerträglich penetranten Lernprozeß-Muff befreit und macht richtiges Kino. Das alleine ist schon eine Wohltat.«
Wolfram Knorr / Die Weltwoche, Zürich

Doris Dörrie & Julia Kaergel im Diogenes Verlag

»Doris Dörrie und Julia Kaergel werden mit jedem Mimi-Band dichter in ihrem Zusammenspiel von Text und Bild. Mit jedem Betrachten eröffnen sich neue Details. Erstaunlich!«
Sina Schneider / Hits für Kids, Gustavsburg

Mimi

»Doris Dörrie erzählt eine bezaubernde Geschichte, in der es um ein delikates Geheimnis geht. Herzerfrischend. Die niedlichen Zeichnungen dazu stammen von der Illustratorin Julia Kaergel.« *Neue Revue, Hamburg*

Mimi ist sauer

»Julia Kaergel hat Doris Dörries rasant-lustiges Gedankenspiel *Mimi ist sauer* in gleicher Weise illustriert. Ob nun ein Mensch- oder Tiersein besser ist, kann jeder selbst herausfinden mit Kuh- und Ferkel-Maske.« *Münchner Merkur*

Mimi entdeckt die Welt

»Mit diesem Buch zeigt Doris Dörrie, dass man weder ins Kino noch auf Reisen gehen muss, um aufregende Abenteuer zu erleben.« *Abendzeitung, München*

Mimi und Mozart

»Eine wunderbare Geschichte.« *Kronen Zeitung, Wien*

Alle Bände mit Bildern von Julia Kaergel